KB254189

十八子

십팔자 ②

글쓴이 | 강대일
펴낸이 | 孫貞順
펴낸곳 | 모아드림

초판 1쇄 인쇄 | 2002년 11월 8일
초판 1쇄 발행 | 2002년 11월 18일

주소 | 서울 서대문구 북아현3동 180-22
전화 | 365-8111~2
팩스 | 365-8110
E-mail | morebook@korea.com
http://www.morebook.co.kr
등록번호 | 제2-2264호(1996.10.24)

ISBN 89-5664-017-3, 89-5664-015-7(세트)
ⓒ 강대일

*잘못된 책은 구입하신 서점에서 바꾸어 드립니다.
*지은이와의 협의 하에 인지를 붙이지 않습니다.

값 8,000원

대하역사소설

十八子

강대일 지음

제2권 비밀의 전수자

모아드림

제2권 비밀의 전수자

※ 임진왜란 당시 일본군의 계급 체계는 독자의 이해를
돕기 위해 현대 상황에 맞게 재구성하였습니다.

제2권 비밀의 전수자 편

제9장 환란

1. 임진왜란

1592년 4월 12일 오후 5시경 700여 척의 왜선이 부산포 앞 바다를 뒤덮었다. 13일 새벽에는 고니시 유기나가가 이끄는 제1군 1만 8천 700명이 부산포에 상륙하였다. 이어서 4월 18일에는 가토 기요마사가 이끄는 제2군 2만 2천 명도 부산에 무혈 상륙하였으며, 다음날인 4월 19일에는 구로다 나가마사가 이끄는 제3군 1만 1천 명이 김해 부근 죽도에 상륙하였다.

가덕도 웅봉봉수대 초병들이 봉화를 올리고 남해안 일대 봉수대들이 검은 연기를 토해낸 이래 부산진첨사 정발 장군이 전사하고 부산진이 함락되자 적은 파죽지세로 한양을 향해 돌진하였다. 충주 달천을 지키던 신립 장군마저 대패하였다. 왜군이 부산포에 상륙한 지 17일 만인 4월 29일, 선조는 세자와 함께 의주로 피난 길에 올랐다(왕을 안전하게 피난시킨 호위 대장 김양보는 칠성의 숙부였다). 5월 2일에는 한양이 함락되었다.

왜군들이 쓸고 간 지역에는 살인, 방화, 약탈, 강간 등의 만행이 끊이지 않았으며 그 참상은 차마 눈뜨고 볼 수 없는 것이었다. 이에 격분한 유생들은 "나아가 적과 싸우다 죽는 것이 백성의 도리다"라고 외치며 전국 각지에서 의병들을 규합하였으니, 그 기폭제는 경남 의령의 홍의장군 곽재우였다.

왜군 제3군 구로다군은 낙동강 동안을 끼고 현풍 방면으로 진출하려다 곽재우의 의병들에게 호되게 당하고 고니시 유기나가와 가토 기요마사가 진출한 지역을 피하여 함경도까지 진출했다. 그러나 곳곳에서 의병들과 복병을 만나 많은 희생자를 내어 병사들의 사기가 말이 아니었다. 바다에서는 5월 7일 옥포해전을 시작으로 이순신 장군에게 연전연패하면서 본토로부터 오는 보충병과 보급품도 위협을 받기 시작했다. 지리적으로 부산과 멀리 떨어져 있을 뿐만 아니라 후방에서 추진되는 보급품도 끊기고 현지조달도 어려웠다. 함경도의 여러 고을을 휩쓸었지만 함경도민들은 곡식과 가축을 거두어서 깊은 산 속으로 숨어 버리고 왜군이 이용할 만한 것들은 불살라 버렸던 것이다.

구로다 나가마사는 도요토미 히데요시가 일본 천하통일을 이룩할 때의 일등공신으로 히데요시가 가장 신임하는 일본 제일의 용장이었다. 그래서 그는 조선반도 무혈상륙을 안전하게 보장받을 수 있는 제3군 대장으로 도요토미 히데요시의 안배 속에 출전하였던 것이다. 하지만 그의 부대는 조선에 상륙한 이후로 이렇다 할 전과를 올리지 못했을뿐더러 점령군으로서의 위세 또한 잃고 말았다.

　때는 임진년 음력 7월 초순이었다. 한여름의 날씨는 찌는 듯이 무더웠으며 무료하기 짝이 없는 나날이 계속되었다. 구로다는 당장 만주라도 치고 들어가고 싶었지만 그것도 여의치 않았다. 압록강, 두만강을 넘고 나면 고립무원이니 만주벌판을 헤매다 풍토병에 병사들을 잃는 게 아닌가 겁이 나기도 했다.

　가토 기요마사가 구로다를 자기 진지로 초청하였다.

　"장군, 원정에 노고가 많으십니다. 여기서 만나리라고는 생각 못했어요."

　구로다 나가마사가 선배인 가토 기요마사에게 인사를 건넸다.

　"오시는 데 고생은 없으셨습니까?"

　가토도 후배인 구로다에게 예를 갖춰 인사하였다.

　"말도 마십시오. 고생이 말이 아니었습니다. 하지만 심신이 고달픈 때에 장군께서 이렇게 초청해 주시니 고맙기 그지없습니다. 본국에 가게 되면 제가 좋은 요정에서 은혜를 갚겠습니다."

　구로다가 걸쭉하게 말을 내뱉자 가토도 맞장구를 쳤다.

　"어허 저런…… 일본 제일의 무장께서 그토록 고생을 하시다니, 일본의 천하통일에 혁혁한 공을 세웠으면 죽을 때까지 호의 호식을 해야지, 이런 고생이 웬 말입니까!"

　"어째 남말 하시는 듯하외다. 장군께서는 이 산골 생활이 체질에 맞기라도 하다는 말씀입니까? 요즘 같으면 죽지 못해 사는 것 아닙니까? 두고 온 처자식도 보고 싶고, 예쁜 첩년들도 보고 싶고. 요즈음은 잠도 안 오고 그냥 화만 치밀어 죽겠어요."

구로다의 솔직한 심정이었다.

"그런데 장군께선 조만간 본국으로 돌아가시는 겁니까?"

"아니 제가 언제 본국에 간다고 했습니까?"

"조금 전에 장군께서 본국에 가게 되면 요정에서 은혜를 갚겠다고 하지 않았습니까. 은혜라고 할 거야 없지만 본국에 가신다는 말이 반가워서 그렇습니다."

가토 기요마사는 구로다의 기분이 상하지 않도록 말하는 데 주의를 기울였다.

"하하하하, 그렇군요. 그거야 희망사항일 뿐입니다. 언제 돌아가게 될지 장군이나 저나 모르는 것 아닙니까? 답답한 노릇입니다. 원래 계획대로 조선을 정복하고 조선왕에게 태합를 모셔오도록 할 수도 없고, 태합을 뵐 면목도 없으니 언제 고향에 가게 될지 모르겠습니다."

"장군께서는 행정장관 미쓰나리와 형님 동생처럼 가까운 사이가 아닙니까? 장군께서 미쓰나리에게 편지를 쓰십시오. 현지 사정을 보러 서울에 오라고 말입니다. 전장 파악도 하지 않고 전쟁이 수렁에 빠졌느니, 조선놈들에게 꼼짝도 못하면서 토색질이나 한다느니, 도굴이라도 해서 좋은 것 보내라느니 하는데 우리가 어디 도둑 두목입니까? 고생도 고생이지만 이거 더 이상 참을 수 없습니다."

"맞습니다! 이러다 어물쩍 여름 넘기고 겨울 오면 다 얼어죽고 굶어죽게 생겼지 원."

여기까지 말한 구로다의 생각이 조선 출병의 원흉 가운데 하나가 가토 기요마사로 자신의 출세욕을 채우려고 도요토미 히데요시를 부추겼다는 데에 미치자 대화가 약간 달라지기 시작하였다.

"그런데 기요마사님! 태합께서 규슈를 출병기지로 정한 후, 태합의 명령을 직접 받아서 전국 영주들에게 동원령을 내리고 규슈에 조선출병을 위한 성을 직접 설계하고 쌓았던 데는 기요마사님께서 일등공신이 아닙니까. 저는 그때 태합의 곁에서 항상 자신 있고 당당하게 처신하던, 그분의 최고참모이며 모든 영주들의 사령탑이시던 기요마사님께 마음속으로 존경과 부러움을 느꼈어요. 그렇게 당당하던 분이 조선은 물론 명과 남방까지 정벌하겠다는 야심은 다 어디 가고 지금 와서 죽는소리만 하십니까?"

구로다의 말속에는 승산 없는 전쟁의 책임이 당신에게도 있지 않느냐는 가시가 숨어 있었다.

"장군께서 아시다시피 규슈 전역을 장악하고 나고야에 성을 쌓는 것은 내가 진두지휘하였지만 그것은 나의 생각이 아니라 태합의 거역할 수 없는 명령에 따른 것입니다. 물론 그때는 모두 힘이 넘쳐 있었으나 대륙을 점령하는 것은 농담으로 들었는데 그게 나중에는 불호령으로 변하더라고요. 애들 장난 같았지만 거역할 수 없는 또 다른 세력이 있더라니까요. 그때 자발적으로 참여한 영주들이 몇이나 됩니까? 거의 볼모로 잡혀온 셈이고 모두 마지못해 참여했지요. 그 배후 세력에는 순뿌에서 도쿄로 이에야스를 강압적으로 끌어낸 구로다 장군이 계시지 않았습니까?"

가토 기요마사의 말에는 전쟁을 부추긴 세력이 구로다 당신이 아니었느냐는 뜻이 담겨 있었다.

"그 일도 그래요. 순뿌산성의 호랑이를 끌어내서 도쿄의 삭막한 갈대밭으로 추방한 것까지는 좋았는데 다음 일을 생각 못한 거지요. 그 호랑이가 갈대밭을 옥토로 바꿔버린 지금에 와서야 생각해보면 배고픈 호랑이에게 먹이를 주고 들판에 풀어놓은 꼴이니, 지금은 태합께서도 이에야스를 어쩌지 못하는 것 아닙니까?"

구로다가 자조 섞인 말로 힘없이 받았다. 그의 말은 계속 이어졌다.

"솔직히 말해서 배를 띄우고 다른 나라를 원정한다는 것이 어디 그렇게 쉬운 일입니까? 저도 당시에는 반대도 못하고 어물쩍 찬성하는 편에 섰습니다만 속으로 불편한 심기는 다른 영주들이나 같았었지요. 태합께서는 첫째 아들 학송이 죽은 지 2년이 지난 57세 때 측실의 몸에서 아들을 보았지 않습니까. 더는 자식을 기대할 수 없으리라 여기던 때에 아들 수뢰를 낳았으니 기분이 하늘로 용솟음친 거지요. 이것은 절대로 저의 계략이 아닙니다. 기요마사 님, 추호라도 그런 오해는 듣고 싶지 않습니다."

결국 두 장군이 내린 결론은 승산 없는 전쟁의 책임은 그의 상전인 풍신수길에게 있다는 쪽으로 기울었다.

"대륙 정벌은 고사하고 조선에서 이 고생을 하고 있으니 병사들은 사기가 떨어질 수밖에요. 탈영하여 귀화하는 놈이 없나, 몰래 배를 타고 본국으로 돌아가는 놈이 없나…… 이제는 부대를 유지하는 일이 더 큰 걱정입니다."

패잔병 부대장들의 한숨과 진배없었다.

"이제 어쩝니까? 우선 대세에 몸을 맡기고 한동안 흘러가다 보면 무슨 뾰족한 방법이 생기겠지요. 내가 미쓰나리에게 편지를 해서 속히 서울에서 만나자고 하겠소."

현실적으로 살아남는 게 급선무였다.

"잘 생각하셨습니다. 사실 조총으로 조선이나 대륙을 점령한다는 것은 대단한 판단 착오였어요. 정으로 바위를 깨겠다는 것이나 다름없는데 정이 부러지는 경우를 생각 못한 것이지요. 조총도 얼마나 결함이 많습니까. 목표물이 50보를 벗어나면 소용도 없고, 총을 쏘자면 심지에 불을 당겨 쏘아야 하니 적이 알아차리고 도망가면 맞힐 수가 없어요. 성을 포위하고 성안에 있는 적을 공격할 때는 활보다 나을지 몰라도 이런 전장이나 형체가 없는 의병들과 싸우기에는 활보다 못해요."

"그거야 다 아는 사항인데 이제 와서 얘기한들 무슨 소용입니까?"

"우리가 조선에 오기 전에 얼마나 자만했는지 스스로 진단해 보아야 합니다. 우리 수군과 조선의 수군은 차원이 다릅니다. 우리 수군의 주력 전선은 안택선과 관선 소조이고 조선 수군의 전선은 거북선과 판옥 전선으로 배의 두께부터 달라요. 우리 배는 판자로 만들어졌고, 조선 배는 통나무로 만들어졌어요. 어린애와 어른이 싸우는 격이에요. 전해 듣기로는 거북선은 몸이 철갑으로 싸여 있고 화포까지 장착되어 입으로 불을 뿜고 병사들은 거북이 뱃속에서 구멍을 뚫어 놓고 쏘아댑니다. 남해의 수많은 섬들과 섬 주위에 흐르는 조류를 이용해서 진을 치고 숨어 있다가 투망(投網)식으로 기습하여 충각전을 구사하는데, 우리 전선들은 순식간에 깨져 버리거나 불에 타고 수장되어 연전 연패한다는 겁니다. 지휘 체계도 조선 수군이 아군보다 월등히 뛰어나고 충성심도 따라갈 수가 없답니다. 이러니 조선 수군이 나타나면 우리 수군이 도망가기 바쁘다는데 싸움이 되겠습니까? 땅 위에 있는 병사들마저 불안할 밖에요. 이게 어디 상상이나 할 수 있는 일입니까? 나고야에 앉아서 낚시질이나 하면서 쓸데없는 망발만 피우지 말고 조선땅에 한번 와서 보라고 하십시오."

가토는 구로다의 결심을 부추기는 중이었다.

"장군, 잘 알았습니다. 나도 현재의 상황이 너무나 심각해서 잠이 오지 않습니다. 상상도 못했던 수렁에 빠진 겁니다. 곧 사자를 미쓰나리에게 보내서 한양에서 만나자고 하겠습니다. 지금쯤 북경에서 미녀들을 끌어안고 있어야 하는데 이런 고생이라니, 참으로 한심하기 짝이 없습니다."

일본군은 조선에 대해 두려움을 가지고 있었다. 그러한 두려움은 조선에 대한 외경심으로 발전하기도 했다. 이즈음 왜병들은 고향에 살아서 돌아갈 수 있을까 하는 불안감에 시달리고 있었다. 일본군이 두려워한 것은 조선군이 아니었다. 조선 그 자체였다. 나무 한 그루, 풀 한 포기조차도 강한 적의를 드러내는 것처럼 느껴졌다. 그 속에는 여기저기서 일어난 의병들의 역할이 단단히 한 몫하고 있었다.

"제2군의 전투 병력 손실은 어떻습니까?"

"개전 초부터 3개월 동안 병사들을 4분의 1 정도 잃었고, 나머지 병사들도 절반이 넘게 부상당했거나 병에 걸려 있고 장수들도 형편없이 위축되어 있습니다. 장군의 제3군의 상황은 어떻습니까?"

구로다는 가토의 질문에 말을 못하고 한숨만 내쉬었다.

"3군도 사정은 비슷합니다. 기요마사께서는 이 빌어먹을 사정을 총사령관 우키타 히데이에에게 보고를 하셨습니까?"

"보고야 꼬박꼬박 잘 하고 있지요. 하지만 우키다도 죽을 지경인가 봅니다. 우리보다 부대끼기는 더할 겁니다. 본국으로부터 불호령은 떨어지지요, 되는 일이라고는 없이 육지나 바다에서 당하는 일뿐일 테니. 어쩌다 우리가 이 지경이 되었는지 한심합니다. 장군께서는 우키다 사령관에게 보고를 하십니까?"

"나야 원래 보고하는 데는 누구 못지 않지요. 그래야 무슨 일이 잘못돼도 책임 추궁을 면할 것 아닙니까? 그런데 그때마다 식량을 보내 달라, 의약품을 보내 달라, 조총과 실탄을 보내 달라, 우마차를 보내 달라, 병력을 보충해 달라 하고 건의를 하는데 도대체 한 번이라도 들어 줘야 말이지요. 처음에 몇 번은 요구를 거절하지 못하고 성의를 보여 주더라고요. 그런데 요즈음은 보고가 들어갔는지조차 확인할 수가 없습니다. 듣기로는 우키다 사령관이 부산포에서 한양까지 22개의 거점을 설치하고 병력 수만 명을 배치하였으나 의병들의 기습이 어찌나 심한지 부산포에 산적한 군량미를 한양으로 수송하기도 힘들다는 겁니다. 이제 현지 조달을 하라고 하는데 함경도나 강원도 산악지대에서 그게 가능이나 합니까? 사람 사는 동네도 없는 데다가 조선 사람들은 산 속으로 다 숨어 버렸으니, 현지 조달은 공염불입니다. 자, 갑시다. 겨울이 닥치기 전에 충청도 충주쯤 내려가 있어야 굶어 죽는 거라도 면하지요."

"충주로 철수하신다고요? 우키다의 명령을 들어보지도 않고서 요?"

놀라는 눈으로 가토 기요마사가 구로다를 바라보았다.

"제가 언제 철수한다고 하였습니까?"

"방금 겨울이 오기 전에 충청도 충주까지 가신다고 하셨잖습니 까?"

"그랬지요. 일부 병력은 인제에 남겨 두고 주력부대는 강원도 땅 원주쯤 주둔시켜 놓으면, 제천 충주는 코앞에 있는 거 아닙니 까? 여기까지는 본인의 권한입니다. 철수 명령이 아니에요. 작전 부대의 정상적인 이동배치입니다."

"아하, 그렇군요. 참 좋은 생각입니다. 역시 대단한 판단력이십 니다."

"그리고 제가 인제에서 한양으로 직접 들어가 우키다 사령관을 만나서 이시다 미쓰나리 행정장관에게 보고할 수 있도록 전군의 실상을 파악하라고 조언을 하겠습니다."

"장군, 그렇게 하시는 게 제 생각에도 좋을 것 같습니다. 찬성입 니다."

역시 구로다는 용맹스럽기도 하지만 상황 적응 능력도 뛰어난 장수였다. 도요토미 히데요시의 총애를 받는 심복 중 한 사람, 일 본 천하 통일의 주역인 야전군 사령관의 자격이 있었다.

자기 진영으로 돌아온 구로다는 지필묵을 꺼내오게 하여 즉석 에서 도요토미 히데요시의 심복인 행정관 이시다 미쓰나리에게 조선에서의 참담한 전황을 급히 띠우고 심리적으로 안정이 되는 부산포와 가까운 곳으로의 철수를 시도하였다.

2. 함경도 왜군의 남하

개전 11개월 뒤인 1593년 3월 20일, 행정관 이시다 미쓰나리는 한양에 집결한 조선 정벌군을 사열하고 아연 실색했다. 정예부대인 고니시의 제1군 18,700명은 6,626명밖에 남지 않았고, 제2군을 형성한 가토군 23,000명은 5,492명으로, 구로다 제3군 11,000명은 5,644명으로 격감돼 있었다. 오토모군 6000명은 2,452명으로, 절반에서 심지어 1/4 병력밖에 남아 있지 않았다. 게다가 왜군은 점령군이 아닌 패잔병의 몰골을 하고 있어 처참하기 짝이 없었다. 미쓰나리는 악몽을 꾸는 듯했다.

구로다군은 안변을 철수하여 고성, 속초, 양양을 따라 남진하다 제3군사령부 참모들과 정예 3천여 병력을 이끌고 양양에서 한계령을 넘어 한양과 가까운 인제로 넘어가고, 예하 모리길성은 5천여 병력을 이끌고 강릉, 삼척을 거쳐 정선, 원주로 가도록 명하였다. 구로다는 사실상 철수 명령을 내리자 마음에 안도감을 느꼈다.

한편 조선관원들의 기강도 형편없이 무너져 있었다. 가토 기요마사가 구로다 나가마사와 헤어져서 안변에서 회령으로 계속 진군하는 8월이었다. 이때 조선왕자 임해군과 순화군은 함경도 회령

지방으로 난을 피하여 와 있었다. 선조는 8명의 부인에게서 14남 11녀의 왕자와 공주를 생산하였으나 정비 의인왕후에게서는 아이를 낳지 못하였고 모두가 서출이었다. 공빈 김씨 소생인 임해군은 선조의 열네 왕자 중 장남으로 궁중에서 많은 사랑을 받고 자랐다. 이름은 '진'이었다. 하지만 진은 성질이 난폭하고 군왕의 기질이 없다 하여 세자 책봉을 받지 못하였다. 이때 나이 19세였다. 순화군은 선조의 일곱 번째 왕자로 당시 8세의 어린 나이였다.

임해군은 피난길에 근왕병을 모집한다느니 물자를 내놓으라느니 지방 수령들을 귀찮게 하며 행패를 부렸다. 어쨌거나 그는 금지옥엽의 왕자인 것이다. 그의 비위를 거슬렸다가는 전쟁이 끝나면 목이 달아날지 모르는 일이라 지방 관리들은 몸조심을 각별히 하였다. 회령부사 문몽헌은 아전 국경인을 시켜 왕자를 모시는 데 불편함이 없도록 하고 남병사 이영을 시켜 호위병도 단단히 세우도록 하였다. 그러던 어느 날이었다.

"게 누구 없느냐?"

"마마, 아전 대령입니다."

"몸이 편치 않구나. 수발들 처녀를 하나 보내 주게."

"마마, 몸이 편찮으시면 의원을 부르셔야지요. 처녀를 데려와 뭐하시려고요?"

"네 이놈, 감히 그걸 왜 묻느냐?"

"피난중이라 처녀들이 죄다 숨어 버리고 없사옵니다."

"그러면 기생이라도 데려오너라."

"난리 중에 기생이 어디 있다고 그러십니까?"

"고얀 놈 같으니, 없으면 네 계집이라도 대령하렷다!"

아전 국경인은 얼굴이 하얗게 질렸다.

"네 이놈, 내 말이 말 같지 않단 말이냐? 나는 이 나라 왕자니라. 감히 네 놈 따위가 내게 거역할 셈이냐!?"

순찰중이던 남병사 이영은 이 같은 장면을 목격하고 부리나케 부사 문몽헌에게 고해 바쳤다. 부사 문몽헌은 즉시 달려가서 아전 국경인의 따귀를 때리고 임해군에게 엎드려 용서를 빌었다.

아전 국경인은 속으로 이를 바득바득 갈았다. 그날 밤 국경인은 숙부 국세필을 찾아가 낮에 있었던 사건에 대해 자초지종을 얘기하였다. 그의 숙부 국세필은 '나라가 망하고 왜놈들 세상이 되어가는데 잘 걸려들었다'며 무릎을 쳤다. 그들은 모반을 꾀했다. 그리하여 뜻을 같이하는 자들을 불러모았다.

다음날 밤 부사 문몽헌은 이웃 온성부사 이수와 기생 몇을 불러 왕자 임해군의 피난 위문 잔치를 벌이고 있었다. 이때 모반을 일으킨 국경인 일당이 들이닥쳤다. 그의 숙부 국세필, 아전 정말수, 목남 등과 포졸 수십 명이 가담하였다. 국경인은 칼을 빼어 들고 소리쳤다.

"종사를 이 지경으로 만들어 놓은 주제들이 왕자라고 백성을 위하지는 못할망정 예까지 와서 백성들을 핍박하다니 왜적과 다를 바가 없다. 저자들을 모두 포박하라!"

국경인은 임해군과 순화군 두 왕자와 수행원인 김귀영, 황정욱, 회령부사 문몽헌, 남병사 이영, 온성부사 이수 등 수십 명을 체포하여 가토 기요마사에게 투항하였다. 가토로서는 조선의 두 왕자를 포로로 잡았으니 호박이 넝쿨째 굴러든 것이었다. 그는 왕자를 처음 대면하는 자리에서 "두 분 왕자께서는 아무 심려 마십시오. 제가 극진히 모시겠습니다" 하고 뒷일을 생각해서 호의를 보였다.

그리고 국경인 등을 향하여는 "신하된 자들이 감히 자기네 왕자를 잡아서 적에게 넘길 수 있는 일이냐? 저런 불충한 자들은 목을 베어라." 하고 명을 내렸다. 예상 밖의 반응에 국경인 등은 자기들의 귀를 의심하였다.

"장군, 저 임해군은 백성을 괴롭히는 못된 자로서 내가 죽이지 않고 여기 데려온 것만도 감사해야 할 것이오."

"저런 못된 놈이 있나? 신하된 도리를 모르는 저놈들 목을 베어라."

가토의 이 말은 왕자 일행을 염두에 둔 계산된 발언일 뿐 속마음은 그렇지 않았다. 이를 간파한 국경인은 자기 할 얘기를 다 했다.

"장군, 우리는 당신에게 상을 받을 줄 알았는데, 도리어 목을 벤다면 어느 누가 당신들에게 투항하겠소?"

"살려 달라는 말인가? 좋다. 우리 일본과 나 가토 기요마사에게 충성을 서약하겠는가?"

"충성을 서약하겠소."

이렇게 하여 가토는 투항해온 국경인 등에게 회령부를 지키게 하여 뒤를 걱정하지 않고 북으로 전진하였다.

국경인, 국세필 등 반란자들은 이후 북평사(北評事) 격문(檄文)을 받은 유생 신세준, 오윤적 등에게 붙잡혀 참살당하였다.

두 왕자는 시간이 지나면서 넝쿨째 굴러 들어온 호박이 아니라 오히려 가토에게 짐이 되고 있었다. 가토 기요마사는 함경도에서 정문부의 의병들에게 쌍포(雙浦), 백탑교(白塔郊) 등지에서 대패하고, 혹독한 추위와 식량난으로 병사들이 절반이나 동사하는 상황에서도 두 왕자에게 병이라도 나면 자기 목이 달아날까봐 무척 공을 들였던 것이다.

다음해 5월, 명군과의 강화 협상에서 주도권을 쥐고 있는 고니시 유기나가에게서 두 왕자를 풀어 주라는 전갈이 왔다.

"장군, 두 왕자가 강화 협상에 걸림돌이 되고 있소. 이는 명령이오. 즉시 풀어 주시오."

두 왕자의 포로 교환 조건으로 큰 것을 얻어내서 상이라도 받을 줄 알았던 가토에게는 아무런 대가도 없었다. 두 왕자의 활용가치는 고스란히 고니시가 취하고 있었다. 어쨌든 가토는 빨리 강화가 맺어지기를 바라면서 두 왕자를 내놓을 수밖에 없었다.

모리길성(毛利吉成, 모리 요시나리)은 제3군사령관 구로다의 명에 의해 원주로 가는 길목인 강릉에 이르렀을 때 조급한 마음이 다소 누그러졌다. 그는 강릉에서 병력을 풀고 며칠 간 체류하기로 하고 진을 쳤다. 병사들은 오랜만에 고달픈 행군에서 해방되자 들뜬 마음에 마을 주민에 대한 만행을 서슴지 않고 저질렀다. 집이며 곡식이며 가축은 모두 징발하였다. 주민들의 대부분은 대관령이나 오대산 등 깊은 산으로 피난하였지만 피난가지 못한 노약자

나 어린이, 부녀자들은 심한 고통과 치욕을 겪어야 했다.

강릉은 십만양병설을 주장한 조선의 대학자 이율곡이 태어난 역사 깊은 고장으로 자존심 강한 유생들이 많았다. 그들 중에는 한양에서 율곡 선생의 문하생으로 높은 관직에 있는 이들이 상당수 있었으며, 그들은 노후에 귀향하여 많은 문하생을 거느리고 있었다.

강릉 삼척 지방의 많은 유생들이 왜놈들의 만행을 그냥 보고만 있을 리 만무했다. 그들은 왜놈들의 남진을 차단하기로 하였다. 그래서 여러 가지로 병법을 연구하였다. 그러나 전투조직과 방법은 구체적으로 손에 잡히지가 않았다. 지휘자가 없었던 것이다.

이때 김종식이라는 유생이 말했다.

"우리가 이렇게 중구난방으로 시간을 보낼 것이 아니라 오대산 무림을 지키고 있는 강비룡 어른을 찾아가 의논해 보자."

유생 김광열이 말을 받았다.

"오대산 월정사의 강비룡 어른을 잘 안다. 하지만 월정사보다는 산성이 있는 삼척으로 가자."

유생 이승주가 이에 동의하였다.

"삼척의 최원홀 장군을 찾아가서 의논해 보자. 그분은 학식과 덕망이 높을 뿐 아니라 한때 무과에 응시하여 급제하였으나 부친상을 당하여 벼슬을 내놓고 고향에 내려와 계시다. 얼마 전에 상복을 벗었으나 난중이라 한양에 가지 못하고 계신 중이다. 동지들, 어떤가?"

유생 김남술도 찬성하였다.

"삼척의 두타산성은 천혜의 요새로 그곳만 차지하면 아무도 공격할 수 없다. 우리가 그곳만 지키면 왜놈들도 절대로 이곳을 공격할 수 없을 것이다."

삼척 지방은 삼국시대 이전부터 태양의 자손이라 하는 실직국이 있었으며 실직군왕이 통치하여 왔다. 역사적으로 이승휴는 천은사에서 제왕운기를 지었으며, 심동노는 죽서루와 해암정을 지어 후학을 양성하였다. 실직국의 후손들 가운데에는 뛰어난 학자들이 많았고 그들은 기질도 강하고 자존심이 셌다. 이들이 왜놈들을 그대로 둘 리가 만무하였다.

관동지방의 유생들은 삼척으로 향하였다. 최원흘을 찾아가자 그 주변에는 이미 많은 지방 유생들과 젊은이들이 모여 있었다. 최원흘은 이들 강릉 유생들을 반가이 맞아 주었다. 죽서루에 유생들을 모아놓고 그는 다음과 같이 말하였다.

"유생들의 진충보국정신은 잘 알겠소. 그러나 이 일은 자기 목숨을 버려야 하는 일이외다. 하늘이 우리 목숨을 요구하는 것이지 그러지 않고서야 왜놈이 감히 이렇게 많은 군사를 거느리고 침략할 수 있겠소. 나는 임금이나 조정의 대신을 위해서 싸우지 않겠소. 그들이 나라를 잘못 다스려서 하늘이 노한 것이오. 그러나 우리는 나라와 백성을 외적으로부터 지켜야 하오. 결과는 하늘에 맡기고 자기 목숨을 버릴 각오가 되어 있는 자만 나를 따르시오!"

그러자 몇몇 유생들은 임금에 대한 충성이 곧 나라에 대한 충성인데 임금을 질타하니 그와 함께 행동했다가는 후에 출세에 지장이 있겠다 하고 떨어져 나갔다. 그러나 대부분의 유생들은 최원흘의 말이 옳다고 하며 그를 따랐다.

"여러분, 여기서 30리쯤 북서쪽에 두타산성이 있소. 이 성은 신라 때에 고구려군의 남진을 저지하는 목적으로 축조되었으며, 고려 때는 조선을 개국한 태조의 고조부 되시는 이안사님께서 이곳에서 몽고군의 남진을 막아냈던 훌륭한 요새입니다. 이곳은 또한 삼화사의 유명한 스님들이 도를 닦는 곳이오. 두타산성 아래 골짜기의 이름은 무릉계곡이라 합니다. 골짜기의 막다른 출구는 가파른 고개를 다시 기어올라가야 하는데 이 고개를 문간재라 합니다. 우리가 이곳만 적보다 먼저 차지하면 계곡 안에 들어선 적은 요지부동이니 전멸시킬 수 있소. 삼화사의 스님들 또한 우리의 큰 힘이 될 것이오. 나를 따르려고 하는 분은 지금부터 2일 간 여유를 줄 테니 마을로 돌아가 젊은이들을 많이 모아서 무릉계곡 삼화사로 데려오도록 하시오. 가장 주의해야 할 사항은 적이 우리 뜻을 알아채면 모든 것이 수포로 돌아간다는 사실입니다. 소나 돼지 같은 가축은 집에 두지 말고 산이나 들에 방목하시오. 적에게 식량을 제공하면 안 됩니다."

유생들이 집에 가서 최원흘의 말을 전하자 모든 가족들이 따라나섰다. 하지만 정작 최원흘의 모친은 따라나서기를 주저했다. 정든 집을 떠날 수 없음이 그 첫째 이유이고 칠성을 간호하기 위해 추암마을에 머물고 있는 딸 유하가 언제 집에 올지 모르니 기다리겠다는 것이 둘째 이유였다. 그렇다고 노모를 왜적들이 판을 치는 곳에 두고 갈 수는 없는 노릇이었다. 하는 수 없이 최원흘은 길석을 추암마을로 보내 유하와 칠성을 두타산성으로 데려오도록 지시했다. 길석은 관동지방 승려대회에서 칠성과의 결투로 치명상을 입어 내공이 폐쇄되었지만 무예는 쓸 만했으며 몸도 빨랐다. 결국 최원흘의 모친은 길석이 떠나는 것을 보고서야 두타산성으로 향했다.

최원흘은 두타산성으로 떠나기 전 동천 스님이 생전에 맡긴 신궁과 목판을 어떻게 처리해야 할지 고심했다. 그 물건들을 전해주어야 할 칠성은 지금 사독에 중독되어 추암마을에서 사경을 헤매고 있었던 것이다. 고심 끝에 그는 훗날을 기약하며 신궁과 목판을 아무도 찾을 수 없는 곳에 숨겨두었다.

"칠성의 몸만 성했어도 그 혼자 능히 왜군 1,000명은 상대했으리라."

최원흘은 한탄했다. 또한 동천과 불탄 같은 무공의 고수들이 환란이 닥치기 전에 아깝게 목숨을 잃은 것도 조선으로서는 큰 손실이었다고 그는 안타까워하였다.

3. 두타산성

비학 대사와 동천이 죽은 후 삼화사 주지가 된 일각과 최원흘은 오래 전부터 친분이 있던 사이였다. 최원흘이 젊은 유생들을 이끌고 삼화사를 찾았을 때 일각은 그들 무리를 반갑게 맞아주었다. 원흘과 일각은 몇 년 전 불탄과의 대결 때 목숨을 잃은 동천과 산송장이 되어 버린 칠성에 대한 이야기를 나누며 안타까움을 금치 못했다.

원흘 일행을 반갑게 맞이한 일각과는 달리 삼화사와 수덕사 승려들은 그들 일행에 대해 불만을 드러냈다. 수덕사는 두타산성 안에 있었기 때문에 이곳이 전장이 된다면 수덕사로서는 피해를 겪지 않을 수 없기 때문이었다.

승려들과 유생들이 인사를 나눈 후 바로 회의에 들어갔다. 회의는 일각과 최원흘이 주재하였다. 먼저 최원흘이 입을 열었다.

"이렇게 저희 일행을 받아주셔서 감사합니다. 절대로 적들이 두타산성으로 발을 들여놓지 못하도록 하겠으며 문간재 또한 넘지 못하도록 하겠습니다."

최원흘의 말을 수덕사의 수문장 승려 박걸남이 받았다.

"최 장군님, 어떻게 그 막강한 왜놈들을 막을 수 있겠습니까? 그리고 강릉에 있는 왜병들이 대관령을 지나지 않고 이곳 문간재를 지나리라고 어떻게 확신하십니까?"

"물론 적은 일단 대관령을 넘으려고 시도할 것입니다. 하지만 적은 절대 대관령을 넘지 못합니다. 그곳에는 병법과 지략, 무예가 출중한 강비룡 장군이 진을 치고 있습니다. 적은 대관령을 넘기 위해 삼사 일 정도 공방전을 치르다가 많은 희생자를 내고 해안을 따라 이곳으로 오게 되어 있습니다. 앞으로 열흘 정도 후가 될 것입니다. 열흘이면 이 계곡 입구에서 적을 저지할 준비를 갖추기에 충분합니다. 우리가 두타산성과 백복령을 지키면 왜군들은 이곳을 피하여 삼척 미로 도계를 지나 태백 원주로 가게 될 것이고, 두타산성의 오천여 피난민은 전쟁의 화를 면할 수 있다고 봅니다. 만약 왜군이 무릉계곡으로 온다면 문간재를 넘지 못하도록 두타산성 밑에서 적을 몰아세워 백복령으로 유도할 것입니다. 이때 대관령을 지키던 강 장군이 백복령으로 내려와서 지키면 왜 군은 전투능력을 상실하고 물러날 것입니다. 스님들께서 도와주시기 바랍니다."

"최 장군의 말은 그럴 듯한데 왜놈들은 아무 계책도 없이 당하기만 하는 허수아비입니까? 우리 수덕사 승려들은 싫소이다. 묘향산에 계시는 휴정 대사님의 지시가 없습니다. 정 도와달라신다면 묘향산에 가서 휴정 대사님의 명을 받아 오겠습니다."

"스님, 시간이 없습니다. 나라와 백성을 외적의 침입으로부터 지키는 일인데 어찌 그 같은 생각을 하십니까?"

삼화사의 훈장 스님도 수덕사 수문장 박걸남을 거들고 나섰다.

"아닙니다, 최 장군님. 생각해보십시오. 지금 우리 승려들은 무부무군입니다. 섬길 임금도 없고 섬길 나라도 없다는 말입니다. 왜 우리가 산 속에 와 있습니까. 고려가 망한 후 들어선 조선왕조는 억불숭유 정책을 펴서 우리 승려들의 목이 잘리고 뿔뿔이 흩어져 숨어살지 않습니까. 그 잘난 관군들은 중이라고 깔보고 죄인 취급하는데, 우리의 도움으로 나라를 찾는다 해도 달라지는 것이 무엇 있겠습니까."

최원홀은 난감했다. 승려들의 말을 들어보니 그들 입장에서는 맞는 말이었다. 그는 입을 다물었다. 조용히 사태를 지켜보고 있던 삼화사 주지 일각이 대신 입을 열었다.

"스님들, 진정하시고 내 말 좀 들어보시오. 스님들 말씀은 백 번 지당합니다. 그러나 우리가 우리를 인정해 달라고 싸우는 것도 아니고 임금님을 위해서 싸우는 것은 더욱 아닙니다. 우리 조상들이 살아 왔고 우리가 태어난 이 아름다운 조국을 저 더러운 왜놈들에 게서 지키자는 겁니다. 이곳에 온 어린이와 부녀자들을 보십시오. 그들을 지켜야 합니다. 수문장 스님이나 훈장 스님, 부모님과 형 제 조카들을 사랑하신다면 마음을 바꾸십시오."

수덕사 수문장 박결남은 대답이 없었다. 그는 고개를 떨구고 있 다가 아무 말 없이 나가 버렸다. 그러자 삼화사의 훈장 스님도 그 뒤를 따랐다.

"최 장군, 너무 염려하지 마시오. 모든 것이 잘 될 겁니다."

"스님, 감사합니다."

이틀 후 이른 아침부터 해질녘까지 강릉 삼척 지방의 피난민들 이 구름처럼 몰려들기 시작하였다. 두타산 밑에 삼화들, 옥녀봉, 이원, 북평들, 삼척 미로에 있는 마을은 모두 텅텅 비고 강릉, 삼 척, 영동 지방의 모든 유생들이 모이기 시작했다. 다음날도 그 다 음날도 피난민과 의병들의 행렬은 계속 이어졌다.

3일째 되는 날은 삼화사, 수덕사, 천은사, 지흥사, 영은사의 승 려들이 모였으며 삼화사를 싸움터로 내줄 수 없다던 승려들도 전 투준비에 협조하기 시작하였다. 그러자 의병들의 사기는 하늘을 찌를 듯 충천했다.

문제는 피난민들이었다. 왜군과의 전투 준비보다 이들을 보살 피는 것이 더 큰 문제로 대두되었다. 닷새 후 피난민을 점검하고 의병을 편성하였다. 젊은이들로 편성한 의병이 천여 명이요, 피난 민이 4천여 명이었다. 피난민은 대부분 부녀자와 어린이, 노약자였다.

　의병은 유생이 200여 명, 승병이 70여 명, 뿔뿔이 흩어져 나온 관군이 30여 명, 평민, 노비 등의 장정이 500여 명, 12살에서 19살까지의 소년 의병이 200명쯤 되었다. 관군에는 삼척부사 기령도 있었으나 기령은 전관직이 자기보다 높고 경험이나 덕망이 있는 최원흘 장군을 상관으로 모시며 돕고 있었다.

　최원흘 의병장은 승려, 유생, 평민, 관원 등으로 15인 지휘부를 구성하고 여기서 모든 일을 논의하고 결정하고 명령을 하달하였다. 부대는 신분과 사회적 계급을 떠나서 혼합 편성하고 평등하게 대우하였다. 이렇게 부대를 편성하자 누구보다도 뛸 듯이 좋아하는 사람들은 노비들과 그 가족이었다. 그들은 죽었다가 다시 양반으로 태어나는 게 소원이었는데 양반과 상놈이 구분 없는 세상이 되었으니 이런 세상이 영원히 계속되었으면 좋겠다는 생각을 하기도 하였다. 다음으로 좋아한 부류는 소년의병들이었다. 어른이 다 된 기분이었다. 소년의병들은 주로 연락병과 부녀자 심부름, 경계병 보조 등으로 활용하였다. 특히 산을 오르내리는 재빠른 연락병으로서는 제격이었다. 시간이 지나자 지휘관의 특성에 따라 창의성이 뛰어난 부대가 등장하기도 하였다.

　부대 배치는 전방 지대와 후방 지대로 구분하였으며, 전방 지대는 다시 경계 지대와 살상 지대, 사수 지대로 나누었다.

　경계 지대는 백복령에서 내려오는 내와 무릉계곡에서 내려오는 내가 합류되는 소(沼)에서 안구미 해안까지이며, 이 지역에 배치된 경계 부대는 적의 남진을 조기 경보하고 적이 강을 건너지 못하도록 나루터의 모든 배를 철수시켜 적이 삼척으로 진군하는 것을 지연시키고 피난민과 관군의 전투 준비 시간을 벌기 위한 임무를 띠고 있었다.

살상 지대는 삼화사 전방으로 설정, 이 지대에는 돌과 바위 통나무 등으로 장애물을 설치하고 함정과 참호를 만들어 삼화사로의 접근을 저지했다.

절대 사수 지대는 산성과 문간재였다. 산성은 무릉계곡으로 깊숙이 진입하다 왼편의 가파른 산 중턱으로 기어오르면 바위와 돌로 쌓은, 담 높이가 2m요, 둘레가 2.5km에 이르는 거대한 성으로, 신라 파사왕이 고구려군의 남진을 저지하기 위하여 쌓아 놓은 천년이 넘는 고성이다.

최 장군은 진지 순찰 중에 성문 바위 위에 앉아 산성을 바라보고 있었다. 파사왕과 당시의 건장한 화랑들이 고구려군과 전투하는 모습이 눈앞에 아른거리는 듯했다. 상념에 젖어 있는 최 장군의 머리 위로 학이 무리지어 울음소리를 내며 학소대에 있는 숲속의 둥지로 날아들고 있었다. 소나무 위에 날아드는 학의 무리는 장관을 이루었다.

산성의 문이라고 할 수 있는 출입구는 큰 바위 틈을 따라 1명씩 '己'자형으로 돌고 돌아서 들어가게끔 되어 있는데 전방과 측방이 가려지고 네 번 검색을 당하고서야 들어갈 수 있도록 되어 있었다. 만약 적이 이곳을 침투한다면 보이지 않는 아군 감시병에게 옆구리와 등 뒤, 머리 위를 무방비 상태로 노출한 채 통과해야 하니, 그야말로 귀신도 침투하기 불가능한 철옹성이었다. 이 성문만 지키면 아무도 감히 들어갈 수 없는 난공 불락의 요새인 것이다.

산성 내부에는 건장하고 잘 훈련된 의병들이 주둔하며, 전투지휘 사령부가 있었다. 산성을 방어하는 의병이 3개 부대, 예비대가 1개 부대 주둔하였으며 예비대는 어느 곳이든 즉시 출동할 수 있는 기동성과 전투 태세를 갖추었다.

산성 밑으로 무릉계곡 개울을 따라 조금 더 오르면 오른쪽으로 가파르게 비탈져 오르는 산길이 나 있는데 이곳이 문간재이다. 문간재는 오를 때 숨이 턱에 차오를 정도로 가팔랐다. 게다가 한 명씩 일렬로 이동할 수밖에 없어 공격해야 하는 왜군의 입장에서는 가장 악조건인 셈이었다. 이곳 또한 의병들이 가장 방어하기 좋은 그야말로 천연의 요새인 것이다.

이곳은 적이 넘지 않으면 안 되는 요충지이다. 2개 부대가 이곳을 지키는데 만약 적이 이곳을 깨뜨리고 넘어온다면 의병들과 피난민의 후방이 적에게 노출되어 죽음을 면치 못하는 가장 처참한 상황으로 돌변하고야 말 것이다.

피난민들은 주로 문간재 너머 남쪽 골짜기에 있었다. 문간재를 넘으면 바로 청옥산 골짜기로 이어지며 이 골짜기는 공간이 다소 여유롭고 포근했다. 방대한 청옥산 자락에서 이루어진 개울물은 맑고 풍부해서 부녀자와 어린이 등 피난민들은 산골짜기에 풀과 나무로 오두막을 짓고 임시 피난 생활로 접어들었다. 이 지역에 전투물자를 만드는 7개의 피복창을 설치하여 젊은이들이 입고 전투할 수 있도록 간편한 피복을 만들었다. 피복을 만드는 일은 주로 아낙네들이 맡았다.

병기로는 활과 화살, 화살촉을 만들었으며, 활은 참나무나 박달나무를 둥글게 깎아서 만들고 활의 시위는 무명실 노끈에 벌집을 따서 만든 밀을 먹여 질기고 탄력 있게 만들었다. 화살은 가늘고 곧고 강한 시누대를 썼으며, 화살촉은 대나무를 날카롭게 제비꼬리처럼 깎아서 화살대에 꽂고 화살이 날아가는 방향을 유지하도록 화살 뒤쪽 끝에는 꿩깃이나 닭털을 붙였다.

손이 빠른 여자들과 어린이들은 주로 활줄과 화살을 만들고 남자들은 활의 몸통과 죽창, 장애물 등을 만들었다. 모두들 즐거운 마음으로 작업에 임했다. 작업은 이른 아침부터 밤늦도록 계속되어 10여 일 후에는 활과 화살이 산처럼 쌓여 갔다. 그리고 최악의 경우인 백병전에 대비하기 위해 죽창도 만들었다.

두타산성과 청옥산을 넘어 삼척 읍내와 연결하여 일용품과 전투물자를 조달하는 것은 보급 부대가 맡았다.

무엇보다 전투 초기에 적을 제압하는 것이 가장 중요했다. 그래서 두타산성의 앞뜰이라 할 수 있는 삼화사 전방에 가장 강력하고 빠른 3개 부대를 배치하여 삼화사가 적의 수중에 떨어지지 않도록 최선을 다했다.

하지만 삼화사의 훈장 스님이 삼화사 앞에다 제1방어선을 치는 것을 강력하게 반대했다. 삼화사가 전투장이 되고 성스러운 절 내에서 살생이 있어서는 안 된다는 것이다. 그렇게 되면 끝내는 삼화사가 적의 보복으로 불타 없어지리라는 것이다. 천 년을 지켜온 삼화사의 전통과 문화적 가치가 하루아침에 잿더미로 변하게 할 수는 없다는 것이다. 최 대장은 난감하였다.

"스님, 우리 의병들은 적이 절대로 무릉계곡을 지나 문간재를 넘는 것을 용납할 수 없습니다. 스님 말씀대로라면 의병들은 산성 안에 숨어있고 왜병들을 그대로 산성 밑으로 통과시키라는 말씀인데 그것은 말도 안 됩니다. 그들이 이곳을 무사히 통과하여 정선 원주로 들어가면 그곳 백성들이 죽어나고 전쟁이 오래갑니다. 저들은 절대로 이곳을 무사히 지나갈 수 없어요. 올 때는 바다 건너 제발로 들어왔지만 나갈 때는 절대로 무사하지 못합니다. 그래서 이 강토를 짓밟은 자들을 극락왕생시켜 부처님 품으로 돌려보내겠습니다. 이것이 호국불교 정신이요, 부처님의 뜻입니다. 부처님은 스님들만 통하는 게 아니라 우리 중생들의 마음 안에도 있습니다."

"그래도 우리 삼화사를 불태울 수는 없습니다."

"스님, 적과 이곳에서 대치하게 된 이상, 그리고 삼화사가 적들과 대치하는 길목에 있는 이상 삼화사의 운명은 이미 결정되어 있습니다."

"아니 삼화사의 운명이 어떻게 결정되어 있다는 겁니까?"

삼화사의 훈장 스님은 얼굴이 굳어졌다. 최 장군은 가라앉은 목소리로 말했다.

"적은 우리 의병이 지키는 한 절대로 문간재를 넘을 수 없습니다. 치열하게 공방전이 붙고 숱하게 왜구와 의병이 죽어갈 겁니다. 그래도 적은 문간재를 못 넘습니다. 이곳은 좁고 험한 골짜기가 십 리 가량 이어져서 의병 10명이 능히 왜병 100명을 간단히 처치할 수 있습니다. 그러나 왜병은 수가 많습니다. 그러니 삼화사는 적의 지휘소가 되도록 정해져 있습니다. 그들이 이곳을 끝내 넘지 못하고 많은 사상자를 내고 철수할 때 이 삼화사를 그냥 놔두겠습니까? 불태워 버리고 가는 것은 불을 보듯 훤합니다."

삼화사의 훈장 스님은 말을 하지 못하고 얼굴이 창백해진 채 온몸을 떨고 있었다.

"그래서 저는 이 비운의 삼화사가 진정 진충보국을 하는 데 기여하도록 이곳에 철책과 통나무벽 그리고 참호 등을 파도록 지시해 놓고 있습니다. 주지 스님도 삼화사의 운명을 알고 계신 듯합니다. 귀한 보물들을 피난시켜 주시기 바랍니다."

훈장 스님은 눈을 감아 버렸다.

만길이는 소년 의병으로 편성된 동네 친구들과 때기를 치고 있었다. 때기는 쐐기풀과 삼나무의 질긴 껍질을 벗겨서 숫총각 댕기머리처럼 따내리다 끝에는 가늘게 말꼬리 총을 달아 만든다. 자기 키보다 한배 반쯤 길게 만들어 오른손에 쥐고 머리 위로 빙빙 돌리다가 갑자기 반대쪽으로 방향을 바꾸면서 힘차게 잡아당기면 때기는 공중에서 그 꼬리가 날카롭게 째지는 소리를 터뜨린다. 여러 명의 소년들이 동시에 때기를 치면 양쪽 골짜기의 산이 울리면서 천둥처럼 산이 무너져 내리는 소리가 난다. 날씨가 흐리고 구름이 끼어 가라앉은 날에는 때기 소리가 더 요란스럽게 들렸다. 이 소리는 적의 접근을 알리고 자기 위치를 알리는 통신 수단이기도 하다. 만약 때기를 칠 때 그 꼬리가 사람 얼굴이나 목에 닿으면 치명적인 상처를 입힌다. 근거리에서 공격과 방어를 할 수 있는 무서운 무기도 되는 것이다.

4. 회생

왜군의 노략질로 피폐해진 추암마을에 걱정거리가 하나 더 늘어났다. 어느 날부터인가 괴문어가 출현하기 시작한 것이었다. 괴문어는 육지로 기어올라와 가축을 덮쳐서는 바다 속으로 사라지더니 급기야 신혼 첫날밤의 새색시를 잡아가기에 이르렀다. 신랑되는 이는 문어의 다리에 감겨 끌려가는 신부를 보고서도 감히 나서지를 못했다. 그는 실성한 사람처럼 허허, 웃음 비슷한 울음을 내뱉을 뿐이었다.

괴문어는 크기가 집채만했다. 다리 한쪽으로 소 한 마리를 감아 들어올릴 정도였다. 빨판의 흡착력이 얼마나 강하던지 한번 달라붙은 먹이는 아무리 요동을 쳐도 벗어날 수가 없었다.

처음 괴문어가 나타났을 때는 그 활동 영역이 바닷가에 인접한 지역에 머물렀으나 날이 갈수록 대담해진 문어는 차츰 더 먼 곳까지 와서 민가를 습격하기 시작했다. 추암마을의 주민들은 커다란 공포에 휩싸였다.

칠성은 유하의 보살핌을 받으며 추암마을에 머물고 있었다. 그는 불탄과의 대결에서 사독에 중독된 이후로 의식을 회복하지 못하고 식물인간이 되어 있었다. 유하는 칠성의 아내임을 자처하여 항상 칠성 곁에 머물렀다. 칠성이 시체처럼 자리를 보전하고 있을 뿐이었지만 유하는 그의 곁에 머문다는 것만으로도 더할 수 없는 행복감을 느꼈다. 그녀는 가끔 사랑하는 님의 목소리를 듣고 싶고 그의 깊은 눈동자를 들여다보고 싶을 때면 남몰래 눈물을 훔치기도 했지만, 심씨나 마을 사람들 앞에서는 결코 내색을 하는 법이 없었다. 칠성의 모친인 심씨 역시 유하를 며느리로 받아들였다. 칠성의 부친 김양식만은 앞날이 창창한 처녀의 미래를 막는 것이 마음에 걸려 유하를 떳떳이 대하지 못했다. 하지만 추암마을의 주민들은 유하가 칠성의 아내임을 다들 인정하고 있었다. 심씨는 추암에 남고 김양식은 집으로 돌아갔다.

그 즈음 길석이 추암마을에 도착했다. 길석은 추암마을에 도착하고도 최원흘이 의병장으로 두타산성에 머물고 있다는 사실을 유하에게 숨겼다. 칠성이 의식을 회복하지 못하고 누워 있는 틈을 타서 유하를 자신의 여자로 만들겠다는 욕심에 찬 길석은 추암마을에 머물며 호시탐탐 기회만 노렸다. 길석은 칠성에게 가진 묵은 원한도 갚고 유하도 차지할 수 있는 간교한 계획을 세웠다. 칠성을 괴문어의 먹이로 제공한다는 것이었다.

길석은 칠성이 해암정에서 머무를 수 있도록 해달라고 추암마을의 촌장을 설득하기 시작했다. 해암정은 추암마을 사람들이 성소로 여길 만큼 아끼는 곳이었다.

"해암정은 바다에서 떠오르는 태양의 기운을 가장 먼저 호흡할 수 있는 곳에 위치하고 있어서 칠성 스님이 몸을 회복하는 데에 큰 도움이 될 것입니다."

길석의 꿍꿍이를 모르는 추암마을의 촌장은 그가 남을 배려할 줄 아는 사람이라며 칭찬을 아끼지 않았다.

"나도 진작에 그 생각을 하고 있었네. 하지만 괴문어 때문에 어디 그럴 수가 있어야지. 해암정은 바다와 인접해 있어서 위험하단 말일시."

"저는 칠성 스님의 스승이신 동천 대사의 은혜로 새생명을 얻은 몸입니다. 이번 기회에 그 은혜에 조금이나마 보답을 하고자 합니다. 제가 해암정을 지키도록 하겠습니다. 늘 해암정 주위에 머물며 철통같은 경계를 하겠습니다."

"자네가 그러겠다면야……."

곧 해암정에서의 새로운 생활이 시작되었다. 유하와 심씨는 길석과 촌장의 배려에 감사를 표했다. 길석은 자신의 말대로 해암정 주변에 움막을 짓고 그곳에서 기거했다.

유하는 아침해가 떠오르기 전 해암정의 방문을 모두 열어 칠성이 바다에서 떠오르는 햇빛의 정기를 받게 했다. 그리고 밤이면 하얀 대접에 물을 떠서 북쪽 하늘에 있는 북두칠성을 향해 치성을 올렸다. 매일매일 바닷물을 뜨겁게 데워 해수욕 찜질을 시키는 것도 게을리 하지 않았다. 하지만 유하의 지극한 정성에도 불구하고 칠성은 전혀 차도를 보이지 않았다.

괴문어는 시시때때로 마을을 덮쳤다. 주민들은 집안에 있을 때조차 마음을 놓을 수가 없었다. 개를 풀어서 괴문어의 접근을 막아보려고도 했지만 오히려 괴문어에게 먹이를 제공해주는 꼴이 되고 말았다.

길석은 괴문어가 해암정 쪽으로는 출몰을 하지 않자 마음이 조급해졌다. 그는 괴문어를 유인하기로 마음을 먹었다. 경계를 강화한다는 명목 하에 개를 바닷가에 풀어놓아 괴문어의 접근을 유도한 것이다. 길석의 계략은 먹혀들었다. 해암정 아래 쪽 바다와 면

한 절벽 부근에 매어놓은 개가 하룻밤 사이에 감쪽같이 사라진 것이었다. 다음 날은 해암정에서 보다 가까운 곳에 개를 묶어놓았다. 그 역시 다음날 아침에는 사라지고 없었다. 그렇게 닷새 동안 길석은 조금씩 조금씩 괴문어를 해암정 쪽으로 유도하였다. 엿새째가 되는 날, 그는 개를 해암정 기둥에 묶어놓았다.

하지만 한 가지 마음에 걸리는 일이 있었다. 만약 괴문어가 칠성을 잡아가지 않고 유하를 잡아가 버린다면 그 동안의 노력이 모두 허사가 되고 마는 것이다. 유하의 살맛도 보지 않았는데 괴문어에게 그녀를 내줄 수는 없는 노릇이었다. 아무도 없을 때 유하를 겁간해 버리는 상상도 머릿속에서 떠나지 않았다. 시체처럼 굳어 있는 칠성의 옆에서라면 그 희열은 더욱 클 터였다. 그는 사악한 생각을 풀어놓으며 침을 흘리다가도 최원흘을 떠올리면 바싹 몸이 오그라들었다. 만약 일을 저질러 버린다면 최원흘과 그를 따르는 수많은 유생들은 땅끝까지라도 자신을 추적해올 것이었다.

"에이, 될 대로 되라지. 내가 가질 수 없다면 아무도 못 갖게 하면 그만이다."

그는 괴문어가 나타나기를 기다리며 해암정에서 멀지 않은 숲속에 웅크렸다.

유하와 칠성의 모친 심씨는 텃밭을 일구고 있었다. 해암정 부근에 있던 조그마한 고추밭을 소일이나 하라며 촌장이 내어준 것이었다. 뜨거운 햇살 아래서 텃밭 가꾸는 재미에 한창 빠져 있을 때, 갑자기 해암정 쪽에서 개 짖는 소리가 요란했다.

"이게 무슨 소리냐?"

"길석이가 문어가 오는 것을 막겠다고 바닷가에 개를 풀어놓은 모양이에요."

"개가 무슨 방패가 된다더냐. 괜히 먹이만 던져주는 꼴이지."

심씨의 말에 유하는 퍼뜩 머리를 스치는 생각이 있었다. 요 며칠 동안 절벽 부근에서 개가 요란하게 짖다가는 그 소리가 툭툭 끊기던 것이 그제야 수상하게 다가온 것이었다. 유하는 해암정을 향해 내달리기 시작했다.

"아가, 무슨 일이냐?"

유하는 시어머니의 물음은 귀에 들리지도 않는 듯 무작정 해암정을 향해 달렸다. 아니나다를까 이내 개 짖는 소리가 뚝 끊어지고 만 것이었다.

"서방님!"

유하는 해암정 가까이에 다다랐을 때 그만 비명을 내지르고 말았다. 칠성이 괴문어의 다리에 친친 감겨 있었다. 그녀는 물불 가리지 않고 괴문어를 향해 달려갔다. 수풀 속에 숨어서 그 모습을 지켜보고 있던 길석이 뛰어나와 유하를 붙들었다.

"놔! 놔!"

"지금 다가가면 너까지 위험해져!"

길석은 다급하게 외쳤지만 사실 그는 속으로 쾌재를 부르고 있었다.

유하를 뒤따라온 심씨는 자신의 아들이 괴문어의 다리에 감긴 채 끌려가는 것을 보고는 실신하고 말았다.

대낮에 벌어진 일이라 추암마을의 주민들은 모두 바닷가로 몰려나와 소리를 질러댔다. 괴문어는 주민들의 고함소리에도 아랑 곳없이 느릿느릿 바다로 향했다. 겁 모르는 아이들 몇이 문어를 향해 돌을 집어 던졌다. 그러자 아낙들도 합세하여 돌을 던지기 시작했다. 하지만 괴문어는 끄떡도 없었다. 유하는 길석의 손에서 벗어나서 들고 있던 호미를 휘두르며 괴문어에게 달려들었다. 그리고는 칠성을 감고 있는 문어의 다리에 호미를 내리찍었다. 괴문어는 다른 다리로 유하를 쳐냈다. 그녀는 모래밭을 뒹굴었다. 주민들이 다가와 몸을 일으켜 세우자 유하는 다시 괴문어를 향해 달려가려 했다.

"저것봐!"

누군가 문어를 가리키며 소리쳤다. 괴문어는 바다 속으로 들어가려다가 멈추어서는 몸을 부르르 떨었다. 그러다가 칠성을 갑자기 모래밭으로 휙 팽개쳤다. 칠성의 몸에는 괴문어의 다리에 있는 빨판 자국이 나 있었고 그 자국에서는 검은 피가 솟아나고 있었다.

괴문어는 갑자기 다리를 비틀어대기 시작했다. 그 몸짓은 누가 보더라도 고통에 시달리고 있다는 것을 알 수 있을 만큼 힘겨워 보였다. 괴문어는 바다를 향해 기어 가다가 우뚝 멈추어서는 몸을 부르르 떨었고, 다시 바다로 향하다가 멈추어 서기를 반복했다. 이윽고 몸을 꼬아대던 괴문어는 바닷물에 반쯤 잠긴 채 동작을 멈추더니 파도에 휩쓸려 바다 속으로 사라졌다. 그 광경을 지켜보고 서 있던 주민들은 서로의 얼굴을 바라보며 허탈한 표정을 지었다. 그 표정 속에는 호미질 한 방에 거꾸러질 걸 우리가 그토록 겁을 먹었던가, 하는 뜻이 담겨 있었다.

　유하는 칠성에게로 다가가 그를 부둥켜안았다. 심씨와 주민들이 사독에 중독된 피에 닿으면 해롭다고 하는데도 그녀는 막무가내였다.

　주민들은 칠성을 다시 해암정으로 옮겼다. 칠성의 상처에서 흘러나오던 피는 검정색에서 붉은 색으로 변해 있었다. 마을 의원이 칠성의 상처에 쑥을 찧어 붙였다. 그러자 곧 지혈이 되었다.

　날이 어두워져 주민들이 돌아가고 난 후 유하는 칠성과 단둘이 남았다. 그녀는 서방의 머리를 자기 무릎 위에 올려놓고 머리칼을 쓸어 내렸다. 사독에 중독된 후로 칠성의 모든 기관은 죽어 있었다. 숨소리와 맥박마저 너무나 여려서 때때로 유하는 칠성이 정말로 죽어버린 것이 아닌가 하는 생각이 들고는 했다. 하지만 칠성의 머리칼은 그가 긴긴 어둠의 굴을 지나고 있는 중에도 자라고 있었다. 죽음과도 같은 암흑의 길을 걸으면서도 칠성의 머리칼은 쉬지 않고 자랐던 것이다. 유하에게 칠성의 머리칼은 끝끝내 칠성을 포기할 수 없도록 만드는 질긴 힘이 되었다. 그녀는 손가락으로 칠성의 머리칼을 빗어 넘기며 하염없이 눈물을 흘렸다.

　다음날 유하는 포근한 햇살이 미간을 간질이는 느낌에 잠에서 깨었다. 그녀는 문득 옆이 허전하다는 것을 느끼고 벌떡 몸을 일으켰다. 방문은 열려 있었고 동해에서 떠오른 아침 태양의 맑은 햇살이 방안에 가득했다. 그리고 그 햇살 속에 누군가가 등을 보인 채 가부좌를 틀고 앉아 태양을 바라보고 있었다.

　유하는 뿌옇게 흐린 시선으로 그의 뒷모습을 지켜보았다. 바람이 스며들 때마다 그의 긴 머리칼이 뒤로 날리며 언뜻언뜻 옆얼굴이 드러났다. 유하는 한 손으로 자신의 가슴을 쓸어 내리고 다른 한 손은 그의 등을 향해 뻗었다. 그녀는 그토록 기다려온 순간을 맞이했음에도 불구하고 가슴에 벅차 오르는 감격으로 인해 꼼짝할 수가 없었다. 인기척을 느낀 그가 뒤로 얼굴을 돌렸을 때에야 유하는 아주 낮은 목소리를 내뱉을 뿐이었다.

"서방님……."

햇살을 등진 칠성의 얼굴은 여전히 뿌옇게 흐려 있었다. 설핏 칠성의 얼굴에 환한 미소가 자리잡았다고 느끼는 순간 그녀의 시선은 더욱 흐려졌다.

칠성은 천천히 뒤돌아서 유하를 바라보았다. 그의 등뒤로 햇살을 받은 동해의 맑은 물결이 반짝이고 있었다. 칠성은 허리까지 내려온 자신의 머리칼을 매만졌다.

"내가…… 이렇게 오랫동안 잠들어 있었나?"

칠성은 그윽한 눈길로 유하를 바라보며 말했다.

아! 그토록 보고 싶던 님의 눈길이었다. 그토록 듣고 싶던 님의 말소리였다. 유하의 눈에 눈물이 그렁그렁 맺히면서 칠성의 모습이 더욱 흐려졌다. 그녀는 잠시라도 놓칠세라 얼른 눈물을 훔치고는 칠성을 바라보았다. 그러나 칠성의 모습은 곧 다시 흐려졌다.

"서방님!"

유하는 칠성의 품으로 뛰어들었다. 칠성은 넓고 푸근한 가슴을 그녀를 향해 열었다. 유하는 깊고 달콤한 잠 속에 빠져들 듯 칠성의 품안으로 빨려 들어갔다. 유하는 지금 자신이 꿈을 꾸고 있다고 생각했다. 결코 깨어나고 싶지 않은 황홀한 꿈속에 있다고, 이

꿈에서 깨어나는 순간 그녀는 너무나 슬퍼서 죽고 말 것이라
고……

부친 김양식은 물론이고 모친 심씨와 추암마을의 주민들은 칠
성이 살아난 기적을 그냥 보고 넘길 수가 없었다. 왜적의 침입으
로 생활이 궁핍했지만 모두들 추렴을 하여 잔치를 열었다. 마을
의원은 사독에 막혀 있던 칠성의 혈맥을 괴문어가 빨아당기면서
뚫었기 때문에 칠성이 회복할 수 있었던 것이라고 추정했다. 괴문
어를 처치하고, 칠성 역시 살아났으니 이보다 더한 경사가 없었
다. 길석은 주민들 틈에 섞여 기쁜 척 떠들어댔지만 이제 영영 유
하를 자기 여자로 만들 수 없다는 실망으로 가슴이 저렸다.

칠성의 표정은 밝지만은 않았다. 동천 대사의 죽음은 그 무엇과
도 견줄 수 없는 크나큰 슬픔이었다. 그리고 자신이 의식을 잃고
있던 사이 외적이 침략하여 국토가 유린당하고 있다고 생각하니
마음이 편할 리 없었다.

"아직 무리를 해서는 안되네. 사독이 빠졌다고는 하나 워낙 뼛
속 깊이 배어 있었기 때문에 완전히 회복을 하려면 조금 더 기다
려야 해."

마을 의원이 칠성의 진맥을 짚으며 말했다. 아닌게아니라 칠성
의 혈색은 창백했으며 거동도 불편했다. 가벼운 산책에도 식은땀
을 많이 흘렸다. 가끔 가부좌를 틀고 진기를 끌어 모으려고 했지
만 기는 쉽게 모이지 않았다. 하지만 칠성은 분명 하루가 다르게
빠른 속도로 회복해 가고 있었다.

유하는 걱정이 생겼다. 칠성이 왜군과 싸우겠다고 무모하게 나

서지나 않을까 걱정이 되었던 것이다. 이제야 평안을 되찾았는데, 다시 칠성을 싸움터로 내보내야 한다고 생각을 하니 가슴이 메었다. 칠성은 혼자 있을 때면 목에 걸린 목걸이의 청옥 구슬을 매만지고 그림을 들여다보며 깊은 생각에 빠져들었다. 그런 칠성의 모습을 볼 때면 유하는 불안해서 견딜 수가 없었다. 언제 또다시 칠성이 자신이 짊어진 운명을 향해 떠나갈지 모르기 때문이었다.

5. 숲 속의 귀신

한편 양양에서 구로다와 떨어져서 강릉으로 남하한 모리길성은 강릉 일대에서 머물며 전열을 재정비했다. 모리길성은 함흥에서 철수한 구로다 사령관의 결단이 얼마나 옳은 것이었던가를 생각하며 새삼 감격스러워했다.

모리길성은 그 동안 수집한 정보를 종합해서 참모들과 진로를 숙의하고 있었다. 정보에 의하면 대관령길은 관동해안 지방의 관리들과 상인들, 과거 보러 가는 유생들이 다니는 곳으로 장애만 없으면 가장 빨리 원주까지 도달할 수 있는 길이었다. 그러나 대관령길은 지세가 험한 데다가 지략과 무예를 겸비한 강비룡 휘하 의병들이 지키고 있었다. 대관령을 어렵사리 넘는다 해도 태백산맥 등허리를 타고 넘다가 곳곳에서 의병들에게 기습을 당하고 산속을 헤매다가 필경 병사들을 아사시킬 것 같았다. 그렇다면 동해안을 따라 삼척을 지나는 것이 가장 좋은 진로였다. 욕심 같아서

는 따뜻한 해안을 따라 포항까지 철수하고 싶었지만, 구로다 사령
관의 명령도 없었고, 명색이 원정군이 조선인들에게 겁먹었다는
비난을 면치 못할 것 같아서 어쩔 수가 없었다.

모리길성은 진로를 정하고 삼척을 향해 진군 명령을 내렸다. 때
는 음력 7월 말이었다. 모리길성의 군대는 북평 전천강 입구에 이
르러서 강을 건너려고 했으나 나룻배가 한 척도 없었다. 마을을
뒤졌으나 주민들 역시 다 숨어버려 개미 새끼 한 마리 보이지 않
았다. 바다와 인접한 나루터의 강폭은 넓고 수심이 깊어 배가 아
니면 건널 수가 없었다. 강 상류로 거슬러 올라가면서 얕은 곳을
찾아보았으나 강변에는 갈대숲이 우거진 넓은 습지가 펼쳐져 있
을 뿐이었다. 대부대가 습지를 이동하는 것도 쉽지 않았다. 모리
길성의 부대는 송정 바닷가 소나무 숲에 진을 쳤다.

모리길성은 삼척읍을 코앞에 두고 강을 건너지 못한다고 해서
조바심을 내지는 않았다. 전부대가 송정 바닷가 소나무숲에 진을
치고 하계휴양에 들어갔다. 전장에서의 하계휴양이란 적과 조우
할 위험이 없는 지대에서 교육훈련을 지양하고 병사들에게 2~3
일씩 휴식을 취하도록 하는 것이었다. 낮에는 뜨거운 햇볕을 피해
바다에서 수영을 하고 저녁에는 숲에서 잔치를 벌였다. 전천강 하
구와 동해 바다가 만나는 지점인 할미바위 앞에서 안구미 모래섬
일대에서는 여러 종류의 고기가 많이 잡혔다. 바다는 맑고 푸르렀
으며 빠져들고 싶을 정도로 아름다웠다. 전천 하구의 바닷가에는
꽁치떼가 몰려오는데 손으로 움켜쥐어도 몇 마리씩 건져 올릴 수
있을 정도였다. 태합 히데요시가 한반도를 욕심내는 이유를 알 것

같았다. 자기가 장수만 아니었더라면 살짝 빠져나가 이곳에 귀화하여 살았을지도 모를 일이라고 생각하며 모리길성은 입가에 미소를 머금었다.

3일째 되는 날, 모리길성의 부대는 삼화의 취병산 앞에서 한 낚시꾼이 숨겨 놓은 작은 뗏목을 발견하고 강을 건너 갈대숲과 해안을 따라 정찰에 나섰다. 해안을 따라가던 왜병의 시야에 바다에 우뚝 선 촛대바위와 어선들이 늘어선 포구가 있는 어촌 마을이 보였다. 추암이었다. 왜병들은 일제히 기습 사격을 퍼부으며 마을을 덮쳤다. 하지만 마을은 텅 비어 있었다. 모두들 어디론가 피신을 한 것이 분명했다.

인가를 둘러보던 왜병 몇몇이 긴요한 정보를 가지고 왔다.

"아궁이가 아직 따뜻한 집들이 더러 있는 걸로 보아서 마을 사람들이 달아난 게 얼마 되지 않은 듯합니다."

"그래? 그렇다면 30명 정도를 편성해서 마을 사람들을 뒤쫓도록 하고, 50명 정도는 마을을 돌아다니며 먹을 것을 구하도록 하라. 그리고 30명 정도는 어부들이 버리고 간 어선이 있는지 살펴라."

모리길성은 30명 정도면 오합지졸로 구성된 마을 사람들을 소탕할 수 있을 것이라고 생각했다.

왜병이 마을 근처에 접근해 왔다는 소식을 접한 추암마을 사람들은 모두 숲 속으로 피신하고 있었다. 그들은 두타산성으로 가서 의병 부대와 합류할 예정이었다. 험한 숲을 헤치며 2시간 남짓 갔을 때 마을 쪽에서 총소리가 났다. 왜병들이 마을을 덮친 것이었다. 마을 사람들은 왜놈들에게 마을을 내준 것을 몹시 분하게 생각하고 있었다.

"큰일이군. 우리가 달아난 것을 알면 뒤쫓을 게 분명한데, 우리들은 노약자와 어린아이가 대부분이니 곧 잡히고 말 거야."

마을 사람들은 걸음을 재게 놀리면서도 걱정이 되는지 자꾸 뒤를 돌아보았다. 칠성이 생각하기에도 왜병이 뒤따라온다면 붙잡히는 것은 시간 문제일 것 같았다. 그는 용단을 내렸다.

"제가 막겠습니다."

마을 사람들은 모두 칠성을 바라보았다. 칠성은 입술을 굳게 다문 채 버티고 서 있었다.

"왜병들이 닥친다면 여러분은 모두 위험에 빠지고 말 것입니다. 제가 왜병들을 막겠습니다. 여러분들은 속히 산성으로 피신하십시오."

유하는 속이 탔다.

"저도 남겠어요. 서방님만 홀로 둘 수는 없습니다."

"유하, 내 곧 뒤따라가겠소. 우선은 왜병들이 뒤쫓는 것을 막고 있다가 형님(최원흘) 댁으로 가겠소. 거기에 중요한 물건을 맡겨 두었소. 스승님의 유언을 저버릴 수가 없어."

칠성의 말에 길석은 마음이 움찔했다. 그는 그때까지도 산성에 집결한 의병들의 장수가 최원흘이라는 사실을 숨기고 있었던 것이다. 일행이 두타산성에 도착하면 모든 사실이 밝혀질 텐데 어떻게 처신해야 할지 그는 전전긍긍했다. 지금이라도 사실을 털어놓아야 하나. 하지만 지금껏 숨겨온 사실을 갑자기 털어놓기도 난감한 일이었다. 그는 될 대로 되라는 식으로 계속 사실을 숨기기로 마음먹었다.

"왜병들은 무서운 무기를 가졌습니다. 서방님 혼자서는 그들을 막지 못할 것입니다."

"이 숲 속은 내게 이로운 싸움터요. 그들의 무기보다 나의 검이 앞설 것이오. 자, 어서 가요. 마을 사람들을 모두 위험에 빠뜨릴 순 없잖소?"

기회다 싶은 길석이 앞으로 나섰다.

"그래. 칠성 스님이라면 왜놈 이삼십 명은 거뜬히 물리칠 수 있을 거야. 지체하지 말고 어서 가자."

길석은 칠성이 왜병들을 막다가 죽기를 간절히 바랐다.

칠성은 마을 사람들과 작별을 했다. 한사코 칠성과 함께 남겠다는 유하를 마을 사람들은 거의 보쌈을 하듯이 해서 데리고 떠났다. 모친 심씨가 아들의 얼굴을 쓰다듬으며 하염없이 눈물을 흘렸다.

"아가, 내 아들아, 조심하거라. 꼭 두타산성으로 와야 한다. 꼭……."

칠성은 심씨의 얼굴을 들여다보며 미소를 지었다.

"걱정 마십시오, 어머님. 소자 곧 어머님을 뵈러 가겠습니다."

마을 사람들은 하나 둘 숲으로 사라져 가고 칠성 혼자 남았다. 칠성은 검을 꼭 쥐고서 왔던 길을 되돌아서 걷기 시작했다. 오래지 않아 왜병들이 다가오는 소리가 들렸다. 칠성은 나무 위에 숨어서 그들을 지켜보았다. 어림 잡아 30명은 되어 보였다. 칠성은 맨 뒤에 가고 있는 왜병의 머리 위로 뛰어내리며 혈을 눌렀다. 그리고는 마을 사람들이 향한 것과는 다른 방향으로 달려가기 시작했다.

"저기, 조선놈이다."

칠성은 왜병들을 유인하기 위해 일부러 그들의 눈에 띄도록 달렸다. 왜병들이 칠성을 뒤쫓았으나 칠성은 이미 사라지고 난 뒤였다.

"쥐새끼 같은 놈, 어디 숨었지?"

그때 갑자기 왜병 한 사람이 비명을 지르며 쓰러졌다. 그의 이마에는 큼지막한 돌이 박혀 있었다.

"어느 쪽이냐?"

왜병들은 바짝 긴장한 채 서로 등을 기대고 주위를 살폈다.

'쐐애애액'

무언가가 날아오는 소리가 들리더니 또다시 왜병 한 명이 쓰러졌다.

"저쪽이다!"

왜병들은 돌이 날아온 방향으로 일제히 총을 쏜 후 달려갔다. 하지만 그들은 적을 찾을 수가 없었다. 왜병들은 공포에 질린 채 주위를 돌아보며 소리를 질렀다.

"나와라, 이 쥐새끼!"

그때 칠성이 나무 위에서 왜병들의 등뒤로 뛰어내렸다. 칠성의 검이 한번 춤을 추자, 세 명의 왜병이 쓰러졌다. 그리고는 곧장 나머지 왜병들에게로 달려들어 검을 휘두르기 시작했다. 왜병들은 숫자가 훨씬 많았지만 칠성의 변화무쌍한 공격을 제대로 받아내지 못하고 하나둘 쓰러지기 시작했다. 칠성이 우뚝 검무를 멈추었을 때 왜병은 겨우 8명이 살아남아 있을 뿐이었다.

때마침 어둠이 짙게 깔리기 시작했다. 칠성은 널브러져 있는 왜병들의 시신 한가운데에 서 있었다. 긴 머리칼이 그의 얼굴에 짙은 암흑을 드리우고 있었다.

"귀신이다……!"

왜병들은 달아나기 시작했다. 달아나는 동안에도 3명이 쓰러졌다. 살아서 돌아간 왜병은 5명에 불과했다.

모리길성은 믿어지지 않는다는 표정으로 생존해서 귀환한 병사들의 말을 듣고 있었다.

"형체가 보이지도 않았습니다요. 저희가 어떻게 살아왔는지도 모르겠습니다."

"이런 못난 놈들! 아무리 상대가 강하기로서니 그 따위 허무맹랑한 말로 군의 사기를 실추시키다니! 저 놈들의 목을 베라!"

모리길성은 다시 몸놀림이 빠른 병사들 30명을 편성해서 숲으로 보냈다. 하지만 그들 역시 칠성의 전광석화 같은 공격을 견뎌내지 못했다. 살아서 돌아온 자는 고작 3명이었다. 생존자들은 다시 믿어지지 않는 말을 늘어놓았다. 어떤 이는 숲 속에 숨어 있는 적이 10명이라고도 하고, 어떤 이는 단 한 사람이라고도 했다.

모리길성은 크게 자존심이 상했지만 무작정 소모전을 펼칠 수도 없었다. 숲 속에서 적을 끌어내지 않는 한 싸움은 계속 불리할 수밖에 없었다. 모리길성은 결국 숲의 적을 포기하는 쪽을 선택했다. 추암에서 찾아낸 어선 십여 척으로 마을에서 빠져나가기로 한 것이다.

왜적이 탄 배가 추암마을을 벗어날 즈음 장발을 휘날리며 칠성이 바닷가로 걸어 나왔다. 왜병들 가운데 한 명이 놀란 눈으로 소리쳤다.

"그놈이다! 숲에 있던 그놈이다!"

모리길성은 배를 돌리도록 했다.

"놈을 잡아라!"

성급한 몇몇 병사들은 바다로 뛰어들어 헤엄을 치기 시작했다. 칠성은 진기를 단전에 모았다. 모리길성이 보니 자신을 잡으려고 병사들이 다가가는데도 장발의 남자는 달아날 기색이 없이 오히려 이상한 자세를 취하고 있었다. 모리길성은 순간 불안한 느낌에 사로잡혔다. 장발의 사나이가 바다를 향해 손바닥을 내밀며 소리쳤다.

"출!"

거센 광풍이 바닷길을 열며 다가왔다. 눈 깜짝할 새에 바다 위에 떠 있던 어선 한 척이 갑자기 뱃머리가 파손되면서 가라앉기 시작했다. 왜병들은 바다에 곤두박질쳐서는 자맥질을 해댔다. 칠성을 잡기 위해 바다를 헤엄쳐 오던 왜병들은 그 광경을 보고는 겁에 질려 어찌할 바를 몰랐다. 용감하게 나선 터에 다시 뒤돌아선다면 겁쟁이라는 오명을 벗지 못할 터였다. 장발 사내가 또 다시 기이한 동작을 취하더니 왜병들이 타고 있는 어선을 향해 손을 뻗으며 기합을 내뱉었다.

“출!”

또 다시 어선 한 척이 박살나고 말았다. 그제야 바닷가를 향해 헤엄을 쳐 오던 병사들은 몸을 돌리기 시작했다. 어선들도 뱃머리를 돌렸다.

“달아나라! 최대한 빨리!”

모리길성이 뒤돌아보니 장발의 사내가 또 다시 예의 그 기이한 동작을 취하고 있었다.

“더 빨리! 더 빨리!”

어디선가 광포한 바람과 기운이 확 다가오더니 병사 열 명을 바다 속으로 팽개쳤다. 장풍을 맞은 병사들은 의식을 잃은 채 바다 속으로 가라앉았다.

바닷가에서 어느 정도 거리를 떨어뜨린 후에야 비로소 왜병들은 안심했다.

“저게 사람이냐, 귀신이냐.”

모리길성은 자신도 모르게 혀를 내둘렀다. 그의 가슴에 커다란 불안이 자리잡았다. 조선에 저런 괴인이 세 사람만 있어도 조선 정복은 꿈도 꿀 수 없을 거라는 생각이 들었다.

칠성은 추암마을에서 왜병들이 철수한 것을 확인하고 난 후에야 그곳을 떠났다. 그는 동천대사가 최원홀에게 맡겨놓은 물건을 찾기 위해 최원홀의 집으로 향했다.

6. 어긋난 전투

칠성의 방어와 길석의 안내로 추암마을 사람들과 유하, 칠성의
모친 심씨는 무사히 두타산성에 도착할 수 있었다. 유하는 그곳에
서 오빠 최원흘, 모친과 상봉하여 깊은 해후를 나누었다. 하지만
그녀는 칠성이 최원흘의 행방을 모른 채 자신의 집으로 향한 것이
걱정되어 마음을 놓을 수가 없었다. 칠성이 자신에게 맡겨둔 물건
을 찾아 자신의 집으로 향했다는 말을 전해들은 최원흘 역시 크게
노하여 길석을 불러들였다.

"너는 왜 내가 이곳에 있다는 사실을 알리지 않았느냐!?"

길석은 최원흘의 눈치를 살피며 대꾸했다.

"미처 경황이 없어 알리지 못했습니다."

"내가 너의 간계를 모를 줄 아느냐! 너는 일찍이 사술을 쓰다가
사독에 중독되어 죽었어야 할 목숨이었다. 그런 너를 동천 대사께
선 자비를 베풀어 살리셨다. 내 너의 근본이 바르지 못한 것을 알
면서도 중책을 맡겼거늘 사사로운 감정에 이끌려 일을 그르친단
말이냐! 나는 동천 대사님처럼 자비로운 사람이 아님을 명심하렷
다! 만약 칠성에게 무슨 변고라도 생긴다면 내 너의 목을 베어버
릴 것이다! 그리고 너는 지금 즉시 박달령으로 가서 그곳 수비대
와 합류하도록 하거라."

박달령은 두타산성의 전략적 요충지이면서도 그곳으로 통하는
길목이 적에게 알려지지 않아 최후방에 속하는 곳이기도 했다. 길
석을 박달령으로 배속한다는 것은 일종의 좌천을 뜻하는 것이었

다. 길석은 고개를 떨군 채 터벅터벅 무리에서 벗어나 홀로 걸어 갔다.

길석이 사라진 후 최원흘은 유하를 돌아보며 함박 미소를 지었다.

"그래, 칠성이 다시 소생했다는 말이 사실이냐?"

"그렇습니다. 천행으로 서방님께선 다시 눈을 뜨셨습니다."

유하는 추암마을에 나타난 괴문어가 칠성의 막힌 혈을 뚫어 그가 다시 소생하게 된 이야기를 자세하게 들려주었다. 최원흘은 얼굴에서 웃음을 거두지 못한 채 고개를 끄덕이며 말했다.

"참으로 천행이다. 분명 칠성은 하늘이 낸 사람이다. 그리고 유하 너의 지성이 하늘을 감동시켜 그 같은 천행을 베푼 것이다. 이제 칠성이 깨어났으니 이 전쟁은 우리에게 유리할 수밖에 없다."

최원흘의 곁에 서 있는 삼화사와 수덕사의 무술승들도 칠성의 무공에 대해 익히 들어온 터여서 천군만마를 얻은 듯한 기분에 사로잡혔다. 하지만 유하는 홀로 자신의 집으로 향한 칠성이 걱정되어 여전히 불안한 표정을 감추지 못하고 있었다. 유하의 근심을 알아챈 최원흘이 누이의 어깨를 두드리며 말했다.

"유하야, 칠성은 불탄과 이무기 같은 괴물도 물리친 무공의 초고수이니라. 만약에 칠성이 왜군들과 조우한다면 그건 칠성의 불행이 아니라 왜군들의 불행일 것이다. 그러니 아무 걱정 말고 이곳에서 마음 편히 지내려무나. 곧 칠성은 건강한 모습으로 이곳에 올 것이다."

유하는 최원흘의 말에 고개를 끄덕이기는 했지만 여전히 불안한 마음을 지울 수가 없었다.

한편 추암마을에서 왜병들이 철수하는 것을 지켜본 칠성은 곧장 최원홀의 집으로 향했다. 원홀에게서 신궁과 목판을 받기 위해서였다. 하지만 그는 최원홀의 집이 있는 삼척으로 가다가 다시 왜병들과 조우하고 말았다. 칠성은 왜병 50명의 목을 베었다. 하지만 그 역시 싸움에서 무리하게 진기를 소모한 데다가 왜병이 쏜 조총에 맞아 부상이 심했다. 조총을 본 적이 없는 칠성은 조총 공격에 제대로 대처를 하지 못했던 것이다. 사독의 후유증이 채 가시지 않은 상태여서 칠성의 몸은 급격하게 악화되었다. 그는 다시 추암의 해암정으로 물러설 수밖에 없었다. 자신을 애타게 기다리고 있을 유하를 떠올리면 마음이 조급했으나 여기서 다시 무리를 한다면 또다시 긴긴 암흑 속으로 빠져들지도 모를 일이었다.

총탄이 박힌 자리에서는 쉴새없이 피가 흘렀다. 칠성은 걷다가는 정신을 잃고 다시 걷다가 정신을 잃기를 반복했다. 기력이 떨어지면 다람쥐나 토끼 같은 짐승을 잡아 날것으로 먹었다. 추암에 이르렀을 때는 거의 초죽음 상태에 이르러 있었다.

해암정에 들어 운기조식을 했지만 몸이 회복될 기미는 전혀 보이지 않았다. 아직 완전히 빠져나가지 않은 사독이 다시금 칠성의 몸을 잠식해 들어오고 있었다. 칠성은 불탄이 잘라간 흑연수를 떠올렸다.

'그래, 성암에 가면 흑연수가 있을지도 모른다.'

칠성은 다시 걸음을 옮기기 시작했다. 곧 쓰러질 것 같은 몸을 가까스로 가누며 그는 한 걸음 한 걸음 발을 옮겼다. 중간에 왜병들과 조우하기도 했으나 칠성은 그들을 피해 몸을 숨겼다. 여기서 다시 무리를 한다면 영영 헤어나지 못할 어둠 속으로 다시 빠져들 터였다. 그렇게 며칠을 걸려 칠성은 이윽고 성암에 도착했다. 성암 입구는 불탄이 돌을 개어놓아 열려 있었다. 성암 안에는 역시 불탄이 훔쳐간 흑연수가 놓여 있었다. 칠성은 흑연수를 껴안은 채 긴 잠 속으로 빠져들었다.

칠성에게 호되게 당한 모리길성은 며칠 동안 바다 위에 떠 있으며 기회를 엿보다가 상륙했다. 그는 구로다로부터 300명의 군사를 지원받아 삼척읍에 진주하였다. 하지만 관군이고 민간인이고 사람 구경을 할 수가 없었다.

다음날 참모회의에서 구로다 사령관의 지시대로 집결지 원주로 가는 길을 의논했다. 미로, 태백을 지나 제천, 원주로 가는 길이 지름길로, 한 삼 일 동안 행군하면 원주에 도착할 수 있을 것 같았다. 또 송정, 삼화를 지나서 무릉계곡을 따라 문간재를 넘고 청옥산 계곡을 따라 내려가도 삼 일이면 간다는 것이다. 이럴 경우 무릉계곡을 지키는 두타산성을 치고 가야 했다. 두타산성을 점령해야 비로소 삼척읍을 점령했다고 말할 수 있었다. 이곳에 관군이고 민간인이고 모두 들어가 있는 것이다. 그러나 원래 조선인들의 산성이란 전투를 위한 요새라기보다 관군이나 백성들이 난을 피하기 위한 것이기 때문에 1개 중대 정도가 기습하면 금방 제압할 수 있을 것이라는 의견이 많았다.

모리길성은 그 다음을 생각했다. 원주에 도착하면 오천여 병력이 먹고 지낼 수 있는 보급품이 보급될 리는 만무하고 지금처럼 현지에서 조달하여 해결하라고 할 터인데 그것도 걱정이었다. 현지 조달이라는 게 어디 쉬운 일인가. 전쟁에 농사도 변변치 않고 식량 또한 피난갈 때 다 가져가고 없는 것이다. 그래도 이곳 바닷가에서는 배고프면 미역이나 바다 고기를 잡아먹을 수도 있지만, 내륙에 들어가면 상황이 달라진다. 병사들의 입이 겁났다. 식구를 줄여야만 했다. 궁극적으로 구로다 사령관의 생각은 일본군을 안전하게 유지하는 것 아니겠는가!

모리길성은 예하 부대장 중륭으로 하여금 절반 정도의 병력을 데리고 포항으로 내려가도록 요령을 피웠다. 물론 이러한 요령도 그의 사령관 구로다에게서 배운 것이었다.

모리길성이 살펴본 바로는 두타산성은 천혜의 요새로서의 입지적 환경을 갖추고 있었다. 무리하게 전투를 벌인다면 산성을 점령할 수 있을지는 모르나 일본군의 전력도 큰 손실을 입게 될 것이었다. 그는 일부러 두타산성을 치는 것보다는 유혈충돌을 피하는 것이 상책이라는 결론에 도달했다.

그러나 엄청난 불씨가 자라나고 있었다. 길석은 최원흘로부터 홀대를 당하고 의병 내에서도 따돌림을 당하자 공적을 세워 자신의 입지를 세우려 했다. 길석은 박달령 수비대원 몇을 꼬드겨 자신의 수비지역을 이탈한 뒤 기회를 엿보았다. 마침 모리길성의 왜병 10여 명이 정찰을 나서서 두타산성 아래의 숲을 지나고 있었다. 매복해 있던 길석의 무리들은 일제히 기습을 감행하여 그들의 목을 베었다.

　길석의 무리들은 의기 양양하여 왜병들의 목을 허리에 차고서 두타산성으로 향했다. 길석을 비롯한 박달령 수비대원들은 산성에 들어선 후 왜병들의 목을 들고 다니며 자신들이 왜군 정찰병들의 목을 벴노라고 자랑스럽게 떠들어댔다. 이 소식은 곧 최원흘의 귀에도 흘러들었다. 소식을 들은 최원흘은 노발대발하여 당장 길석을 잡아들이라 명했다.

　공을 세워 상을 받을 줄 알았던 길석은 오히려 최원흘의 호통을 듣자 억울하다는 표정을 지었다.

　"왜적의 수급을 베어 공을 세웠거늘 대감께선 어이 그리 역정을 내십니까?"

　최원흘은 할말을 잃은 듯 잠시 멍하니 왜병들의 머리를 내려다보고 있다가 눈길을 길석에게로 향했다.

　"네가 지금 얼마나 엄청난 일을 저질렀는지 알고 있느냐? 나는 왜적들의 노략질로부터 백성들을 보호하기 위해 사람들을 이곳으로 불러모은 것이다. 만약에 이번 일로 왜적과 전면전이 일어난다면 우리도 큰 희생을 치러야 한다. 나는 불필요한 충돌을 원하지 않았다. 이곳이 난공불락의 요새라는 사실은 왜적들도 알고 있을 것이다. 그래서 그들도 섣불리 덤비지 않고 있는 것이야. 나는 그들이 이곳을 조용히 지나쳐 준다면 굳이 싸움을 걸지 않겠다고 생각하고 있었다. 그것이 이곳으로 피신한 백성들을 지키는 유일한 방법이다. 그런데 너는 정찰병들의 목을 베어 그들에게 싸움을 건 것이다. 이 두타산성을 그냥 지나칠 수 없는 명분을 그들에게 제공한 것이야!"

길석은 눈만 끔벅이며 아무 말 없이 앉아 있었다. 최원흘은 어처구니없는 상황 앞에서 기운이 빠진 듯 힘겹게 입을 열었다.

"앞으로 우리는 큰 싸움을 치르게 될 것이다. 돌아가거라. 가서 네 자리를 지키거라."

길석의 무리가 돌아간 뒤 최원흘은 손으로 이마를 짚고서 괴로운 표정을 지었다. 그의 곁에 박걸남 수문장 스님이 다가갔다.

"저 아이의 얼굴에 사기(邪氣)가 가득하니 아무래도 우리에게 해를 끼칠까 염려가 됩니다. 그냥 저 아이를 산성 밖으로 내치는 것이 현명할 듯합니다."

최원흘은 고개를 가로 저었다.

"길석이 비록 내공을 상실했다고는 하나 아직도 그의 무예는 쓸 만합니다. 이제 전면전이 벌어지게 생겼으니 한 사람의 힘이라도 더 보태야 합니다. 그리고 제 아무리 근본이 바르지 못하다 하나 조선의 백성된 자로서 어찌 적에게 이로운 짓이야 하겠습니까. 마지막으로 한 번 더 믿어볼 수밖에요."

모리길성은 병력을 풀어 두타산을 넘는 문간재 길을 정찰하도록 하였다. 먼저 진로를 확보한 다음 산성을 우회하는 길을 택하려는 것이었다. 정찰병은 10명으로 1개 분대 병력이었다. 아침 일찍 떠난 정찰병들은 오후가 되고 해가 저물어도 돌아오지 않았다. 정찰병을 보냈던 부대장이 모리길성에게 보고하였다.

"장군, 10명의 정찰병이 아직 돌아오지 않았습니다. 필시 산성 안에 웅크리고 있던 조선놈들이 제 부하들을 해친 것이 분명합니다. 저놈들이 먼저 싸움을 걸어온 겁니다."

하지만 모리길성은 고개를 저었다.

"틀렸다. 산성의 조선놈들이 우리와 전면전을 치를 의향이 아니라면 그럴 리가 없다. 내가 보기에 저들은 우리와 마찬가지로 싸울 의사가 없는 것이 분명하다. 그런데 애꿎은 정찰병들을 해쳐 우리에게 싸움을 걸겠는가. 30명 정도를 편성하여 앞서 보낸 정찰병들을 찾아보도록 하라. 만약의 사태에 대비해 기마병 2기를 대동시켜 정찰 결과를 신속하게 보고하도록!"

부대장의 말대로 산성의 조선인들이 전면전을 각오하고 싸움을 걸어온 것이라면 모리길성으로서도 어쩔 수 없는 일이었다. 정찰병 10명을 잃고도 그냥 우회한다면 그건 군의 위신 문제였다. 피할 수 없는 일전을 벌이게 된다면 이쪽의 희생도 만만치 않을 터였다. 전투에 승리하여 산성을 정복한다 하더라도 일본군으로서는 얻는 것이 그다지 없었다. 그건 산성 안에 웅크리고 있는 조선인들도 마찬가지였다. 모리길성은 산성의 조선인 우두머리가 우둔한 자가 아니기를 간절히 바랐다. 정찰병들이 길을 잃고 헤매다가 후발대에 발견되어 멀쩡하게 돌아오기를, 그래서 이 싸움을 피할 수 있기를……. 추암마을에서 정체를 알 수 없는 단신의 적에게 부하 200명을 잃었던 일을 떠올리며 모리길성은 두려움에 몸을 떨었다.

하지만 새벽녘 10명의 정찰병들을 찾으러 나섰던 병사들이 가지고 온 소식은 최악의 것이었다. 목이 잘린 10구의 시체가 기마병의 말에 실려 온 것이었다. 그 모습을 본 장수들과 병사들은 흥분을 감추지 못했다. 그들은 잔인하게 살해당한 동료 병사들의 시신 앞에서 칼을 빼들고 소리를 지르며 복수를 다짐했다.

"내 기필코 조선놈들의 씨를 말려 이 원한을 갚으리라!"

"놈들의 심장을 두 손으로 꺼내어 씹어 먹으리라!"

"그들은 스스로 저지른 만행으로 인해 최악의 고통을 겪게 될 것이다. 놈들을 산 채로 젓갈을 담궈 본국으로 가지고 가겠다!"

여기저기서 흥분한 병사들의 울부짖음이 터져나왔다. 모리길성은 참담한 심정으로 병사들을 지켜보았다. 아, 산성 안의 수괴가 이토록 우둔한 자였단 말인가! 모리길성은 피할 수 없게 된 싸움을 앞두고 전신의 힘이 쑥 빠져나가는 것을 느꼈다.

모리길성은 본격적인 전투에 앞서 미찌와 기이찌 중대장으로 하여금 100명의 병사를 편성하여 정찰을 나서는 한편 일본군의 행군로를 확보하도록 하는 명령을 내렸다.

기이찌 중대장은 자기 휘하의 소대장 3명을 소집하였다. 기이찌는 각 소대별로 30명씩 편성하고 맨 선두에 무술이 뛰어나고 담력이 센 장병 10명을 선발하여 전진시켰다. 선두에 나선 병사들이 담력이 세고 무술이 뛰어나다고는 하지만 전날 정찰병들이 잔인하게 살해된 사실을 알고 있던 터라 두려움에 가슴을 졸였다.

산길을 따라 올라가니 절간 건물이 희끄무레하게 모습을 드러내었다. 10명의 선발대는 어둠을 짚으며 조심스럽게 접근해 들어갔다. 주위는 칠흑 같은 어둠에 잠겨 있었고 날벌레만이 달려들

뿐 인기척은 전혀 느껴지지 않았다. 그들 중 한 명이 뻐꾸기 울음 소리를 내어 뒤에 대기하고 있는 병력을 불러들였다.

기이찌 중대장이 도착하여 건물을 살펴보았다. 그 건물은 삼화사 외곽에 위치하고 있는 사당으로 짐작되었다. 멀지 않은 곳에 적들이 방어태세를 갖추고 있으리라고 생각한 기이찌 중대장은 그 건물을 거점으로 삼기로 계획을 세웠다.

사당을 살펴보고 있는 기이찌 중대장의 눈에 이상한 것이 띄었다. 사당 안에도 사당 주변에도 마른 짚단들이 쌓여 있거나 흩어져 있는 것이었다. 여름날에, 그것도 일부러 산에까지 이삭을 가지고 와 타작을 했을 리도 만무한 일이었다. 순간, 기이찌 중대장의 머리 속으로 불길한 생각이 스치고 지나갔다. 그때였다. 갑자기 바람 가르는 소리가 들리며 불꽃을 매단 화살들이 날아와 사당의 지붕과 짚단에 박혔다. 목조 건물과 짚단이 순식간에 불타오르며 주위를 대낮같이 밝혔다. 사당 안에 있던 일본 병사들은 불길에 휩싸인 채 허우적거리다 이내 쓰러져 갔다. 불길 때문에 사당 주변에 있던 일본인 병사들은 조선 의병들의 공격에 그대로 노출되었다. 어둠 속에서 수없이 많은 화살들이 날아들고 있었다. 여기저기서 일본인 병사들의 비명이 터져나왔다.

"후퇴하라! 후퇴하라!"

기이찌 중대장은 불길에 놀라서 날뛰고 있는 말에 아슬아슬하게 매달린 채 필사적으로 퇴각 명령을 내렸다. 하지만 갑작스런 공격에 당황한 병사들은 조선 의병들이 쏘아대는 화살에 하나둘 쓰러져 갈 뿐이었다. 무언가 뜨끔한 충격이 등에 와 닿았다. 기이찌 중대장은 단말마의 비명을 내지르며 말의 고삐를 놓쳤다.

간밤에 연대장 이사하라 준은 자다 깨기를 반복하며 온 밤을 설쳤다. 벌써 모리길성의 부관이 10번도 넘게 다녀간 것이었다. 중대장 기이찌에게서 연락이 왔느냐는 것이었다. 그러니 예하 참모들과 연대장은 안절부절못하였다. 그러나 다른 대책이 없었다. 날이 밝기만을 기다려야 했다.

이사하라 준은 캄캄한 밤에 지형도 모르는 험악한 산길로 병사들을 내보낸 것을 후회하고 있었다. 이번에는 대대병력을 보내는 수밖에 없었다. 500명의 대대병력을 군사훈련도 제대로 안되었을 적을 정찰하기 위해 움직인다는 게 한심한 노릇이라고 그는 생각했다. 하지만 3000명의 대병력을 이동시키기 위해서는 길을 장악하는 것이 급선무였다.

이번에는 연대에서 지원한 공병 부대와 기마 소대까지 편성된 전투 부대로 행군로를 점령하여 일대에 주둔시키고 조선 의병의 준동을 막도록 하는 임무가 부여되었다. 정찰대 임무를 넘어서 전투 부대 편성을 한 것이다.

대대장 기시 다쯔오는 예하 4개 전투중대장과 1개 공병중대장, 기마대장을 소집하고 대대참모들을 소집하였다. 참모들로 하여금 수집된 정보를 예하 지휘관들에게 설명하게 하고 작전 명령을 하달하였다.

"삼척 군수 기령과 그의 관군들, 무장 최원흘과 일대의 유생, 승려, 어부, 농민 등이 두타산성을 지키고 있으나 실제 싸울 수 있는 병력은 수백 명에 불과한 것으로 추산된다. 이들은 막다른 골목에 몰린 짐승처럼 날뛰는 것 같다. 하지만 전투장비라고는 활뿐이니 전혀 겁먹을 필요가 없다. 정신을 똑바로 차리고 경계에 만전을 기하기 바란다. 길이 외길인 데다 산골짜기를 지나자면 적이 측방에서 돌이나 바위를 굴리고 나무 따위로 장애물을 설치하였을 것으로 이는 통상 사용하는 옹색한 방어 수단일 뿐이다. 그러니 천하제일의 일본군답게 자신감을 가질 것. 병력은 밀집해서 움직이지 말 것. 10명 단위로 행동 목표를 부여하고 다시 3~4명씩 소조로 행동할 것. 장애물이 나타났을 때는 절대 후퇴하지 말고 과감하게 돌파하라. 모든 시설물은 불태워서 적이 심리적으로 위축되게 할 것. 무릉계곡 입구에서 문간재까지 행군로와 행군로를 기습할 수 있는 주변의 산 능선을 점령한다. 차후 명령은 현지에서 하달한다. 이상!"

조선에 와서 처음으로 세세한 전투 명령이 하달된 것이었다.

기시 다쯔오 부대가 삼화사 입구에 도착했을 때는 오전 8시쯤이었다. 그곳에는 간밤에 죽은 병사들의 시신이 처참하게 흩어져 있었다. 검게 타버린 사당은 모두 잿더미로 변했고 잿더미 밑에 깔린 병사들도 많았다. 대부분 화살과 창에 맞아 죽었고 타 죽은 병사들도 여럿이었다. 병사들의 시체는 가지런히 놓여 있기도 하고 무너진 벽에 기대어 세워져 있기도 했다.

대대장 기시는 우선 병력을 주위에 분산 배치시켜 경계를 철저히 하도록 하고 공병대를 시켜 시체를 거두어들이라고 지시했다. 한 병사가 소리쳤다.

"생존자가 있다!"

기이찌 중대장이었다. 등에 화살이 꽂혀 있었지만 아직 숨이 붙어 있었다. 그는 가쁜 숨을 내쉬며 넋이 나간 표정으로 더듬었다.

"모, 모두 주, 죽었어. 우, 우리는 그들을 보, 보지도 못했어."

그 모습을 지켜보는 병사들의 가슴에 공포감이 점점 더 크게 자리잡았다. 중대장 미찌와 기이찌는 곧바로 기마병에 실려 본대로 후송되었다.

대대장 기시 다쯔오가 부하들을 시켜 시체를 모두 거두어 보니 80명이었다. 나머지 20명은 어디로 갔단 말인가! 그들은 필경 다른 지역에서 전투를 치르다 전멸당했거나 포로로 잡혀간 것이리라.

대대장의 1차 목표는 우선 삼화사를 점령해 전투 지휘소로 삼는다는 것이었다. 그래서 서둘러 앞으로 진군 명령을 내렸다. 한 오 리쯤 가자 삼화사가 저만치 산자락 소나무 숲 사이로 그 웅장한 모습을 드러냈다.

기시는 행군을 멈추게 하고 기마병으로 편성된 정찰 부대를 앞으로 보냈다. 기마 정찰대는 주변에 대한 경계를 펴며 삼화사로 접근해 갔다. 삼화사 정문에는 통나무로 된 장애물 벽이 쌓여 있고 그 뒤에 조선군 의병들이 진을 치고 있었다. 조선군 의병들이 가진 무기라고는 화살과 죽창이 전부였지만 그들은 일본 기마대를 보고도 전혀 놀라는 기색이 없었다.

정찰대장이 소리쳤다.

"너희 조선놈들, 비겁한 술수를 부려 우리 병사들을 많이도 죽였구나. 나머지 살아 있는 병사들은 돌려보내라. 그렇지 않으면 너희 조선놈들 몸을 갈기갈기 찢어 육포로 만들어버리겠다. 우리 일본군은 수만 명이다. 너희들, 순순히 항복하고 따르는 것이 좋을 것이다!"

7. 지구전(持久戰)

삼화사 정문 앞에 의병대장인 듯한 늠름한 젊은이가 나타났다.
"나는 이곳을 지키는 조선군 두타산 수덕사 수문장 승려 박걸남이다. 너희 쪽발이 놈들, 어제 그렇게 혼이 났으면 그만 물러갈 일이지 겁도 없이 또 왔단 말이냐. 너 같은 졸개들은 나와 상대하기에는 격이 맞지 않으니 너희 대장더러 나하고 한판 붙자고 전해라."
그는 그렇게 말하고 나서 왜병들의 심기를 건드리기 위해 거만하게 버티고 서 있었다. 그러자 선두 대열에 있는 왜병들이 화가 나서 총을 겨누고 조총에 불을 당기려고 하였다. 이때 측방에서 무엇인가 움직이는 듯하더니 골짜기가 진동하는 조총 소리가 울렸다. 일본 기마병 십여 명이 말에서 떨어지면서 쓰러졌다. 나머지 일본 기마병들은 혼비백산하여 퇴각하였다. 한참을 도망치다 멈추고 인원 점검을 하였다. 기마대장을 비롯한 10명의 기마병이 보이지 않았다. 살아남은 기마병들은 자신의 동료들을 그대로 두고 갈 수가 없었다. 시체라도 찾아가야 했다. 일본 천하무적 구로다군, 그 구로다군의 최정예 기마 부대의 자존심이 깡그리 무너지는 순간이었다. 그것도 자기네 일본 병사 500여 명이 지켜보는 눈앞에서 당하는 개망신이었다. 순간 그들의 체내에 있는 모든 에너지가 폭발했다. 그들 기마대 19명은 오던 길을 되돌아서 질풍같이 달리기 시작했다.

한편 의병들은 우르르 몰려나와 쓰러진 일본 병사들의 조총과 소지품, 말 등 전리품을 주우려고 달려들었다.

계곡 위에서 경계를 서던 만길이는 도망가던 일본기마병이 되돌아 질풍노도와 같이 쳐들어오는 것을 보고 위험을 알리는 나팔을 숨가쁘게 불어댔다. 전리품을 주워 갖는 데 정신이 팔려 있던 의병들은 위험을 알리는 만길이의 나팔 소리가 골짜기를 울리자 뒤돌아서 달아나기 시작하였다. 하지만 때는 이미 늦어 있었다.

계곡을 가르는 천둥소리가 떨어졌다. 동시에 의병들이 나동그라졌다. 말을 탄 왜병들이 들이닥쳐 장도를 꺼내서 의병들을 무차별로 공격하였다. 의병들이 추풍낙엽처럼 나뒹굴었다. 의병들은 삼화사를 향해 필사적으로 뛰었다. 그들은 삼화사 정문으로 통하는 길 양옆에 쌓아둔 높이가 한 길이 넘는 통나무 장벽 뒤로 도망을 쳤다. 기세가 오른 왜군 기마병들은 삼화사 정문을 향해 돌진하였다. 통나무 장벽 뒤의 저항력 없는 의병들은 이제 안중에도 없었다. 삼화사 점령이 눈앞에 온 것이다. 그들은 함성을 지르며 통나무 장벽 사이를 통과하고 있었다. 삼화사 점령의 제1차 목표가 수중에 떨어지는 순간이었다. 하지만 막 삼화사 정문으로 진입하던 왜병들은 몸의 중심이 흐트러지는가 싶더니 말과 함께 곤두박질치기 시작했다. 그들은 어딘지도 알 수 없는 어둠 속을 굴러

내려갔다. 구르면서 말이 왜병들을 올라타기도 하고 왜병이 말을 올라타기도 했다. 그들은 어느새 삼화사 아래 행랑채 돌담 밑으로 굴러와 있었다. 손에 들고 있던 조총과 장검, 타고 있던 말이 모두 흉기가 되었다. 머리가 깨지고 팔다리, 갈비뼈가 부러지고 해서 성한 이라고는 한 명도 없었다. 그들은 조선 의병들이 삼화사 정문 앞에 파놓은 함정에 빠져서 비탈진 언덕으로 떨어져 그곳까지 굴러간 것이었다.

박걸남의 우렁찬 목소리가 다시 계곡을 뒤흔들었다.

"이놈들! 조금 전에 내가 경고를 했건만 겁도 없이 덤비다가 또 걸려들었구나. 너희 놈들은 이제 내 손에 죽은 목숨이다."

일본 기마병들이 혼이 빠져 있을 때 어느새 다가온 조선 의병들이 쇠 지렛대를 돌담 밑에 쑤셔 넣고 돌담을 허물어뜨리려 했다. 돌담에 깔아 죽이려는 기세였다. 일본 기마병들은 겁에 질린 시선으로 돌담을 향해 손을 내저으며 비명을 내질렀다.

하지만 전투 상황은 묘하게 전개되기 시작했다. 대대장 기시가 보기에 기마대는 조선 의병들을 쓰러뜨리며 삼화사 정문으로 진입한 후 그 모습이 사라진 것이다. 기시의 머리 속에는 기마대가 삼화사로 난입하여 조선 의병을 상대로 살육전을 벌이는 모습이 선명하게 떠올랐던 것이다. 역시 구로다군의 최정예 기마대다운 용맹성이었다. 기시와 마찬가지로 기마대가 돌진하는 모습을 지켜본 일본인 병사들은 함성을 내지르기 시작했다. 그들은 삼화사가 자신들의 수중으로 떨어지기 일보 직전에 있다고 믿었던 것이다.

기시의 공격 명령이 떨어지자 공격 나팔이 울렸다. 사기 충천한 일본 병사들은 일제히 함성을 지르며 앞으로 달려가기 시작했다.

"적이다! 적이다! 적이 구름같이 몰려온다!"

삼화사 지붕 위에서 감시를 하던 만길이와 소년 경계병 세 명은 돌연한 일본군의 공격에 나팔을 불 틈도 없이 소리를 질러대기 시작했다.

왜병들이 삼화사 앞 통나무 장벽 앞에 이르렀을 때 통나무 장벽 뒤에 은신하고 있던 조선 의병들이 통나무를 무너뜨렸다. 기세 좋게 덤벼들던 일본 병사들은 양 측면에서 갑자기 달려드는 통나무 공격을 피하지 못하고 그대로 깔려 죽었다. 이어서 지축을 뒤흔드는 조총 소리가 울려 퍼졌고 사방에서 화살이 날아들었다. 일본 병사들은 조선 의병들의 갑작스런 공격에 대처하지 못하고 떼로 쓰러져 갔다.

대대장 기시는 전혀 생각지도 못한 조선 의병군의 방어 태세에 당황하지 않을 수 없었다. 하지만 이미 퇴각 명령을 내리기에는 너무 늦어 있었다. 일본인 병사들은 죽기살기로 동료 병사들의 시신을 뛰어넘어 앞으로 돌진하고 있었다. 하는 수 없이 기시는 나팔수로 하여금 공격 신호를 계속해서 보내도록 지시했다.

일단의 왜병들이 삼화사 본체에 진입하자 삼화사 뜰에서는 일본군과 의병들 사이에 백병전이 펼쳐졌다. 이제는 조총이나 활 따위는 아무 소용이 없었다. 일본 병사들은 허리에서 칼을 뽑아들었고 조선 의병들은 죽창을 단단히 쥐었다. 이런 대규모의 백병전은 왜병의 기시나 조선 의병의 최원홀 장군으로서도 전혀 예기치 못한 우발 사태였다.

조선 의병들은 대다수가 검도 없었고 검술도 익힌 바가 없었기 때문에 백병전 같은 정면대결은 피해야 했다. 서서히 의병군이 왜병들에게 밀리기 시작하더니 조선 의병들이 물러서서 절 안으로 숨어들기 시작하였다. 이때 사자후(獅子吼)와도 같은 괴성이 울렸다. 박걸남 수문장이었다. 그는 키가 7척 장신에 감색 옷에 멧돼지 털로 된 갈색 조끼를 입고 있었으며 털모자를 썼고 얼굴 전체에는 검은 수염으로 뒤덮여 있었다. 그는 삼화사 무림의 두타검을 앞으로 내밀며 다시 소리를 질렀다. 두타검은 찌르기도 하고 베기도 하는 육창검과 비슷하였다.

"왜놈들 대장 나와라! 애매한 부하들을 희생시키지 말고 나하고 단둘이서 결판을 내자! 너희 조무래기들은 물럿거라!"

그의 서릿발같은 눈매와 흐트러짐 없는 자세는 무공이 선의 경지에 이른 산신령처럼 보였다.

박걸남의 등뒤로 말에 탄 채 승병들의 호위를 받고 있는 장수가 눈에 띄었다. 최원홀 장군이었다. 그는 관군의 장수 복장을 하고 있었다. 가죽으로 된 갑옷과 투구를 썼으며 손에는 긴 칼을 들고 등에는 큰 활을 메고 있었다. 투구의 그늘 아래로 발산되고 있는 형형한 눈빛, 조금도 흐트러짐이 없는 자세와 늠름한 기상은 그가 오랜 수련의 과정을 거친 무사임을 증명하고 있었다.

박걸남의 등뒤에 말을 탄 장수가 조선 의병의 우두머리임을 알아챈 일본 병사들이 일제히 칼을 휘두르며 돌진해 들어갔다. 최원홀을 호위하고 있던 승병들이 말에서 뛰어내렸다. 승병들은 왜병들에게서 말을 빼앗아 타기는 했지만 말 위에서 칼을 쓰는 것은 아무래도 서툴렀다. 그들은 칼을 빼들고 현란한 검법을 선보이며 공격해 들어오는 일본 병사들을 가볍게 쓰러뜨렸다.

백병전은 곳곳에서 집단별로 치러졌다. 왜병들의 검도란 평소 집단 훈련으로 형식에 치우친 기교만 있을 뿐 무공이 결여되어 삼화사의 승병들이 닦은 내공의 힘이 실린 두타검법을 이겨내기는 힘들었다. 조선 의병들이 일시 퇴각하면서 기세가 올랐던 왜병들은 이 조선 승병 검객들을 맞아 전세가 반전되면서 대여섯 군데에서 밀리기 시작했다. 이대로 상황이 계속된다면 일본군으로서도 유리할 것이 하나도 없었다.

이런 상황을 지켜보던 기시의 호위병 중 한 명이 앞으로 튀어나오며 소리쳤다.

"사무라이의 진정한 칼 솜씨를 보여주겠다! 너, 멧돼지같이 생긴 중대가리, 앞으로 나와라! 버릇을 단단히 고쳐주겠다!"

그의 칼은 박걸남을 겨냥하고 있었다. 그는 일본 전국을 주름잡던 낭인들의 우두머리 출신으로 표범같이 날랜 몸놀림과 뛰어난 검술을 인정받아 대대장 기시의 호위병으로 임명된 자였다. 일본 천하를 떠돌며 실전을 치러낸 무사답게 얼굴에는 흉측한 상처가 남아 있어 그의 용맹성을 돋보이게 했다. 하지만 그가 박걸남에게 대전을 신청한 것은 일본군 스스로 전세가 불리하게 돌아가고 있다는 사실을 인정하는 반증이었다. 사무라이는 박걸남과의 대결을 자청하여 일본군으로 하여금 대열을 정비할 수 있는 시간을 벌어주자는 계산을 품고 있었던 것이다. 최원흘이나 박걸남 역시 승병들의 체력을 비축하고 어디서 날아들지 모르는 조총의 공격에 대비하기 위해 전열을 재정비할 필요가 있었다.

최원홀이 고개를 끄덕이자 박걸남은 최원홀에게 합장을 한 후에 칼을 휘두르며 앞으로 나섰다.

"좋다! 어느 놈이냐 어르신네를 모시겠다는 놈이!"

바짝 긴장한 채 새된 목소리로 소리를 질러대는 사무라이에 비해 박걸남은 사뭇 여유로워 보였다.

양군의 대표들이 겨루는 장면을 지켜보려고 나머지 병사들은 모종의 휴전에 들어갔다. 박걸남과 사무라이의 대결은 전투의 흐름을 결정짓는 일전으로 압축되었기 때문에 그들을 지켜보는 모두는 손에 땀을 쥐었다.

사무라이와 박걸남은 몇 합을 겨루어 보았다. 상대의 실력을 탐색한 것이다. 왜병의 낭인 검법은 빠르고 예리하여 상대의 심장과 목을 파고드는 잔인한 검법이었다. 박걸남은 두타산 삼화사의 정통 무술인 두타검법을 썼다. 천지 조화를 원리로 기를 받아 내공을 기르고 몸의 운기를 모아서 상대의 허점을 파고드는 변화무쌍한 검법이었다.

사무라이는 공중 회전 묘기를 보이며 가벼운 몸놀림과 함께 칼을 휘둘렀다. 박걸남은 그의 움직임에 일일이 대응하지 않고 빈틈없는 방어 자세를 취한 채 상대방의 검이 공격해 들어올 때에만 가볍게 쳐낼 뿐이었다. 어떻게 보면 사무라이의 동작이 현란하고 공격적인 데 반해 박걸남은 소극적인 대응만 하고 있어서 사무라이가 우세해 보일 수도 있었다. 하지만 무예가 일정한 경지에 이른 사람이 본다면 그 싸움은 이미 박걸남 쪽으로 크게 기운 것이었다.

몇 차례의 공격이 무위로 끝나자 사무라이는 최후의 일격을 가하기 위해 큰 소리로 기합을 넣으며 공격해 들어갔다. 박걸남은 체내에 축적한 내공을 검에 실었다. 사무라이의 검과 박걸남의 두타검이 맞부딪치는 순간 사무라이의 검이 튀어서 공중으로 솟구치더니 싸움을 관전하고 있던 기시의 호위병 이마에 날아가 꽂혔다. 그는 즉사하고 말았다. 검을 잃은 사무라이는 사색이 되어 뒤로 달아나기 시작했다. 박걸남의 손을 떠난 두타검이 바람 가르는 소리를 내며 뱀처럼 꿈틀거리며 날아갔다. 은빛 비늘을 흩뿌리며 날아간 두타검은 사무라이의 머리통을 사정없이 날려 버렸다. 그 광경을 지켜보고 있던 조선 의병들은 손에 든 무기를 하늘 높이 치켜들고 함성을 질러댔다.

박걸남은 땅에 박혀 있는 두타검을 뽑아 손에 치켜들고 소리쳤다.

"이놈들! 썩 물러가렷다! 물러가지 않으면 모두 이 꼴을 당할 줄 알아라!"

박걸남은 태연했다. 그러나 그는 항상 갑작스런 조총이나 화살 공격에 대응할 수 있도록 주위를 살피며 몸을 움직이고 있었다.

"불을 질러라!"

기시는 전세가 조선 의병군 쪽으로 기울자 퇴각명령을 내리는 동시에 삼화사에 불을 지르도록 지시했다. 그런 와중에도 왜병의 조총수들은 조선 의병들의 접근을 막기 위해 쉴새없이 총탄을 퍼부었다. 최원흘 역시 의병들에게 퇴각명령을 내렸다. 왜병들을 쫓다가 본대와 조우한다면 조선 의병들에게도 이로울 것이 없다고 판단한 까닭이었다. 최원흘은 의병들을 이끌고 계곡 안쪽으로 후퇴했다. 일본군도 불타는 삼화사를 뒤로하고 물러나기 시작했다.

왜병들과 조선 의병들이 물러간 뒤 거센 불길에 휩싸인 삼화사만이 외로이 남아 있었다.

삼화사에서 물러나온 기시는 부대를 점검했다. 구로다군이 자랑하는 30명의 기마병은 단 한 명도 보이지 않았고 자기가 지휘한 500명의 병사 중 3분의 1 정도가 손실되어 있었다. 기시는 시체를 거두고 부상병을 후송한 후 지금까지의 상황을 연대장에게 보고하도록 하였다.

이후로 기시는 전투 병력을 재편성하여 조선인 의병들이 숨어든 두타산 계곡을 여러 차례 공격했지만 그때마다 이렇다 할 전과를 올리지 못한 채 진퇴양난을 거듭했다. 일본군은 조선 의병군에 비해 지형적으로 불리한 여건에 처해 있었다. 계곡을 오르는 길은 협소해서 2~3명씩 줄을 지어 올라갈 수밖에 없었다. 왜병들은 적이 보이지도 않는 전방을 향해 조총 공격을 퍼부은 후 반응을 살폈다가 조심스럽게 전진해 나아갔다. 그렇게 전진하다가 조금만 긴장을 늦추면 어느새 나타난 조선 의병들이 화살 공격을 퍼부었다.

지형적 불리함뿐만 아니라 기 싸움에서도 왜병들은 조선 의병들에게 밀리고 있었다. 계곡을 오르는 하얀 반석에는 토포사(討捕使)들의 이름과 왜병의 살상지대 진입을 경고하는 문구들이 수없이 적혀 있었다. 그 글귀들은 난을 맞아 한양으로 복귀하지 못하고 두타산 의병에 편입된 한 토포사가 남긴 것이었다(무릉계곡에는 가끔 지명수배범들이 은닉하였기 때문에 조정에서는 그들을 검거하기 위해 토포사를 이곳으로 파견하였다). 왜병들은 바위에 새겨진 경고성 글귀를 대할 때마다 움찔움찔 놀라고는 했다. 그러면 공포는 전염병과도 같이 다른 왜병들에게도 옮아가 진군을 하는 전열이 일순 흐트러지기도 했다.

며칠에 걸쳐 수많은 희생자를 남기며 더디게 진군한 왜군은 무릉반석을 지나 계곡이 트인 개활지에 도착했다. 대대장 기시는 이곳이 시야가 트여서 사방을 경계하기에 좋고 적 침입시 조총을 사용할 수 있겠다고 판단하여 임시 지휘본부를 차렸다. 그는 1개 중대를 후속 부대로 이곳에 주둔시키고 2개 중대는 앞으로 계속 전진하도록 지시했다.

진군 명령을 받은 2개 중대가 개활지를 벗어나 계곡 안쪽으로 들어갔다. 계곡은 다시 급속히 좁아졌다. 계곡의 주위는 가파른 절벽이어서 몸을 움직일 수 있는 공간이 점점 줄어들었다. 왜병들은 언제 어디서 닥칠지 모를 조선 의병들의 공격에 공포에 질린 채 사방을 둘러보았다. 한참을 저항 없이 전진하는데 앞에 깎아지른 듯한 절벽이 나타났다. 앞에는 개울이 가로지르며 흐르고 있었다. 물이 깊어서 그냥 건너기가 힘들어 보였다. 공병대가 와서 다리를 놓든지 밧줄을 매든지 해야 했다. 기시의 중대장이 골똘히 생각에 잠거 있을 때 계곡을 쩌렁쩌렁 울리는 고함소리가 들려왔다.

"이런 원숭이 같은 놈들! 혼쭐이 났으면 도망이나 갈 일이지 왜 다시 와서 아까운 목숨을 버리려고 하느냐! 이놈들, 산을 허물어 저승으로 보내주겠다!"

산 위의 성벽에서 수많은 조선 의병들이 소리를 지르고 있었다. 왜병들은 앞으로 나아가지 못하고 대장의 지시가 있기를 기다렸다. 앞서 가던 중대장은 위험을 직감하고 후방의 퇴로를 확보하도록 뒤따르는 중대장에게 연락했다. 그들은 더 이상 앞으로 전진하지 못하고 주위 계곡에 병력을 배치하였다. 이곳에 참호를 파고 지구전에 돌입할 생각이었다.

지금까지의 전황을 보고받은 모리길성의 얼굴에는 깊은 수심이 드리웠다. 부상당한 기이찌 중대장을 싣고 되돌아온 말을 보자 추암마을에서 겪었던 낭패가 떠올라 더욱 불길한 생각이 들었다. 두타산성의 관군이 훈련하고 조직을 했다면 의병들의 전력은 생각했던 것보다 더욱 강력할 터였다. 삼화사 입구에서 이 지경이니 무릉계곡을 지나기는 더욱 힘들 것이다. 그렇다고 두타산성을 그냥 두고 지나가는 것도 체면 문제였다. 그러나 지금의 예하 지휘관들로서는 이 난국을 타개하기가 힘들 것 같았다. 아무래도 포항으로 내려가고 있는 중륭(重隆, 시게타카)을 다시 불러 올려야 할 것 같았다. 그는 즉시 중륭에게 전령을 띄워 삼척으로 복귀하라고 명령을 내렸다. 그리고 연대장 이사하라 준에게는 기시 대대가 삼화사 이상 전진하지 않도록 전선 정비 지시를 내렸다.

울진에 내려가 있던 중릉에게 급거 회군하라는 전갈이 당도하였다. 그의 선발대는 벌써 평해까지 내려가 있었다. 중릉이 병사들을 불러모아 삼척에 돌아온 것은 4일 후였다.

전선시찰을 한 중릉은 조직적인 의병들의 대처능력과 지형의 불리함으로 인해 정면 돌파는 불가능하다고 판단했다. 그는 모리길성에게 백복령으로 돌아가든지 남쪽으로 내려가든지 아니면 때를 기다리자고 제안했다.

모리길성은 백복령도 내키지 않았다. 삼척, 태백으로 가는 것도 체면문제였다. 지난번에도 미로까지 가다가 거꾸로 올라오지 않았는가! 때를 기다리자는 것도 좋은 방책이 아니었다. 두타산에는 물이 있고 삼척과 정선으로 이어지는 보급 경로가 있는데 의병들이 투항하고 나올 리가 만무했다. 모리길성은 중릉의 입에서도 신통한 계책이 나오지 않자 이맛살을 찌푸렸다.

"장군님, 저에게 시간을 주십시오. 필시 좋은 우회로가 있을 겁니다. 그것을 찾아내겠습니다."

이 말을 들은 모리길성은 좌우로 머리를 흔들었다. 그의 생각은 위신보다는 실리를 추구하자는 쪽으로 기울어 있었다.

"귀관, 더 이상 지체할 수 없다. 아는 길로 가자. 백복령으로 간다. 귀관이 앞서라."

이리하여 중릉의 부대가 먼저 움직이고 본대는 이를 지켜보며 뒤따랐다. 그들은 백복령을 향하여 달방, 신흥, 도화골을 지나고 옥계와 임계로 갈리는 길목에서 잠깐 쉬고 백복령 굽잇길을 굽이굽이 돌면서 올라갔다. 그러나 울진, 평해에서 올라온 중릉의 병사들은 사기가 말이 아니었다. 날씨는 8월 초로 접어들어 무덥고 불쾌했다.

중릉은 불만이 이만저만이 아니었다. 모리길성 자신이 어려우면 남도 마찬가지일 텐데 장거리에 내려가라 올라오라 앞장서라 소모적인 명령만 하달하여 전력의 손실을 가중시키는 것이었다. 그렇다고 전장에서 대들 수도 없고 마지못해 명령에 따르기는 하지만 속에서 화가 끓어올라 미칠 지경이었다.

뜨거운 햇살이 내리쬐고 있는데도 백복령 정상은 구름 속에 묻혀 마치 다른 세계에 속한 듯 신비로움에 휩싸여 있었다. 눈을 돌리면 아득히 멀리 동해의 푸른 빛깔이 한눈에 들어왔다. 수림을 걸치고 있는 두타산도 보였다.

왜병들은 잠시 휴식을 취했다. 병사들은 햇볕을 피해 나무 그늘 아래에 삼삼오오 모여 나무에 등을 기댄 채 졸음에 잠겼다. 중릉도 유난히 수령이 깊어 보이는 나무 아래에 자리를 잡고 잠시 눈을 붙였다. 얼마쯤 시간이 지났을까. 달콤한 오수(午睡)에 빠져 있던 중릉은 무언가 차가운 기운이 얼굴을 핥는 느낌에 눈을 번쩍 떴다. 몸을 일으킨 중릉은 놀란 눈으로 사방을 둘러보았다. 주변은 뿌연 안개에 잠겨 있었다. 안개 사이로 차가운 빗줄기가 긋고 있었다. 중릉과 마찬가지로 갑작스럽게 돌변한 날씨에 당황한 병사들이 뿌연 안개 속에서 주위를 더듬거리고 있었다. 안개에 마치 먹물이 섞인 듯 주변은 어둠에 잠기고 기온이 급격하게 떨어지면서 병사들은 몸을 움츠린 채 두려운 시선을 사방으로 던지며 소리를 질러댔다. 때문에 진중은 큰 혼란에 사로잡혔다. 중릉은 혼란스러운 진중을 뚫고 들어가 병사들을 추스르며 야영을 하도록 명을 내렸다. 소란은 곧 잠들었으나 왜병들 사이에 퍼진 불안과 공포는 쉬 누그러지지 않았다.

그날 밤 중릉은 악몽을 꾸었다. 어마어마하게 크고 하얀 구렁이가 병사들을 통째로 삼키고는 중릉 자신의 몸을 감은 채 하늘로 치솟다가 떨어뜨리는 꿈이었다. 중릉은 깊이를 알 수 없는 암흑 속으로 추락하며 비명을 내질렀다.

"으악!"

중릉은 몸을 벌떡 일으키고는 거친 숨을 내쉬며 어둔 천막 안을 둘러보았다. 그의 온몸은 땀에 흥건히 젖어 있었다. 때마침 병사들의 두려움 섞인 목소리가 천막 안으로 스며들고 있었다. 중릉은 얼른 천막 밖으로 나섰다. 중릉의 부관이 하얗게 질린 얼굴로 다가왔다.

"기습입니다. 언제 어떻게 당했는지도 모르겠습니다."

중릉의 천막은 바람을 덜 타는 계곡 아래쪽에 자리를 잡고 있었다. 기습이 감행된 곳은 계곡 위쪽의 넓은 야지였다. 그곳에서 잠을 자던 병사들이 모조리 몰살하고 만 것이었다. 기습을 감행한 조선 의병들은 자취도 없이 사라져 버리고 잠에서 영원히 깨어나지 못할 병사들의 주검만이 곳곳에 널브러져 있었다. 그들이 가지고 있던 조총도 조선 의병들이 모조리 가져가고 남아 있지 않았다. 잠이 확 달아난 왜병들은 캄캄한 숲을 향해 칼을 빼어들고 공포에 질린 눈길로 어둠을 응시할 뿐이었다.

다음날 날이 밝은 후에 중릉은 밤새 자신의 병사들이 희생된 곳에서 푯말 하나를 발견하였다. 푯말의 글씨는 붉은 색이었다.

'왜놈들의 백복령 통과를 불허함. 한 놈도 살려두지 않겠음. 백복령 구렁이 백.'

중릉은 이를 악문 채 주먹을 쥐고서 부르르 떨다가 푯말을 뽑아 골짜기 밑으로 던져 버렸다.

"아아아아악!"

중릉의 입에서는 고통에 가득 찬 절규가 터져나왔다. 그의 절규는 공포로 가득 찬 병사들의 가슴을 훑으며 서서히 멀어져갔다. 중릉의 부대는 철수할 수밖에 없었다.

중릉이 병사들을 추슬러서 죽은 자를 거두는 등 겨우 철수 준비를 끝내고 백복령을 내려오던 중이었다. 앞서가던 병사들이 갑자기 걸음을 멈추고 칼을 빼들었다. 이들 앞에 버티고 선 한 장수가 불꽃이 이는 듯한 매서운 눈길로 왜병들을 쏘아보며 우렁찬 목소리를 토해냈다.

"이놈들! 형님 나라를 몰라보고 쳐들어오는 고약한 놈들에게 본때를 보여 주겠다. 여기 쳐들어오는 놈들은 천 명이고 만 명이고 모두 살아서 돌아가지 못할 것이다!"

그의 말이 떨어지자 숲 속에 매복해 있던 의병들 수십 명이 일어서서 활을 쏘아댔다. 왜병들은 백복령 골짜기 숲 속으로 흩어졌다. 중릉은 겨우 수십 기의 병사와 함께 달방까지 도망쳤다. 중릉은 모리길성이 원망스러웠다. 하지만 그에게 가서 무어라고 보고할지가 더 큰 걱정이었다. 그는 부관을 시켜 어제 일어났던 일을 그대로 보고하라고 이르고 자신은 달방 계곡에서 뒤쳐진 병사들을 기다렸다.

중릉의 부관은 모리길성에게 백복령의 무서움을 이같이 보고했
다.

"사령관님, 우리 부대원 절반이 죽었습니다. 나머지는 모두 백
복령 골짜기로 흩어져 도망을 쳤습니다. 어제 오후에 그 쨍쨍하게
맑은 날이 갑자기 안개에 잠기더니 냉기를 머금은 비까지 내렸습
니다. 그래서 백복령을 넘지 못하고 7부 능선에서 숙영을 하다가
적의 기습을 받았습니다. 잠을 자던 병사들은 어떻게 당했는지도
모른 채 기습을 받아 목숨을 잃었습니다. 사령관님, 백복령에는
이 고개를 지키는 마신이 살고 있다고 합니다. 마신은 하얗고 커
다란 구렁이랍니다. 이 구렁이는 구름을 모아 갑자기 비를 뿌리고
여름에도 서리가 내리게 한다고 전해집니다. 이 고개는 옛날부터
부정을 탄 사람은 넘지 못하고 모두 구렁이 밥이 되었답니다."

모리길성은 혀를 찼다. 적이 어떻게 생겼는지 보지도 못하고 병
사들이 절반이나 죽어갔다니 믿어지지가 않았다. 그는 백복령에
대관령의 강비룡 장군이 내려왔음을 알 수 있었다. 원래 대관령을
넘지 않은 이유가 이 놈 때문이었건만 여기서 만날 줄은 예기치
못한 것이다. 그는 무슨 뾰족한 수가 생길 때까지 그냥 대기하고
있을 수밖에 다른 방법이 없었다.

8. 포로가 된 유하

유하는 며칠이 지나도록 칠성이 나타나지 않자 커다란 걱정에 휩싸였다. 최원홀은 내색을 않고 있었지만 그 역시 칠성이 걱정되어 밤잠을 설쳤다. 절세의 무공을 지녔다고는 하나 아직 몸이 성치 않은 데다 조총의 위험에 대해서 잘 모르는 칠성이 섣부른 공격을 감행하다가 부상을 당했을지도 모르는 일이었다. 그렇다고 두타산성을 왜적이 둘러싸고 있는 형국에 함부로 정찰병을 움직일 수도 없는 노릇이었다. 하루하루 얼굴에 수심을 더해가는 누이를 대할 때마다 가슴이 아팠지만 최원홀은 기다리는 수밖에 다른 도리가 없었다.

기다림의 시간이 길어질수록 유하의 얼굴은 더욱 더 어두워져 갔다. 그녀는 더 참지 못하고 칠성을 찾아나설 결심을 했다. 그녀는 자신의 모친에게 계획을 밝혔다.

"어머니, 저는 서방님을 찾으러 가야겠어요. 이대로 여기서 기다리고만 있다가는 가슴이 터져 죽을 것만 같아요."

"네 오라버니한테 얘기하자꾸나. 너 혼자 왜적들이 우글거리는 곳을 지나다가 무슨 봉변이라도 당하면 어쩌려고 그 위험천만한 길을 간다는 거냐."

"오라버니께는 비밀로 해주세요. 그렇지 않아도 피난민들의 안위를 책임지고 계신 분께 저까지 짐이 되어서야 되겠습니까? 어머니께선 아무 것도 모른 척해 주세요."

"그럴려거든 나도 가자. 어찌 너 혼자 그 험한 델 보낸단 말이냐."

　유하는 어머니를 만류했지만 그녀의 어머니는 고집을 꺾지 않았다. 하는 수 없이 두 모녀는 왜병들이 잠시 물러난 틈을 타서 의병들의 눈을 따돌리고 두타산성을 빠져 나왔다. 유하는 어릴 적부터 삼화사를 자기 집 드나들 듯하였으니 지리에도 밝아 쉽게 왜병들을 피할 수 있으리라고 생각했다.

　왜병들의 모습이 보이면 모녀는 수풀 속에 쥐죽은듯이 웅크리거나 나무 위로 올라가 몸을 피했다. 더디고 고달픈 행군이 계속되었지만 조금씩 자신의 집에 가까이 다가간다는 희망에 모녀는 들떠 있었다.

　두타산성을 빠져 나온 지 4일 만에 모녀는 삼척 집에 도착할 수 있었다. 그 사이 자신의 누이와 어머니가 산성에서 사라졌다는 사실을 알아챈 최원홀은 병사를 사사로이 움직인다는 비난을 감수하면서도 자신의 집으로 무술승들을 보냈다. 그러나 몸놀림이 빠른 무술승들은 모녀가 도착하기도 전에 그의 집에 도착하여 만 하루 동안 주변에 은신하며 기다린 후에 두타산성으로 돌아가고 말았다. 무술승들로부터 별다른 소식을 듣지 못하자 최원홀은 누이와 모친에 대한 걱정으로 더욱 마음이 무거웠다. 그렇다고 일본군과의 대치상황이 계속되고 있는 전장에서 백성들을 뿌리치고 스스로 나설 수도 없는 노릇이었다. 그는 유하와 자신의 모친이 무사하기만을 천지신명께 빌었다.

집에 도착하고 난 뒤 유하의 모친은 집안을 돌아다니며 왜병들이 어질러놓은 물건들을 정리하고 안방을 깨끗하게 걸레질했다. 왜적이 판을 치고 있는 위기상황에서도 그녀는 집안 살림을 돌보는 아녀자의 근성을 버리지 못한 것이었다.

유하는 집안을 살펴보았지만 칠성이 다녀간 흔적은 발견할 수가 없었다. 그럴 리가 없다고 머리를 흔들었지만 왜놈들의 총탄에 맞아 피를 흘리며 쓰러져 가는 칠성의 모습이 눈앞에 떠올라 그녀는 견딜 수가 없었다. 유하는 대문간에 등을 기대고서 텅 빈 공터를 내다보며 칠성을 향한 걱정과 그리움으로 하염없이 눈물을 흘렸다.

먹을 양식을 찾아 마을을 떠돌던 왜병들이 유하를 발견하고는 사냥감을 발견한 승냥이처럼 달려들었다. 상념에 젖어 왜병들의 출현을 미처 알아차리지 못한 유하는 자신의 모친이 있는 집을 피해 다른 방향으로 달아났지만 곧 그들의 손에 잡히고 말았다. 마을은 텅 비어 있었다. 유하는 자신이 어릴 적 뛰놀던 마을의 공터에서 왜병들에게 윤간 당할 위기에 처했다. 유하가 발버둥을 치자 왜병들은 그녀의 두 다리와 두 팔을 각각 네 놈이서 붙잡고 한 놈이 혀를 날름거리며 유하의 옷을 찢기 시작했다. 옷자락이 북북 찢어질 때마다 유하는 비명을 내질렀다. 왜병들의 눈은 욕정으로 번들거렸다.

비명 소리를 들은 유하의 모친이 집 밖으로 나섰다.

"유하야!"

유하의 모친은 왜놈들에게로 달려갔다. 유하의 하체는 벗겨져

나가고 너덜너덜해진 고쟁이만 겨우 발목 언저리에 걸려 있을 뿐
이었다. 왜병들은 욕정으로 번들거리는 눈길로 유하의 탐스런 육
체를 쓸어 내렸다. 왜병들 중 서열이 가장 높은 자가 고의춤을 내
리고는 유하의 가랑이 사이로 몸을 밀착해 들어갔다. 그때 유하의
모친이 그 왜놈의 등에 올라타고는 목덜미를 사정없이 깨물었다.

"악!"

막 욕정을 뿜어내려던 왜놈 병사는 난데없는 벼락에 비명을 지
르며 뒤로 나자빠졌다. 그의 뻣뻣해진 성기가 흉물스럽게 덜렁거
렸다. 유하의 모친은 놈의 등짝에 매달려 떨어지지 않았다. 유하
의 사지를 붙들고 있는 왜놈들은 그 모습을 보고 웃음을 터뜨렸
다. 유하의 모친에게 목덜미를 물렸던 왜놈은 팔꿈치로 유하 모친
의 명치를 사정없이 가격했다. 유하의 모친은 윽, 하는 비명을 내
지르며 털썩 주저앉고 말았다. 왜놈의 목덜미는 살점이 떨어져 나
가 피가 뿜어져나오고 있었다. 그는 유하의 다리를 붙들고 있는
왜병의 허리에 걸려 있는 칼을 뽑아들고 유하의 모친을 내리치려
고 했다. 유하는 혀를 깨물기 위해 어금니에 힘을 모았다.

"뭐 하는 짓들이냐!"

백복령에서 물러나온 뒤 지형을 익히기 위해 정찰을 나섰던 중
룡과 그의 부관들이 그 광경을 발견하고는 다가왔다. 유하의 사지
를 붙들고 있던 왜병들은 기립자세를 취했다. 유하는 땅바닥에 축
늘어졌다. 그 틈에 유하의 모친이 자신의 딸에게로 다가갔다. 유
하는 어머니의 얼굴 쪽으로 손을 뻗다가 정신을 잃고 말았다.

중룡은 바닥에 늘어져 있는 처녀를 들여다보았다. 머리가 풀어

지고 얼굴에는 눈물과 땀이 번져 엉망으로 흐트러져 있었지만 또렷한 이목구비와 고운 선은 감출 수 없는 미모를 발산하고 있었다. 그리고 찢어진 옷자락 사이로 내비치는 백옥같이 희고 고운 살결 또한 중릉의 가슴을 뒤흔들어 놓았다. 일본 천지에서도 저런 미색은 본 적이 없다고 그는 생각했다.

"당신의 딸인가?"

중릉은 처녀를 품에 안고 오열하고 있는 노부인에게 물었다. 곁에 서 있던 통역관이 조선어로 바꾸어 물었다. 유하의 모친은 중릉을 노려볼 뿐 아무런 대꾸가 없었다.

"처녀의 몸을 감싸주고 나의 막사로 옮겨라."

병사들이 입고 있던 옷을 벗어 유하의 몸을 감쌌다. 중릉은 말을 탄 채 정신을 잃은 유하를 품에 안았다. 유하의 모친 역시 왜병들에 이끌려 일본군의 진영으로 향했다.

그날 저녁 중릉은 자신의 막사로 모녀를 불렀다. 유하는 왜병들이 가져다 준 옷으로 갈아입고 있었다. 헐렁한 옷을 아무렇게나 끈으로 동여매고 있었지만 어깨로부터 종아리까지 매끄럽게 이어지는 몸의 곡선은 중릉의 마음을 사정없이 뒤흔들었다. 그는 짐짓 엄숙함을 가장하며 헛기침을 두어 번 내뱉은 후 유하를 제대로 바라보지도 못한 채 유하의 모친에게만 말을 걸었다.

"나는 너의 딸을 내 첩으로 삼아 일본으로 데리고 갈 참이다. 그러면 너는 나의 장모가 되는 셈이다. 나는 약한 여자를 강제로 욕보이고 싶지 않다. 네 딸에게 오늘 밤 나를 잘 모시라고 이르거라."

통역관이 유하와 그녀의 모친에게 중룽의 말을 통역했다. 그 말을 듣고 난 뒤 유하는 두 눈을 감고 입술을 깨물었다. 유하의 모친이 소리쳤다.

"내 딸은 처녀가 아니다. 엄연히 지아비가 있는 유부녀이거늘 어찌 너의 청을 들으라는 말이냐?"

"일본에서는 자기가 점령한 성의 모든 여자들은 처녀든 유부녀든 상관없이 모두 종이나 첩으로 삼는다. 너는 너의 딸이 첩보다는 종이 되기를 원하느냐?"

중룽의 말에 유하가 눈에 쌍심지를 돋우며 대꾸했다.

"언제 너희들이 성을 점령했느냐? 나의 서방님께서 곧 나를 찾아 이리로 오실 것이다. 그렇게 되면 너희들은 한놈도 무사하지 못할 것이다!"

유하의 표독스런 눈빛을 대하자 중룽은 한층 더 마음이 흔들렸다. 그는 유하의 결연한 몸가짐에서 그녀가 가진 또 다른 매력을 깨닫고 있는 중이었다.

"네 잘난 서방께선 어디 있느냐? 내가 당장 그 목을 쳐서 네게 보이마."

"네까짓게 내 서방님의 목을 치겠다고? 어림없는 소리 마라. 네 놈 같은 놈들은 수천 명이 덤벼도 서방님을 당해낼 수 없다!"

통역관이 머뭇거리며 말을 전했다. 입가에 쓴웃음을 짓고 있던 중룽은 돌연한 태도를 보이며 소리쳤다.

"은혜를 베풀려 했으나 표독스럽기가 그지없구나! 저것들을 병사들에게 마음대로 하도록 던져주고 나서 목을 베라."

유하의 외모가 아깝기는 했지만 무사로서의 자존심을 크게 다친 중릉은 화를 억누를 수가 없었다. 막사에 있던 병사들이 살기등등하게 두 모녀에게 다가서자 위험을 직감한 유하의 모친이 두 손을 빌기 시작했다.

"살려주시오. 내 딸을 살려주시오. 내가 길을 가르쳐주겠소. 그러니 제발 내 딸은 살려주시오."

유하가 소리쳤다.

"어머님, 차라리 소녀는 죽음을 택하겠습니다. 그러지 마십시오."

두 모녀의 모습을 지켜보고 있던 중릉이 통역관에게 물었다.

"저것들이 뭐라고 떠드는 거냐?"

통역관이 모녀가 나누는 대화를 전했다. 중릉의 입가가 묘하게 일그러지며 음흉한 미소가 그려졌다.

"잠깐!"

모녀에게 다가서는 병사들을 제지하고 중릉은 유하의 모친에게로 몸을 기울었다.

"좋다. 문간재를 넘으려면 무릉계곡 말고 어디로 돌아가야 하느냐? 돌아가는 길만 가르쳐 다오. 그러면 우리는 의병과 피난민들을 죽이지 않고 그냥 지나가겠다."

"먼저 내 딸을 보내시오. 그러면 알려주겠소."

유하가 자신의 모친을 만류했다.

"어머니, 안됩니다. 문간재가 뚫리면 산성의 의병들도 모두 죽습니다. 차라리 우리가 여기서 죽는 게 나아요."

하지만 유하의 모친은 딸의 말을 들으려 하지 않았다.

"어서 내 딸을 보내시오. 그러면 당신네들이 알고자 하는 모든 것을 알려주겠소."

중릉은 모녀를 번갈아보며 생각에 잠겼다. 그러다가 고개를 끄덕였다.

"좋다. 네 딸은 풀어주겠다."

막사에 선 병사들에게 중릉이 명령했다.

"딸을 보내라."

유하는 어머니를 두고는 가지 않겠다고 버텼다. 모친은 눈물이 그렁그렁 맺힌 눈으로 딸의 얼굴을 들여다보았다. 모친의 얼굴에는 굳은 결기가 서려 있었다. 유하 역시 모친의 뜻하는 바를 잘 알고 있었다.

"애야, 제발 가거라. 에미 걱정일랑 말고 어서 가거라."

유하는 막사에서 끌려나가며 울부짖었다.

왜군 진영에서 벗어난 유하의 눈에서는 하염없이 눈물이 흘렀다. 그녀는 어디로 가야할지 길을 잡지 못한 채 마냥 걸음을 옮길 뿐이었다. 그런 그녀의 뒤를 왜군의 병사 둘이 미행하고 있었지만 그녀는 그러한 사실을 알아차리지 못했다.

막사에 홀로 남은 유하의 모친은 눈물을 거두고 담담한 표정으로 중릉을 대했다.

"자, 이제 약속을 지켜라."

"내 딸이 안전하다고 판단되면 약속을 지키겠소."

"그래, 좋다. 저녁에 다시 너를 찾도록 하겠다."

중랑으로서는 손해볼 것이 없었다. 유하는 미행을 붙인 병사들에 의해 다시 붙잡혀 올 것이기 때문이었다. 어쩌면 미녀를 첩으로 얻고 공도 세울 수 있을 것이라고 생각하니 흐뭇하기까지 했다. 그는 유하를 보고 난 후 끓어오른 욕정을 삭히기 위해 연병장으로 나가 말을 달렸다.

한동안 눈물을 뿌리며 산길을 헤매던 유하는 비로소 마음을 다잡고 주위를 둘러보았다. 어디가 어딘지 분간이 되지 않았다. 길을 잃은 것이었다. 날은 점점 어두워지고 있었다. 한참 동안 숲을 헤매었으나 도저히 길을 잡을 수가 없었다. 그녀가 나무에 등을 기대고 앉았을 때 앞쪽에서 검은 그림자 두 개가 다가오는 것이 보였다. 왜병들이었다. 그녀는 자포자기하고 혀를 깨물 생각으로 어금니에 힘을 주었다. 그때 나무 위에서 누군가가 뛰어내려 칼을 휘둘렀다. 왜병들은 비명도 지르지 못하고 그 자리에 쓰러졌다. 날이 어두워 왜병을 쓰러뜨린 사람이 누군지 알아볼 수가 없었다.

"유하."

길석이었다. 왜병들의 동태를 감시하고 있던 길석이 유하가 방면되는 것을 보고 계속 뒤따랐던 것이다. 유하는 길석을 만난 것이 반갑기도 했지만 한편으로는 그의 음흉한 속을 아는지라 마음이 편하지는 않았다.

"어서 여기를 벗어나야 돼. 나를 따라와."

길석이 유하에게 손을 내밀었다. 유하는 하는 수 없이 길석의 손을 맞잡았다. 길석은 유하를 끌고 숲의 어둠 속으로 달리기 시작했다.

같은 시각, 중릉은 유하의 모친을 감금하고 있는 막사로 찾아갔다. 노부인은 모로 누워 잠이 들어 있었다.

"깨워라."

병사가 다가가 그녀의 몸을 흔들었다. 하지만 아무런 반응이 없었다. 병사가 좀더 거세게 그녀의 몸을 흔들었다. 하지만 역시 아무런 기색이 없었다. 이상한 생각이 든 중릉이 다가갔다. 노부인의 몸을 자기 쪽으로 당기자 그제야 비릿한 피냄새가 코를 자극했다. 유하의 모친은 혀를 깨물고 죽어 있었다.

"처녀를 따라간 두 놈에게서는 아무런 소식도 없느냐!?"

주위에 둘러선 병사들은 아무런 말을 못하고 눈치만 살폈다.

"이런, 젠장! 당장 그 년을 잡아와라!"

중릉은 시신에 대고 저주를 퍼부었다.

"너는 죽어 물귀신이나 되어라. 그리고 조만간 너의 딸년을 잡아 네 년의 뒤를 따르게 하겠다."

중릉은 부하들을 시켜 노파의 시신을 백복령에서 내려오는 물과 무릉계곡에서 내려오는 물이 만나는 곳인 피소굽이의 물 속에 던져버렸다. 피소굽이는 거세게 소용돌이치고 있었다. 노파의 시신은 깊이를 알 수 없는 물 속으로 회오리치는 물돌목에 빠져들었다. 노파의 시체는 다음날 다시 물 위에 머리를 풀어헤치고 팔을 벌린 형상으로 하얗게 떠올라 피소굽이를 사흘간 맴돌았다. 이 소식을 병사들로부터 전해들은 중릉은 가슴이 철렁했다. 중릉은 한동안 노파의 환영에 시달리며 밤잠을 이루지 못했다.

9. 배반

길석은 유하를 청옥산 중턱에 있는 심마니들의 빈 초막으로 데리고 들어갔다. 유하가 한숨을 돌리며 벽에 등을 기대려 할 때 길석이 그녀 앞에 다가와 섰다. 길석의 눈초리가 예사롭지 않았다.

"내가 이 날을 얼마나 기다렸는 줄 아니?"

길석은 유하 앞에 무릎을 꿇었다.

"길석……."

유하가 뭐라고 말을 내뱉기도 전에 길석이 와락 그녀를 안았다. 유하는 길석을 밀어내고 조용히 타일렀다.

"나는 서방님이 있는 여자야. 내게 이러면 안돼."

"칠성이 놈은 사사건건 내 앞길을 막았어. 너를 내 여자로 만들어서 분을 풀어야겠다."

길석은 인상을 험악하게 일그러뜨리더니 다시 유하에게 달려들었다.

"이러지 마. 이러지 마."

하지만 유하의 말이 길석의 귀에 들릴 리가 없었다. 길석은 포악하게 유하의 몸을 짓누르고 가슴을 더듬었다. 유하의 눈에 길석이 가지고 있던 칼이 들어왔다. 손을 뻗어보았지만 닿지가 않았다. 유하는 길석에게서 몸을 빼내며 조금씩 조금씩 칼이 있는 쪽으로 몸을 움직였다. 칼이 손 끝에 닿았을 때 유하는 길석의 귀를 물어뜯었다. 길석이 비명을 내지르며 뒤로 물러났다. 그 틈에 유하는 얼른 칼을 집어들어 자신의 목에다 갖다댔다.

"너에게 몸을 더럽히느니 차라리 이 자리에서 자결하겠어."

길석은 거칠게 숨을 내쉬며 유하를 노려보았다. 그때 어디선가 왜놈들의 말소리가 들려왔다. 유하를 추적하여 나선 왜병들이었다. 길석은 사태가 이렇게 되어버리자 다른 쪽으로 머리를 굴렸다. 이렇게 된 바에야 유하를 왜놈들에게 넘겨버리고 자기 역시 왜군에 투항한다면 대접을 잘 받을 수 있을지도 모를 노릇이었다. 특히나 유하는 이용가치가 높은 최원흘 장군의 누이가 아닌가. 그의 악한 생각은 눈덩이처럼 불어나 이제는 자기의 동료와 산성 전체를 왜놈 대장에게 바쳤을 때의 셈으로까지 불어나고 있었다. 이미 나라는 망한 나라이고, 내가 배반하지 않아도 의병들은 결과적으로 다 죽을 것이니, 자기가 처신하기에 따라서는 살아남는 것은 물론이고 칠성이까지도 왜놈들 손으로 제거하고 엄청난 상까지 받을 것 같았다.

왜병들이 가까워지자 유하 또한 바짝 긴장한 채 밖의 동태에 귀를 기울였다. 길석은 험악하게 일그러뜨렸던 표정을 풀고 유하에게 낮은 목소리로 말했다.

"내가 무언가에 홀려 있었던가보다. 이제 칼을 돌려다오. 왜놈들이 가까이 오고 있다. 개죽음 하기 싫거든 어서 칼을 돌려줘."

유하는 길석과 왜병들의 동태를 저울질했다. 어느 쪽도 안전하지 않았다. 그녀는 여전히 칼을 자신의 목에 들이댄 채 길석을 노려보았다.

"제발…… 나를 용서해라. 나는 내공이 폐쇄되었기 때문에 칼이 없으면 저 놈들을 막을 수가 없어. 유하야, 제발……."

길석은 두 손을 빌며 유하에게 간청했다. 하지만 유하는 요지부동이었다.

"그럼, 이렇게 하자. 내가 저놈들과 싸울 동안 너는 달아나거라. 어떻게 해서든지 저 놈들에게 너를 넘기고 싶진 않다."

잠시 생각에 잠겨 있던 유하는 내키지 않는 동작으로 길석에게 칼을 넘겨주었다. 칼을 받아든 길석의 입가에 음흉한 미소가 그려졌다. 길석은 칼을 유하에게 겨누고는 소리쳤다.

"우리는 여기 있다! 투항하겠다!"

왜병들이 소리나는 쪽으로 다가왔다. 길석은 그들 앞에 나서서 칼을 던지고 두손을 위로 올렸다. 그리고는 유하가 몸을 숨기고 있는 초막을 가리켰다.

"여자는 저기에 있다. 너희들 마음대로 해라."

왜병들은 길석의 말을 알아듣지는 못했지만 그의 몸짓을 보고 투항한다는 의사를 받아들였다. 왜병들은 길석을 포위하고 초막에서 유하를 끌어냈다. 유하는 필사적으로 저항했다. 왜병은 세 명이었지만 죽기살기로 저항하는 유하를 쉽게 다루지 못했다. 길석이 유하에게로 다가갔다. 그가 수도로 유하의 뒷덜미를 내리쳤다. 유하는 축 늘어지고 말았다.

왜군 진영에 도착한 길석은 중릉에게 말했다.

"나는 이곳 박달령 수비대장 길석이다. 장군께 협상을 제의하고자 한다. 나는 귀하에게 유하를 선물하겠다. 또한 두타산성까지의 안내도 맡아 주겠다. 내가 수비하던 박달령으로 침투한다면 두타산성은 한 순간에 귀군의 손에 떨어질 것이다. 귀하는 일본에 가면 나에게 어떤 직위를 줄 수 있는가?”

중릉은 파안대소하였다. 조선 의병 최초의 투항이었다. 유하를 손에 넣은 것은 물론이요, 적진에 접근할 수 있는 길까지 안내하겠다고 하니 이보다 더한 호재는 없었다.

“귀하를 구로다 부대의 무사로 그 신분을 부여한다. 전승하여 일본에 가면 귀하의 공로를 인정하여 모리길성 장군의 친위대로 삼고 30인 대장의 직위를 수여하겠다.”

다음날 밤, 중릉과 모리길성은 길석을 선봉에 세우고 두타산성 공격에 나섰다.

밤하늘은 벌건 구름이 낮게 깔려 있었고 비까지 뿌리고 있었다. 사방을 살피고 있는 경계병들의 매서운 눈초리만 번득일 뿐 주위는 짙은 정적에 잠겨 있었다. 산성 주위에 배치된 횃불마저 비에 젖어 가물거리다가 꺼져 버렸다. 수덕사의 지붕 끝에서 달랑거리는 풍경 소리만 괴괴하게 흘렀다.

최원흘 장군은 잠이 오지 않았다. 두타산성을 벗어난 유하와 모친은 3일째 아무런 소식이 없었다. 칠성 역시 행방이 묘연했다. 일본군에게 둘러싸인 산성에서 얼마나 버틸 수 있을지도 미지수였다. 그는 가슴을 옥죄여 오는 근심을 털어내지 못하고 긴 한숨을 내쉬었다.

최원흘은 막사를 나섰다. 막사를 지키고 있던 무술승들이 다가왔다.

“장군, 비가 내립니다. 들어가 쉬시지 않으시고요.”

무술승들은 의병에 편입된 이후로 훌륭한 장수로 변신해 있었다. 최원흘은 고개를 들어 하늘을 올려다보며 대꾸했다.

“아닙니다. 저는 진중을 돌아보겠습니다. 저보다는 스님들께서 휴식을 취하십시오.”

승려들은 아무 말 없이 최원흘의 뒤를 따랐다.

산성 입구에 다다른 최원흘은 무술승들과 함께 바위에 올라섰다. 바위 위에는 죽창을 든 청년 한 명이 비를 고스란히 맞으며 서 있었다. 최원흘이 다가가자 청년이 허리를 굽혔다.

“장군님, 나오셨습니까?”

“비가 내리는데 우장도 없이…… 고뿔이라도 들면 어쩌려고 그러시는가.”

최원흘이 다정한 목소리로 말을 건네자 청년은 황송한 듯 연신 머리를 조아렸다.

“이런 비야 사흘을 맞아도 끄떡없습니다요. 지난여름 장마 때는 꼬박 열흘 동안 비를 맞으며 광주에 다녀온 적도 있습니다.”

최원흘은 청년의 말에 혀를 끌끌 찼다.

“이름이……”

“쇤네 천손득이라고 합니다요.”

“천손득이라…… 나는 최원흘이라고 하오. 경황이 없어 동료들과 인사도 변변히 나누지 못했구려.”

“동료라굽쇼!?”

최원흘이 손을 내밀자 천손득은 허리를 굽히며 자신의 손바닥을 옷에 문지른 후에 최원홀의 손을 잡았다.

"힘들지는 않으신가?"

최원홀의 물음에 천손득은 뒷머리를 긁적이며 대답했다.

"힘들 게 무엇 있습니까요. 고생이야 난리 전이 더했습죠."

최원홀이 약간 놀란 표정으로 천손득의 얼굴을 바라보았다. 천손득은 최원홀의 표정에는 아랑곳없이 여전히 뒷머리를 긁적이며 말을 이었다.

"저희 같은 상것들한테야 난리가 따로 있겠습니까요. 그저 상전한테 잘못 보여서 매나 안 맞으면 다행입지요. 난리가 아니었으면 나으리 같은 분과 이렇게 나란히 서 있기나 했을라구요. 하루 종일 허리 한 번 못 펴고 일하는 것보다야 이렇게 죽창 들고 버티고 서 있는 편이 훨씬 낫습지요."

이들에게 외적의 침입은 어떤 의미로 다가올까? 최원홀은 천손득의 말을 들으며 가슴 한 구석이 무너지는 것을 느꼈다. 오히려 난리가 닥치는 게 더 나을 수도 있다고 말하는 저 입을 과연 누가 꾸짖을 수 있을 것인가.

"말이 났으니까 드리는 말씀입니다만 저희 같은 것들이야 나라 주인이 누가 되든 무슨 상관이겠습니까요. 그저 배 안 곯고 매 안 맞으면 나라 주인이 누가 되든 상관없습지요."

최원홀은 아무 말도 할 수가 없었다. 그는 처음 유생들과 함께 삼화사를 찾았을 때 수문장 스님과 훈장 스님이 했던 말을 떠올렸다. 자신들은 무부무군이라던, 나라를 되찾아봤자 주인 행세하는 관리들의 태도가 달라지겠느냐던.

"헤헤헤, 하지만 이 땅을 저 왜놈들한테 갖다바칠 수는 없지요. 나야 땅 한 뙈기 갖지 못했지만서두 여기 이 땅을 내 땅이 아니라고 생각해본 적은 한 번도 없습니다요. 조기 밑에 저랑 상쇠놈하고 겨울 내도록 일군 땅이 있습니다요. 물론 그 땅 주인이야 저희 상전입지요. 하지만 그 땅은 쇤네를 주인으로 알 거구만요. 근데 지금 왜놈들이 그 땅에 들어앉았을 생각을 하면 속이 뒤집혀서 죽을 지경입니다요."

저들에게 애국심이란 무엇일까. 최원흘은 알 수가 없었다. 하지만 군신의 의리를 말하는 유가의 가르침이 천손득의 땅에 대한 원초적인 사랑을 앞선다고 자신할 수는 없었다. 백성이 나라의 근본이라 했거늘…… 만약 이번 난리를 이겨낸다면 그건 천손득처럼 땅에 대한 사랑으로 무장한 백성들의 힘에 의한 것이리라. 하지만 왜적을 막아낸다 해도 나라를 구한 그들은 다시 권력자들의 종노릇을 면치 못할 것이다. 최원흘은 앞으로도 끊임없이 반복될 역사의 악순환을 생각하며 마음이 무거워졌다.

"잠깐, 무슨 소리 듣지 못했습니까?"

최원흘의 곁에 서 있던 무술승이 숲 쪽으로 귀를 모았다. 때마침 침묵과 어둠 속에 잠겨 있던 숲이 갑자기 술렁이기 시작했다. 무언가에 놀란 새들이 하늘로 날아오른 뒤로 이내 사람들의 말소리가 희미하게 들려오기 시작했다. 천손득이 숲을 향해 소리쳤다.

"웬 놈들이여!?"

그러자 숲은 갑자기 모든 움직임과 소리를 멈추고 일시 침묵 속에 잠겼다. 공기마저 그 흐름을 멈춘 것 같았다. 천손득이 죽창을 앞으로 내밀며 다시 소리쳤다.

"겁도 없이 얼씬거리다간 뼈도 못 추릴 줄 알고 썩 물럿!"

그와 동시에 총성이 울렸다.

"엎드려!"

최원흘이 천손득에게로 다가갔지만 이미 천손득의 몸은 뒤로 기울고 있었다. 그는 왼쪽 눈 언저리에 총탄을 맞고 즉사했다.

최원흘은 자세를 낮춘 채 천손득의 시신을 품에 안았다. 무술승들이 최원흘에게 다가왔다.

"장군, 놈들의 기습입니다. 숲에 꽤 많은 군사가 진을 치고 있습니다."

최원흘은 피가 분수처럼 솟아나오고 있는 천손득의 머리를 품에 감싼 채 무술승을 돌아보았다. 그는 아무런 대답 없이 시선을 허공으로 향하고 있었다. 승려들이 시신을 떼어낸 후에야 최원흘은 입을 열었다.

"지형의 불리함을 안고 놈들이 전면전을 벌일 리가 없습니다. 뭔가 이상하군요."

최원흘은 바짝 엎드린 채 숲을 바라보았다. 어둠 속으로 희끗희끗 왜병들이 분주하게 움직이는 모습이 보였다.

조총소리를 듣고 삼척부사 기령을 비롯한 관군들이 성문 입구 쪽으로 달려왔다.

"장군, 무슨 일입니까?"

최원흘 대신 무술승 중의 한 명이 대답했다.

"놈들의 기습입니다."

하지만 최원흘은 매서운 눈초리로 숲을 응시하고 있을 뿐 아무 말이 없었다. 기령이 최원흘 옆으로 다가갔다.

"전면전입니까?"

최원흘은 여전히 숲에 시선을 놓은 채 대답했다.

"적의 숫자로 보아서는 그냥 돌아갈 것으로 보이지 않아요. 하지만 이건 뭔가 이상하군요."

숲 쪽에서 거센 함성이 일며 다시 총탄이 성문으로 날아들었다. 의병들은 모두 죽창이나 낫을 들고 성문 쪽으로 모여들었다. 조총을 든 의병들은 성벽에 바짝 기댄 채 총구를 숲 쪽으로 향했다. 조총의 심지가 비에 젖지 않도록 2인 1조가 되어 한 사람은 조총사수에게 우장을 씌워주고 있었다. .

기령이 말했다.

"저 놈들도 지친 게 분명합니다. 놈들이 성급하게 쳐들어온다면 승산은 우리에게 있습니다. 이번에 아예 작살을 내버리는 게 좋을 듯합니다."

최원흘은 아직도 뭔가 미심쩍은 듯 고개를 갸우뚱했다.

"저들이 이쪽으로 공격해 들어온다면 분명 이 싸움은 우리에게 유리합니다. 적장 역시 그걸 모를 리가 없습니다. 그런데 왜 저들이 저토록 무리한 공격을 감행하려는 걸까요?"

"조바심이 인내를 넘어선 것입니다. 장군, 병사들을 이 곳으로 집결하여 전면전에 대비하도록 하겠습니다."

최원흘이 고개를 끄덕였다.

"만약의 사태에 대비하여 병력의 3분의 1은 성문을 중심으로 좌측과 우측을 방비하도록 배치하십시오."

기령이 급히 달려갔다. 하지만 최원흘은 여전히 뭔가 미심쩍은 마음을 버리지 못하고 의심스러운 눈으로 숲을 응시했다.

곧 거센 함성을 일으키며 왜병들이 성문을 향해 돌진해 왔다. 왜병들에게서 탈취한 조총을 든 사수들은 성벽 뒤에서 총탄을 쏘아댔다. 왜병들은 수많은 희생을 치르면서도 계속하여 성문을 향해 달려들었다. 부녀자와 어린아이들은 돌과 화살을 날렸다. 의병들은 비와 어둠에 가려 잘 보이지도 않는 적들을 향해 돌과 화살을 퍼부었다. 어둠 속에서 왜병들의 찢어지는 듯한 비명이 빗소리에 섞여 산성으로 흘러들었다.

시간이 지날수록 왜병들의 공격은 더욱 치열하게 전개되었다. 조총이 밤하늘에 울릴 때마다 산성 돌담 위에서 돌을 투척하고 있던 의병들도 하나 둘 쓰러져 갔다. 산성의 측면을 방비하던 의병들이 일본군의 공격이 거세어지자 성문 쪽으로 몰려들기 시작했다.

최원흘이 보기에 왜병들의 공격은 무모하기 이를 데 없는 것이었다. 의병들의 피해도 없을 수는 없는 노릇이었지만 전투는 의병 하나에 왜병 열이 죽어나가는 꼴로 전개되었다. 전투가 이런 식으로만 펼쳐진다면 산성을 막아내는 것은 물론이고 일본군에게도 상당한 피해를 입힐 수 있었다. 하지만 최원흘은 그게 마음에 걸렸다. 왜장 모리길성이 바보가 아닌 다음에야 산성에 고립된 적을 상대로 이토록 무모한 전투를 벌일 리는 없었던 것이다.

기령이 다가왔다.

"장군, 놈들이 정신없이 덤벼들고 있지만 이 싸움이 우리의 승리로 끝날 것이라는 건 불을 보듯 뻔합니다."

기령은 다소 흥분되어 있었다. 그는 적의 무모한 공격으로 인해 곧 승리를 거머쥘 수 있을 것이라는 확신으로 가득 차 있었다. 하지만 최원흘의 얼굴은 밝지 않았다. 너무나 일이 쉽게 풀리는 것이 오히려 불안했다. 최원흘의 가슴을 무겁게 짓누르고 있던 불안은 곧 현실로 드러났다.

"장군님, 최 장군님! 어디 계십니까!?"

의병들과 피난민들이 왜병들의 공격을 막아내느라 부산하기 그지없는 전장을 2명의 병사가 헤매고 있었다. 그들은 박달령을 수비하고 있던 의병들이었다.

기령과 최원흘이 그들에게 다가갔다.

"나, 여기 있소."

박달령 의병들은 얼굴이 파랗게 질려 있었다.

"큰일났습니다. 왜놈들이 박달령에서 쳐내려 오고 있습니다. 이미 그 쪽 수비대는 전멸하고 말았습니다."

청천벽력 같은 소식이었다. 박달령은 일본군과의 대치상황에서 보면 위치적으로 최후방에 속하는 곳이지만 그곳을 통해 산성으로 진입한다면 산성은 무방비 상태에 놓이게 되는 것이었다. 최원흘은 지금껏 자신의 마음을 무겁게 짓누르고 있던 불안이 그 정체를 드러내자 온몸에 힘이 쑥 빠지는 것을 느꼈다.

"어떻게…… 놈들이 어떻게 그 쪽으로……."

2명의 어린 의병은 눈물을 훔치며 이를 갈았다.

"길석이놈이, 수비대장을 맡고 있던 길석이놈이 왜놈들의 선봉에 서서 길을 안내하고 있었습니다."

성문으로의 무리한 공격은 속임수였다. 병력을 성문 쪽으로 집결하도록 유도한 후에 후방을 친 것이었다. 하지만 길석의 배신이 없었다면 왜군의 박달령 진입은 불가능한 것이었다.

기령이 놀란 표정으로 의병들을 바라보고 있다가 문득 생각이 난 듯 물었다.

"그쪽에도 꽤 많은 사람들이 있었다. 의병은 물론이고 피난민들도 있었어. 그들은 어찌 됐는가. 몸을 피했는가?"

하지만 어린 의병들은 고개를 떨구고 어깨를 들썩이며 눈물을 흘릴 뿐 아무런 대답이 없었다. 최원흘은 하늘을 올려다보며 긴 탄식을 내뱉었다.

성문을 공격하던 왜병들은 일제히 퇴각하였다. 박달령으로 왜병이 침입한 사실을 모르는 의병들과 피난민들은 달아나는 왜병들을 바라보며 승리의 함성을 내질렀다.

산성의 피난민들이 승리의 감격에 겨워 있는 사이 최원흘은 지휘부 참모들을 소집하여 산성이 처한 다급한 상황을 전했다.

박걸남은 30여 명의 승병들을 이끌고 산성 남쪽 산비탈을 막고 있었다. 그곳은 경사가 급했다. 게다가 풀잎을 서로 묶어 놓거나 나뭇가지를 휘어서 길을 가로질러 묶어 놓고 뾰족한 대나무를 박아 놓는 등 갖가지 장애물을 설치해두어서 적이 접근하기가 용이하지 않았다. 그러나 왜병들은 남쪽의 이 지름길을 놔두고 동쪽으로 돌아 쉰음산 쪽의 성벽을 타고 기어올랐다. 조선 의병들은 산성 입구의 북서쪽으로 집중 배치되어 그곳은 경계병이 많지 않았다. 의병들의 배치 상황을 훤히 알고 있는 길석이 이렇게 왜병들을 안내하고 있었던 것이다.

동쪽 성벽을 타고 두타산성으로 왜병의 주력부대가 물밀듯이 몰려들었다. 의병들은 이 갑작스러운 상황에 전열을 가다듬을 틈도 없이 죽기를 각오하고 왜병들에게 달려들었다. 왜병들의 조총이 작렬하고 수없이 많은 화살이 의병들을 향해 날아들었다. 대부분 죽창이나 낫을 든 의병들은 백병전을 치르기 위해 자세를 바짝 낮춘 채 잰걸음으로 왜병들에게 다가갔다.

산성 내부의 전투는 격렬하게 전개되었다. 박걸남과 승병들은 남쪽의 산중턱을 철수하여 백병전이 벌어지고 있는 동쪽 산성으로 투입되었다. 박걸남과 승병들이 백병전에 가세하자 일방적으로 밀리던 의병측은 차츰 전세를 회복하기 시작했다. 박걸남은 왜병들이 우글거리는 전장으로 단신으로 뛰어들어 두타검을 휘둘렀다. 그가 검을 휘두를 때마다 왜병들의 수급이 땅에 굴렀다. 찰나의 순간에 목을 잃은 왜병들의 몸은 칼을 휘두르며 몇 걸음 내딛다가 쓰러져 갔고 몸에서 떨어져 나온 머리의 눈은 박걸남이 그리는 검의 동선을 두려움 가득한 시선으로 바라보았다. 승병들도 제각각 장기를 지닌 무기들로 왜병들을 제압해 나갔다. 하지만 왜병들의 조총이 불을 뿜을 때마다 승병들은 하나둘 쓰러져 갔으며 무기라고는 죽창과 낫이 전부인 의병들도 왜병들의 칼에 무수히 희생되었다. 박걸남과 승병들이 아무리 뛰어난 무공을 지녔다고는 하나 수적인 열세를 만회하기에는 힘들었다. 박걸남이 왜병의 목

을 하나 벨 때 그 열 배에 달하는 왜병이 산성을 넘어왔다. 박걸남
의 호흡은 점점 거칠어졌다. 그가 이끌던 30명의 승병들도 거의
전멸한 상태였고 산성을 수호하려는 의기만으로 무장한 의병들도
적군의 앞선 무기 앞에서는 속수무책이었다. 피난민들은 돌을 던
지며 저항했지만 곧 들이닥친 왜병들의 칼날에 무차별 살육을 당
했다.

최원흘과 기령이 이끄는 정예 100여 명이 동쪽 산성에 도착했
을 때는 이미 전세가 기운 뒤였다. 최원흘의 부대가 가세하면서
어느 정도 전열을 가다듬기는 했으나 그것은 다만 산성 함락의 시
간을 늦추는 효과만 가져올 뿐이었다. 득달같이 달려드는 왜병들
의 공세를 막아내기에는 역부족이었다.

날이 밝아오면서 비는 그쳤다. 희뿌연 새벽빛 속에 밤새 흩뿌려
진 피의 붉은 빛만이 선명하게 두드러졌다. 수천 기의 시신이 뒤
엉킨 전장은 생지옥을 방불케 했다. 최원흘은 자기 눈앞에 벌어진
처참한 광경을 분노와 슬픔이 교차하는 눈빛으로 바라보았다.

밤새 3천 명에 달하는 피난민이 희생되었고 의병들도 100여 명
밖에는 남아 있지 않았다. 왜병들 역시 수천에 달하는 희생자를
내었으나 각지에서 동원된 군사들로 진용을 갖추고 있었다.

피난민과 의병들은 수덕사 경내에 몰려 있었다. 사방으로 절이
들어서 있고 마당 가운데는 연못과 5층석탑이 있었다. 절 주위는
숲으로 이어지고 울타리라고는 없었다. 적은 벌떼같이 수덕사를
에워싸고 있었다.

싸움은 잠시 소강 상태로 접어들었다. 최원흘 장군은 적장과 담

판을 하려고 하였다. 최원흘은 살아남은 의병들과 피난민들에게
말했다.

"이제 나 혼자 싸우다 죽겠소. 내가 죽으면 모두들 투항하시오.
나라를 위해서는 무모하게 죽는 것보다 살아남는 게 중요합니다.
구차하더라도 살아남아 훗날을 도모하시길……."

하지만 의병들뿐만이 아니라 부녀자와 어린아이들까지도 끝까
지 싸우다 죽겠다는 결연한 의지를 비쳤다. 살아서 치욕을 당하느
니 죽어서 명예를 지키겠다는 것이었다. 그들은 무기가 될 만한
것들을 손에 쥔 채 최원흘에게 시선을 모았다. 최원흘은 말을 맺
지 못하고 고개를 떨구었다.

'칠성이만 있었더라도 일이 이렇게까지 악화되진 않았을 것이
다.'

그리고 그는 자신을 책망했다. 인물의 됨됨이를 진작에 알아보
았음에도 불구하고 끝까지 길석을 믿고 의병에 잔류시킨 자신의
어리석은 믿음이 수많은 무고한 생명을 잃게 만든 가장 큰 원인이
라고.

10. 산화하는 영웅들

최원흘은 개울가에 있는 개활지로 나갔다. 휘하 의병들이 그 뒤
를 따랐다.

"나는 의병대장 최원흘이다! 나는 너희들의 대장과 담판을 짓

겠다. 내가 지면 우리 의병들을 무장해제하여 하산시키겠고, 너희 대장이 지면 너희 가고 싶은 곳으로 통과시켜 주겠다."

이 말은 왜병 쪽에서 보면 이겨도 져도 목표가 달성되는 제안이었다. 다만 사람만 죽이지 말라는 것이다.

중릉이 병사들 틈에서 말을 탄 채 앞으로 나섰다.

"이놈들, 죽기는 싫은 모양이구나. 내가 이기면 너희들을 모조리 쓸어버리겠다! 만약 내가 지면 너희들도 우리를 모조리 쓸어버리면 되지 않겠느냐?"

최원흘은 절박하였고 중릉에게는 여유가 있었다. 중릉의 대답은 이겨도 죽이고 져도 죽이겠다는 것이었다. 간밤의 승리로 들뜬 중릉은 자신감에 차서 흥겨운 도박 속으로 자신을 밀어넣은 것이었다. 그러나 삼화사에서 최원흘 장군의 수하인 박걸남에게 일본 낭인 검객의 우두머리가 졸전 끝에 목이 잘린 것을 목격했던 중릉의 부관은 생각이 달랐다.

'누가 최장군의 적수가 되겠는가.'

부관은 걱정이 되어 애간장이 탔다. 중릉의 부관은 우선 자신들에게 투항해온 길석을 내보내 최원흘의 무공을 재보자고 제안했다. 중릉으로서도 그 제안은 재미있는 것이었다. 같은 조선인들끼리 싸우는 것을 구경하는 것도 흥미로울 듯했다.

"나와 싸우기 전에 그럴 만한 자격이 있는지 알아보겠다. 자, 여기 우리의 10인대장을 내보낸다."

왜병들이 길석을 앞으로 떠밀었다. 길석은 겁먹은 기색이 역력했다. 이를 지켜보던 기령이 앞으로 나서며 소리쳤다.

"나는 삼척부사 기령이다! 너희 일본인들은 무례하기 짝이 없다. 자식이 아비를 배반했는데 그 자식을 아비와 싸움까지 시키다니, 너희들은 아비와 자식도 없느냐? 저놈은 조국을 배신한 역적이니라."

중릉은 이렇게 받아쳤다.

"삼척부사, 잘 만났다. 그러면 이곳에서 너의 충성심을 보여라. 그 자식인지 아빈지는 우리가 알 바 아니다. 현재 이 사람은 우리의 10인대장임에 틀림없다. 너희 조선놈들 목숨을 부지하고 싶거든 모두 투항하라. 누구든지 나에게 오는 자는 이 자처럼 살려주고 나의 부하로 삼겠다."

그러자 기령이 말하였다.

"나는 길석이 그 놈을 너희의 대장이라고 생각하지 않는다. 어젯밤에 적에게 투항한 이 배신자를 우리의 군률에 따라 처형하겠다. 그러고 난 다음 너희 대장을 보내라."

이 말이 떨어지기가 무섭게 부사의 주위에 있던 궁수들이 번개같이 화살을 날렸다. 길석이의 가슴에 세 개의 화살이 동시에 박혔다. 눈 깜짝할 사이에 일어난 일이라 왜병들은 어떠한 응대도 할 수가 없었다.

기령이 말하였다.

"우리의 배신자를 처단하였다. 다음은 너희 대장을 보내라. 나와 싸워 보자."

삼척부사 기령은 문인이기 때문에 말투가 문약하게 들렸다. 왜병 장교들은 서로 중릉 앞에서 충성심을 보이기 위해 앞을 다투어 나섰다.

검객 출신 대대장 기시가 앞으로 나섰다. 그의 사부는 일본 무심검법의 달인이었다. 그는 척 보기에도 힘깨나 쓸 것처럼 보였다. 이마의 근육은 눈꺼풀에서부터 위로 주름이 잡혀 갈매기형으로 올라가고 광대뼈 아래 근육은 아래로 지게받침을 하고 있어서 타고날 때부터 험상궂은 얼굴이었다.

기령이 나서려 하자 박걸남이 이를 막았다.

"부사께선 이 몸의 검무를 구경이나 하시오."

박걸남이 예의 그 두타검을 휘두르며 앞으로 나섰다. 기시는 문약해 보이는 기령 대신 박걸남이 앞으로 나서자 바짝 긴장했다. 그는 이미 박걸남의 뛰어난 검법을 경험한 터였다. 하지만 기시는 기세가 꺾이지 않기 위해 너스레를 떨었다.

"네깟놈이 나를 상대하겠다고 나서는 거냐!? 일본군 구로다 부대의 500인 대장인 나를 어떻게 보고 하는 짓거리냐!?"

그러자 박걸남은 입가에 비웃음을 머금고 말했다.

"최원흘 장군께서는 군사 5000을 호령하시던 대장군이시다! 네 놈은 감히 쳐다볼 수도 없는 분이시다! 너희들 중에는 우리 장군을 대적할 자가 없을 듯하니 이 몸이 상대해주겠다!"

이렇게 하여 일본의 무심검법과 조선두타검법이 맞붙은 것이다. 일본의 무심검법은 일본의 후지산 무림에서 창시된 검법으로 갑자기 터지는 화산재나 지진을 피해 가는 동물들의 생존 본능을 모방해 개발한 무의식적인 자기방어의 기법이다. 이는 일본 무림계가 최고경지의 검법으로 자랑해온 터였다. 기시는 상대를 의식하지 않고 자기 몸 주위의 초감각적인 본능으로 방어벽을 치고 상대의 선제 공격을 유인하는 무심검법의 달인이었다.

삼화사의 두타검법은 수도하는 마음으로 주위의 모든 것들과 자연적인 조화를 이루어야 한다. 순리에 어긋나는 것은 무엇이든지 도태되는 게 자연의 섭리인 것이다. 자연적인 조화를 깨고 있는 것은 왜놈들이었다. 이와 같은 정당성 위에 칼을 뽑아 주위의 기를 모으고 내리칠 때는 아무리 강한 것이라도 허물어지는 것이다.

박걸남은 승병대장 수문장 승려이었다. 그는 쾌남아여서 세인이 얼른 보기에 승려 냄새가 풍기지 않았지만 수문장 승려로서의 그의 위엄은 모든 승려들에게서 권위를 누리고 있었다.

두 사람은 칼을 뽑아들고 빙글빙글 돌고 있었다. 기시의 발은 지네처럼 빠르게 후(む)자를 그리며 움직였고, 박걸남의 발은 금강도사의 축(丑)자를 따라 움직였다. 두 사람은 기합을 뿜으면서 몇 차례의 탐색전을 벌여나갔다. 10여 차례의 접전이 지난 후에 그들은 서로 독심법으로 상대의 마음을 읽어갔다. 그들의 마음에 따라 밖으로 행동이 표출되어 나갔다.

기시는 후지산의 거대한 지네가 되어 있었다. 두 눈에서 독기를 뿜고 수많은 발을 움직여 하늘 높이 치솟아 오르며 꼬리로 박걸남을 후려치면서 날카로운 어금니로 공격하였다. 그의 눈에는 상대가 후지산의 토끼로 보이고 있었다. 토끼는 후지산으로 뛰어 올라갔다. 지네는 여유롭게 토끼를 노려보면서 추적하였다. 그리고 후지산 정상으로 가면서 토끼와의 거리는 점점 좁혀지고 있었다. 그러다 토끼의 몸에서 날개가 돋더니 후지산 용암 위로 날아가는데 더 이상 거리를 좁힐 수가 없었다. 지네는 맹렬히 추격하고 있었다. 토끼는 용암이 내뿜는 후지산의 정상에 접근해서는 안 되는 불구덩이 위로 날았다.

토끼를 좇던 지네는 용암을 내뿜는 분화구에 가까이 가자 뜨거운 불길에 휩싸여 타죽을 것 같았다. 그는 추격을 멈추고 되돌아오려고 하였으나 그대로 용암 불구덩이로 떨어지기 시작했다. 지네는 깜짝 놀라 칼을 토끼에게 집어던져 버렸다. 하지만 기시가 토끼의 상을 향해 던진 칼은 엉뚱하게도 자기 참모의 목을 베어 즉사시켜 버렸다. 그러자 불을 뿜어내는 후지산과 용암은 사라지고 두타산이 보이면서 물가에 커다란 호랑이가 버티고 서 있었다. 호랑이는 날카로운 앞발로 지네의 가슴을 찢어 버렸다. 지네는 수많은 발을 떨면서 땅에 뒹굴었다. 박걸남의 칼이 기시의 가슴을 파고들었던 것이다. 기시는 피를 토하며 그 자리에서 즉사하고 말았다.

기시의 마음은 자기 자신을 자기에게 익숙한 후지산의 지네로 설정하고 있었다. 기시의 옆에 있던 기시의 부관은 며칠 전 삼화사에서 박걸남에게 사무라이 검객이 단칼에 머리가 잘려 죽은 것을 목격했기 때문에 자기 대대장이 걱정이 되어 마음 약한 토끼처럼 되어 가슴을 졸이고 있었다. 박걸남은 이러한 상황을 간파하였다. 그래서 기시가 보는 허상에 자기 대신 그의 부관을 대입시켜 주었다. 그리고 자기는 후지산으로 변하여 용암을 토해내고 있었던 것이다.

　왜병들은 일본 검객 최고의 반열에 드는 기시가 미친 듯이 날뛰다가 자신의 참모를 죽인 후 제대로 칼 한 번 휘둘러보지 못하고 제압당하자 어이없다는 표정들을 지었다. 그 광경을 지켜본 중륭과 이사하라 준을 비롯한 장수들만이 기시가 독심법에서 박걸남에게 뒤졌기 때문에 어이없는 패배를 당했다는 사실을 간파하고 있었다.

　박걸남이 검에 묻은 피를 흩뿌리고 돌아서는 순간 중륭이 뒤에 늘어선 호위병 뒤에 가려진 조총사수들에게 고개를 끄덕였다. 호위병들이 양 가로 일제히 물러나면서 조총사수들이 모습을 드러냈다. 이어서 조총의 거센 파열음이 울렸다. 박걸남을 상대로 한 기시의 싸움이 불리하게 돌아가자 조총사수들은 호위병 뒤에서 심지에 불을 붙인 뒤 계속 박걸남을 겨누고 있었던 것이다. 총소리가 울림과 동시에 박걸남의 몸이 공중으로 치솟았다. 하지만 총탄은 박걸남의 어깨와 허벅지에 박혔다. 땅에 착지한 박걸남은 그대로 검을 빼들고 왜병의 진영으로 돌진해 들어갔다.

　"돌아오시오!"

　기령이 소리치며 앞으로 뛰어나갔다. 하지만 성난 맹수처럼 왜병들을 향해 돌진하는 박걸남의 귀에 그의 목소리가 들어올 리 만무했다. 기령의 뒤를 이어 최원흘이 돌진하자 백여 명의 의병들도 앞으로 진격했다. 다시금 총성이 울렸다. 박걸남은 머리와 가슴 등에 총탄을 맞고 쓰러졌다.

　"으아아아아아!"

　최원흘이 포효하며 왜병들 사이로 뛰어들었다. 기령과 의병들도 왜병들과 뒤섞였다. 의병들의 기세에 겁을 먹은 조총사수들은 닥치는 대로 총을 쏘아댔다. 그들의 총탄은 의병뿐만 아니라 왜병들도 쓰러뜨렸다.

싸움은 다시 백병전으로 돌입했다. 최원흘은 호위병들에 둘러싸인 중륭을 발견하고 달려갔다. 호위병들이 최원흘의 앞을 가로막았지만 그들은 장중하고 화려한 태극검법의 희생물이 될 뿐이었다. 최원흘의 검은 하늘에서 원을 그리는가 하면 번개같이 앞을 가르고 좌우상하로 움직이며 방어와 공격을 동시에 감행하고 있었다. 최원흘의 주위를 감싸던 검기가 밖으로 분출될 때마다 두세 명의 왜병이 비명을 지르며 피를 뿌렸다.

호위병들의 방어벽이 무너지자 중륭은 몸을 병사들 틈에 숨겼다. 최원흘이 중륭의 행방을 잃고 주위를 살피는 사이 중륭의 부하 4명이 손목을 서로 교차시켜서 꼬아 잡고 우물정자의 기마틀을 만들었다. 중륭이 기마틀 위에 올라섰다. 부하들이 기마틀을 퉁겨 올리자 중륭의 몸이 공중으로 치솟았다. 최원흘의 머리 위에 이른 중륭은 투망을 던지듯 그물을 쫙 펴서 최원흘에게 집어던졌다. 최원흘이 뒤늦게 검을 내뻗었지만 그물은 이미 그의 몸을 감싼 뒤였다. 그러자 왜병들이 그물에 걸린 최원흘을 에워쌌다.

"하하하하, 너희들 대장 최원흘은 이제 나의 독거미줄에 걸려든 나방이 되었다. 이제 나 중륭이 이 놈을 어떻게 죽이는가 잘 보아라!"

중륭이 그물에 걸린 최원흘을 질질 끌고 가서는 소나무 가지에 매달아놓았다. 잠시 싸움이 소강상태에 접어든 틈을 타 기령과 조선의병들은 숲을 등지고 진열을 갖추었다. 그들은 최원흘이 그물에 걸린 모습을 안타깝게 지켜볼 뿐이었다.

중릉이 막바지에 몰린 조선 의병들에게 간사한 표정을 지으며 말했다.

"자, 이제 네놈들의 우두머리가 갈갈이 찢겨 죽는 모습을 보여주마. 마디 하나하나씩 잘라낸 뒤에 나중에는 혀와 눈을 뽑아낼 것이다. 그리고 심장을 꺼내어 우리 병사들로 하여금 씹어 먹도록 하겠다. 절대 쉽게 죽이지 않을 것이다. 네놈들의 손에 죽어간 우리 병사들의 원혼을 달래기 위해 최대한의 고통을 줄 것이야. 그런 뒤에 네놈들은 천천히 죽여주마."

골짜기 아래 전투지휘소에서 이 소식을 전해들은 모리길성이 현장으로 달려왔다. 과연 호랑이보다 무섭다던 조선의병장 최원흘이 그물에 돌돌 말려 소나무에 거꾸로 매달려 있었다. 모리길성이 얼굴 가득 미소를 머금은 채 중릉을 치하하였다.

"역시 귀관의 계략은 따를 자가 없다. 산성을 점령하였을 뿐만 아니라 최원흘까지 사로잡다니, 이번 전쟁 최고의 성과임에 틀림없다."

호위병이 대나무 의자에 호피를 깔자 모리길성이 의자에 앉고 그 주위에 그의 참모들이 서서 즐거운 표정으로 얘기를 나누었다.

중릉이 입을 열었다.

"사령관님, 제가 관동지방의 최고장수라는 조선의병장 최원흘의 목을 쳐서 죽은 우리 병사들의 원혼을 달래겠습니다. 허락해 주십시오.”

“귀관은 우리 일본군의 자존심이다. 최원홀의 목을 쳐 병사들의 한을 풀도록 하라!”

그러자 왜병들이 ‘죽여라’를 연호하며 휘파람을 불어댔다. 반대로 이를 지켜보는 조선 의병들은 떨리는 가슴으로 이를 악물고 있었다. 기령이 자신의 뒤에 늘어선 의병들에게 나지막하게 말했다.

“이제 죽기를 각오하고 최후의 일격을 가합시다. 곧장 모리길성과 장수들이 있는 쪽으로 달려가 반드시 저 놈의 목을 베야 합니다.”

남은 의병은 서른 명에 불과했다. 그들은 옷을 찢어 칼과 손을 하나로 묶었다. 최후의 순간까지도 칼을 놓지 않겠다는 의지의 표현이었다.

중릉은 음흉한 미소를 지으며 최원홀에게 다가갔다. 소나무에 매달린 그물자루 앞에서 검을 높이 쳐들고 위에서 아래로 내려쳤다. 그물이 찢어지면서 거꾸로 매달린 최원홀의 상체가 드러났다. 최원홀은 눈을 감은 채 꼼짝하지 않고 있었다. 중릉이 다시 검을 높이 쳐들고 위에서 옆으로 휘둘렀다. 그러자 그물의 아랫부분이 잘려 나가면서 최원홀의 투구가 벗겨져 저만큼 나가 뒹굴었다. 그물의 아랫부분은 잘려 나갔지만 최원홀의 몸은 여전히 그물에 감긴 채 소나무에 매달려 있었다. 중릉은 칼끝을 최원홀의 목에다대고 천천히 눌렀다. 최원홀의 목으로 칼날이 스며들자 피가 흘러내렸다. 최원흘은 눈을 한번 떴다 다시 감아 버렸다. 중릉이 다시 검을 휘두르자 상투가 잘려나갔다. 중릉은 상투를 칼끝에 꽂아 최원흘의 얼굴에 대고 말했다.

"다음은 네 목이 이렇게 잘릴 것이니라. 죽기 전에 마지막으로 할 말은 없느냐?"

"너는 비겁한 놈이다. 일본 제일의 검객이란 놈이 기껏 상대를 묶어 놓고 싸움을 하다니 이런 싸움은 세 살 먹은 애도 하겠다. 더러운 놈!"

"하하하, 불쌍한 놈! 어쩌다 손 하나 까딱 못하게 걸려들었단 말이냐. 전쟁은 경기가 아니라 인간 사냥이란 걸 모르느냐?"

"더러운 놈. 어쨌든 너는 비겁한 놈이다. 많은 병사들 앞에서 간계를 부려 적장을 잡은 것이 자랑스럽지만은 않을 것이다. 네가 진정한 무사라면 당당하게 나와 겨루어보자. 그렇지 않으면 너는 두고두고 비겁자라는 오명을 씻지 못할 것이다."

최원흘의 말에 중릉의 두 눈썹이 꿈틀거렸다. 무사로서의 자존심에 상처를 입자 그는 냉정을 잃었다.

"좋다. 네가 검을 쓸 수 있도록 해 주마."

중릉은 최원흘을 말아 올린 그물망을 좀더 위까지 찢어 주었다. 그러자 태극검을 쥔 원흘의 손이 그물망을 빠져 나왔다. 이제 한 사람은 소나무에 거꾸로 매달려, 한 사람은 땅 위에서 싸우게 된 것이다.

"자, 이 정도면 싸우다 죽기에는 알맞을 거다. 자, 나의 검을 받아라!"

중릉은 원흘의 목을 날려 버리려고 검을 높이 들어 내리쳤다. 하지만 원흘의 태극검이 중릉의 칼을 막아냈다. 그러자 이번에는 중릉의 칼이 최원흘의 배를 향해 공격해 들어갔다. 하지만 이번에도 실패하였다. 중릉은 계속 공격하였고 원흘은 어렵사리 방어하고 있었다. 두 사람의 검이 종횡무진 번득였지만 칼날이 부딪치는 소리만 날 뿐 결말이 나지 않았다. 싱겁게 끝날 거라고 예상했던 싸움이 점점 힘들어지고 있었다. 시간이 흐를수록 왜병들은 실망이 쌓여갔고 의병들 사이에는 혹시 무슨 기적이라도 일어나지 않을까 하는 기대가 커져갔다. 당황한 중릉의 부하 병사들이 조총을 겨누고 쏘아 죽이려 하였다. 그러나 중릉이 이를 말렸다.

"아무도 나서지 마라! 이놈은 반드시 내 손으로 목을 베겠다!"

그러자 최원흘과 중릉을 지켜보고 있던 모리길성이 부하들에게 지시를 내렸다.

"아냐, 아냐. 상대방의 손이 자유롭다면 저 자에게도 그다지 불리한 상황은 아니다. 적당히 기운을 빼는 것도 그리 나쁘진 않아."

왜병들은 나무통에 개울물을 퍼다가 최원흘의 얼굴에 퍼부었다. 말하자면 물고를 내어 기운을 빼려는 의도였다. 연속적으로 퍼붓는 물에 최원흘은 축 늘어졌다. 하지만 태극검만은 죽을 힘을 다해 놓지 않고 있었다. 물을 퍼붓던 병사들이 물통을 버리고 이번에는 칼을 높이 쳐들고 최원흘을 에워쌌다.

중릉은 부하들 앞에서 창피를 당한 꼴이라 분을 삭이지 못했다. 어차피 이런 상황이라면 적장을 자신의 칼로 벤들 무훈에는 큰 도움이 될 것 같지도 않았다. 그는 최원흘에게서 돌아서며 소리쳤다.

"저놈의 목을 당장 베어 버려라!"

빙 둘러선 병사들이 일제히 칼을 높이 쳐드는 순간 최원홀은 태극검의 자루에 박혀 있던 부월(斧鉞)을 분리시켜 모리길성을 향해 던졌다. 그러자 부월은 표창처럼 '쌔애애액' 소리를 내며 호위병 사이를 헤엄치듯 날아가서 모리길성의 귀를 스치고 지나 중륭의 오른팔을 잘라 버렸다. 부월은 큰 도끼와 작은 도끼가 한 쌍을 이룬 것으로 그가 무과에 급제했을 때 임금(선조)이 장원급제의 표지로 검에 달아 주었던 것이다.

중륭은 오른팔이 강한 타격을 받고 잘려나가자 외마디 비명을 질렀다. 왜병들이 갑작스런 공격에 당황하고 있는 사이 최원홀이 허리를 올려서 발에 묶여 있던 그물을 검으로 찢어 버리고 땅 위에 내려섰다. 중륭의 호위병들은 팔이 잘린 중륭을 데리고 혼비백산 흩어져 도망쳤고 모리길성과 참모들도 급히 자리를 피했다. 조선 의병들은 환성을 내질렀다.

"최 장군께서 왜놈들을 물리쳤다! 놈들을 물리쳤다!"

"최원홀 장군 만세!"

"조선 만세!"

의병들과 숲 속에 은신하고 있던 피난민들은 왜병의 전열이 흐트러진 틈을 타 함성을 지르며 달려나와 최원홀 장군 주위로 몰려들었다. 다시 전장은 백병전으로 돌입되었다. 최원홀은 모리길성의 행방을 찾아 나섰다.

기령이 이끄는 의병들은 피난민들과 함께 결사적으로 싸움을 벌였다. 기세가 오른 의병들이 왜병들을 베어나갔고 피난민들은 돌이나 칼을 집어 왜병들을 향해 집어던졌다. 최원흘이 선봉에 서고 의병들이 그 뒤를 받쳤으며 피난민들은 배후에서 투석 공격을 감행했다. 만길이를 비롯한 소년 의병들은 때기를 치면서 왜병들의 목을 감아 올렸다. 이쪽의 숫자는 많지 않았지만 왜병들은 서서히 밀리고 있었다.

하지만 왜병 진영의 후방에 있던 조총사수대의 공격이 시작되면서 전세는 다시 바뀌었다. 조총사수대는 피아를 가리지 않고 총을 쏘아댔다. 왜병이 셋 죽을 때 의병 하나만 죽여도 자신들에게 유리하다고 판단한 그들은 무차별로 총격을 가하는 것이었다. 삼척부사 기령은 이 조총사수대의 총탄에 목을 맞아 붉은 피를 쏟으며 쓰러졌다. 피난민은 물론이고 의병들도 적의 총탄에 희생되어 갔다.

전투가 그친 뒤 최원흘은 살아남은 승병과 의병 10여 명으로 특공대를 구성하여 절벽 밑 폭포수 아래로 밧줄을 타고 내려갔다. 폭포수 아래 계곡에는 왜놈들이 밥을 짓는 병참부대가 있었다. 최원흘과 특공대는 그곳 계곡에 있는 취사병들을 급습하여 죽이고 병참부대 창고와 취사장을 모두 불태워 버렸다. 숲 속에는 박달나무 사이로 모리길성의 부대기가 나부끼고 있었다. 부대기는 빨갛고 노란 바탕에 후지산과 해룡이 그려져 있었다. 부대기 뒤로는 지휘부 천막이 쳐져 있었고 천막 정면에 통대나무발과 황포돛대 같은 장막으로 화살막이 설치되어 있었다. 계곡 아래 전투 지휘소에서는 군의관이 모리길성의 왼쪽 귀를 치료하고 있었다.

모리길성은 최원흘이 던진 도끼가 어떻게 호위병에 둘러싸인 자기 귀를 스치고 중릉의 오른팔을 잘랐는지 이해할 수가 없었다. 만약 최원홀의 부월이 중릉을 겨냥하지 않고 자신을 겨냥했더라면 꼼짝없이 목숨을 잃을 수도 있었을 거라고 생각하며 그는 눈을 감은 채 가슴을 쓸어내렸다. 또 다시 추암 바닷가에서 만난 괴사내의 악몽이 되살아났다. 조선에는 그와 같은 무공의 고수들이 지천으로 널렸는지도 모른다는 것에 생각이 이르자 등골이 오싹해졌다.

모리길성은 갑자기 가슴을 옥죄여 오는 살기에 두 눈을 떴다. 곁에 서 있던 2명의 경계병과 군의관이 목이 칼에 그인 채 피를 뿜으며 쓰러져 있었다.

모리길성은 벌떡 몸을 일으키며 소리쳤다.

"아니, 이 무슨……."

그는 말을 이을 수가 없었다. 뒤에서 나타난 억센 팔이 그의 목을 휘감은 것이었다. 곧 시퍼런 칼날이 그의 목에 와 닿았다. 최원홀이었다.

"내 반드시 너의 목을 베어 나의 길동무로 삼겠다."

최원홀과 그의 특공대는 모리길성을 포로로 붙잡고서 천막 밖으로 나섰다. 휴식을 취하고 있던 왜병들이 일제히 칼을 들고 자리에서 일어서 의병들을 감쌌다.

"당장 철수하지 않으면 너희들이 보는 앞에서 이 놈의 목을 베겠다. 지금 당장 총을 버리고 모두 철수하라!"

왜병들은 눈 깜짝할 사이에 벌어진 사태에 어리둥절할 뿐이었다. 하지만 당황하고 있는 왜병들 사이로 이사하라 준이 걸어나오며 야비한 미소를 지었다. 그가 손가락을 퉁기자 곧 왜병들이 웬 조선인 처녀를 끌고 앞으로 나왔다. 처녀의 입에는 재갈이 물려져 있었다. 그녀의 눈에서는 쉴새없이 눈물이 흘러내렸다.

최원흘은 몸이 굳은 채 두 눈을 부릅뜨고 그 처녀를 바라보았다. 하지만 그의 눈앞은 아득히 흐려졌다. 그의 반쯤 벌어진 입에서 신음과도 같은 목소리가 흘러나왔다.

"유하야."

왜병들이 끌고 온 처녀는 다름 아닌 최원흘의 누이 유하였다. 칠성을 찾아 모친과 함께 산성을 벗어났던 누이가 왜병들의 볼모가 되어 잡혀 있는 것이었다. 최원흘은 이 갑작스럽고 당혹스러운 상황을 어떻게 타개해야 할지 몰라 두 눈만 부릅뜨고 있을 뿐이었다. 이사하라 준이 유하에게 다가가 입에 물린 재갈을 풀었다. 그러자 유하의 입에서 흐느낌이 새어나왔다.

"오라버니…… 어머님께서…… 어머님께서……."

유하는 말을 잇지 못하고 입술을 깨물었다. 최원흘의 귀에 유하의 목소리가 공명처럼 울렸다가 흩어졌다.

"어머님께선 어찌 되었느냐?"

의외로 최원흘의 목소리는 침착했다. 이미 모든 상황을 알고 있는 듯한 눈치였다.

"저를 구하시려다…… 자결하셨습니다."

최원흘은 목구멍으로 치솟아 오르는 울분을 삼키기 위해 눈을 감고 이를 악물며 몸에 힘을 주었다. 그 바람에 최원흘의 팔에 목이 감겨 있는 모리길성은 꺼억꺼억 숨넘어가는 소리를 냈다.

이사하라 준이 최원흘에게 칼을 뻗으며 말했다.

"우리 장군의 털끝 하나라도 다치는 날엔 너의 여동생도 온전치 못할 것이다. 지금 당장 장군님을 풀어주지 않으면 네가 보는 앞에서 네 여동생을 윤간한 후에 돌로 쳐죽이겠다."

이사하라 준이 유하와 최원흘의 관계를 알게 된 것도 모두 길석 때문이었다. 중릉은 산성 기습에 앞서 최후의 보루로 유하를 이사하라 준으로 하여금 붙잡아 두도록 시켰던 것이다.

최원흘은 감았던 눈을 떴다. 누이를 바라보는 그의 눈은 아무런 물살도 일지 않는 잔잔한 호수처럼 착 가라앉아 있었다. 그것은 아름다운 마지막을 향해 달려갈 굳은 결의를 지닌 자만이 가질 수 있는 눈빛이었다. 오라비의 잔잔한 눈빛에 담긴 의미를 알아챈 유하가 머리를 흔들며 절규했다.

"오라버님, 저는 개의치 마십시오! 어서 적장을 죽이고 몸을 피하십시오!"

이사하라 준이 몸을 돌려 유하의 뺨을 후려쳤다. 그녀의 입가에 금세 붉은 피멍이 맺혔다.

최원흘은 낮은, 그러나 누구나 들을 수 있을 만한 목소리로 말했다.

"여러분, 여러분은 내가 보아온 그 어떤 무사보다도 용맹스러웠소. 나는 여러분과 함께한 시간들이 무척 자랑스럽습니다."

"장군……."

최원흘을 에워싼 의병들이 고개를 떨구었다. 그들의 눈시울은 붉게 물들어 있었다.

"유하야, 너를 지켜주지 못해 미안하구나. 앞으로 어떤 치욕이 찾아오더라도 너는 반드시 살아남아야 한다. 인내하고 기다리면 언젠가 칠성이 너를 찾아갈 때가 올 것이다."

그때까지 물결 없는 호수처럼 잔잔하던 최원흘의 두 눈이 흔들리기 시작했다. 그는 눈물을 보이지 않기 위해 눈에 더욱 힘을 모았다.

"모리길성, 너를 살려주겠다. 내 누이의 안위를 너에게 맡긴다. 하지만 내 누이에게 폭력을 행한 저 졸장부의 목숨을 대신 가져가겠다."

최원흘은 모리길성을 놓아주었다. 모리길성은 목 언저리를 주무르며 천천히 걸음을 옮겼다. 그는 최원흘이 어떻게 돌변할지 몰라 가슴을 졸이며 자신의 부하들이 있는 곳으로 조심스럽게 다가갔다. 그 사이 최원흘은 갑옷을 벗고 가벼운 몸으로 근처에 있는 바위에 뛰어올랐다. 그는 임금이 하사한 보검을 바위 위에 내려놓고 북쪽을 향해 큰절을 올렸다. 최원흘이 임금을 향해 하직인사를 올리는 사이 모리길성은 있는 힘을 다해 아군의 진영으로 뛰어들었다. 그러자 의병들을 향한 왜병의 총공세가 펼쳐졌다. 최원흘은 다시 보검을 들고 공중으로 치솟았다. 그의 모습이 햇살 속으로 사라지는 순간, 하늘을 가르는 듯한 총성이 사방에서 울려퍼졌다. 온몸에 적의 흉탄을 맞은 최원흘은 붉은 피를 뿌리며 쓰러졌다. 하지만 그의 손에 들려 있던 검은 보이지 않았다. 총성과 함께 그의 손에서 떠난 검은 이사하라 준의 목을 정확하게 꿰뚫었다. 이사하라 준은 비명조차 지르지 못하고 그대로 절명했다. 마지막까지 살아남았던 유생 김종식을 비롯한 의병 10여 명도 곧 최원흘의 뒤를 따랐다.

모리길성은 이사하라의 시체를 거두고 최원흘의 목을 자르도록 지시했다. 왜병들이 최원흘의 시신에 다가갔을 때 갑자기 이미 죽은 최원흘이 벌떡 일어나 무릎을 세웠다. 왜병들은 겁에 질린 채 칼을 휘둘러 그의 목을 베었다. 최원흘은 죽은 뒤에도 왜병들의 간담을 서늘하게 했던 것이다. 모리길성은 이사하라의 목에서 뽑아낸 태극검을 목 없는 시신으로 변한 최원흘의 손에 쥐었다. 목숨을 아끼지 않고 끝까지 싸운 적장에 대한 예우였다. 그러자 최원흘의 시신은 마치 살아 있기라도 한 것처럼 검을 꽉 움켜쥐었다.

모리길성은 최원흘의 목을 가지고 가서 부대원의 사기를 높이기 위해 병영에 매달아두었다. 하지만 왜병들을 노려보고 있는 최원흘의 눈매가 너무나 매서워 오히려 역효과를 가져왔다. 나중에 모리길성은 그의 목을 불에 태우도록 지시했다.

모리길성은 삼화사에서 부대를 정비했다. 휘하 병력을 점검해 보니 5천 명이던 병사가 2천 2백 명으로 줄어 있었다. 삼화사 전투에서 삼백여 명, 백복령 전투에서 천여 명, 용추에서 삼백여 명, 그리고 두타산성에서 1천 2백여 명 등 모두 2천 8백여 명을 잃은 것이었다. 살아 있는 병사들도 부상자가 태반이었다.

중릉은 모리길성을 찾아가서 3천여 명의 아군이 희생된 이 무모한 전투는 사실상 패한 것이라고 규정하였다. 중릉은 또한 성과

없는 전투로 아군을 몰아넣은 모리길성의 지휘관으로서의 책임을
추궁하였다. 모리길성은 솔직히 시인했다.

"귀관의 말이 옳다. 이 전투는 이긴 게 아니고 진 것이다. 하지
만 나의 판단이 잘못되었다고는 생각하지 않는다. 귀관은 이 문제
에 대해서 더 이상 거론하지 말라. 본국에 돌아가기 전 귀관은 내
가 처형할 수도 있다."

중릉이 발끈하여 소리쳤다.

"장군, 섭섭하오! 장군은 부대기를 불태우고 최원흘에게 포로
까지 되었던 몸인데 누구 때문에 사시었소? 내가 잡아온 최장군의
여동생 덕분에 사신 겁니다. 그렇지 않았다면 장군 덕분에 다 잡
아놓은 그 놈을 놓칠 뻔한 게 아닙니까! 그러고도 저를 질책하실
수 있다고 생각하십니까? 어쨌든 부대원의 사기를 위해서 최원흘
의 여동생을 끌어내어 처형해야 합니다."

처음 유하를 만났을 때 가졌던 연모의 정은 이제 중릉에게 남아
있지 않았다. 그에게는 자기 오른팔을 잘라내고 병신을 만든 조선
사람들에 대한 복수심만이 남아 있었다.

모리길성은 끓어오르는 화를 억누르느라 얼굴이 붉으락푸르락
하였다. 하지만 중릉의 말이 틀리지 않기에 그는 아무런 대꾸를
못했다. 모리길성은 담배를 피우며 마음을 가라앉힌 뒤 중릉을 설
득했다.

"나는 최원흘의 여동생을 죽이지 않겠다. 아니, 오히려 그녀를
보호할 생각이다."

그러자 중릉이 비아냥거렸다.

"최원흘에게서 목숨을 구걸한 대가로 말이오?"

모리길성의 곁에 서 있던 참모로부터 일갈이 떨어졌다.

"중릉, 더 이상 불손한 언행을 삼가시오! 그대의 용맹스러운 활약과 그대가 당한 불행을 모르는 바 아니나, 장군께 불손한 언행을 계속한다면 그대를 군법으로 다스리겠소!"

중릉은 매서운 눈초리로 참모를 노려보았다.

좌중의 열기가 어느 정도 가라앉자 모리길성은 다시 말을 이었다.

"중릉, 그대는 최원흘을 어떻게 생각하는가?"

모리길성의 물음 속에 담긴 진의를 파악하지 못한 중릉이 머뭇거리자 모리길성의 말이 이어졌다.

"그는 훌륭한 적이었다. 앞으로 내가 다시 태어난다 해도 그 같은 용맹과 기개를 갖춘 장수는 다시 보지 못할 것이다. 나는 지난 며칠 동안 최원흘이 일본이 아닌 이 조선 땅에서 태어난 것을 몹시 안타까워했다. 솔직히 말해, 그는 이 좁은 땅에 태어나기에는 아까운 장수였다."

모리길성의 표정에는 안타까운 심정이 여지없이 드러났다.

"그래서 나는 최원흘의 여동생을 일본으로 데리고 가 왕실에 바칠 생각이야. 그 여자의 몸 속에도 최원흘과 같은 피가 흐르고 있을 터, 나는 왕실의 피 속에 최원흘의 피를 섞고 싶다."

일본 천황가에 우성인자를 보급하고자 하는 모리길성의 생각은 일종의 유전학과 관련을 가지고 있었다. 그는 오랜 근친으로 인해 나약해진 천황의 가문에 최원흘과 같은 인물이 태어나기를 소망

했다. 최원흘과 같은 피를 가진 그 여동생의 몸을 빌어 조선 사람과 맞대결할 수 있는 인재를 탄생시킨다는 원대한 계획이었다. 그의 그러한 계획은 천황을 향한 모리길성의 충정과 일본을 향한 애국심에서 비롯된 것이었다.

모리길성의 이야기를 듣고 난 중륭이 고개를 끄덕였다. 그 역시 최원흘의 용맹과 기개에 내심 탄복하고 있었던 것이다.

모리길성이 말했다.

"중륭, 그대는 상처가 낫는 대로 일본으로 돌아가시오. 돌아가서 최원흘의 여동생을 왕실에 바치시오."

중륭이 대답했다.

"알겠습니다. 장군의 뜻을 따르겠습니다."

두타산성에서의 처절한 전투가 끝난 뒤 모리길성의 왜병 본대는 정선을 향한 행군 명령을 기다리고 있었다. 그의 부대는 악몽과도 같은 전투를 겪은 탓에 부상자가 많았으며 사기도 말이 아니었다. 왜병들은 두타산성뿐만 아니라 지금 자신이 조선 땅에 들어와 있다는 사실 그 자체만으로도 지긋지긋해했다. 그런 그들에게 다급하게 울려 퍼진 경계병의 나팔 소리는 공포 그 이상의 감정을 자아내는 지옥의 음성이었다.

"백복령에 진을 치고 있던 조선놈들이 쳐들어오고 있습니다. 병력은 오백 명쯤 된다고 합니다."

모리길성의 가슴에 두려움이 엄습해왔다.

"장군, 백복령이라면 강비룡이라는 놈이 틀림없습니다."

중룡이 말했다. 그는 백복령에서 강비룡의 의병들에게 1000여 명의 병사를 잃은 적이 있었다. 그 역시 모리길성과 마찬가지로 공포로 가슴이 옥죄여오는 것을 느꼈다.

모리길성은 전부대에 비상을 발령하고 전투진지에 배치하였다. 주방어진을 삼화사 전방 넓게 트인 초원 지대에 펼쳤다.

중룡은 부상이 심한 가운데에도 자신들의 병사로 학익진 형태의 방어진을 펼쳤다. 방패 부대를 맨 앞에 세우고 그 뒤에 조총 부대를 삼열로 세웠으며 그 뒤에 기병들을 배치하였다.

드디어 조선 의병들이 모습을 드러냈다. 조선 의병들의 하얀 깃발에는 커다란 구렁이가 구름을 타고 나는 그림이 그려져 있었다. 기수 뒤로 기마병이 10여 기가 따르고 그 뒤에 활과 조총으로 무장한 병사들이 따랐다. 그들은 일백여 보 정도 가까이 와서 모두 전투 자세를 취했다. 조선 의병의 진세가 갖추어지자 흰 옷을 입은 강비룡이 기마병들과 함께 앞으로 나섰다.

"우리 최원홀 장군과 의병들은 다 어디 있느냐! 만약 우리의 형제들이 모두 죽었다면 너희들도 모두 죽어야 한다. 아무도 이 백복령 구렁이의 손아귀에서 벗어나지 못한다."

강비룡은 돌아가서 지구전에 돌입했다. 중룡이 조총수들을 앞으로 전진시키면 의병들은 그만큼 거리를 유지하면서 뒤로 물러났다. 뒤로 물러나면 그만큼 따라붙었다. 이렇게 한낮이 기울고 오후가 되도록 마찬가지였다. 중룡은 기마병을 우회시켜 의병들의 옆구리를 치도록 하였다. 이리하여 싸움은 격렬하게 시작되었다.

조선 의병들은 기마병과 대치하면서 주력 부대는 정면 공격으로 나왔다. 왜병들은 맨 앞줄의 조총수가 심지에 불을 붙여 쏘고 제일 뒤로 물러나면 다음 줄이 총을 쏘고 해서 연속적으로 의병들에게 총탄을 퍼부었다. 하지만 백병전이 벌어져 아군과 적군이 뒤얽히자 조총사수들은 더 이상 총질을 할 수가 없었다.

강비룡과 그의 기마병들은 비호처럼 달리면서 칼을 휘둘러 적들을 베어 나갔다. 그들이 지나는 곳에는 왜병들의 수급만이 즐비했다. 모리길성과 중룡은 모든 병력을 동원했다. 수적으로 보면 왜병들이 의병들보다 4배 반 정도 앞섰지만 의병들은 조금도 밀리지 않았다.

강비룡이 휘두르는 검법은 최원홀의 검법과 동일하였다. 그들은 원래 오대산 원륭 스님의 제자들로서 태극검법의 쌍벽을 이루고 있었다. 다만 최원홀은 무과에 급제하여 장군이 되었지만 강비룡은 오대산 무림을 지키고 있었다.

중룡의 부대원들로 구성된 방어진이 무너졌다. 조선 의병들은 파죽지세로 왜병의 본대를 향해 치고 들어왔다. 왜병들이 백병전을 치르며 힘겹게 막아내고 있었지만 제2방어선이 무너지는 것도 시간 문제였다. 강비룡의 검이 바람을 가를 때마다 왜병들의 목에서 치솟는 피가 공중에 흩뿌려졌다. 제2방어선이 무너진다면 그 다음은 곧장 본대였다.

모리길성은 고육지책을 생각하지 않을 수가 없었다. 그는 부관에게 조총사수들을 정렬하도록 지시했다.

"장군, 그럼……."

"어쩔 수 없다. 그렇지 않으면 우리는 전멸이다. 나중에 나를 실컷 비난하도록! 지금은 이 방법밖에 없다."

백병전이 벌어지고 있는 제2방어선을 향해 본대의 조총사수들이 정렬했다. 그들은 아군도 뒤얽혀 있는 전장을 향해 총구를 겨누었다. 조총의 제1목표는 강비룡이었다.

왜병의 제2방어선이 무너지려는 찰나였다. 지축을 뒤흔드는 총성과 함께 조선 의병과 왜병들이 쓰러져 갔다. 강비룡도 어깨 죽지에 뜨끔한 충격을 느끼며 잠시 주춤했다. 그가 본대를 향해 고개를 돌렸을 때 자신을 향하고 있는 수십 기의 총구가 눈에 선명하게 들어왔다. 자신의 앞을 가리고 있던 왜병들이 순식간에 조총에 몰살당한 것이었다. 다시 총성이 울렸다. 총성에 놀란 말이 몸을 세우자 강비룡은 낙마하고 말았다. 그는 검으로 땅을 짚고서 몸을 일으켰다. 그의 하얀 옷 위로 붉은 피가 스며나오고 있었다. 그는 힘겹게 몸을 일으키고서 한쪽 손으로 가슴을 움켜쥐었다. 강비룡은 부들부들 떨리는 몸을 일으키고 검끝을 하늘로 향했다.

"너희 놈들은 결코 이 땅을 넘볼 수 없다!"

강비룡의 외침과 함께 다시 총성이 울렸다. 수십 발의 총탄을 받아낸 그의 몸은 처참하게 일그러져 있었다.

의병들은 단 한 사람도 달아나지 않고 끝까지 싸웠다. 해가 저물 무렵 500여 명의 의병이 전멸하면서 처절한 싸움은 끝을 맺었다. 왜병도 1,500여 명이 희생되었다. 중룡은 팔이 잘린 덕분에 직접 전장에 나서지 않아 목숨을 구할 수 있었다. 왜병들은 두타산성에서만 모두 4,500여 명이 죽고 살아남은 병사는 500여 명이

전부였다. 조선인은 두타산성 전투에서 의병 1,500여 명과 피난
민 3,500여 명을 합하여 5,000여 명이 죽었다.

모리길성은 왜병들의 시신을 거두어 화장하고 유골의 재만 챙
겨서 정선으로의 철수 준비를 하는 한편 중릉으로 하여금 유하를
데리고 일본으로 돌아갈 수 있도록 배를 구했다.

모리길성은 두타산 전투를 생각만 해도 치가 떨렸다. 승자도 패
자도 없는 전투였다. 사자가 생자보다 위대해 보였다. 그는 하루
빨리 조선 땅을 벗어나고 싶었다.

11. 전장의 상흔

칠성은 흑연수의 기운을 호흡하며 긴 잠에서 깨어났다. 얼마 동
안 잠에 빠져 있었는지는 그 자신도 알 수 없는 노릇이었다. 옆구
리에 박혔던 총탄은 저절로 빠져 나와 있었고 총탄에 맞았던 자리
는 아물어 있었다. 칠성은 운기조식을 해보았다. 기가 단전에 모
여드는 것을 느낄 수 있었다. 그는 최원흘의 집으로 향했다. 어쩐
일인지 왜병들의 모습은 보이지 않았다.

최원흘의 집은 텅 비어 있었고 마을도 역시 텅 비어 있었다. 그
는 원흘의 행방을 알 길이 없어 무척 답답했다. 동천 스님의 유언
을 받들기 위해서는 원흘을 꼭 만나야 했다. 길석이 일부러 소식
을 전하지 않아서 칠성은 최원흘이 두타산성의 의병대장으로 있
었다는 사실을 까맣게 모르고 있었다.

칠성은 최원흘의 집을 뒤지며 신궁과 목판을 찾았다. 원흘이 전에 신궁과 목판을 두었던 벽장은 물론이고 어디에서도 그 물건들은 보이지 않았다.

칠성은 허탈한 심정으로 집 앞 공터에 나섰다. 바람이 일기 시작하면서 그의 긴 머리칼이 바람에 나부꼈다. 마침 나뭇가지에 걸려 있던 천 자락이 바람에 하늘거리며 칠성에게로 다가왔다. 천 자락은 마치 공중에서 춤을 추는 듯 보였다. 칠성은 공중에서 펼쳐지고 있는 천 자락의 춤을 넋 나간 표정으로 바라보았다. 그 춤은 무녀의 한풀이처럼 애절했고, 여승의 승무처럼 고요하면서도 장엄했다. 칠성이 손을 뻗자 천 자락은 그의 손에 사뿐히 내려앉았다. 천은 백사(白沙)에 홍실 봉황과 금실 수복강령(壽福康寧)이 새겨져 있었다. 순간, 칠성의 머리 속에 불길한 생각이 스치고 지나갔다. 그는 천을 코에 대고 냄새를 맡았다. 동천 대사로부터 수련을 받으며 길러온 감각훈련으로 인해 극도로 발달된 그의 후각은 천 조각에 배어 있는 유하의 체취를 맡아 냈다. 칠성은 자신도 모르게 소리쳤다.

"유하!"

자신이 성암에서 몸을 치료하고 있는 사이 유하가 다녀간 것이다. 칠성은 앞 뒤 가리지 않고 무작정 달리기 시작했다.

삼화사에 도착한 칠성은 아연실색했다. 주요 건물들은 모두 불에 타 버리고 잿더미만 쌓여 있었다. 절터의 곳곳에는 목이 없거나 배가 갈려 내장이 터져나오고 몸통이 반 토막 난 시체가 수없이 널려 있었다.

"도대체! 도대체 무슨 일이 벌어졌단 말인가!"

칠성은 두타산성에 있는 수덕사로 향했다. 그곳 역시 수많은 시체가 처참한 형상으로 널브러져 있었고, 피비린내가 온산에 진동하고 있었다. 도대체 어디서 이렇게 많은 사람들이 몰려들었는지 이해가 되지 않았다.

죽은 이들 가운데에는 칠성에게도 낯이 익은 사람들이 여럿 있었다. 대부분이 삼화사와 수덕사의 승려들이었다. 삼화사 주지 일각도 수덕사의 수문장 승려인 박걸남도 싸늘한 시체로 변해 있었다. 칠성은 혹시나 하는 생각에 유하의 시신을 찾았다. 온산을 뒤졌지만 유하의 시신은 보이지 않았다. 그나마 다행스러운 일이었다.

박달나무 숲 아래쪽에는 무릎을 세우고 죽은 시신이 있었다. 목은 잘려 나갔지만 손에는 금방이라도 일어서서 휘두를 것처럼 아직 칼을 쥐고 있었다. 태극검이었다. 칠성은 그 시신의 주인공이 최원흘이라는 사실을 알 수 있었다. 칠성은 최원흘의 시신을 대하는 순간 애써 참아왔던 울분을 토해내고 말았다. 많은 시간을 함께 보내진 못했지만 동천대사와 함께 칠성이 마음속으로 가장 의지해온 사람이 바로 최원흘이었다. 그리고 난리가 끝나고 나면 자신의 처남이 되었을 사람이었다.

칠성은 울음 섞인 목소리로 소리쳤다.

"누구 없습니까!? 아무도 없습니까!?"

제발 아무라도 살아남은 사람이 있어서 이 처참한 광경에 대해 이야기해주기를 바랐다.

"나는 김칠성이오! 아무도 없소!?"

산중의 메아리만이 공허하게 되돌아올 뿐이었다.

"나는 삼화사 승려 김칠성이라 하오. 정녕 아무도 없는 게요!?"

풀숲이 바스락거리며 움직였다. 칠성은 본능적으로 방어자세를 취했다. 풀숲에서 나온 사람은 만길이었다. 만길은 제 어린 누이의 손을 꼭 잡고 있었다.

"칠성 스님이신가요?"

칠성은 어린 만길의 눈을 들여다보며 대답했다.

"그래, 내가 칠성이다. 너는 나를 아느냐?"

만길의 눈에 그렁그렁 맺혀 있던 눈물이 두 볼을 타고 주르르 흘러내렸다.

"왜 이제야 오셨어요? 유하 누님께서 얼마나 찾으셨는데요."

칠성은 만길의 어깨를 잡고 흔들었다. 그러자 곁에 섰던 여자아이가 울음을 터뜨렸다.

"유하를 아느냐? 내 아내, 유하를 아느냐?"

"유하 누님은 왜놈들에게 잡혀갔어요. 모리길성이라는 놈이 잡아갔어요."

"그놈들은 어디로 갔느냐?"

"자기네 나라로 돌아간다고 했어요. 유하 누님도 데리고 갈 모양인가봐요."

칠성은 두 아이를 품에 안고 산을 내달리기 시작했다. 산아래 마을에는 왜군이 철수를 시작하자 산으로 숨어들었던 사람들이 하나 둘 모습을 드러내기 시작했다. 칠성은 그들에게 두 아이를 맡겼다. 그리고 나서 곧장 바닷가로 달려갔다.

추암 바닷가에 이르렀을 때 다섯 척의 배가 바다에 떠 있었다.

"유하!"

하지만 칠성의 목소리가 그들에게 들릴 리 없었다. 칠성은 동산 위에 있는 소나무를 통째로 뽑아 절벽 아래 바다로 던지고는 몸을 날렸다. 물 속에 가라앉았던 소나무가 물 위로 솟아오르는 것과 동시에 칠성의 몸은 소나무 위에 내려앉았다. 그가 한쪽 발을 뻗어 바닷물을 차자 소나무는 빠른 속도로 물살을 일으키며 물 위를 내달렸다.

"유하!"

칠성의 고함 소리에 왜군 병사들이 배 밖으로 내다보았다. 그들은 눈앞에 벌어지고 있는 광경이 믿어지지 않는다는 표정으로 눈을 비볐다. 웬 장발의 괴사내가 물위를 달려오는 모습이 보였던 것이다.

"저, 저게 뭔가!?"

칠성은 빠른 속도로 배에 접근해갔다.

"초, 총을 쏘아라!"

왜병들이 쏜 총탄과 화살이 칠성을 향해 수없이 날아들었다. 칠성은 몸을 위로 솟구치며 칼을 휘둘렀다.

"출(出)!"

위에서 아래로 부챗살처럼 펴진 검기가 배를 향해 뻗어갔다. 검기는 광포한 물살을 일으키더니 배를 두 쪽 냈다. 왜병들과 배는 그대로 바다 속에 수장되고 말았다. 그 광경을 지켜본 왜병들은 쩍 벌어진 입을 다물 줄 몰랐다. 특히 모리길성의 공포가 가장 컸다. 언젠가 추암 바닷가에서 맞닥뜨렸던 바로 그 괴사내였다.

"배를 더 빨리 저어라!"

공포에 질린 모리길성과 왜장들은 소리를 질러댔다.

"츨!"

칠성이 칼을 내리긋자 다시 험악한 기운이 사물의 형상을 일그러뜨리며 배를 향해 돌진했다. 배는 선미에서부터 두 쪽으로 갈라져 물 속으로 가라앉았다.

모리길성은 지휘관으로서의 체통도 잊고 조금이라도 배에 속력을 더하기 위해 노를 저었다. 공포에 질린 왜병들은 소리를 질러대며 노젓기에 여념이 없었다.

칠성이 올라탄 소나무가 속력을 잃으면서 배는 점점 멀어져 갔다. 칠성의 내공이 거의 바닥난 것이었다. 그는 소나무에 의지한 채 배를 노려보았다.

괴사내에게서 멀어진 후 모리길성은 긴 한숨을 내쉬었다. 그의 부관이 조심스럽게 말했다.

"두타산성에서 저 사내와 맞닥뜨렸다면 우리는 전멸했을 겁니다."

"부관, 그만 입을 다물게. 소름이 끼쳐서 생각도 하기 싫으이."

뭍으로 올라온 칠성은 한동안 수평선만 노려보며 꼼짝 않고 서 있었다. 칠성의 입에서 낮은 음성이 흘러나왔다.

"모리길성……."

다시 두타산성으로 돌아간 칠성은 시신들을 거두어 화장했다. 마지막으로 최원흘 장군의 목 없는 시신은 그 자리에 묻었다. 그리고 봉분 없는 무덤 위에 최원흘이 목 없이 두 무릎을 세우고 죽어 있던 모습을 여러 날 동안 바위를 조각하여 만들어 놓았다. 그는 이 무덤 앞에서 최원흘과의 추억을 떠올리며 추념하였다.

"반드시 유하를 찾겠습니다."

칠성은 성암으로 돌아가 흑연수를 꺼내고 불탄이 개어놓은 돌을 치워 입구를 닫았다. 흑연수는 바다에 던져버렸다.

그는 스스로 머리를 깎고 왜군 병사의 시신에서 옷을 벗겨 챙겨 놓았다. 그리고 그는 언제 끝날지 모를 긴 여행을 위한 첫걸음을 내딛었다. 이후로 조선 땅에서 칠성을 본 사람은 아무도 없었다. 그와 같은 초절정의 무예 고수가 이 땅에 있었다는 사실도 점점 잊혀져 갔다.

12. 조선인 도승 그리고 왜란종결

벽제관 전투에서 대승을 거둔 고니시는 이후 명나라와 강화 교섭에서 일본군의 운명을 쥐게 되었다. 한편 권율 장군은 한양을 탈환하기 위해서 행주산성에 관군을 집결시키고 치밀한 전투 준비를 하고 있었다. 그러던 차에 지리산에서 올라온 처영의 일천여 승군들이 행주산성에 합류하게 되자 조선의 관군과 의병들은 사기가 충천하게 되었다.

조선정벌군으로서 이렇다할 공이 없던 구로다는 벽제관 전투에서 명나라 장수 이여송을 붙잡는 데 성공하여 공을 세우는 듯했으나 이여송의 용감한 부하 장수가 말을 타고 와서 이여송을 구출하여 달아나 버려 그마저도 도로묵이 되고 말았다. 벽제관에서 패한 명군은 개경으로 철수하고 한양 부근의 행주산성에 집결한 1만여의 조선군만 고립되어 있었다.

사실상 한양이 왜군의 수중에 들어 있다고는 하지만 왜군들은 행주산성의 조선군을 섬멸하지 않고는 마음을 놓을 수가 없는 상황이었다. 행주산성의 조선군을 방치했다가는 언제 어디서 허를 찔러올지 모르는 일이었다.

공적을 쌓기 위해 구로다는 자신의 부대를 움직여 공격의 선봉에 서겠다는 결의를 보이며 행주산성 공격을 부추겼다. 금산전투에서 권율에게 대패한 적이 있는 왜장 고바야카와 다카카게(小早牲隆) 역시 행주산성 공격의 선봉에 서겠다노라는 의지를 보였다. 그러자 행주산성 공격은 기정사실화되었다.

행주산성 좌우에서 권율의 조선군과 고니시 가토오, 구로다, 우키다 등의 왜군 십만여 명이 대치하고 있었다. 수적으로는 조선군이 10대 1로 열세에 놓여 있었다. 하지만 권율은 다탄두 로켓의 원조격인 신기전(神機箭, 火車)이라는 비밀병기를 보유하고 있었다.

세종 때 개발된 로켓형 무기인 신기전은 화약통, 발화통, 대나무안정막대(대형 길이 5.31m)로 구성되어 있으며, 사정거리는 2~2.5km였다. 화차(발사틀)는 이동식 마차바퀴가 장착되어 있어 공격 목표 지점에 신속히 이동 배치할 수 있었다. 발사시에는 45도 고각을 유지하고 불화살 일백여 발을 장착한 다음 적의 밀집 지역을 향하여 15발씩 동시에 발사할 수 있는, 당시로서는 가공할

무기였다.

　행주산성에서의 일전이 벌어졌다. 5기의 신기전에서 쏟아지는 불화살에 왜군은 무수한 희생자만 양산할 뿐이었다. 죽기를 각오한 조선 관군과 의병들의 의기 또한 하늘을 찌르고 있었다. 그렇게 2차에 걸친 공격이 수포로 돌아갔다. 왜병들은 전쟁이 장기화되면서 점점 살아나고 있는 조선군의 위력에 두려움을 느꼈다. 왜군들에게 조선군은 상황이 악화될수록 더욱 강해지는 불가사의한 집단이었다.

　고바야캬와가 행주산성 3차공격의 선봉장으로 나섰다. 이 전투에서 그는 권율 장군이 쏜 화살에 어깨를 맞고 들것에 실려 나왔다. 3차공격 역시 실패였다.

　행주산성 공격이 실패로 돌아가고 수많은 희생자만 낳자, 왜장들은 그 과오를 행주산성 공격을 부추겼던 구로다에게로 돌렸다. 사실 당시 벽제관 전투에서 명군을 대파함으로써 갖게 된 왜병들의 자만심과 오랜 전쟁으로 누적된 피로가 패배의 요인이었지만 희생양을 필요로 했던 왜장들은 구로다를 그 제물로 삼았던 것이다. 구로다는 이에 분개하여 왜장들과의 접촉을 끊고 지냄으로써 외톨이가 되어 있는 상태였다.

　구로다부대의 행방을 찾아 전국을 떠돌던 칠성이 한양에 도착한 것은 두타산을 떠난 지 한 달이 지나서였다. 칠성은 수소문 끝에 구로다의 부대가 한강이 내려다보이는 왕십리 언덕에 주둔하고 있다는 사실을 알아냈다. 그는 왜군 복장을 하고 주둔지 입구 보초에게 접근했다. 초소장이 칠성을 맞았다. 초소장은 핏자국이 얼룩지고 군데군데 해진 칠성의 군복을 가소롭다는 표정으로 찬찬히 훑어보다가 물었다.

"자네 부대 소속이 어딘가?"

"모리 요시나리(모리길성, 毛利吉成)."

"연대장 이름은?"

"이사하라 준."

"그 부대는 어디에 있느냐?"

"원주."

구로다 부대의 주둔지를 찾기 위해 전국을 돌아다니며 여기저기서 주워들은 일본어가 전부인 칠성의 대답은 짧았다. 그런 연유를 알 길이 없는 초소장은 칠성의 태도가 건방지게 보여 눈살을 찌푸렸다.

"자네 고향은 어디인가?"

거기서 칠성의 대답은 막히고 말았다. 그는 금세 조선인임이 탄로나 버렸다.

초소장이 칼을 빼들고 칠성에게 겨누었다.

"너는 조선인이 분명하다. 어떻게 해서 일본군 병사의 옷을 입었느냐?"

"……."

"여기 온 이유가 무엇이냐?"

"……."

초소장이 턱짓을 하자 조선인 부역자가 나서서 통역을 했다.

"구로다 장군을 만나러 왔다."

"무슨 일로?"

"그건 만나서 말하겠다."

"무어야, 이 자식! 조센진 첩자다! 포박하라!"

왜병들이 우르르 몰려들어 칠성을 에워쌌다. 왜병들은 다짜고짜 발길질과 주먹질을 가했다. 칠성은 공격해 들어오는 왜병들의 팔다리를 비틀어 쓰지 못하게 만들어 놓고 초소장은 하반신을 쓰지 못하도록 목뼈 아래의 급소인 대추를 손가락으로 눌러 혈맥을 막아놓았다. 그러자 초소장은 얼굴이 하얗게 질린 채 눈을 위로 치뜨며 뒤로 쓰러졌다. 칠성은 초소장이 머리를 다치지 않도록 그의 머리를 받쳐 주었다.

초병들이 칠성에게 조총을 겨누었다. 칠성은 초소를 지나 왜병들이 몰려 있는 연병장으로 뛰어들었다. 심지에 불을 붙여 놓은 상태라 초병들은 총구를 하늘로 향했다. 갑자기 총성이 일자 연병장의 병사들은 놀란 눈으로 초소 쪽을 돌아보았다.

"무슨 일이냐!?"

막사 밖으로 뛰어나온 구로다의 부관이 소리쳤다. 초병들이 그에게 다가가 칠성을 손가락으로 가리키며 자초지종을 설명하였다. 부관이 연병장으로 고개를 돌렸다. 연병장에는 머리를 빡빡 깎은 한 사나이가 수백 명의 병사와 대치하고 있었다. 그는 단신으로 수백의 군사와 맞서면서도 전혀 주눅들지 않아 보였다. 아니, 오히려 그와 맞서고 있는 수백의 병사들이 겁에 질린 듯했다.

구로다의 부관이 초병에게 물었다.

"무장했느냐?"

"무장은 하지 않았습니다. 하지만 무공이 뛰어난 듯합니다. 우리 초병 다섯과 초소장님이 순식간에 당하고 말았습니다."

"무슨 일로 겁도 없이 여기 뛰어들었다는가?"

"장군님을 뵙겠다고 합니다."

부관은 자신의 턱을 쓰다듬으며 사나이를 바라보다가 입을 열었다.

"싸울 의사는 없어 보인다. 우선 내 막사 안으로 데리고 오도록."

부관의 이름은 덴 히데오였다. 칠성은 덴의 막사로 들어서며 넙죽 절을 하였다. 칠성의 태도는 정중했으며 그를 대하는 덴 히데오 역시 예를 갖추었다.

"나는 구로다 장군의 부관 덴 히데오요. 우리 장군님을 뵙기 원한다고 들었소. 무슨 일로 그러는지 내게 말해줄 수 있겠소?"

"저는 김칠성이라 하옵니다. 조용히 장군님을 뵈올려고 했으나 소란을 피우게 되어서 죄송합니다. 저는……."

이때 군의관이 막사 안으로 들어섰다.

"히데오님, 초병들과 초소장의 상태가 위중합니다. 저자가 무슨 수를 썼는지 저로서는 치료가 불가능합니다. 저자의 무공이 보통이 아닌 듯하니 아마 치료 방법도 알고 있을 것입니다."

칠성은 군의관의 말을 알아듣지 못했지만 그 내용을 정확히 알 수 있었다. 그는 몸을 일으켜 막사 밖으로 나섰다. 군의관과 구로다의 부관이 그 뒤를 따랐다.

초소 안에는 근심에 휩싸인 병사들이 초병들과 초소장의 팔다리를 주무르고 있었다. 칠성에게 제압당한 초병들과 초소장의 얼굴은 고통으로 일그러져 있었고 그들의 악다문 이 사이로 신음이 새어나오고 있었다. 칠성은 팔다리가 뒤틀린 병사 다섯 명과 하반신이 마비된 초소장을 차례로 지압해 풍지, 견정, 대추, 격수의 독기를 풀어 주었다. 그러자 혈맥이 통하고 기가 뚫려 금방 멀쩡하게 되었다. 칠성의 가벼운 손놀림으로 너무나도 쉽게 고통에서 벗어나자 초병들과 초소장은 기쁘다기보다는 어이없다는 표정들을 지었다. 이를 지켜본 군의관이 탄복하여 말했다.

"무공과 의술은 일맥상통한다더니, 과연 틀리지 않은 말입니다그려."

칠성이 대꾸했다.

"무공은 자칫 사람을 상하게 할 수 있는 것이니 그 해결법도 동시에 습득해야 합니다. 그래야 진정한 무공이라고 할 수 있지요."

칠성의 말을 통역을 통해 전해들은 군의관과 부관 덴 히데오가 고개를 끄덕였다. 덴 히데오는 이 정체모를 괴사내의 출현이 사뭇 흥미로웠다.

덴 히데오와 칠성은 다시 막사로 자리를 옮겼다.

"아주 흥미로운 장면이었소. 조선에는 기인이 많다는 이야기는 익히 들었소만, 직접 만나기는 오늘이 처음이군요."

통역을 전해들은 칠성은 가벼운 미소를 지었다.

"자, 다시 말씀해 주십시오. 우리 장군님은 왜 뵙고자 하시는 겁니까?"

덴 히데오는 조금 전에 칠성의 실력을 보았던 터라 태도에 정중함을 더했다.

"저는 동해안에 위치한 두타산에서 왔습니다. 그곳에서는 조선 의병들과 귀국의 병사들 사이에 치열한 전투가 있었습니다. 의병과 피난민이 합하여 오천여 명이 죽었고, 귀국의 병사들도 비슷하게 죽었습니다."

"잠깐, 잠깐. 지금 이 전쟁의 잘잘못을 따지기 위해 우리 장군님을 뵙겠다고 하시는 겁니까?"

"물론 이 전쟁의 과오는 침략자의 몫이겠지요. 하지만 저는 지금 그걸 따지기 위해 이곳을 찾은 것이 아닙니다."

덴 히데오는 상대방이 눈치채지 않을 정도로 눈살을 찌푸린 채 칠성의 얼굴을 들여다보았다.

"계속 말씀하십시오."

"두타산성 전투의 귀국측 수장이던 모리길성이라는 자가 나와 부부의 연을 맺은 여인을 데리고 갔소이다. 나는 내 아내의 행방을 알고 싶은 것뿐이오."

덴 히데오는 고개를 끄덕였다.

"모리길성 장군은 우리 구로다군 소속의 장수가 맞습니다. 두타산성 지역에서 전투가 치열하게 벌어지고 있다는 소식은 이미 전령을 통해서 듣고 있었습니다. 그 전투는 우리 구로다군이나 일본으로서도 전혀 계획하지 않았던 돌발적인 상황이었습니다. 병력 손실만 가져왔을 뿐 성과라고는 없는 무모한 싸움이었지요. 이 전쟁이 끝나고 나면 모리길성 장군은 반드시 그 책임을 져야 할 것입니다. 하지만 모리길성 장군의 행방은 지금으로서는 우리도 알 수가 없습니다. 정선으로 가라는 명령을 하달하기는 했지만 그 명령이 제대로 수행되었는지는 자신할 수가 없습니다. 김상께서는 삼 일 뒤 다시 이곳을 찾아주십시오. 그 동안 저희들 나름대로 부인의 행방에 대해 알아보도록 하겠습니다."

칠성이 고개를 숙여 보였다.

"감사합니다. 오늘 히데오님을 만난 것이 소승으로서는 큰 행운인 듯합니다."

칠성의 말에 덴 히데오는 깜짝 놀랐다.

"소승이라니! 그럼 김상께선 승려이시옵니까?"

하지 않아도 될 말을 자기도 모르게 내뱉고 나서 칠성은 후회했다. 하지만 이미 엎지른 물이었다.

"수도승이 되기 위해 수련하던 중 중상을 입고 하산하였습니다. 승려의 신분으로 아내까지 얻었으나 그 모든 게 부처님의 뜻이겠지요."

칠성은 덴 히데오에게 합장을 했다. 덴 히데오 역시 합장으로 칠성의 인사를 받았다.

이틀 뒤 칠성이 다시 구로다 부대를 찾았다. 초소장은 칠성을 보자 허리가 꺾이도록 인사를 하며 그를 맞았다.

"아이고, 스님, 오셨습니까? 전에는 제가 몰라 뵙고 실수를 했습니다. 용서해 주십시오."

"그대는 그대의 직분에 충실했을 뿐 아무런 과오가 없습니다.

용서라니, 당치 않습니다.”

초소장의 안내를 받아 칠성은 덴 히데오의 막사로 향했다. 연병장의 일본 병사들은 조선인 도승을 구경하기 위해 몰려들었다. 그 사이 구로다 부대의 일본군 사이에는 칠성이 도술을 부린다는 소문이 쫙 퍼져 있었던 것이다.

칠성이 막사 안으로 들어서자 구로다의 부관 덴 히데오가 반갑게 맞아 주었다.

“모리길성 장군은 정선에 주둔하고 있다가 태합의 부름을 받고 일본으로 귀환했다고 합니다. 모리길성이 일본으로 돌아간 이상 이곳 조선에서는 대사의 부인께서 어떻게 되었는지 알 길이 없습니다.”

칠성은 낙담한 표정을 감추지 못하고 고개를 떨구었다. 두 사람 사이에 침묵이 무겁게 드리워졌다. 한참 만에야 덴 히데오가 입을 열었다.

“구로다 장군께서 대사를 뵙고자 합니다. 지난번 초소의 병사들을 치료한 것이 소문이 나서 장군께서도 많은 관심을 보이셨습니다. 자, 가시지요.”

덴 히데오가 먼저 일어섰다. 칠성이 그 뒤를 따랐다.

구로다의 막사는 덴 히데오의 것과는 비교도 되지 않을 만큼 크고 화려했다. 내부로 들어서자 구로다 부대의 장수들이 양 가에 자리를 잡고 앉아 있었고 그 사이로 난 통로 끝에 구로다로 짐작되는 이가 앉아 있었다. 구로다의 주변에는 덩치와 살집이 어마어마한 비곗덩어리들이 자리를 잡고 있었으며 다시 그 주위에 무장한 호위병들이 진을 치고 있었다. 막사 안에는 시중을 들고 있는 여자들까지 합하여 적어도 오륙십 명이 들어서 있었지만 전혀 비좁다는 느낌이 들지 않았다.

덴 히데오가 허리를 굽힌 뒤 말했다.

"대사를 모시고 왔습니다."

"이쪽으로 모시게."

칠성은 덴 히데오와 함께 장수들 사이로 걸어갔다. 덴 히데오가 무릎을 꿇자 칠성도 그와 같이 행동했다. 구로다를 쳐다보는 순간 덴 히데오가 몸을 움찔거렸다. 극히 찰나의 순간이었지만 감각이 극도로 발달된 칠성은 히데오의 그 미세한 움직임을 놓치지 않았다.

구로다가 입을 열었다.

"우리 병사들 사이에 그대에 대한 소문이 자자하더이다. 무공뿐만이 아니고 의술 또한 대단하다더군요. 어떤 병사는 그대가 도술을 부렸다고도 합디다. 소문이란 부풀려지기 마련이지만 각별한 재주가 있다 싶어서 그대를 이리로 청한 것이오."

칠성은 구로다의 얼굴을 올려다보았다. 구로다는 수장답게 풍채가 좋고 체격이 단단해 보였다. 하지만 칠성을 내려다보는 눈빛은 어딘지 모르게 힘을 잃은 듯했으며 상대방을 압도하는 기운도 뻗어 나오지 않았다. 칠성은 저 따위 작자에게 조선이 유린당했다고 생각하니 은근히 자존심이 상할 정도였다.

구로다가 손뼉을 치자 곁에 있던 시종이 두 손에 칼 한 자루를 받치고 와서 칠성 앞에 놓았다.

"이번 전쟁 중에 얻은 검이오. 조선의 명검에는 장인과 무사의 혼이 실려 있다고 들었소. 내 휘하의 장수가 내게 선물한 것이오만 그 가치가 궁금하여 그대를 부른 것이오. 그대는 조선인인 데다가 무공이 출중하니 그 검의 가치를 알아볼 수 있으리라고 생각했소."

칠성이 칼을 집어들고 천천히 칼집에서 칼을 뽑았다. 칼날의 퍼런 빛이 칠성의 눈을 파고들었다. 순간 막사 안에는 살기가 감돌기 시작했다. 구로다 곁에 선 호위병들과 뒤에 두 줄로 늘어선 장수들, 구로다 곁에 석상처럼 앉아 있는 비곗덩어리들 그리고 시종들에게서조차 강한 살기가 뻗어 나오고 있었다. 그것은 칠성도 마찬가지였다. 그의 손에는 칼이 들려 있었고 몇 발짝 떨어지지 않은 곳에 조선 침략의 원흉 중 하나인 구로다가 앉아 있는 것이다. 일격을 가한다면 구로다는 막사 안의 화려한 휘장을 자신의 피로 더럽히게 될 것이다. 호위병들과 방패막이로 보이는 비곗덩어리들이 지키고 있지만 그들로써 칠성의 검무를 막아내기에는 역부족이었다. 구로다는 칠성을 얕보고 있었다. 칼을 쥔 칠성의 손이 미세한 경련을 일으켰다. 그는 칼날을 들여다보는 척하며 뒤에 앉아 있는 장수들을 비추어보았다. 칼날은 거울처럼 뒤의 광경을 선명하게 보여주었다. 왜장들은 앉은 자세 그대로 있었지만 손은 하나같이 옆구리에 찬 칼을 쥐고 있었다. 만약 싸움이 벌어진다면 칠성은 뒤에 앉아 있는 왜장 20명과도 대결을 벌여야 했다. 하지만 그들 역시 칠성의 상대는 될 수가 없었다. 칠성 옆에 무릎을 꿇은 덴 히데오는 내색하지 않으려 애쓰고 있었지만 긴장한 빛이 역

력했다. 불씨를 당기면 금세 폭발해 버릴 것 같은 팽팽한 긴장감
이 흐르는 가운데 칠성이 손에 든 칼만이 시퍼런 빛을 뿜어내고
있었다.

"이 칼은 저자거리에서 도적놈들 사이에 암거래되는 하품입니
다. 명검으로서의 가치가 없으니 돼지나 잡는 데 쓰시면 될 것 같
습니다."

칠성이 칼을 칼집에 도로 집어넣었다. 칠성 옆의 히데오는 자신
도 모르게 긴 한숨을 내뱉었다. 모든 움직임이 정지해 있던 막사
안은 그제야 생기가 돌기 시작했다.

"오호, 그렇소? 내 집무실에 장식품으로 둘 생각이었는데, 그랬
다면 큰 창피를 당할 뻔했구먼."

뒤에 앉은 왜장들 사이에서 웃음소리가 새나왔다.

"그건 그렇고…… 그대는 권율이라는 놈을 아시오?"

"처음 듣는 이름입니다."

"처음 듣는 이름이라? 조선 사람이, 그것도 한양을 돌아다니면
서 권율이라는 이름을 듣지 못했단 말이오?"

구로다의 물음에 덴 히데오가 칠성을 대신하여 대답했다.

"대사께선 한양이 초행이라 합니다. 그 동안 줄곧 산 속에서 수
행만 하셨다고 합니다."

덴 히데오가 칠성을 두둔하듯 말하자 구로다는 눈살을 찌푸렸
다.

"우리 일본군은 행주산성에서 그 권율이라는 조선 장수에게 창
피를 톡톡히 당했소. 그래서 지금도 권율이라는 이름을 혀에 올리

면 치가 떨리오. 그 작자는 지금 한양을 탈환하기 위해 혈안이 되어 있을 것이야. 아무래도 내가 보기에 그대는 권율이 보낸 첩자임에 틀림없어. 그렇지 않은가?"

호위병들이 칼자루를 잡았다. 칠성은 가만히 구로다의 눈을 들여다보며 말했다.

"조선에 그처럼 훌륭한 장수가 있다니 참으로 다행스러운 일이오. 하지만 난 그 사람과는 무관하오. 나는 오로지 내 아내를 찾고 싶을 뿐이오."

"헛소리 마라. 네놈의 간계에 내가 속아넘어갈 줄 아느냐!? 여봐라, 저 놈을 당장 포박하라!"

구로다의 말이 끝나기 무섭게 호위병들이 칼을 빼들었다. 호위병들 가운데 한 명이 포승줄을 들고 칠성에게 다가갔다. 덴 히데오는 뒤에 늘어선 왜장들을 돌아보며 말했다.

"뭔가 오해가 있습니다. 대사께선……."

덴 히데오가 말을 끝마치기도 전에 칠성이 몸을 일으켰다. 그는 다가오는 호위병의 턱을 손바닥으로 가격하고 포승줄을 빼앗았다. 호위병들이 일시에 달려들자 칠성은 포승줄을 휘둘러 호위병들의 접근을 막았다. 포승줄은 무겁고 매듭이 단단하여 무기로서는 적격이었다. 호위병들이 물러난 틈을 타 칠성은 조금 전의 칼을 집어들었다. 하지만 칼은 칼집에 든 그대로였다. 칠성은 오른손에는 포승줄을 왼손에는 칼을 들고 있었다. 호위병들이 다시 달려들자 칠성은 포승줄을 휘둘러 호위병과 자신 사이에 공간을 만들었다. 호위병들이 일시 물러난 틈에 칠성은 구로다를 향해 달려들었다. 호위병 몇이 그 앞을 막았지만 포승줄에 얼굴을 얻어맞고 비명을 내질렀다. 뒤에 앉아 있던 왜장들도 무기를 빼들고 칠성에게 다가서려 했다. 칠성이 왜장들이 있는 방향으로 칼을 휘두르자 칼집이 벗겨지면서 날아갔다. 날아간 칼집은 그대로 땅바닥에 꽂혔다. 가죽으로 만든 칼집이 단단한 땅을 뚫고 들어간 것이다. 그 광경을 지켜본 왜장들은 감히 접근할 생각을 못하고 칠성을 노려볼 뿐이었다. 칠성이 포승줄을 휘둘러 호위병의 목에 감았다. 이후로 그 호위병은 칠성의 방패가 되었다.

칠성은 점점 구로다로부터 멀어지며 호위병들과 왜장들을 유인했다. 호위병들은 칠성에게 다가서고 있었고 왜장들은 칠성의 움직임에 따라 뒤로 물러서며 기회를 노렸다. 그러자 구로다와 병사들 사이에 약간의 공간이 생겼다. 뒤로 물러서던 칠성은 갑자기 방패막이로 삼던 호위병을 구로다 쪽으로 밀었다. 그와 동시에 칠성은 방패막이 호위병의 어깨를 짚고 공중제비로 뛰어넘어 구로다와 병사들 사이에 생긴 공간으로 내려섰다. 그러자 구로다와 칠성이 일대일로 맞서게 되었다. 구로다 앞을 비곗덩어리들이 막아섰다.

"출!"

칠성의 장풍을 맞은 비곗덩어리들의 뱃살이 출렁거리더니 그들은 곧 뒤로 쓰러지고 말았다. 구로다가 칼을 빼들려는 찰나 칠성이 구로다의 목에 칼을 겨누었다. 막사 안의 호위병들과 왜장들은 일시에 동작을 멈추었다.

덴 히데오만이 칠성에게 조심스럽게 다가서며 칠성을 불렀다.

“대사……”

일본군 제3군의 수장이며 도요토미 히데요시의 심복인 구로다의 목숨이 칠성의 손에 달려 있었다. 구로다는 겁먹은 표정으로 고개를 떨군 채 눈을 감고 있었다.

“나는 당신들과 싸울 생각이 없소. 나는 내 아내를 찾고 싶을 뿐이오.”

칠성이 칼을 버렸다. 그러자 호위병들이 칠성에게 달려들었다.

“멈춰라!”

그때 사자후 같은 음성이 막사를 뒤흔들었다. 목소리는 막사 입구에서 들려온 것이었다. 막사 입구를 바라보는 칠성은 자신의 눈을 의심했다. 막사 입구의 장막을 걷고 들어서는 사람은 다름 아닌 구로다가 아닌가!

지금껏 구로다로 행세하던 자가 몸을 일으키고는 한쪽 구석으로 가서 허리를 숙였다. 왜장들과 호위병들도 모두 새로운 구로다를 향해 허리를 숙였다. 칠성은 이게 어떻게 된 일인지 영문을 몰라 어리둥절한 표정만 지었다.

“그 사람은 내 카케무샤(가짜 무사)라오. 대사의 본심을 몰라 잠시 시험한 것이었소.”

진짜 구로다가 자리에 앉자 왜장들과 호위병들은 아무 일 없었던 듯이 제자리로 돌아갔다. 병사 몇이 들어와 칠성의 칼에 쓰러진 호위병들을 업고 나갔다.

“저런, 쯧쯧쯧. 아까운 병사들만 죽인 꼴이 되었군.”

칠성이 여전히 어리둥절한 표정으로 구로다를 돌아보며 말했다.

"저들은 죽지 않았습니다. 칼등으로 급소를 눌러놓은 것이니 잠시 후면 깰 것입니다."

"아, 그렇소? 그럼 다행이구려."

칠성이 막사 안을 훑어보았으나 여지껏 구로다 역할을 하던 가짜 구로다의 모습은 보이지 않았다.

병사들이 쓰러져 있는 비곗덩어리들을 옮기려 했지만 그들은 무게가 엄청나 장정 넷이 달라붙었는데도 꼼짝하지 않았다. 그 모습을 보고 칠성이 다가가 비곗덩어리들의 혈을 누르자 그들은 거짓말처럼 긴 숨을 내쉬며 몸을 일으켰다.

"역시 듣던 대로구려. 대사에 대해서는 부관으로부터 익히 들었소이다."

구로다는 히데오를 향해 말을 이었다.

"히데오, 이번 연극에서 자네의 역할이 주어지지 않아 많이 섭섭했을 것이네. 대사를 대하는 자네의 태도가 너무나 호의적이어서 자네에게는 비밀에 부칠 수밖에 없었네. 용서하게."

덴 히데오가 머리를 조아렸다.

구로다는 칠성에게 앉기를 권하고 자신도 의자에 앉았다.

"모리길성이 대사의 부인을 일본으로 데려갔다고 들었소이다. 자신이 납치한 여인의 남편이 어떤 사람인지 안다면 모리길성 그자는 기절초풍할 것이오."

그 말에 왜장들이 웃음을 터뜨렸다.

"대사, 부인을 찾고 싶다면 일본으로 가야 합니다. 어떻소? 우리 부대의 군승(軍僧)이 되어 나와 함께 일본으로 가지 않겠소이까?"

칠성의 얼굴이 밝아졌다.

"사실은 그 일 때문에 장군을 찾아온 것입니다. 거두어 주신다면 그보다 더한 기쁨이 없겠습니다."

"좋소이다. 이 자리에서 김칠성 대사를 우리 구로다군의 군승으로 임명하겠습니다. 대사 같은 인물을 얻어 나 역시 기쁘기 그지없소이다."

구로다는 칠성을 가까이 오도록 한 후에 왜장들을 향해 큰소리로 말했다.

"제장들은 들으라! 이 시각부터 여기 김칠성 대사를 우리의 군승으로 임명하는 바이다. 제장은 대사를 대함에 있어 한 치의 불손함이 없도록 하라!"

왜장들이 박수를 쳤다. 구로다가 일어서서 칠성을 향해 합장을 했다. 칠성이 합장으로 화답했다.

구로다는 행주산성 공격이 실패로 돌아간 뒤 왜군 사령관들 사이에 따돌림을 받고 있는 처지였다. 우두머리의 위신이 떨어지자 병사들의 사기도 말이 아니었다. 하지만 칠성을 군승으로 맞아들인 구로다와 그의 병사들은 천군만마를 얻은 듯 사기가 충천했다.

임진왜란은 승자도 패자도 없는 전쟁이었다. 왜군은 개전(開戰) 1년 동안 각 부대에 따라 절반 또는 3분의 2가 죽거나 부상당했으며 살아남은 병사들도 거지꼴을 면치 못했다. 게다가 해상권

마저 이순신이 이끄는 조선 수군에게 빼앗겨 퇴로를 차단 당한 처지여서 7년 동안 조선정벌이라는 전쟁의 수렁에 빠져 헤어 나오지 못했다.

전쟁을 일으킨 수괴인 풍신수길은 전쟁터에서 올라오는 승전보가 사실과 다른 허위보고임을 뒤늦게 깨닫고는 적이 낙담하였다. 전쟁이 장기화되자 국내의 도전 세력들이 서서히 고개를 쳐들기 시작했다. 결국 풍신수길은 정신적 압박에 시달리다가 1598년 8월 18일 62세의 나이로 세상을 떠났다. 그의 마지막 말은 '인생이란 이슬과 같고, 세상만사 일장춘몽' 이었다.

풍신수길이 죽자 조선에 파병되었던 왜병들은 고립되고 말았다. 그들은 이순신 장군의 눈을 피해 도망치다시피하여 겨우 철군하였다.

왕명에 따라 팔도십육종도총섭(八道十六宗都摠攝)이 된 휴정은 승병(僧兵) 1,500명을 모집, 명나라 군대와 연합하여 한양을 수복하였다. 이 공로로 그는 국일도대선사선교도총섭 부종수교보제등계존자(國一都大禪師禪敎都摠攝扶宗樹敎普濟登階尊者)가 되었다. 왜란 초기의 풍전등화와 같던 위기를 극복하고 조선이 전장의 주도권을 장악하자, 휴정은 1594년 유정(惟政)에게 승병을 맡기고 묘향산 원적암(圓寂庵)으로 돌아갔다.

유정은 1604년 선조의 친서를 휴대하고, 일본에 건너가 도쿠가와 이에야스(德川家康)를 만나 강화를 맺고 조선인 포로 3,500명을 인솔하여 귀국했다.

휴정은 왜란이 종결된 이후, 관동지방 승려대회 때 칠성을 통해

석가세존이 보여준 환시에서 전갈에게 죽어간 아홉 마리의 용을
부사진첨사 정발, 진주성의 김시민, 동래부사 송상현, 나주의 김
천일, 옥천의 조헌, 탄금대의 신립, 광주의 고경명, 동해 두타산성
의 최원흘, 남해 삼도수군통제사 이순신 등 아홉 성웅으로 꼽았
다. 임진왜란이라는 전란을 만나지 않았더라면 선조 시대의 조선
은 이들 구룡시대를 구가했으리라는 아쉬움을 안은 채 휴정은 아
홉 명의 호국 성웅들과 수많은 호국 영혼들을 위해 부처님께 기도
했다. 휴정은 1604년 묘향산 원적암에서 눈을 감았다.

제10장 우에다

1. 그림과 책

박형사의 침입을 받은 3일 뒤 강립은 일본 동경으로 향했다. 그는 인천국제공항에 도착했을 때부터 미행이 따라붙었음을 알 수 있었다. 어느 곳에서나 볼 수 있는 여행객 차림의 두 남자. 하지만 그들이 자신을 예의 주시하고 있음을 강립은 직감적으로 알아차렸다.

일본으로 향하는 비행기 안에서는 그 두 남자를 볼 수가 없었다. 아마도 나리타공항에 도착하면 다시 미행이 따라붙을 것이라고 강립은 짐작했다. 일본에까지 연계가 되어 있다면 그들은 호백수의 일당일 것이라고 그는 생각했다.

나리타공항에는 기미코가 나와 있었다. 불과 4일 만의 만남이었지만 그녀는 강립을 무척이나 반가워했다.

"우에다 교수님은 잘 가셨는지 모르겠습니다."

기미코는 한동안 강립의 얼굴을 뚫어지게 바라보았다. 아마도 망자에 대한 한국식의 예법에는 낯선 모양이었다. 기미코는 곧 강립의 말을 알아듣고 살포시 미소를 지었다.

"네, 많은 분들이 도와주셨습니다."

기미코는 약간 고개를 숙인 채 말문을 닫았다가 다시 말을 이었다.

"편히 가셨을 겁니다. 강 선생님을 늦게나마 만나셨으니까요."

강립은 고개를 끄덕였다. 그는 기미코와 대화를 나누면서도 주위에 대한 경계를 게을리 하지 않았다.

기미코의 집은 우에노에 있었다. 강립은 우에다가의 가사(家史)가 적힌 책과 그림을 전해 받으면 곧장 한국으로 돌아갈 계획이었다. 자신이 일본에 오래 머물수록 기미코가 위험에 처할 확률이 높기 때문이었다.

기미코의 차가 공항을 빠져나와 도로를 달리고 있을 때 미행으로 짐작되는 검은 승용차가 따라붙기 시작했다. 검게 선팅이 되어 있어서 안에 타고 있는 인물들을 볼 수는 없었지만 아마도 야쿠자의 일원일 거라고 그는 생각했다. 여전히 의문인 것은 이 사건에 어떻게 호백수가 개입하게 되었느냐는 것이었다. 바텔이 우에다 교수와 이전부터 친분이 있었다면 그는 오래 전부터 목걸이에 얽힌 비밀을 알고 접근한 것이 분명할 터였다. 하지만 호백수는 도대체 무엇인가? 그리고 호백수가 박 형사에게 우에다 교수의 신변을 지켜달라는 부탁을 한 것은 어떤 의도에서였을까? 강립은 자신을 위험에 노출시켜서 사건의 실마리를 푸는 수밖에 없다고 생각했다.

미행이 달라붙은 줄을 모르는 기미코는 태연했다.

"경황이 없어서 집을 치우지 못했습니다. 강 선생님을 모시기가 부끄럽습니다."

"개의치 마십시오. 계획보다 앞서서 불쑥 찾아온 건 접니다. 실례를 했다면 그건 제 몫이지요."

기미코의 집은 아담했다. 세간 살이며 집의 구조가 일본인들의 몸에 밴 검소함을 여실히 드러내고 있었다.

기미코는 강립에게 차를 건넨 후, 잠깐 기다리라고 하고는 자리를 떴다. 강립은 자리에서 일어서서 창 밖을 살펴보았다. 공항에서부터 따라온 검은 승용차가 길 맞은편에 서 있는 것이 보였다. 어차피 이 추격은 은밀한 것이 아니었다. 상대방에게나 이쪽에게나 드러내놓고 하는 게임에 불과했다. 그렇다면 강립도 몸가짐을 조심할 필요가 없는 것이다.

"죄송합니다. 기다리게 해서……."

기미코는 낡은 책 한 권과 그림을 강립에게 건넸다. 강립은 먼저 그림부터 펼쳤다. 산봉우리 사이로 해가 떠오르고 있었고 산봉우리 사이로 난 계곡을 따라 세 사람의 남자가 길을 가고 있는 그림이었다. 해가 그려진 부분에는 동그란 구멍이 뚫려 있었다. 구멍이 커지는 것을 막기 위한 것인 듯 구멍은 바느질로 박음질이 되어 있었다. 그림은 천에 그려져 있었는데, 천은 그물코가 촘촘하지 못해서 방바닥이 훤히 비쳐 보일 정도였다.

"이 부분은 원래 구멍이 뚫려 있었나요?"

기미코는 강립이 손가락으로 가리키는 부분을 상체를 굽혀 보며 대답했다.

"그건 잘 모르겠습니다. 하지만 남편께서 그림을 전해 받았을 때부터 구멍이 나 있었다고 하더군요."

강립은 다시 그림을 세밀하게 훑어보았다.

"이건 뭐라고 쓴 거지요?"

"해석을 하면 대충 이렇습니다. '태양을 향하고도 눈을 피하지 않는 자에게 길은 열릴 것이다/노을을 그리워하는 거북이의 눈, 비로소 문을 열리고/어둠을 밝히는 자의 머릿결을 해풍이 빗어 넘기리/대지의 중심을 향해 달려가는 마른 바다/치솟는 불기둥은 그대의 영광/영광 뒤의 분노는 자연의 음성만이 잠재우리로다'"

강립은 고개를 갸우뚱했다.

"무슨 시 같군요."

"하지만 남편께서는 그 시 속에 비밀을 푸는 열쇠가 숨어 있을 거라고 생각을 했습니다."

"그렇겠죠. 이건 아마도 일종의 암호가 아닌가 생각됩니다."

강립은 여전히 그림에서 시선을 거두지 않은 채 말했다. 그림을 찬찬히 훑어보던 강립의 눈이 무언가를 발견한 듯 커졌다.

"첫 번째 행부터 다섯 번째 행까지는 필체가 같습니다만, 마지막 여섯 번째 행은 필체가 다르군요. 처음의 다섯 구절에 마지막 한 구절을 덧붙인 것이 분명합니다."

"놀랍군요. 강 선생님의 눈썰미가 그렇게 대단하실 줄은 몰랐어요."

"네!?"

"남편께서도 그렇게 말씀하셨어요."

기미코는 강립에게 책을 내밀었다.

"이 책을 보시면 그 실마리가 풀릴 겁니다."

강립은 책을 들어 펼쳐보았다. 기술은 거의 한자로 되어 있었다. 중간중간에 언문이 가끔 섞인 것으로 보아 기록은 세종대왕이 한글을 창제하고 난 이후가 될 것 같았다. 뒷부분으로 갈수록 드문드문 일본어가 섞이고 있었다. 아마도 일본어는 우에다 가의 조상이 일본에 정착하고 난 뒤에 편한 대로 기술을 하다보니 그렇게 된 것 같았다. 그리고 책의 앞부분은 두 페이지 정도가 찢겨져 있었다.

"이건 원래 찢겨져 있었던 건가요?"

"네, 그렇다고 들었습니다. 남편의 아버님께서 물려받았을 때에도 그 책장은 찢겨져 있었다고 그랬어요."

책장이 뜯겨나간 부분은 누군가가 일부러 찢어낸 흔적이 역력했다. 하지만 찢겨진 부분은 책에 손상을 주지 않기 위해 신경을 써서 조심스럽게 찢어낸 것이었다.

책을 뒤적이던 강립은 미간을 찌푸렸다. 자신이 보았댔자 전혀 알아볼 수가 없기 때문이었다. 강립의 난감한 심정을 간파한 기미코가 입가에 웃음을 머금고는 디스켓 한 장을 내밀었다.

"이건 뭐죠?"

"남편께서 그 책을 번역해 놓은 겁니다. 남편은 언젠가 목걸이의 주인공을 만나면 전해주기 위해 이것을 준비해 두셨습니다. 한

국어로 되어 있으니 강 선생님께서도 충분히 읽으실 수 있을 거예요."

"아, 다행입니다. 저는 뜻하지 않게 한자와 고어를 공부해야 하나 하고 걱정이었는데."

"저쪽 방에 컴퓨터가 있으니 그걸 사용하세요. 전 그 동안 저녁을 준비하도록 하겠습니다."

강립은 시계를 들여다보았다. 오후 6시가 다가오고 있었다.

"번거로우실 텐데, 그냥 나가서 먹도록 하겠습니다."

"집에 오신 손님을 밥 한 끼 대접하지 않고 보낸다면 제가 섭섭할 겁니다."

그렇게 말해놓고 기미코는 부엌으로 향했다. 강립은 하는 수 없이 기미코를 내버려두고 컴퓨터 앞에 가서 앉았다. 그리고 디스켓에 담긴 내용을 읽어 내려가기 시작했다.

스승과 나는 이무기와 불탄이라는 두 마물에 맞서 목숨을 건 사투를 벌였다. 그것은 승자도 패자도 없는 싸움이었다. 스승은 불탄에게 목숨을 잃고 나 역시 긴 세월 동안 산송장이 되어 정지된 시간 속에 유폐되어 있어야 했다.

......

......

잠에서 깨어났을 때 조선은 왜의 침입을 받아 전란에 휩싸여 있었다. 나는 탄식하지 않을 수 없었다. 사투와 투쟁으로 점철

된 나의 운명이 한스러웠다. 단 하나의 행(幸)이 있다면 내가 잠들어 있던 사이 유하와 내가 부부의 연을 맺었다는 사실이었다.

　……

　……

풍신수길이 사망한 후 일본은 다시 한 번 천하를 통일할 권력자를 필요로 하게 되었다. 구로다를 비롯한 몇 명의 영주들이 내게 앞으로의 진로를 비밀스럽게 타전해 왔다. 임진년에 시작된 조선에서의 전쟁에 참전한 세력들은 대부분 이에야스와 반목하고 있다. 얼핏 보기에는 조선전에 참여했던 세력이 실전 경험도 풍부할뿐더러 군사적으로도 우위에 있는 것처럼 여겨지지만 그들의 뇌리 속에는 조선과의 전쟁이 실질적으로는 진 전쟁이었다는 패배의식이 뿌리깊게 박혀 있어 스스로를 억누르고 있다. 장담하기에는 이르지만 이번 내전에서 승리하는 쪽은 아마도 이에야스가 될 것이다. 나는 이러한 나의 의견을 '화무십일홍' 이라는 말로 구로다에게 전하고 물러나왔다.

　……

　……

나는 구로다 부대의 군사(軍師)로 대우받으며 호의호식할 수 있었으나 유하를 찾아 일본 전국을 주유하는 나는 일개 낭인이 되기를 원했다. 여러 방면으로 모리길성의 행방을 수소문

했으나 내 주위의 인물들은 그의 행방을 감추고 있는 것이 분명했다. 내가 목적을 달성하고 나면 그들을 떠날 것이라는 염려가 내게서 진실에 다가가는 통로를 폐쇄했으리라. 나는 순전히 내 힘으로 유하와 모리길성의 행방을 찾을 수밖에 없다는 결론에 도달했다.

　……

　……

　유하를 찾게 되더라도 나는 불충한 제자가 될 수밖에 없으리라. 스승의 유언을 받들지 못하게 된 지금, 부처의 자비로 예비되어 있을 먼 훗날의 인연에 기대를 걸며 이 책을 남긴다. 나의 후손들이여, 반드시 이 책과 성물들을 조선 왕가의 비밀 전수자에게 전해주기를.

　……

　……

　책의 내용은 김칠성이라는 조선인 승려가 스승과 함께 마물(魔物)과 치열한 사투를 벌인 이야기와 임진왜란 당시 일본으로 끌려간 자신의 아내를 찾아 도일(渡日)하면서부터 시작되고 있었다. 앞부분은 아내를 찾아 일본 전국을 떠도는 유적의 생활과 풍신수길이 죽고 난 뒤에 벌어진 내전에서의 활약상이 일기 형식으로 씌어져 있었으나 뒤로 갈수록 이야기의 초점은 후손들에게 전하는 당부의 말로 바뀌었다. 김칠성은 후에 이름을 성씨도 없이 우에다로 바꾸었다. 후에 우에다의 후손들은 조상의 이름을 성으로 쓴 모양이었다.

우에다가의 사가가 적힌 책은 마치 무협지를 방불케 할 정도로 흥미로운 것이었다. 강립은 만약에 이 책이 공개된다면 임진왜란 이후의 일본 생활상에 대한 중요한 연구 자료가 될 것이라고 생각했다. 도라노스께 교수의 번역이 훌륭했던 덕분이겠지만 그만큼 그 책은 서술과 묘사가 치밀하여 하나의 문학작품으로 보아도 손색이 없을 정도였다.

책을 읽어 내려가던 강립은 다음 대목에 이르러 더욱 놀라지 않을 수가 없었다.

……

……

스승인 동천 스님의 말에 의하면 세종 이후로 왕가의 비밀 전수자가 나타나지 않았다고 한다. 아마도 왕권을 둘러싼 분쟁과 다툼 속에 적통이 소실된 것은 아닌지 모르겠다고 스승께선 염려하셨다. 그도 그럴 것이 세종 이후 문종, 단종대를 거치면서 조선의 종사는 극히 혼탁해지기 시작한 것이다. 하지만 이 모든 인연이 부처의 자비 속에 이루어진 것이라면 긴 세월의 벽을 넘어 반드시 조선 왕가의 비밀 전수자가 나타나리라고 의심하지 않는다. 나의 후손들은 이 점 명심하여 기연을 기다려야 하리라.

그는 내가 전하는 청옥 구슬 목걸이와 똑같은 것을 가지고 있으며 가슴에는 왕가의 적자임을 상징하는 가슴털이 자라 있다. 그의 가슴털은 마치 반달곰의 가슴털을 닮았다고 하니 반드시 확인해야 하리라.

……

……

앞서 밝혔던 바와 같이 비밀을 푸는 열쇠가 되는 신궁과 목판은 전란 중에 소실되어 그 행방이 묘연하다. 하지만 왕가의 비밀 전수자가 나타난다면 아마도 비밀을 풀 수 있는 실마리를 찾을 수 있을 것이다.

이 비밀은 고려 왕조 때부터 전해진 것으로 조선을 개국한 태조보다 몇 대 앞서는 전주 이씨의 선조 이양무로부터 시작되었다.

“‘이양무’라고?”

강립은 자기도 모르게 소리를 질렀다. 어딘지 귀에 익은 이름이었다. 그는 찬찬히 기억을 더듬어 보았다. 고개를 숙인 채 눈을 감고 있던 강립은 갑자기 눈을 번쩍 뜨며 다시 소리를 질렀다.

“그래, 그 사람이야!”

4년 전인 1998년 6월에 지도를 작성하기 위해 두타산에 올랐다가 무릉계곡에서 만났던 젊은이로부터 ‘양무의 나무’에 대한 이야기를 들었던 사실이 떠올랐던 것이다. 어쩌면 이 책에 등장하는 이양무라는 인물이 바로 그 ‘양무의 나무’와 관련된 것인지도 몰랐다.

부엌에서 기미코가 음식을 만들며 달그락거리는 소리가 간간이 들려올 뿐 주위는 침묵에 휩싸여 있었다. 가끔 괘종시계가 울었지만 글을 읽는 데 정신이 팔린 강립에게는 전혀 들리지 않았다. 식사 준비를 끝낸 후 기미코는 강립을 부르려 했지만 그만두었다. 그를 방해하고 싶지 않기 때문이었다. 강립은 컴퓨터 화면에서 눈 한 번 떼지 않고 벌써 두 시간째 글을 읽고 있었다.

2. 구로다군의 군사(軍師)

도요토미 히데요시가 사망했을 때 그의 아들 히데요리는 겨우 여섯 살의 어린아이에 불과했다. 도요토미 히데요시는 눈을 감기 전 정치적 영향력이 큰 대명대신들인 아사노, 미시타, 이시다, 나쓰카, 마에다 등 5봉행(奉行, 도요토미 히데요시의 심복)과 이에야스, 마에다, 우에스기, 우카타, 모리 등 5대로(大老)를 불러 히데요리에게 충성을 하겠다는 서약서를 혈판(血判, 피도장)으로 받아 놓았다. 하지만 도요토미 히데요시의 권력은 육신의 초탈과 함께 서서히 사라지고 있었다.

도요토미 히데요시가 죽자 피의 서약을 5봉행은 준수하려고 했지만 5대로는 무시하기 시작하였다. 특히 이에야스는 동부 지방의 영주들을 자기의 영향력 아래 포섭하여 그 세력을 확장하고 있었다. 그는 다테 마사무네의 딸을 자신의 6남 며느리로 맞이하고, 자신의 양녀를 후쿠시마 마사노리의 아들에게 시집보내는 등 5대로, 5봉행의 약속 따위는 안중에도 없다는 듯 자신의 세력 확장에만 광분하고 있었다. 또한 이에야스는 5봉행, 5대로가 통일된 행동을 못하도록 분열정책을 펴서 세력이 집중되는 것을 방해하기도 했다.

이에야스는 1600년 정초를 오사카 성에서 히데요리와 함께 보내겠다는 전갈을 보냈다. 히데요리의 어머니인 요도기미는 풍신수길이 죽은 후 특별히 의지할 데가 없어 늘 걱정이었다. 5봉행의 대표격인 이시다가 있었지만 그는 어딘지 모르게 약해 보여 믿음이 가지 않았던 것이다. 그러던 차에 이에야스가 오사카 성으로 온다고 하니 요도기미로서는 천군만마를 얻은 듯한 기쁨에 사로잡혔다. 내대신인 이에야스가 히데요리와 함께 오사카 성에 있으면 전국의 대명들이 모두 히데요리에게 신년하례를 하게 될 것이고, 그렇게 되면 히데요리에게 그만큼 무게가 실리는 효과가 있을 것이라고 그녀는 생각했다. 하지만 이시다의 생각은 달랐다. 신년하례를 받는 자리가 문제였던 것이다.

"내대신의 자리를 태합(히데요리)과 나란히 배열하면 내대신과 태합이 대등한 위치가 되고 맙니다. 그러니 내대신의 자리를 따로 마련해야 하지 않겠습니까?"

이에야스를 각별히 믿고 있는 요도기미는 고개를 저었다.

"내대신을 홀대하는 것 같아 그렇게 할 수는 없습니다. 장소가 오사카 성이니만큼 주인은 어디까지나 히데요리이고 내대신은 객일 수밖에 없습니다. 모두들 뻔히 알고 있는 사실이지요. 이에야스가 히데요리의 섭정으로 보이도록 하는 것도 괜찮으니 나란히 앉힙시다."

이시다는 마음에 걸렸지만 요도기미의 제안을 거절할 수가 없었다.

정초 아침 일찍 이에야스가 오사카 성으로 입성했다. 요도기미는 막강한 세력가인 이에야스가 히데요리의 후원자로 나섰다는 사실에 흥분하여 마치 도요토미 히데요시가 살아서 돌아온 것만큼이나 기뻐했다.

"경자년 새해 복 많이 받으시고 만수무강하십시오."

이에야스는 인사를 건넨 후 어린 히데요리를 손자처럼 품에 안았다가 내려놓아 친분과 애정을 표했다. 이를 본 요도기미는 감격해 마지않았다. 하지만 이시다는 이에야스가 태합을 어린아이 대하듯 하는 것이 마음에 들지 않아 눈살을 찌푸렸다.

경자년 신년하례식은 앞으로 시작될 이에야스의 시대를 예고하고 있었다. 여덟 살의 어린 히데요리와 쉰아홉의 이에야스가 나란히 앉자 이에야스의 기백과 연륜에 히데요리는 묻혀버리고 만 것이다. 신년하례를 하는 전국의 대명대신과 장군들은 히데요리보다는 오히려 이에야스에게 절을 하는 기분이었고, 그 자리는 히데요리가 아니라 이에야스에게 충성과 신뢰를 서약하는 것으로 변질되었다.

신년하례식을 마치고 나온 이시다 미쓰나리는 몹시 기분이 상해 있었다. 동부의 호랑이를 그대로 방치할 경우 태합은 물론이고 자신의 위치마저 위태로워지리라는 것은 불을 보듯 뻔한 일이었다. 이에야스와의 대결은 불가피한 것이었다.

　이시다는 자신의 세력과 이에야스의 세력을 비교해보았다. 뭐라고 단정지을 수 없을 만큼 그 세력은 팽팽하게 맞서고 있었다. 하지만 조선 원정에서 실전경험을 쌓은 자신의 세력이 전투경험도 없이 본토에서 매사냥이나 즐기던 영주들에게 뒤질 것이 없다는 계산이 섰다. 이시다는 이러한 계산을 바탕으로 조선원정에 참여했던 장군들과 서남부의 대명들을 세력으로 규합하기 시작했다. 한편 이에야스는 이시다의 반기를 예측하고 군사를 일으켜 동북쪽에 있는 자신의 정적인 가게카쓰를 토벌하러 가는 척하며 이에 대비했다.

　7월이었다. 이시다는 오사카 성으로 향했다. 그는 요도기미를 설득하여 요시쓰구, 안코쿠지를 비롯하여 봉행의 동료인 미시타, 나쓰카, 마에다 등과 모의하여 군사를 일으켰다. 데루모토, 우키다, 고니시, 시마즈, 고바야카와 죠소카베 등이 이시다군에 호응하여 속속 오사카 성에 집결하였다. 여기에는 후에 가토 기요마사도 가세하여 조선 정벌에 나섰던 장수들이 거의 다 모이게 되었다. 요도기미는 어쩐지 마음이 내키지 않았다. 이시다의 행동은 스스로 무덤을 파는 것만큼이나 무모하게 보였다. 그래서 그녀는 히데요리가 중립을 지키도록 움직이지 못하게 하였다.

　조선에 출정했던 장수들은 모두 이시다의 깃발 아래 모였지만 구로다는 나타나지 않았다.

　구로다는 이시다가 이끄는 서군과 이에야스가 이끄는 동군을 저울질해보았다. 서로 팽팽하게 맞서고 있어 어느 쪽에 가담해야 할지 판단이 서질 않았다. 그는 임란에서 행주산성 공격의 실패에 따른 책임자로 몰리자 조선 출정군과의 의리도 저버린 상태였다. 이제 그에게는 살아남기 위한 결단만이 남아 있었다. 하지만 어느 편에 가담해야 할 것인가? 몇 날 몇 일을 두고 고민했지만 뚜렷하게 잡히는 것은 아무 것도 없었다. 상관의 고민을 알고 있는 부관 덴 히데오가 그를 찾아왔다.

"사령관님, 대사님과 의논해 보시는 것이 어떻겠습니까?"

"글쎄……. 요즘 대사께선 어떻게 지내시는가?"

"여전하십니다. 그 동안 어디를 돌아다니셨는지 피골이 상접해서는 어제야 돌아오셨습니다."

"대사께서 부인을 찾으시는 걸 빨리 포기해야 하실 텐데……. 어떻게, 좀 알아보았는가?"

"여러 가지 정황으로 미루어 천황폐하의 다섯 번째 빈이 되신 옥비 마마가 확실한 듯합니다. 모리길성이 자취를 감추어 확인할 방법은 없지만 옥비 마마가 빈으로 드신 시기나 조선 여인이라는 점 등이 거의 일치합니다."

"음…… 인생이란 참 묘한 거야. 히데오, 그런 사실을 대사께는 절대 발설해서는 안되네."

"……"

"그랬다가는 교토 전체가, 아니 일본 전체가 발칵 뒤집히게 될 거네. 나는 아직도 대사의 무공이 어느 정도인지 간파하지 못했어. 만약 대사가 이성을 잃게 된다면 우리 일본은 엄청난 대가를 치러야 할 거네. 대사를 생각하는 자네의 마음이 각별하다는 건 알지만 좀더 신중하게 처신하길 바라네."

"알겠습니다."

"그리고…… 무엇보다도 나는 대사를 잃고 싶지 않아."

구로다와 덴 히데오가 칠성의 아내인 유하의 행방을 알게 된 것은 1년 전이었다. 모리길성은 임란 당시 전쟁 상황을 보고하기 위해 일본으로 돌아온 이후로 행방이 묘연했다. 그는 전쟁상황을 도요토미 히데요시에게 보고한 후 유하를 천황에게 바치고는 자취를 감추었던 것이다. 모리길성이 이에야스가 다스리고 있는 동부지방으로 숨었다는 소문이 떠돌고는 있었지만 확인할 방법은 없었다.

유하는 고요제이 천황의 다섯 번째 빈인 옥비가 되어 있었으며 아들을 낳았다. 앞선 네 명의 비로부터 후사를 얻지 못했던 천황의 기쁨은 이루 말할 수 없이 컸다. 하지만 정작 아들을 낳은 옥비는 긴 침묵에 빠져 있었다.

구로다가 물었다.

"그런데 옥비께서 벌써 몇 년째 잠만 자고 있다는 소문이 있던데, 사실인가?"

"그런가 봅니다. 황궁에 떠도는 소문에 의하면 천황폐하와의 합방이 이루어진 이후로 계속 잠만 자고 있다고 합니다. 황태자도 잠이 든 중에 나았다고 하더군요."

"참 기이한 일이로다. 부창부수라더니 그 남편에 그 부인이구만."

덴 히데오가 구로다의 눈치를 살피고 있다가 어렵사리 말을 꺼내었다.

"사령관님, 언제까지 대사를 속일 수 있을지 모르겠습니다. 만약 대사께서 모리길성을 찾아내기라도 한다면……."

"그런 일이 없도록 빌 수밖에. 국내가 어수선한 중에 대사마저 중심을 잡지 못한다면 우리는 더 어려운 처지에 처하고 마네. 대사를 대함에 있어 각별히 유념하게."

다음날 덴 히데오와 함께 칠성이 구로다를 찾아갔다. 칠성의 얼굴에는 짙은 그늘이 드리워져 있었다. 이번 유랑에서도 그는 유하나 모리길성의 행방을 찾는 데에 아무런 소득을 얻지 못한 것이었다. 구로다는 칠성의 마음을 짐짓 모른 체하며 그를 맞았다.

"대사, 지금 나라가 발칵 뒤집힐 지경에 처해 있습니다. 곧 큰 내전이 일어날 것 같아요."

구로다가 다소 과장된 언행으로 칠성에게 말했다. 칠성이 그 말에 고개를 끄덕이며 입을 열었다.

"여기저기 돌아다니면서 그런 소문을 듣기는 했습니다. 장군께선 어느 쪽에 가담하실 생각이십니까?"

"아직 결정을 내리지 못했소이다. 대사의 고견을 바라오."

"그럼, 제가 생각하는 바를 솔직하게 말씀 드려도 되겠습니까?"

"부탁드립니다."

"화무십일홍(花無十日紅)이란 말이 있습니다. 꽃은 십 일을 넘기지 못하고 반드시 진다는 자연의 법칙을 말합니다. 풍신수길을 따르는 세력은 지는 꽃잎입니다. 이에야스의 세력은 이제 피는 꽃이 될 겁니다. 그리고 조선 전쟁에서 죽은 원혼들이 이시다군에 속한 출정군들을 가만두지 않을 겁니다."

구로다는 칠성의 마지막 말이 마음에 걸렸다. 구로다 자신 역시 조선 출정군의 한 사람이었던 것이다. 그러나 그는 자신의 불편한 심정을 겉으로 내색하지 않았다.

"하지만 이시다는 조선 원정에서의 전투 경험을 쌓은 쪽이 유리하다고 생각하는 듯합니다. 나 역시 그의 생각에 동의합니다."

"조선정벌군은 지금 장수고 병사고 간에 모두 지쳐 있습니다. 전쟁에서 이기고 왔다면 그것이 좋은 경험이 되겠지만, 그게 아니고 오합지졸이라고 보았던 조선의 관군과 의병들에게 쫓겨다니며 각개 소전투에서 패배한 경험만 쌓여 있다면 전투에 대한 공포심만 가지고 있는 게 아니겠습니까? 때문에 고니시, 우키다, 가토도 전쟁에 대한 자신감보다는 두려운 감정이 앞설 겁니다. 죄송한 말씀이지만 구로다 장군께서도 다가오는 전쟁의 공포에서 자유롭지 못하고 고심하시는 것 아닙니까?"

구로다는 자신의 마음을 꿰뚫고 있는 칠성에게서 두려움을 느꼈다. 하지만 한편으로 그는 칠성을 적으로 만들지 않았다는 사실에 대해 안도감을 갖기도 했다.

"대사의 말을 듣고 있자니 어렴풋이 방향이 잡히는 듯합니다. 앞으로 제가 어떻게 처신해야 좋겠습니까?"

"아직 대외적으로 어느 편에 가담했다는 사실을 밝히지 마시기 바랍니다. 이에야스에게는 밀사를 보내되 그러한 사실이 절대 외부에 새지 않도록 각별히 조심하십시오. 그리고 내부적으로는 병

사들의 기강을 바로 세우고 휘하 장수들을 확실히 통제할 수 있도
록 만전을 기하십시오. 격전지로의 출동 시각과 날짜 또한 장군
혼자만 아셔야 할 것입니다."

덴 히데오가 칠성에게 물었다.

"격전지라면, 오사카 성을 말씀하시는 겁니까?"

"아닙니다. 오사카 성에서 15km 서남방의 세키가하라를 주의
깊게 살펴보십시오. 서군과 동군의 격전장이 될 것입니다."

"아니, 오사카 성이 아니고 왜 세키가하라란 말입니까?"

"오사카의 요도기미나 히데요리는 이시다의 행동을 못미더워하
고 있을 겁니다. 그들로서는 괜히 동군과 서군의 싸움에 끼여들어
이에야스의 미움을 살 필요가 없는 것이지요."

"그래서요?"

"요도기미나 히데요리가 오사카 성에서 전투가 벌어지는 것을
바라지 않으니 나가서 싸워야 하지 않겠습니까?"

"글쎄요……."

"이에야스는 난공불락의 오사카 성을 공격하는 것보다는 서군
을 오사카 성에 묶어두고 단번에 서남부의 미노, 오하리, 이세, 오
미 등을 수중에 넣으려고 진출할 겁니다. 그곳들만 장악하면 오사
카 성은 자연 수중에 들어오는 것이지요."

"아하, 그렇지요."

"동군의 이러한 낌새가 서군에 노출되면 서군은 동군의 진출을
막아야 하는데, 이를 막는 요충지가 바로 세키가하라입니다. 세키
가하라는 이들 지역으로 통하는 요충지로 치열한 격전장이 될 겁

니다.”

“오호, 과연 대사의 말씀이 맞소이다. 과연……”

구로다와 히데오는 서로의 얼굴을 마주보며 고개를 끄덕였다. 구로다는 다시 한 번 칠성을 자신의 편으로 둔 것을 천행으로 여겼다.

“앞으로 벌어질 전투에 대비하여 제 나름대로 준비할 것이 있습니다. 그래서 장군께 청이 있사옵니다.”

“말씀하십시오. 대사의 청이라면 무엇이든지 들어드리겠소이다.”

“저를 장군님의 군사(軍師)로 임명해 주십시오. 구로다 부대의 군사 자격을 갖추어야 앞으로 제 행동에 명분이 설 듯합니다.”

“오오, 그건 오히려 이 몸이 바라던 바요. 대사처럼 지략과 무공을 겸비한 분을 군사로 모신다면 나는 세상 두려울 것이 없겠소. 지금 당장 대사를 이 구로다군의 군사로 임명하는 바이오.”

“그럼, 오늘은 이만 물러가겠습니다. 제가 너무 많은 것을 아는 체한 것 같습니다.”

“그러십시오. 돌아가서 좀 쉬시기 바랍니다.”

칠성이 집무실을 나가고 난 뒤 구로다는 곧장 지도를 꺼내보았다. 과연 칠성의 말대로 세키가하라는 군사적 요충지로서의 입지 조건을 충분히 갖추고 있었다. 하지만 칠성의 언질이 없었더라면 자신은 몇 시간을 들여다보아도 그러한 사실을 알아차리지 못했을 거라는 생각이 들었다. 그로서는 칠성의 혜안에 감탄하지 않을 수가 없었다.

3. 세키가하라 전투

칠성은 다음날 세키가하라로 향했다. 그는 세키가하라의 골짜기와 구릉을 3일 동안 맴돌며 현지답사를 하는 한편 여러 가지 양상을 고려하여 군사 배치의 복안를 구상하였다.

칠성은 동군의 입장, 서군의 입장, 그리고 양 측 사이의 싸움을 지켜보고 있다가 우세한 쪽으로 기울게 될 기회주의자의 입장에서 군사의 움직임을 머리 속에 떠올렸고, 또한 초가을의 비오는 날과 안개 낀 날, 맑은 날의 경우에 따른 싸움의 양상에 대해서도 머리 속에 그렸다. 그리고 마지막으로 기회주의자의 배신을 우발 사태로 상정하여 거기에 대비할 수 있는 복안도 마련했다. 세키가하라를 돌아다니는 동안 군복을 입은 병사들이 자신을 염탐하다가 돌아가는 모습이 눈에 뛰었지만 칠성은 그들을 개의치 않았다.

칠성은 일본의 내전에 대비하면서 마음이 한결 편해지는 것을 느꼈다. 유하를 향한 그리움도 조국의 고향을 향한 향수도 전장의 지형을 탐색하고 전투에 대한 대비에 전념하는 동안에는 어느 정도 잊을 수가 있었다. 아니, 어쩌면 칠성은 가슴속의 고통을 잊기 위해 이국의 전장에 뛰어든 것인지도 몰랐다.

해가 기울고 이슬 맺힌 풀잎 위에 몸을 눕혀 밤하늘의 총총한 별을 올려다볼 때면 어쩔 수 없이 칠성의 가슴 한 구석은 축축하게 젖어들었다. 얄궂은 운명에 사로잡힌 자식 때문에 늘 근심을 떨치지 못한 부모님, 어린 칠성을 부모처럼 보살펴주었던 스승 동천대사, 친형처럼 가깝게 여겨지던 최원흘, 두타산성에서 죽어간

지기들, 그리고 유하…… 살아 있기나 한 걸까. 유하를 떠올리자 칠성의 가슴은 물리적인 통증을 동반할 정도로 욱죄어왔다.

칠성이 세키가하라를 돌아다닌 지 4일째 되는 날이었다. 짙은 안개를 헤치며 마쓰오산을 오르고 있을 때 일단의 병사들이 칠성에게 다가왔다. 그들은 모두 무장한 상태로 여차하면 공격할 태세를 갖추고 있었다. 칠성은 허기를 면하기 위해 씹고 있던 무를 슬그머니 자신의 소매에 숨겼다.

"뭐 하는 놈이기에 이 곳에서 얼쩡거리느냐!?"

칠성은 그들이 세키가하라 지역의 성주 고바야카와의 병사들일 것이라고 짐작했다. 그렇지 않아도 오늘내일 중으로 고바야카와를 찾아가려고 마음먹고 있던 차에 그의 병사들이 먼저 찾아온 것이었다. 하지만 칠성은 병사들에게 자신의 신분을 밝힐 수가 없었다.

"그냥 여기저기 떠돌아다니는 땡초올시다. 그렇지 않아도 요기도 할 겸해서 성 안으로 들어가려던 참이었는데, 이렇게 환영해주시니 몸둘 바를 모르겠소이다."

병사들 중의 우두머리로 보이는 자가 칠성에게 칼을 들이대며 소리쳤다.

"무슨 헛소리냐!? 네놈이 벌써 며칠째 이 근방을 염탐하고 다니고 있다는 정보가 있었다. 뭐 하는 놈이기에 우리 땅에 들어와 염탐을 했는지 어서 이실직고하라!"

"고바야카와 성주를 만나 뵙고 그 연유를 말씀드리겠소. 나를 성주에게로 안내해 주시겠소?"

"뭐!? 네놈 따위가 우리 주군을 만나겠다고!? 네놈에게 그럴 자격이 있다고 생각하느냐!? 여봐라, 이 놈을 당장 포박하고 반항하거든 도륙을 내버려라."

칠성은 포승줄을 들고 다가서는 병사 둘의 팔을 비틀었다. 그러자 두 병사의 어깨가 보기 흉하게 뒤틀리면서 그들은 비명을 질러댔다. 그러자 병사들은 칼을 빼들고 칠성을 공격했다. 칼날을 가볍게 피하고 수도로 목덜미를 내리치자 다시 한 명의 병사가 켁 소리를 내며 쓰러졌다. 이번에는 두 명이 동시에 달려들었다. 칠성이 몸을 뒤로 눕혀 칼을 피하면서 발을 뻗어 두 병사의 겨드랑이를 걸어차자 그들 역시 통증을 호소하며 나가떨어졌다. 이제 남은 것은 병사들의 우두머리로 보이는 이뿐이었다.

"우리 상대가 아니다. 달아나라!"

병사들은 칠성의 공격으로 비틀린 팔을 안고 절룩거리며 달아났다. 칠성은 천천히 그들을 뒤쫓았다. 병사들의 우두머리가 뒤돌아보니 괴승이 뒤쫓고 있는데 전혀 뛰는 기색이 없이 천천히 걷는데도 좀처럼 간격이 벌어지지 않았다. 성문에 이르자 우두머리가 소리쳤다.

"전원, 무장하라! 적의 침입이다!"

성문을 지키고 있던 병사들이 모두 칼을 빼들었고, 성벽과 망루의 조총사수들과 살수들은 총과 화살을 겨누었다. 부상당한 병사들이 성문으로 들어간 뒤 수문장과 초병들이 성문 앞을 가로막았다. 곧 내전이 일어날 것이라는 풍문이 떠돌더니 기어이 올 것이 왔다는 긴장감이 성문 주위로 팽팽하게 감돌았다.

곧 칠성이 모습을 드러냈다. 낡고 허름한 승복을 걸친 승려 따위는 아무도 신경을 쓰지 않았다. 수문장이 소리쳤다.

"적은 어디 있느냐!?"

조금 전에 칠성에게 혼이 난 병사들의 우두머리가 성벽에 올라 아래를 내려다보았다.

"바로 저놈입니다! 저 놈입니다!"

"뭐야!?"

수문장은 어이가 없었다. 적어도 1개 대대의 병력을 예상하고 있던 수문장은 하도 어이가 없어서 실소를 금치 못했다.

"지금 장난하나! 이깟 땡중 한 놈을 두고 그런 소란을 피웠더란 말이냐!"

성벽의 병사가 기어드는 목소리로 말했다.

"무술 실력이 보통이 아닙니다. 우리 병사들이 순식간에 당했습니다."

"저런 못난 놈!"

수문장이 칠성에게 다가섰다. 그는 다짜고짜 칼을 빼어들어 칠성을 내리치려 했다. 칼날이 다가오는 순간 몸을 뒤로 뺀 칠성은 공중으로 몸을 솟구친 후 수문장의 어깨를 도약대로 삼아 성벽으로 뛰어올랐다. 성벽 위의 병사들이 뒤늦게 칼을 빼들었지만 그들은 칠성에게 혈을 짚여 꼼짝할 수 없는 처지가 되었다. 칠성은 반대편으로 내려섰다. 순식간에 칠성이 성벽을 뛰어넘어 성안으로 들어서자 성안에 대기하고 있던 병사들의 전열이 일시에 흐트러지고 말았다. 망루 위의 조총사수들은 아군 병사들과 칠성이 한데 섞여 버리자 심지에 불이 붙은 총을 하늘로 향했다.

성문이 열리면서 수문장이 칠성에게 달려들었다. 수문장의 날카로운 칼이 칠성에게로 파고들었지만 그의 칼날은 칠성을 아슬아슬하게 비껴나갈 뿐이었다.

"이런 쥐새끼 같은 놈!"

칠성은 시종일관 여유를 보이며 수문장의 공격을 피했다. 그러다 칠성의 눈에 날카로운 빛이 반짝이는 순간 수문장의 칼은 두동강났다. 수백 명의 병사들이 칠성을 에워쌌다.

"비켜라! 이 놈은 내 몫이다."

수문장이 부하 병사의 칼을 들고 다시 다가섰다. 칠성은 한숨을 내쉬며 고개를 흔들었다.

"나는 성주를 만나고 싶을 뿐이오. 나를 그분에게 안내해주시오."

"닥쳐라!"

수문장이 필사의 일격을 가해왔다. 그의 칼날이 칠성의 몸을 벤 듯했다. 수문장은 칼날을 스치고 지나간 둔중한 느낌을 감지하고 쾌감을 느꼈다.

"성문을 책임진 자가 무도 베지 못한단 말이오."

수문장의 칼날에 무 한 조각이 걸려 있었다. 칠성이 마쓰오산을 오르며 씹고 있던 무였다. 그 광경을 보자 병사들과 주민들이 웃음을 터뜨렸다. 수문장은 얼굴이 벌겋게 달아올라 재차 공격을 가했다. 가볍게 몸을 피한 칠성이 그의 이마를 손가락으로 눌렀다. 수문장은 입에 거품을 물며 뒤로 쓰러졌다.

병사들이 입가의 웃음을 싹 걷고 칠성에게 다가섰다. 칠성은 수백 명의 병사들에게 에워싸이고도 전혀 당황하는 기색이 없었다. 그는 손끝에 기를 모았다. 방어벽이 가장 약해 보이는 곳으로 장풍을 분출한 후 그곳을 뚫고 나갈 생각이었다.

"멈춰라!"

병사들이 일제히 소리나는 쪽으로 고개를 돌렸다. 말을 탄 장수들이 다가오고 있었다. 병사들이 그들을 향해 고개를 숙였다.

"주군!"

장수들 사이로 옷차림이 유난히 화려한 귀족 한 명이 모습을 드러냈다. 입꼬리가 약간 위로 올라가고 눈이 가는 게 반골의 상이었다. 칠성은 그를 보는 순간 그가 고바야카와임을 알아차릴 수 있었다. 칠성은 손끝의 기를 흩어버리고 고바야카와를 향해 똑바로 섰다.

"대사께선 어인 일로 이곳을 찾으셨소?"

'대사'라고 말하는 고바야카와의 말에는 비아냥거리는 투가 역력했다.

"소승, 고바야카와 성주께 드릴 말씀이 있어 찾아왔습니다."

"나를?"

"그렇습니다. 비밀을 요하는 일이니 따로 장소를 마련해주셨으면 좋겠습니다."

초소 부근에서 다시 소란이 일기 시작했다. 칠성에게 일격을 당한 병사들과 수문장이 입이 돌아가고 팔이 뒤틀린 채 고통스러운 신음을 내뱉고 있었다. 칠성이 초소로 다가갔다. 병사들은 이 기

이한 괴승이 다가서자 모두 길을 비켜주었다. 칠성이 손가락으로
혈을 짚자 그들의 팔과 입은 모두 제자리로 돌아갔다. 그제야 고
바야카와도 허름한 옷차림의 이 승려가 보통 사람이 아님을 깨달
았다.

고바야카와는 자신의 집무실로 칠성을 데리고 갔다. 그는 만약
의 사태에 대비하여 닌자들과 장수들을 자신의 집무실 근처에 배
치했다.

고바야카와와 마주앉자 칠성이 주변을 두리번거리며 말했다.

"저를 믿으시고 병사들을 물리십시오. 요즘같이 어수선한 때는
측근이라 할지라도 귀를 조심해야 합니다."

"대사의 말이 맞소이다. 그러니 더욱 조심할 밖에요. 대사의 정
체가 불확실한데 어찌 병사들을 물리겠소."

칠성은 품안에서 구로다의 군사임을 나타내는 증명서를 꺼내
고바야카와에게 건넸다.

"아니, 그럼……."

"그렇습니다."

고바야카와는 병사들에게 물러가라고 지시했다.

"그렇지 않아도 구로다 장군의 밀사를 기다리고 있던 참이었소
이다. 조선의 행주산성 전투 이후 저와 구로다 장군은 한 배를 타
고 있는 셈이지요."

칠성은 그 말이 거짓말이라고 판단했다. 고바야카와는 난세에
살아남기 위해 온갖 정보를 수집하고 있을 터였다. 그가 최종 결
정을 내리는 것은 사태가 한참 진행되고 난 후의 일이 될 것이었

다. 그래서 이쪽의 속내를 드러내면 나중에 큰 낭패를 볼지도 모르는 일이었다.

"소승은 성주님과 구로다군의 동맹을 맺기 위해 이곳을 찾아왔습니다."

"나 역시 구로다 장군과의 동맹을 원합니다. 그러면 구로다 장군은 이시다의 서군 편에 서신 겁니까?"

"지금은 서군도 동군도 아닙니다. 이번 싸움은 천하가 걸린 건곤일척(乾坤一擲)의 싸움입니다. 지금 우리에게 중요한 건 오직 고바야카와 성주와의 동맹관계입니다. 동군이냐 서군이냐는 그날의 싸움터에서 정하는 게 좋을 듯합니다."

고바야카와는 칠성의 이 말이 참으로 마음에 들었다. 섣불리 어느 편에 잘못 섰다가는 돌이킬 수 없는 후회를 할지도 모르는 일이었다. 지금 입장을 분명히 하기보다는 전세를 봐가며 편을 택하는 것이 좋을 듯했다. 고바야카와는 구로다 장군 역시 처세에 능한 사람이라고 속으로 생각했다.

"과연 구로다 장군의 지혜가 보입니다. 그러면 그 동맹관계를 어떻게 실천하면 됩니까?"

"마쓰오산에다 골짜기가 잘 내려다보이고 양쪽에 있는 산 능선이 잘 보이는 곳에 병사들을 숨길 수 있는 참호를 파 두십시오. 그곳에 고바야카와군을 배치하여 두었다가 구로다군의 행동을 보고 따라서 하시면 됩니다."

"구로다군은 어디에 배치합니까?"

"오백여 특공대를 동쪽에 있는 산과 서쪽에 있는 산의 중간지대에 있는 골짜기에 배치합니다.”

“주력부대는 어디에 배치합니까?”

“마쓰오산 중턱에 고바야카와군과 동맹군으로 함께 배치합니다.”

“그런데 왜 세키가하라입니까?”

“저도 지금은 무어라 확실히 말할 수 없습니다. 지금으로서는 만약의 사태에 대비하여 준비만 해두고 나중에 상황이 바뀌면 그때 가서 군사 배치를 바꾸면 되겠지요.”

“여러 가능성 중에 하나라는 말씀인가요?”

“그렇게 보시면 됩니다. 그러나 구로다님께서는 이곳에 상당한 비중을 두고 계시니까 가볍게 생각하지 마십시오.”

“알았습니다. 그러면 골짜기에 구로다군 500명의 진지도 우리가 파 두어야 합니까?”

“물론입니다. 다만 다른 성주들이나 주민들이 모르게 해 주셔야 합니다. 지금은 참모들도 구로다군과의 동맹관계를 모르도록 해 주십시오. 만약 이러한 사실이 동군측이나 서군측에 들어가면 우리의 계획이 수포로 돌아갈지도 모르는 일입니다.”

고바야카와는 구로다의 치밀함에 내심 놀라고 있었다.

“그리고 제가 이곳에 왔다 간 것은 아무도 몰라야 합니다. 누가 저에 대해 묻거든 그냥 어떤 낭인병사가 소란을 피우기에 엄히 꾸짖고 쫓아 보냈다고 하십시오.”

구로다에게 돌아온 칠성은 그 간 있었던 일을 전했다. 고바야카와와 동맹관계를 맺었다는 소식을 듣고 구로다는 인상을 찌푸렸다.

"아니, 대사. 그런 기회주의자에게 우리의 의도를 말했단 말이오?"

"그런 게 아니고 동맹관계만 맺고 왔습니다."

"동군이냐 서군이냐를 밝히지 않고 동맹관계만 맺었다는 겁니까?"

"바로 그렇습니다."

"그 이유를 말씀해 주십시오."

"세키가하라는 바로 고바야카와성에 속한 땅입니다. 성에서 산 하나만 넘으면 세키가하라의 중간지점인 마쓰오산입니다. 사령관님 말씀처럼 고바야카와 성주는 기회를 잘 이용하는 자입니다. 그래서 동군과 서군이 세키가하라에서 대치하게 되면 그는 마쓰오산에서 양군의 전세를 관망하고 있다가 전세가 유리한 쪽으로 붙게 되어 있습니다. 고바야카와와 군사동맹을 맺고 구로다군이 마쓰오산에 대기하고 있다가 전투에서 승기를 잡는 결정적인 역할을 하게 되면 장군께선 승리의 혁혁한 전과를 올리게 될 겁니다."

구로다는 입을 벌린 채 고개를 끄덕였다.

"과연 대사님이시오. 도대체 어디서 그런 지략을 얻으셨소이까?"

칠성은 아무런 대답 없이 입가에 웃음만 머금었다.

이후로 구로다는 수 차례 고바야카와에게 밀사를 보내 사전 협조에 대하여 의견을 나누었다. 고바야카와 역시 구로다에게 밀사를 보내 동맹관계에 대해 공고히 다졌다. 구로다는 지휘관 30여 명을 동원하여 비밀리에 마쓰오산을 사전 답사하기도 했다. 고바야카와는 마쓰오산과 계곡 아래 특공대의 진지를 잘 마련해두고 잔디와 잡목으로 위장까지 해두어 작전 수행에 필요한 만반의 준비를 갖추고 있었다. 그날 밤 양 동맹군의 참모들과 지휘관들은 양군의 협조관계에 대해 토론하였다. 그리고 이 모든 일은 죽을 때까지 절대 비밀로 하기로 하는 맹세를 다졌다. 역사 속에 기회주의자로 낙인찍히기 싫어서였다. 구로다로서는 모든 것을 손에 쥔 듯한 기분에 사로잡혔다. 이제 남은 문제는 과연 칠성의 말대로 전장이 세키가하라가 되느냐 하는 것이었다.

구로다는 모든 일을 마무리지은 후 고바야카와 몰래 칠성과 덴 히데오를 밀사로 이에야스에게 보냈다. 이에야스를 만난 자리에서 칠성은 세키가하라의 전략적 중요성을 역설하였다. 난공불락의 요새인 오사카 성을 치는 데에 두려움을 갖고 있던 이에야스로서는 칠성의 의견에 솔깃하지 않을 수가 없었다.

"구로다 장군에게 대사 같은 군사가 있다니 참으로 부러운 일이외다. 히데오 부관에게 듣자하니 대사의 무공 또한 절정에 달해 있다고 합디다. 만약 구로다 장군과 대사가 적으로 둔갑한다면 나는 큰 낭패를 볼 것이오. 그야말로 호랑이를 키우는 격이지요."

이에야스는 농담조로 말하고 있었지만 그의 말속에는 절대권력을 눈앞에 둔 사람의 조바심이 섞여 있음을 칠성은 깨닫고 있었다.

1600년 9월 14일 동군은 오사카 성이 내려다보이는 오카야마에 본진을 설치하였다. 주력부대는 세키가하라를 선점하려고 은밀히 이동하고 있었다. 이러한 대규모의 병력 이동이 서군에게 포착되었다. 이날 밤 20시경이었다. 이시다 미쓰나리는 참모들과 주요 지휘관들을 소집하였다.

"조금 전에 들어온 정보에 의하면 동군이 아카사카(赤坂)에서 세키가하라를 지나 단숨에 미노, 오하리, 이세, 오미 등의 서쪽으로 진격하여 오사카 성을 고립시키려 하고 있소. 그러니 저들이 세키가하라를 지나기 전에 우리가 이 난공불락의 요지를 지켜야 합니다. 오늘 밤에 오사카 성에 있는 병력을 이동시키면 동군보다 먼저 세키가하라에 도착할 수 있습니다."

가을비가 억수같이 퍼붓고 있었다. 이시다는 그날 밤 대규모 병력을 이동하여 세키가하라에 배치하였다.

9월 15일 아침 8시경 안개가 골짜기를 자욱하게 뒤덮은 가운데 동군과 서군의 전초전이 전개되었다. 당초 동군이 공격자의 입장에서 과감하게 밀어붙이리라는 예상은 빗나가고 이시다 부대와 우키다 부대의 맹활약으로 정오까지는 전세가 서군에게로 기울었다. 그때까지도 구로다군과 고바야카와군이 아무런 움직임을 보이지 않자 이에야스는 그들이 등을 돌린 것이 아닌가 하고 전전긍긍했다. 초조하기는 이시다도 마찬가지였다. 고바야카와는 동군뿐 아니라 서군과도 내통하고 있었기 때문에 양군 모두 고바야카와군이 자기네 쪽에 유리한 행동을 할 것으로 기대하고 있었던 것이다. 그 시각 고바야카와군과 구로다군은 마쓰오산에 매복하여 때를 기다리고 있었다.

이에야스와 이시다가 안절부절못하고 있을 때 양군의 중간지대에서 500명의 구로다 특공대가 빨강 바탕에 흑룡이 그려진 깃발을 펄럭이며 서군을 향하여 맹렬히 공격해 들어갔다. 그러자 정적에 잠겨 있던 마쓰오산에서도 약 1만 명의 구로다 군사들과 고바야카와 군사들이 서군을 향하여 맹렬한 돌격전을 감행하였다. 고바야카와군은 구로다군의 행동에 따라 움직이도록 되어 있었기 때문에 전세가 동군에 유리함에도 불구하고 그들을 따라나선 것이었다. 전세를 살펴보다가 유리한 쪽으로 붙는다는 고바야카와의 계획은 그로써 무산되었다.

구로다군과 고바야카와군이 가세하자 전세는 다시 동군 쪽으로 기울었다. 그러자 서군의 선봉에 섰던 와카사카 부대와 아카자 부대까지 총구를 거꾸로 돌려 동군에 가담하여 버렸다. 이시다로서는 전혀 생각지 못한 일이었다. 칠성은 마쓰오산에 좌정한 채 전투를 지켜보았다.

피비린내가 진동하고 비명이 난무하던 전투는 오후 4시쯤이 되어 동군의 대승으로 막을 내렸다. 조선 출정군이 대다수였던 서군은 물론이고 돌격전을 감행한 구로다군과 고바야카와군의 피해가 가장 컸다. 이렇게 해서 하늘은 조선 7년 전쟁의 흉포한 원흉들이 세키가하라에서 자신들의 손으로 죄를 씻게 하였던 것이다.

내전이 끝난 후 이에야스는 자신의 편에 서서 세키가하라 전투를 승리로 이끈 영주들을 모아놓고 성대한 잔치를 벌였다. 자리는 상석에서 말석까지 이번 전투에서 공을 세운 정도에 따라 배치되었다. 구로다와 고바야카와는 둘 다 전세를 뒤집는 결정적인 역할을 수행했음에도 불구하고, 구로다가 상석에 자리를 잡은 데 반해 고바야카와는 말석에 배치되었다. 구로다가 칠성과 덴 히데오를 이에야스에게 밀사로 보내 동군에 가담할 의사를 비밀리에 밝히고 전략 수립에 도움을 준 데 비해 고바야카와는 마지막까지 입장을 분명히 하지 않았기 때문이었다.

영주들이 자리를 잡은 아래쪽에 있는 원형의 모래판에서는 스모 선수들이 경기를 벌이고 있었다. 각 영주들의 장수들은 모래판 주변에 자리를 잡고 둘러앉아서 술을 마시며 경기를 관람하고 있었다.

덴 히데오는 구로다의 장수들과 잔을 나누고 있다가 주위를 둘러보았다. 칠성의 모습이 보이지 않았던 것이다. 덴 히데오는 장수들 틈을 빠져 나와 칠성을 찾았다. 칠성은 병사들이 뛰놀고 있는 연병장의 나무 아래 앉아 있었다. 덴 히데오가 칠성을 발견하고 다가갔다.

"대사님, 왜 혼자 계십니까?"

칠성이 덴 히데오를 온화한 표정을 지은 채 올려다보았다. 덴 히데오는 한양의 왕십리에서 처음 대면했을 때부터 자신에게 호의를 베풀었던 고마운 사람이었다. 덴 히데오는 일본으로 건너온 후에도 칠성이 이국에서 외로움을 느끼지 않도록 배려를 아끼지 않았다.

"큰일을 치르고 나니 약간 허탈하다는 생각이 드는구려."

"이번 전투로 인해서 저희 구로다 장군님의 입지가 아주 굳건해졌습니다. 조선에서의 전쟁 이후로 장군께선 마음의 고통을 많이 겪으셨는데, 이번 전투로 말미암아 그 고통을 싹 잊게 되신 것 같습니다. 이게 모두 대사님의 은공입니다."

칠성은 눈을 아래로 향하고 가볍게 미소를 지었다.

"오늘 같은 날에는 대사님께서도 좀 즐기십시오. 어서 저쪽으로 가십시다. 각 영주들의 수장들도 대사님의 명성을 들은 듯 제게 대사님에 대해 묻는 이가 많더이다."

칠성은 덴 히데오에게 이끌려 수장들이 자리를 잡고 있는 모래판으로 향했다. 구로다의 장수들이 칠성의 자리를 마련해주었다. 구로다의 장수들은 칠성에게 자신들의 주군인 구로다 못지 않은 존경의 마음을 품고 있었다.

"이것 보시오, 대사! 듣자하니 대사의 무공이 대단하다고 하더이다. 어떻소? 이 자리에서 그대의 실력을 좀 보여줄 수 없겠소?"

구로다의 장수들이 소리나는 쪽으로 고개를 돌렸다. 모래판 맞은편에 자리를 잡고 있는 이에야스의 장수들이었다. 그들은 주군인 이에야스가 일본의 최고실력자로 떠오르자 마치 자신들도 절대 권력을 쥔 것처럼 거만하게 행동했으며 다른 영주의 장수들을 깔보는 언행을 일삼았다. 지금도 그들은 이번 전투에서 혁혁한 공을 세운 것으로 알려진 칠성에게 시비를 걸어 자신들의 힘을 과시하려는 것이었다.

칠성은 이에야스의 장수들 쪽은 거들떠보지도 않았다. 하지만 칠성을 둘러싸고 있는 구로다의 장수들과 덴 히데오는 기분이 상했다.

"저자가 취했군."

덴 히데오가 불쾌감을 숨기지 않으며 자리에서 일어서려 했다. 칠성이 그런 그의 팔을 붙잡았다.

"놔두시오. 오늘 같은 날은 적당히 기고만장한 것도 용서를 하는 게 좋습니다."

덴 히데오는 인상을 일그러뜨리며 다시 자리에 앉았다.

"듣자하니 조선인이라고 들었소. 어디, 우리 일본과 7년 동안이나 전쟁을 벌일 만큼 조선의 무예가 뛰어난지 이 자리에서 보여주시오. 하긴, 이시다 같은 허수아비들의 공격을 받고 7년 동안이나 헤맸다면 볼짱 다 본 것이겠지만……."

이에야스의 장수는 야비한 웃음을 흘리며 주위를 둘러보았다. 그의 눈길이 닿을 때마다 주위에 앉은 장수들은 고개를 끄덕이며 미소를 지었다.

덴 히데오와 구로다의 장수들은 더 이상 참을 수가 없었다. 이에야스의 장수는 조선 출정군으로 편성된 서군을 상대로 동군이 승리를 거두자 조선 출정군 자체를 깎아 내리고 있는 것이었다. 덴 히데오와 구로다의 장수들은 조선 출정군으로서의 명예가 실추된 것에 분개하여 자리를 박차고 일어섰다.

덴 히데오가 모래판에 올라서며 말했다.

"우리 조선 출정군이 왜 7년 동안이나 전쟁을 벌이고도 그냥 물러나올 수밖에 없었는지는 우리 대사님의 무예를 보면 그대도 납득하지 않을 수 없을 것이오. 하지만 대사의 무예를 받아낼 인물이 그대들 틈에는 없는 듯하니, 괜한 객기로 몸들 상하지 말고 조용히 앞에 놓인 잔이나 기울이시는 게 좋을 것이오.”

히데오는 문약해 보이는 외모와는 달리 눈빛이 매서웠고 말투에도 강단이 실려 있었다. 덴 히데오의 뒤로 구로다의 장수들이 이에야스의 장수들을 노려보며 서 있었다. 이에야스의 장수들도 그에 지지 않고 모두들 자리에서 일어섰다. 모래판을 사이에 둔 두 진영에서는 금방이라도 결전이 벌어질 듯한 날카로운 살기가 뿜어져 나오고 있었다. 그때였다. 바람을 가르는 듯한 소리가 들리는가 싶더니 모래판 가운데 칠성이 내려섰다. 칠성이 앉아 있던 자리에서 그곳까지는 적어도 10미터 이상의 간격이 벌어져 있었다. 그 거리를, 그것도 구로다 장수들의 머리를 칠성은 단숨에 뛰어넘은 것이었다.

칠성은 이에야스 장수들 쪽으로 합장을 한 후에 입을 열었다.

“소승의 무공과 재주가 일천하나 이야기 만들기 좋아하는 이들이 소승을 부풀려서 소개한 것 같소이다. 여기 계신 장수 여러분들은 세키가하라에서 함께 전투를 벌인 형제들이오. 사소한 일로 대립하여 전장에서 키운 동지애를 잃을까 걱정입니다. 소승에게 부덕함이 있다면 이 자리에서 용서를 구하겠소.”

칠성이 이에야스의 장수들 쪽으로 고개를 숙였다. 하지만 이에야스의 수장으로 보이는 자는 거만한 자세를 고치지 않았다.

“조선에서 패잔병의 몰골로 돌아온 작자들이 자신들의 능력이 부족했던 것은 탓하지 않고 조선 사람들이 무섭다고 떠들어대는 것을 들을 때마다 밸이 뒤틀려서 견딜 수가 없었다. 우리 이에야스군이 조선 정벌에 나섰더라면 단 1년 안에 조선은 물론이고 명나라까지 손에 넣었을 것이다. 조선놈들에게 겁을 먹은 구로다군은 너를 필요 이상으로 떠받드는 듯하나 나한테는 어림없는 일! 앞으로 너는 조선인다운 행동거지를 잊지 말라! 그리고 조선은 반드시 우리 일본의 손에 떨어지게 돼 있다!”

“저런 무례한 놈! 감히 대사님께…….”

덴 히데오가 더 이상 참지 못하고 앞으로 달려나가려 했다. 하지만 칠성이 돌아서서 덴 히데오를 저지했다. 칠성의 눈을 들여다본 히데오는 석고상처럼 굳어 버렸다. 칠성의 눈에 그때까지 본 적이 없는 강한 살기, 아니 살기 그 이상의 분노가 활화산처럼 타오르고 있었던 것이다. 칠성의 그 타오르는 눈빛을 본 덴 히데오는 이에야스 장수들에 대한 적대감이 순식간에 사라지는 것을 느꼈다. 대신 결코 넘을 수 없는 거대한 존재의 심판이 곧 시작되리라는 공포가 그의 가슴에 자리잡기 시작했다. 덴 히데오는 얼어붙은 채 칠성을 향해 신음하듯 말했다.

“대사, 제발…… 참으시……”

이제 말리는 쪽은 칠성이 아니라 덴 히데오가 된 것이었다.

칠성이 천천히 이에야스의 장수들 쪽으로 다가갔다. 이에야스의 장수들은 곧 엄청난 위험이 시작되리라는 불길한 기운에 휩싸인 채 칼이 있는 허리 쪽으로 손을 옮겼다. 칠성은 갑자기 걸음을 멈추고 이에야스의 장수들을 노려보았다. 그의 등뒤에서는 걱정에 가득 찬 덴 히데오의 음성이 희미하게 들려오고 있었다.

“일본을 대신하여 대사께 사과하겠습니다. 대사, 제발 참으십시오.”

하지만 칠성의 귀에 덴 히데오의 목소리는 들려오지 않았다. 그는 지금 두타산에 널려 있던 무수한 주검을 떠올리고 있었다. 그주검들 사이에는 어린아이와 아낙네들의 시체도 즐비하였다. 일본이 조선에 대한 야욕을 버리지 않는 한 그 같은 불행은 또 다시되풀이될 터였다. 칠성의 분노는 자신 앞에 서 있는 이에야스의장수들에게 국한되지 않았다. 그의 분노는 자신을 둘러싸고 있는전 일본의 장수들, 아니 일본 그 자체로 확산되었다. 이들이 저지른 것과 똑같은 형태로 복수를 하고 말리라는 불같은 살생에의 욕구가 그의 목구멍으로 넘어오고 있었던 것이다.

칠성은 자신의 몸을 뜨겁게 달구고 있는 분노를 가까스로 흩어내고 이에야스의 장수들을 향해 차가운 웃음을 보인 후 돌아섰다. 덴 히데오는 저절로 터져나오는 한숨을 길게 내쉰 후 몸을 축 늘어뜨렸다.

이에야스의 수장으로 보이는 자는 칠성이 돌아선 뒤 잠시나마저 조선인 승려에게 겁을 먹었다는 사실에 스스로 커다란 수치심을 느꼈다. 그는 칠성이 두 눈을 부릅뜨고 다가올 때 여지껏 대면해본 적이 없는 극도의 공포를 경험했던 것이다. 그는 자신을 짓누르기 시작하는 부끄러움과 공포에서 벗어나기 위해 허리에 찬칼을 빼들었다.

덴 히데오가 소리쳤다.

"대사!"

한편 이에야스와 구로다의 장수들 사이의 분위기가 점점 살벌해지고 있던 시각, 영주들은 승리를 자축하는 건배를 하고 있었다. 이어서 이에야스가 구로다에게 말했다.

"이번 전투에서 나가마사님께서 보여준 전술과 용맹에 크게 탄복했소이다. 앞으로도 나가마사님의 도움을 기대하겠소."

"이제 전 일본을 호령하게 되었음을 경하드립니다."

"허허허, 고맙소이다. 장군의 도움이 없었다면 불가능했을 일이오. 그리고 장군에게는 내게 없는 보물이 있으니 오히려 부러운 쪽은 나요."

"그게 무슨 말씀이신지……?"

"일전에 내게 밀사로 보낸 스님이 있지 않았소이까."

"칠성 대사님을 말씀하시는 모양이군요."

"그렇소이다. 지략은 하늘의 이치를 통달하였고, 무공 또한 절정에 달해 있다고 하니 참으로 두려운 존재가 아닐 수 없소. 장군과 그 대사가 우리 편이었길망정이지 적이었다면 이번 전투는 어떻게 결판이 났을지 알 수 없는 일이외다."

구로다는 이에야스의 말이 결코 과장된 것이 아니라고 생각했다. 그 역시 칠성에 대하여 경외심과 두려움을 동시에 품고 있었다. 칠성이 언제까지나 자신의 편으로 남아 있는다면 문제될 것이 없지만 만약 등을 돌린다면 구로다로서는 커다란 낭패를 맞게 될 것이었다.

갑자기 바깥이 소란스럽기 시작했다. 시종 하나가 영주들의 자리에 뛰어들며 소리쳤다.

"큰일났습니다. 장수들 사이에 싸움이 벌어지려고 합니다."

"뭐야!?"

영주들은 자리를 박차고 일어나 바깥으로 향했다. 하지만 이미 일전이 치러지고 난 뒤였다. 모래판 한 가운데에 칠성이 서 있고 이에야스의 수장이 칼을 쥔 채 쓰러져 있었던 것이다.

칠성이 차가운 미소를 보이고 돌아서는 순간 이에야스의 장수 한 명이 칼을 빼들고 달려들어 칠성을 내리쳤다. 하지만 칠성은 뒤도 돌아보지 않은 채 몸을 약간 틀어 피하면서 상대편이 칼을 쥔 손을 왼손으로 붙잡은 뒤 돌아서며 오른 주먹으로 면상에 일격을 가했다. 그 모든 일이 눈 깜짝할 사이에 벌어진 것이었다. 인중을 얻어맞은 이에야스의 수장은 비명조차 지르지 못한 채 거꾸러지고 말았다.

재차 공격이 가해졌다. 천하를 호령하는 이에야스의 맹장들이 서로 앞다투어 칼을 빼들고 칠성에게로 달려들었다. 칠성은 공기를 찢으며 휘둘러대는 칼날 사이를 마치 거친 물살 속을 헤엄쳐 오르는 연어처럼 유연하게 휘젓고 다녔다. 그렇게 바람결을 따라 떨어지는 낙엽처럼 칼날의 움직임에 몸을 맡기고 있던 칠성이 갑자기 동작을 취할 때마다 이에야스의 장수들은 하나둘 나가떨어졌다.

영주들은 싸움을 말릴 생각도 않은 채 칠성의 몸놀림에 넋을 놓고 있었다. 이에야스는 내심 자신의 장수들이 칠성을 제압하기를 바랐지만 시간이 지날수록 장수들의 숫자만 줄어들 뿐이었다. 싸움이 벌어졌다는 소식을 듣고 이에야스의 장수들과 병사들이 모래판으로 몰려들었다. 칠성은 홀로 이에야스의 군대와 대치하고 있었다. 칠성의 등뒤에 서 있던 구로다의 장수들과 덴 히데오도

칼을 뽑아들었다. 잠시 호흡을 가다듬던 칠성이 두 손을 앞으로 뻗으며 소리쳤다.

"출!"

거센 바람이 일며 모래판의 모래가 이에야스의 군대 진영으로 날아들었다. 앞줄에 있던 병사들은 거센 광풍에 휘말려 날아가고 말았다. 덴 히데오를 비롯한 구로다의 장수들은 물론이고 그 광경을 지켜보고 있던 영주들과 병사들도 벌려진 입을 다물지 못한 채 두려움에 찬 눈길로 칠성을 바라볼 뿐이었다. 칠성이 다시 자세를 취하기 시작했다. 이에야스의 장수들과 병사들은 겁을 집어먹은 채 뒤로 물러나고 있었다.

"멈추시오, 대사!"

구로다였다. 그제야 정신을 차린 덴 히데오가 칠성의 팔을 붙들었다.

"대사님, 제발 멈추십시오."

칠성은 손에 모인 진기를 땅바닥을 향해 내뿜었다. 커다란 폭발음이 일며 땅 속에 박혀 있던 돌과 흙이 사방으로 튀었다. 칠성이 진기를 분출한 곳은 마치 화약이 터진 것처럼 깊게 패여 있었다.

칠성은 분노가 채 가라앉지 않은 눈으로 이에야스를 바라보았다. 일본 천하를 얻은 이에야스였지만 칠성이 노려보는 순간, 그는 자신이 얼마나 보잘것없는 존재인가를 깨달아야 했다. 겁에 질린 채 슬슬 달아나고 있는 자기 장수들과 병사들의 모습은 어쩌면 곧 다가올 자신의 미래를 보여주는 것인지도 몰랐다. 이에야스는 칠성이 이 일본땅에 살아 있는 한 자신이 쟁취한 권력은 허망한

꿈에 지나지 않는다는 사실을 깨닫고 있는 중이었다. 이에야스의
그러한 심중을 꿰뚫고 있는 듯 칠성의 눈에는 강한 적개심이 불타
오르고 있었다.

칠성은 고개를 떨군 채 생각에 잠겨 있다가 모래판에서 물러나
왔다. 그가 향하는 방향을 따라 사람들은 길을 열어주었다. 덴 히
데오조차 칠성을 뒤따를 엄두를 내지 못한 채 그의 뒷모습만 우두
커니 바라볼 뿐이었다.

그 날 이후로 칠성은 자취를 감추었다. 구로다와 덴 히데오는
칠성이 돌아오기를 학수고대했지만 끝내 그는 모습을 드러내지
않았다.

4. 호위대장 선발대회

모리길성과 중릉에 의해 붙잡혀온 유하는 고요제이 천황의 다
섯 번째 옥비가 되어 교토의 황궁에 있었다. 중릉은 일본으로 돌
아오는 뱃길에서 유하가 자결하지 못하도록 입에 재갈을 물렸다.
재갈을 물린 유하가 벽에 머리를 짓찧어 대자 나중에는 기둥에 묶
어두기까지 하였다. 조선 여인들은 일본 여인들과는 달랐다. 그들
은 치욕스러운 삶보다는 죽음을 택했던 것이다. 중릉은 모리길성
의 바람과 마찬가지로 조선 여인들의 그 고결한 성품이 천황가에
도 그대로 전해지기를 바랐다. 중릉은 유하를 황궁에 들여보낸 뒤
자신의 고향으로 돌아갔다.

고요제이 천황은 실제적인 통치력이 없었다. 모든 정치는 막부에서 행했다. 하지만 천황은 실제적인 통치력을 잃고도 여전히 백성들에게는 하늘과 같은 존재였다. 대명들이나 막부의 장군들은 어떤 일을 도모할 때 천황을 끌어들여 명분을 내세웠다. 임진왜란 때 대명대신과 장군들의 대부분은 조선에서 획득한 전리품을 풍신수길에게 바쳤지만 일부는 천황에게 바쳐 훗날을 도모하기도 했다. 명절 때면 천황에게 선물을 보내 그와 인연을 맺고자 하는 이들도 많았다. 하지만 모리길성이 유하를 천황에게 보낸 이유는 좀 달랐다. 겉으로 내색은 하지 않았지만 모리길성은 왕정 복구를 내심 바라고 있었으며 막부 정치에 심한 반감을 가지고 있었다. 그는 일본의 천황이 대명들이나 장군들에게 끌려 다니지 않는, 명나라나 조선의 왕처럼 강한 통치력을 지닌 인물로 개량되어야 한다고 생각하고 있었다. 그래서 그는 남아의 기개와 장수의 기백을 지니고 있던 훌륭한 적장 최원흘의 피를 나눈 유하를 천황가에 들여보냈다. 모리길성은 유하의 몸을 빌어 천황가의 인종 개량을 꾀했던 것이다.

고요제이 천황은 유하를 보자마자 첫눈에 그녀의 미모에 빠져들었다. 백옥같이 하얀 피부에 갸름한 얼굴, 매끄러운 몸의 곡선과 고운 자태. 슬픔과 우수가 깃든 눈은 그녀의 매력을 한층 더하고 있었다. 천황은 몸이 달아올랐지만 유하는 쉽사리 몸을 허락하지 않았다. 천황에게 유하는 전리품이 아니었으며 침략 지역의 노예도 아니었다. 천황은 유하를 오로지 한 여인으로서 마음에 두었던 것이다. 때문에 천황은 유하를 강제로 범하거나 하지 않았다.

하지만 시간이 흐를수록 유하를 향한 천황의 욕정은 더욱 커져만
갔다. 보다 못한 천황의 어의가 미혼약을 차에 타서 유하에게 먹
였다. 그날 밤 유하의 정신이 혼미해진 틈에 천황은 비로소 뜻을
이루었다. 하지만 그날 그렇게 잠이 든 유하는 며칠이 지났건만
깨어날 줄을 몰랐다. 일본 천하를 통틀어 용하다는 의원들이 유하
의 잠을 깨우기 위해 전력을 기울였지만 모두가 허사였다. 한 달
이 지나고 두 달이 지나도록 유하는 깊은 잠의 수렁에서 빠져 나
오지 않았다. 궁녀들이 유하의 입 속에 보신에 좋은 재료만으로
만든 죽을 흘려 넣음으로써 유하의 생명은 근근히 유지되고 있었
다.

그런 유하에게 태기가 있었다. 유하의 몸 속에서 새 생명이 꿈
틀거리고 있었던 것이다. 앞선 네 명의 비로부터 천황이 2세를 생
산하지 못하던 터에 유하의 몸에 태기가 있자 황궁 전체가 기쁨에
들떠 거의 매일 잔치가 치러질 정도였다. 의원과 궁녀들은 유하의
몸이 쇠하지 않도록 더욱 각별히 전심을 기울였다.

그로부터 7개월 뒤 옥비는 잠이 든 가운데 왕자를 낳았다. 칠삭
동이였지만 왕자는 건강했다. 이 경사에 황실뿐만 아니라 온 나라
가 기쁨으로 들썩였다. 조선 정벌을 위한 원정이 한창이었지만 황
태자의 탄생으로 말미암아 일본은 잠시나마 전쟁의 고통에서 벗
어날 수 있었다. 하지만 그 어느 누구보다도 황태자의 탄생을 기
뻐한 사람은 후쿠이현 염전의 대지주인 요시다였다. 그는 천황에
게 옥비를 바친 장본인으로 본명은 모리길성이었다. 그는 일본으
로 돌아온 뒤 막부와 인연을 끊기 위해 이름도 바꾼 채 염전 일에

만 전념하고 있었다.

　유하를 찾아 일본으로 건너온 지도 벌써 4년이 넘어서고 있었다. 그 동안 칠성은 일본 천지를 떠돌며 모리길성의 행방을 찾았지만, 모리길성은 마치 이 세상에 처음부터 존재하지 않았던 것처럼 완벽하게 증발해 버린 것이었다.

　구로다를 떠난 후 칠성은 승복을 벗었다. 2년 사이 파르스름하게 깎았던 머리는 장발이 되어 있었고 수염도 길게 자랐으며 볼은 움푹 패여 들어가 상대적으로 광대뼈가 도드라져 보였다. 그의 얼굴 어디에서도 예전 칠성의 모습은 찾을 길이 없었다. 칠성은 이름도 우에다로 바꾸었다. 복장은 그가 처음 한양에 주둔하고 있던 구로다의 부대를 찾아갔을 때 입었던 왜병 군복을 입고 있었다. 군복은 낡고 해져 군데군데 기운 흔적이 보였으며 색도 바래져 있었다. 칠성이 인가 주위를 지나갈 때면 철없는 어린아이들이 거지라고 놀려대며 뒤따르기도 했다. 하지만 형형하게 반짝이는 눈빛은 여전히 살아 있어 그가 상서로운 존재임을 드러내고 있었다.

　칠성은 서해 바닷가 후쿠이현에 이르렀다. 끝없이 펼쳐진 염전이 그의 눈앞에 시원하게 펼쳐져 있었다. 그 너머에는 파란 바다가 넘실대고 있었다. 저 바다만 건너면 조국 땅인 것이다. 칠성은 염전을 지나 바다로 다가갔다. 그는 바다에 손을 담그고 바닷물을 움켜 내었다. 어쩌면 그 바닷물은 그의 고향 삼척에서 예까지 흘러온 것인지도 몰랐다. 순간 칠성의 눈앞이 뿌옇게 흐려졌다. 가슴속에서 무언가가 울컥 치밀어 올랐다. 한 바탕 크게 소리내어 울고 나면 속이라도 후련해질 것 같았다.

"유하야, 어디 있니? 나…… 너무 힘들어."

속에 담아두고 있던 말을 내뱉고 나자 지금까지 삭혀 왔던 그리움과 울분이 일시에 폭발하고 말았다. 그는 어린아이처럼 퍼질러 앉아 엉엉 소리내어 울었다. 염전의 일꾼들이 그를 힐끗거리며 귀엣말을 주고받았다. 칠성의 울음소리는 더욱 커져만 갔다.

염전에서 물러나와 다시 길을 걷고 있을 때 저만치 앞선 곳에 말을 탄 노인과 그의 하인들이 젊은 무리에 에워싸여 있는 것이 칠성의 눈에 들어왔다. 노인은 말을 타고 있는 것이나 옷차림으로 보아 귀족인 듯했다. 하인으로 보이는 이들이 검을 빼들고 있었지만 젊은 무리들에 비해 수적으로 열세에 있었다. 젊은 무리는 근방의 도적 집단으로 보였다.

칠성이 다가가자 도적 중의 하나가 눈을 부라리며 말했다.

"어이, 거지 새끼, 지금 이 장면은 영원히 네 머리 속에서 지워버려라. 그렇지 않으면 네 눈을 후벼내 버릴 테니까."

말에 탄 노인은 전혀 겁먹은 표정이 아니었다. 반면에 그의 하인들은 검을 빼들기는 했지만 도적들이 고함이라도 지르면 금세 달아날 것처럼 잔뜩 겁에 질려 있었다. 도적 무리는 일곱 명이었고 귀족 일행은 넷에 불과했다.

칠성이 모르는 척 지나치려 할 때 귀족이 도적들을 향해 말했다.

"이 복정(후쿠이현) 땅까지 도적놈들이 설치는 걸 보면 말세는 말세로다."

귀족 남자의 기세로 보아 순순히 도적들이 원하는 것을 내어줄 모양이 아니었다.

"그만 세상을 하직하고 싶어 안달이 난 모양이군."

도적들이 칼을 빼들었다. 하인들이 벌벌 떨며 자신의 주인에게 말했다.

"주인님, 값나가는 것이 있으면 저들에게 내어 주십시오. 우선 살고 봐야 하지 않겠습니까요."

"닥쳐라, 이 못난 놈들! 구걸을 한다면 줄 수는 있으나 빼앗고자 한다면 나를 죽여야 할 것이다!"

"기어이 피맛을 봐야 정신을 차릴 모양이군."

도적들이 다가서자 하인들은 칼을 버리고 뒤로 내뺐다. 노인은 말 위에 꼿꼿이 앉은 채 도적들을 내려다보고 있었다. 맨 앞에 앞서가던 도적이 귀족을 내려칠 자세를 취했다. 하지만 그는 뒤통수에 돌멩이를 얻어맞고 그대로 엎어지고 말았다.

"뭐, 뭐야!?"

도적들이 칠성을 돌아보았다. 칠성은 돌을 위로 던졌다 받으며 도적들을 향해 웃었다.

"셋 셀 동안 도망가거라. 그렇지 않으면 모두 뒤통수에 돌멩이를 박은 채 살아야 할 거다."

"이 거지 새끼가!"

도적들이 표적을 바꿔 칠성에게로 달려들었다. 찌르기 공격으로 들어오는 도적의 칼을 살짝 피한 칠성이 몸을 뒤로 돌리며 뒷차기를 가했다. 칠성의 발길질을 당한 도적은 십여 미터를 날아가 땅에 꼬꾸라졌다. 다시 도적 한 명이 칼날을 사선으로 교차해서 그으며 공격해 들어왔다. 칠성은 팔짱을 긴 채 뒤로 물러서다가 손에 쥐고 있던 돌을 공중으로 띄웠다. 도적은 계속해서 칼을 휘두르며 앞으로 전진했다. 칠성이 공중에 띄웠던 돌이 아래로 떨어지면서 도적의 정수리를 맞혔다. 칼을 휘두르던 도적은 눈을 위로 까뒤집더니 졸도하고 말았다.

"더해볼 텐가?"

그제야 긴 장발에 가려져 있던 칠성의 날카로운 눈이 빛을 발했다. 도적들은 그의 눈빛에 압도되어 꼼짝하지 못했다.

"다시 셋을 세마. 그 안에 달아나도록."

도적들은 제 동료들을 업고 안고 하여 달아나 버렸다. 칠성은 달아나는 도적들의 뒷모습을 보며 빙그레 웃음을 지었다. 노인이 말에서 내려 칠성에게 말을 건넸다. 노인도 어느 사이 칼을 빼들고 있었다.

"나도 소싯적에는 칼 꽤나 쓴다고 소문이 자자했지만 아무래도 일곱 명은 혼자서 무리였겠지? 아무튼 고맙소이다. 젊은이에게 신세를 졌군."

귀족 차림의 노인은, 사실 노인이라고 하기에는 젊었다. 머리가 하얗게 새고 얼굴에 주름이 자글자글하기는 했지만 몸놀림이라든지 풍채가 노인의 그것은 아니었다.

"나는 이 복정 땅에서 염전을 일구고 있는 요시다라고 하오. 이 땅에서 도적과 맞닥뜨리기는 이번이 처음이라오. 세상 인심이 흉

흉해지다보니 별꼴을 다 보는구려."

칠성이 고개를 숙였다.

"우에다라고 합니다."

요시다가 우에다의 장발에 가려진 눈을 유심히 들여다보며 말했다.

"어딘지 모르게 무사의 얼굴이 낯익소이다. 혹시 전에 우리가 만난 적이 있소이까?"

"복정에는 처음 온 것이니 뵈었을 리가 없습니다."

"글쎄요……."

요시다는 기억을 더듬는 듯 인상을 찌푸린 채 우에다를 유심히 살펴보았다.

"아, 그 옷……!"

옷이 낡고 색이 바래 처음에는 알아보지 못했으나 그 옷은 분명 요시다로 변신한 모리길성 자신이 조선 원정시에 지휘했던 부대원의 군복이었다.

"무사께선 조선 원정에 참전하셨소이까?"

칠성이 놀란 표정으로 요시다를 바라보았다. 그는 잠시 생각에 잠겼다가 얼른 대답했다.

"그렇습니다."

"연대장의 이름은?"

"이사하라 준이었습니다."

"그럼 부대장은 아는가?"

"네. 구로다군의 모리길성 장군이었습니다."

"오오!"

요시다의 얼굴에 반가운 기색이 뚜렷하게 드러났다. 우에다는 영문을 몰라 어리둥절한 표정을 지을 뿐이었다. 요시다가 손을 내밀었다.

"인연이로다. 나 역시 구로다군의 장수로 조선 원정에 참전했었네. 아마도 자네와 나는 같은 전장에 있었던 모양이야. 자네는 물론 나를 모를 테지?"

"그렇습니다."

"자네는 졸병이었으니 나를 알 턱이 없지. 그래, 자네는 일본으로 오기 전까지 어디서 무얼 했나?"

"두타산성 전투에서 부대가 와해되고 난 뒤에 구로다 부대로 찾아가 거기에 의탁했습니다."

"두타산성 전투……."

요시다는 '두타산성'이라는 말을 듣자 인상을 찌푸렸다.

"정말 지긋지긋한 싸움이었어. 두 번 다시 생각하고 싶지 않은……."

"아니 그럼, 어르신도 그 싸움에 참가하셨습니까?"

"그랬네. 자네는 내가 누군지 알면 깜짝 놀랄 걸세. 나는……."

요시다는 갑자기 말문을 닫았다. 무용담에 사로잡혀 하마터면 자신이 모리길성이라는 사실을 발설할 뻔했던 것이다. 이제 그는 막부의 장수가 아니라 천황가의 실질적 부활을 바라며 조용히 살아가는 일개 지주에 지나지 않았다.

"음…… 그래서 자네 얼굴이 낯익었던 모양이군. 우리 여기서 이럴 게 아니라 내 집으로 가세."

두 사람은 나란히 길을 걸었다. 요시다, 아니 모리길성은 지금 자신과 걷고 있는 그 사람이 추암의 바닷가에서 자신의 병사를 몰살하고 장풍으로 배 두 척을 산산조각내던 그 괴사내라는 사실을 까맣게 모르고 있었다.

이후로 우에다는 요시다의 염전에서 일하며 후쿠이현에 머물렀다. 요시다는 조선 참전 동지라는 사실 때문에 우에다를 각별히 아꼈다. 우에다는 성실할 뿐만 아니라 사람이 진실하고 매사에 신중하여 요시다의 총애를 받기에 충분했다. 염전의 일꾼들은 우에다를 우두머리로 따랐으며 요시다 역시 그를 아들처럼 대했다.

후쿠이에서 나는 소금은 질이 좋아 각 지방 영주들이 선호했다. 우에다는 거기에 만족하지 않고 조선 사람들이 하던 식으로 대나무에다 소금을 넣어 황토 속에서 아홉 번을 구워 만든 죽염을 생산하기 시작했다. 죽염은 피부병과 잇몸병, 황달에 좋다고 하여 비싼 값에 약재로도 팔리게 되었다. 죽염의 우수성이 황궁에 전해지자 황궁에서도 죽염을 주문하기에 이르렀다. 우에다는 최상품만을 골라 일꾼들에게 실어 보냈다. 이 때부터 이 죽염은 '복정 죽염'이라는 이름으로 황궁과 대명들에게 널리 애용되게 되었던 것이다.

후쿠이의 바닷바람과 강한 태양은 요시다를 일찍 늙게 만들었다. 요시다는 어쩐 일인지 3년 사이 기력이 급격히 쇠했으며 병까지 들어 몰골이 말이 아니었다.

요시다에게는 아들이 없었다. 하지만 그는 그런 사실에 대해 전혀 개의치 않았다. 자신에게는 우에다가 있었던 것이다. 요시다는 우에다를 친아들 이상으로 사랑했으며 우에다 또한 요시다를 부모 이상으로 따랐다. 늙고 병든 요시다는 이제 자신의 실체에 대해 우에다에게 알려줄 때가 되었다고 생각했다.

후쿠이의 바닷가였다. 우에다와 마주한 자리에서 요시다는 긴 한숨을 내쉰 후 깊은 회한에 잠긴 눈으로 하늘을 더듬었다.

"우에다."

"네, 어르신."

"나는 지금까지 너를 남이라고 생각해본 적이 없다."

"……."

"사실 내 이름은 요시다가 아냐. 나는 조선 원정 당시의 악몽에서 벗어나기 위해 이름을 감추고 이곳에 숨어살았어. 자기 자신을 부정해야 하는 고통은 상상 이상으로 큰 것이었다. 이제 너에게라도 나의 실체를 밝혀 마음에 응어리진 한을 풀고 싶구나."

칠성은 순간 묘한 예감에 사로잡혔다. 무언지 알 수 없는 파장이 그를 자극하기 시작한 것이었다.

"나는 우에다 네가 조선 참전 당시 속해 있던 부대의 수장이었다."

칠성의 눈이 커졌다.

"허허허, 놀랐느냐? 그래, 내가 바로 그 모리길성이다."

칠성은 눈을 아래에 고정한 채 왕방울만큼 커진 눈을 부릅뜨고 있었다.

"미안하구나. 네게만은 사실대로 말했어야 하는 건데……."

칠성이 벌떡 몸을 일으켰다.

"아, 아니 왜 그러는 게냐?"

칠성은 파도가 일렁이고 있는 해변으로 걸어나갔다. 그는 뒤로 질끈 묶었던 머리를 풀어헤치고 술 취한 사람처럼 비틀거리며 바다 쪽으로 걸음을 옮겼다. 모리길성은 근심스러운 눈길로 그의 뒷모습을 좇으며 소리쳤다.

"우에다, 왜 그러느냐!? 무슨 일이냐!?"

맑던 하늘에 갑자기 구름이 몰려들며 삽시간에 주위가 어두워지기 시작했다. 우에다가 모리길성을 향해 돌아섰다. 우에다의 장발 사이로 형형한 눈빛이 빛을 발하고 있었다.

"헉!"

모리길성은 숨이 막히는 듯했다. 바로 그 사내. 조선의 추암 바닷가에서 물위를 달려오며 장풍을 날려 선박 두 척을 박살낸 장본인, 숲에서 자신의 부하 60명을 몰살시킨 바로 그 괴사내. 그가 긴 세월의 벽을 넘어 지금 자신 앞에 우뚝 서 있는 것이었다.

"모리길성!"

모리길성은 몸을 뒤로 젖히다가 의자와 함께 넘어졌다.

"두타산성에서 죽어간 오천여 원혼들의 적! 나의 아내를 납치한 파렴치한!"

우에다가 이쪽으로 달려온다 싶은 순간 어느새 그는 모리길성 자신의 목을 손으로 짓누르고 있었다.

"말하라. 내 아내 유하를 어떻게 했느냐?"

"우에다, 그게 무슨 말이냐?"

"네가 일본으로 오면서 데리고 간 여자는 바로 내 아내였다."

"그럴 수가!"

그 여자가 이 괴사내의 아내라는 사실을 알았더라면 모리길성은 감히 그런 일을 하려고 생각조차 못했을 터였다. 모리길성은 고개를 떨구고 눈물을 흘렸다.

"우에다, 우에다……."

모리길성은 두려움과 함께 가슴이 무너지는 듯한 슬픔을 느꼈다. 인생의 종착점에 이르러 만난 귀한 인연이 자신의 업으로 인해 악연으로 돌변한 것에 대한 슬픔이었다. 모리길성은 진심으로 우에다를 사랑했던 것이다. 눈물이 그렁그렁한 눈으로 모리길성을 노려보고 있는 칠성의 가슴속에도 상대방에 대한 적개심과 더불어 짙은 연민이 배어들고 있었다.

모리길성으로부터 유하가 천황의 다섯 번째 비가 되었다는 소식을 듣고 난 뒤 칠성은 한동안 실성한 사람처럼 산과 들, 바다를 돌아다녔다. 그는 하늘을 올려다보며 울부짖다가도 금세 태도가 돌변하여 웃음을 터뜨리기도 했다. 유하가 천황의 비가 되다니! 게다가 천황의 아이까지 낳았다니! 칠성은 그 모든 사실을 어떻게 받아들여야 할지 갈피를 잡을 수가 없었다. 왕비가 되어 호의호식하고 있을 유하의 행복을 빌어야 할지, 아니면 당장 황궁으로 쳐들어가 유하를 데리고 나와야 할지……. 그의 가슴에 모리길성에 대한 분노는 이미 사라지고 없었다. 다만 자신의 애꿎은 운명에 대한 증오만이 자라고 있었다.

　그러던 어느 날, 죽염을 황궁에 가져다주고 돌아온 집사 일행이 모리길성에게 황태자의 호위대장을 선발하기 위한 무술대회가 열릴 예정이라는 소식을 전했다. 모리길성은 곧장 우에다를 찾았다. 우에다는 바닷가 바위 위에 누워 멍한 시선을 바다 쪽으로 던지고 있었다.

　"우에다 상, 황궁에서 황태자의 호위대장을 선발하기 위한 무술대회가 열릴 예정이라 하오. 이참에 먼발치에서나마 부인을 뵙고 오지 않겠소?"

　칠성이 벌떡 몸을 일으켰다.

　"무술대회에 참가하면 유하를 볼 수 있겠소?"

　"자식의 호위대장을 선발하는 자리에 그 어미 되는 사람이 참가하지 않겠습니까? 우에다 상의 실력이라면 호위대장이 되고도 남겠지요."

　모리길성은 변방에 살고 있는 까닭에 유하가 천황과의 합방이 이루어진 날 잠이 든 이후로 영영 깨어나지 않고 있다는 사실에 대해서는 까맣게 모르고 있었다.

　"허나, 호위대장 자리는 마다하는 게 좋을 듯합니다. 이 죄인의 잘못으로 인해 부인과 우에다 상의 인연이 비틀어지기는 했으나 이제 두 사람 다 현재의 위치에서 자리를 잡고 사는 것이 어쩌면 더 다행스러운 일인지도 모를 테니까요. 그냥 부인의 모습만 확인하고 돌아오십시오."

　그로부터 두 달 뒤 칠성은 죽염을 가지고 황궁으로 가는 일행과 동행하여 교토로 향했다. 교토로 향하는 길이 어찌나 더디게 느껴지는지 칠성은 일행을 팽개치고 경공이나 축지법으로 한 걸음에 달려가고 싶은 것을 참느라 무진 마음고생을 했다.

1604년 4월 말 칠성은 드디어 교토에 도착했다. 교토는 전국 각지에서 모여든 무사들로 장사진을 이루었다. 저마다 힘깨나 쓰게 생긴 이들이 험상궂은 인상을 일그러뜨리고 위압감을 조성하고 있었지만 그에 못지 않게 축제 분위기도 한창이었다.

무술대회는 참가자가 너무 많아 예선전을 통과한 사람 중에 최종적으로 12사람을 선발하여 본선을 치르기로 되어 있었다. 종목은 마상에서 창던지기, 활쏘기, 검도, 스모 등이었다. 예선전은 5월 1일부터 3일 동안이었고, 본선은 황태자의 생일인 5월 5일이었다.

각 영지를 대표하여 참가한 무사들은 많은 하인을 대동하고 다니며 위세를 과시했다. 개중에는 현상수배중인 범인이나 도적의 우두머리도 있었다. 이미 전국에 명성을 떨치고 있는 무사들은 가는 곳마다 관심과 이목이 집중되었다. 홍등가의 기생들은 그러한 무사들과 정분을 쌓기 위해 갖은 교태를 부리기도 했다. 칠성은 치렁치렁한 장발을 풀어헤친 채 낭인무사의 차림으로 교토 시가지를 어슬렁거리며 돌아다녔다. 그는 하루 빨리 무술대회가 시작되어 유하를 볼 수 있기를 바랄 뿐이었다.

예선 첫날, 우에다는 스모 경기를 치르게 되었다. 우에다의 상대는 스모계에서는 이미 일가를 이룬 이로 코끼리만큼이나 덩치가 큰 무사였다. 모래사장을 둘러선 구경꾼들은 이미 대결이 결판난 것과 다름없다고 생각하고 있었다. 스모 선수는 입으로 물을 뿜으며 발을 들었다 놓았다 하며 기세를 제압해 나갔다. 그가 발을 들었다 놓을 때마다 마치 해머로 바위를 내리치는 듯한 금속음이 울렸다. 그에 비해 모래사장 한 귀퉁이에 우두커니 서 있는 낭인무사는 고개를 떨군 채 꼼짝도 않고 있었다. 구경꾼들이 우에다를 향해 야유를 보냈다.

"괜히 만용 부리다가 다치지 말고 그만 내려와라!"

"오금이 저려서 꼼짝도 못하겠느냐!?"

경기 시작을 알리는 종이 울리자 스모 선수는 육중한 몸을 낭인무사에게로 날렸다. 스모 선수의 장기인 배치기 공격을 행할 태세였다. 그의 배는 고무처럼 탄력이 있어서 웬만한 것은 스치기만 해도 십여 미터는 족히 날아갔다. 모래사장을 둘러선 구경꾼들 중의 여자들은 지레 처참한 광경을 예상하고는 고개를 돌렸다. 하지만 결과는 전혀 예상 밖이었다. 우에다가 모래사장 깊이 발을 묻고 나서 다가오는 스모 선수의 배를 손바닥으로 쳐내자 오히려 스모 선수가 그 반동에 의해 모래사장 밖으로 날아가고 만 것이었다. 우에다를 야유하던 구경꾼들은 모래사장 밖으로 퉁겨나간 스모 선수에게 깔려 그 자리에서 졸도하고 말았다. 모래사장 주위로 팽팽한 침묵이 감쌌다. 심판조차 이 뜻밖의 상황에 어찌할 바를 모르고 입을 쩍 벌리고만 있었다.

"우에다, 승!"

그제야 구경꾼들로부터 함성이 터져나왔다.

"야, 이번 무술대회는 상당히 재밌겠는데. 첫 경기부터 이변이 벌어지다니!"

구경꾼들은 모두 이 촌스런 낭인무사에게로 몰려들었다. 하지만 우에다는 자신의 짐을 챙긴 후 구경꾼들을 뒤로한 채 멀어져 갔다.

일 전 일 전을 거듭할수록 교토에 운집한 사람들 사이에 '우에다' 라는 이름은 일종의 신화로 자리잡아 갔다. 그는 무공의 실력을 전혀 발휘하지 않으면서도 상대방을 가볍게 제압할 뿐만 아니라 상대방에게 상처를 입히지도 않아서 그의 경기는 선혈이 낭자하고 폭력이 난무하는 다른 시합에 비해 훨씬 큰 인기를 끌었다. 사람들 사이에는 아직 우에다가 제 실력을 드러내지 않고 있다는 이야기가 오갔으며 무사들도 우에다와 마주치면 예를 갖추어서 그가 고수임을 인정했다.

드디어 12명의 승자가 자웅을 겨루는 본선이 다가왔다. 우에다를 비롯한 무림의 이름 없는 고수가 3명이었고, 나머지는 각 영지를 대표하는 엘리트 무사들이었다.

우에다는 경기장 주변을 둘러보았다. 화려한 옷차림의 무리들이 경기장 정면에 자리를 잡고 있었다. 그들은 귀족이나 왕족으로 보였다. 하지만 그들 사이에서 유하의 모습을 찾을 수는 없었다.

나팔소리가 울린 후 사회자가 큰 소리로 말했다.

"천황 폐하와 황태자님이 입장하십니다."

우에다가 고개를 돌렸다. 천황이 손을 흔들며 입장하고 있었고,

그와 나란히 황태자로 보이는 꼬마애가 들어서고 있었다. 그 뒤를 내신들이 따르고 있었고, 그들 주위로 궁녀들과 내시들이 도열하고 있었다. 경기장 내의 모든 사람들이 천황과 황태자를 향해 고개를 숙여 예를 갖추었다. 하지만 우에다는 혹시 그 행렬 속에 유하가 있을지도 모른다는 생각으로 오히려 고개를 빼들고 바라보았다. 바로 그때 이쪽을 바라보던 황태자와 우에다의 시선이 마주쳤다. 순간, 우에다는 무언가에 얻어맞기라도 한 것처럼 정신이 아득해졌다. 저 눈, 저 눈…… 황태자의 눈망울은 그토록 그리워하던 유하의 눈과 너무나도 닮아 있었던 것이다. 우에다는 마치 유하를 대하기라도 하는 것처럼 사랑이 가득한 시선을 황태자에게 던졌다. 황태자 역시 이 낯선 무사에게 호감을 느꼈던지 미소를 보내왔다.

대—앵!

제1시합이 시작되었다. 시합을 치르는 두 사람뿐만 아니라 앞으로 상대하게 될지도 모를 승자를 탐색하는 무사들의 날카로운 시선이 경기장에 쏠렸다. 그런 중에도 우에다는 긴 장발 속에 얼굴을 묻고서 황태자를 바라보기에 여념이 없었다. 조금이라도 더 유하의 체취를 느끼고 싶은 열망으로 그는 잠시도 황태자에게서 눈을 떼지 않았다.

우에다의 차례가 왔다. 상대방은 오사카 세력가의 사병집단을 이끌고 있는 무사로 그의 무공은 이미 세인들 사이에 정평이 나 있었다. 무술대회가 시작되기 전에 가장 강력한 우승후보로 점쳐진 인물이기도 했다.

그 시합을 지켜보는 사람들은 이 경기가 사실상의 결승전이나 다름없다고 입을 모았다. 하지만 시합은 싱겁게 끝나버렸다. 경기 시작을 알리는 종이 울리자마자 경기장 주변에 일기 시작한 모래바람이 걷히자 오사카의 무사가 쓰러져 있었던 것이다. 우에다는 제자리로 돌아가 착석한 뒤에 다시 긴 머리칼 속에 얼굴을 묻고 황태자를 훔쳐보았다.

최종대결에는 옛 다케다신겐 가문의 천하제일 무사인 겐신이 올라왔다. 다케다신겐 가문은 32년 전 노부나가와 이에야스의 연합군을 격파했던 용장들의 가문이었다. 겐신은 무사집안인 다케다신겐 가문 사상 가장 뛰어난 전사로 평가받고 있었다. 겐신 역시 결승까지 오르는 모든 경기에서 상대를 손쉽게 제압했기에 아직 그의 실력이 어느 정도인지는 파악하기가 어려운 상태였다.

우에다는 겐신 따위는 안중에도 없다는 듯 여전히 황태자 쪽으로 한눈을 팔며 경기장에 올라섰다. 반면에 겐신은 투지가 불타오르는 사나운 눈빛으로 우에다를 쏘아보고 있었다. 드디어 경기시작을 알리는 종이 울리고 호위대장 선발대회의 마지막 경기가 펼쳐졌다. 겐신은 종이 울리자마자 칼끝에 검기를 실어 우에다에게로 분출했다. 그때가지도 여유를 가지고 검을 뽑지 않고 있던 우에다는 이 예기치 못한 검기 공격에 재빨리 검을 뽑은 후 겐신의 검기를 쳐냈다. 칠성의 검에 통겨져 나간 검기는 경기장 부근의 나뭇가지를 부러뜨렸다. 관중들은 겐신의 신묘한 공격에 놀라워하며 환호성을 질러댔다.

겐신의 검기 공격에 놀라기는 우에다도 마찬가지였다. 일본으로 건너온 이후로 검기를 발산하는 존재를 만나기는 처음이었던 것이다. 사실 우에다는 황태자의 호위대장이 되고 싶은 마음은 추호도 갖지 않았다. 그가 호위대장 선발대회에 참가한 것은 먼발치에서나마 옥비가 된 유하의 모습을 볼 수 있을지도 모른다는 기대 때문이었다. 그래서 그는 결승에서 적당히 무술을 겨루다가 일부러 패할 생각이었다. 하지만 겐신의 검기 공격은 우에다의 잠들어 있던 투지를 건드리고 만 것이었다. 그는 실로 오랜만에 접해보는 상대다운 상대와 제대로 된 겨루기를 펼치고 싶다는 생각을 갖게 되었다.

겐신으로서도 자신의 필살기인 검기 공격이 무위에 끝나자 당황하지 않을 수가 없었다. 우에다가 예사로운 인물이 아니라고 생각했기에 초반에 검기로 제압할 생각이었지만, 우에다는 너무도 쉽게 자신의 필살기를 쳐낸 것이었다. 겐신은 칼을 쥔 손에 자기도 모르게 힘이 들어가는 것을 느꼈다. 겐신은 권력다툼에 초연하기 위해 일본 무예계에 자신의 존재를 드러내지 않고 있었지만, 오늘의 이 대결만큼은 반드시 이기고 싶다는 강한 욕구에 사로잡혔다.

겐신은 다시 한 번 검에 기를 실어 우에다 쪽으로 발산했다. 이번에도 역시 우에다는 검으로 검기를 쳐냈다. 하지만 겐신의 연이은 공격이 들어왔다. 검기를 흩어버리기 위해 우에다가 검을 옆으로 뻗는 사이 겐신의 예리한 칼날이 우에다의 가슴 쪽으로 파고들고 있었던 것이다. 우에다는 오른쪽으로 몸을 비틀며 가까스로 겐신의 칼날을 피해냈다. 겐신의 칼날은 우에다의 옷자락을 스치고 지나간 것이었다.

젠신의 거센 공격은 거기에서 그치지 않았다. 우에다가 젠신의 칼을 피하기 위해 몸을 비틀며 자세가 흐트러지자 젠신의 칼이 다시 우에다의 하체를 공격해 들어갔다. 우에다는 공중으로 몸을 띄웠다. 우에다의 몸이 공중에 떠 있는 사이 그때를 놓치지 않고 젠신의 검기가 다시 우에다에게로 날아들었다. 지금까지와는 그 위력이 다른 엄청난 기운이었다. 우에다는 몸을 공중으로 띄운 상태라 검기를 피할 도리가 없었다. 젠신은 승리를 자신하는 미소를 지은 채 우에다를 지켜보고 있었다.

"출!"

우에다가 기합 소리와 함께 장풍을 날렸다. 젠신의 검기와 우에다의 장풍이 맞부딪치면서 엄청난 폭음이 뒤따랐다. 경기장 주변에는 거센 광풍이 휘몰아치며 모래바람이 불어닥쳤다. 모래바람이 가라앉고 난 뒤 관중들은 숙였던 몸을 조심스럽게 일으키며 경기장으로 시선을 모았다. 우에다의 옷은 너덜너덜해져 있었지만 몸은 어디 한 곳 다친 곳 없이 멀쩡했고, 여유만만한 표정 또한 여전했다. 젠신은 혼신의 힘을 실은 자신의 연속 공격이 무위로 끝나자 그제야 지친 기색을 드러내기 시작했다. 우에다는 거추장스럽게 변해 버린 윗도리를 벗어 던졌다. 그의 가슴에는 북두칠성 형태를 띤 일곱 개의 점이 선명하게 박혀 있었다.

우에다가 상체를 드러내는 순간, 황태자는 놀란 표정을 감추지 못했다. 우에다의 가슴에 자리잡은 북두칠성 모양의 검은 점! 황태자는 두 눈을 치뜨고서 우에다의 가슴에서 빛을 발하고 있는 일곱 개의 별을 뚫어져라 바라보고만 있었다.

웃옷을 벗어 던진 우에다는 검을 서서히 위로 치켜들었다. 이제는 겐신이 우에다의 공격을 받아낼 차례였다. 하지만 이미 싸움은 판가름나 있었다. 마치 단단한 바위처럼 굳건하게 땅을 디디고서 자세를 취하고 있는 우에다에 비해 겐신은 지친 기색이 역력했던 것이다. 하지만 겐신은 다케다신겐의 최고 무사답게 입술을 깨물고서 우에다의 공격을 받아낼 채비를 하고 있었다.

드디어 우에다의 공격이 시작되었다. 우뚝 멈추어 서 있던 우에다의 발이 모래를 박차는 순간 그의 몸은 이미 겐신의 코앞에 다가서 있었다.

햇빛을 받은 두 개의 검은 강렬한 광선을 되비추며 거세게 부딪치고 있었다. 겐신은 뒷걸음질치며 우에다의 검을 간신히 막아내고 있었지만 이제 몇 합의 승부가 지나고 나면 패자의 멍에를 짊어져야 하는 운명에 처해 있었다. 우에다는 최후의 일격을 가하기 위해 공중으로 솟아올랐다가 내려서며 검을 휘둘렀다. 해를 등진 우에다의 모습이 가물가물거리다가 사라지는 순간 겐신은 마지막 혼신의 힘을 다하여 검으로 자신의 얼굴을 막았다.

'챙!'

강한 금속음을 내며 두 개의 검이 부딪치자 시퍼런 불빛 한 점이 옆으로 튀었다. 하지만 그것은 단순한 불빛이 아니었다. 우에다는 몸을 경기장 밖으로 날리며 불빛을 따라갔다. 불빛은 황태자를 향해 곧게 날아가고 있었던 것이다. 그제야 관중들의 입에서 탄성이 터져나왔다. 겐신 역시 무언가가 크게 잘못되었다는 사실을 깨달았다. 자신의 검 반쪽이 잘리면서 그 조각이 황태자를 향해 날아가고 있었던 것이다.

황태자는 자신을 향해 날아오는 날카로운 금속을 보면서도 몸이 굳은 채 꼼짝않고 앉아 있을 뿐이었다.

"출!"

우에다가 손가락 끝에 기를 실어 지풍을 날렸다. 우에다의 지풍을 맞은 칼조각은 황태자의 코앞에서 방향을 바꿔 의자 등받이에 박혔다. 황태자는 귓불을 살짝 긁혔을 뿐이었다.

우에다는 땅에 내려선 뒤 긴 한숨을 내쉬었다. 경기장을 둘러앉은 관중은 물론이고 황태자의 호위병과 대명대신들도 이마를 주무르며 긴 한숨을 내쉬었다. 하지만 어느 누구보다도 가슴을 졸였던 사람은 겐신이었다.

경기의 심판을 맡은 대명대신들은 난처한 입장에 처하고 말았다. 규정상 경기중에 경기장 밖으로 나간 사람은 실격으로 처리할 수밖에 없었던 것이다. 하지만 경기중에 발생할 수 있었던 불상사를 방지하기 위해, 그것도 황태자의 목숨을 구하기 위해 경기장 밖으로 나선 것을 탓할 수는 없는 노릇이었다. 그렇다고 해서 아직 경기가 끝나지 않았는데 무조건 우에다의 승리를 선언할 수도 없었다.

"이 경기는 우에다 님의 승리입니다."

겐신이었다. 겐신은 경기장 밖으로 내려와 우에다에게 고개를 숙여 보였다.

"우에다 님이 아니었다면 나와 내 가문은 큰 어려움에 처했을 것입니다. 진심으로 우에다 님의 은혜에 감사하고, 높은 무공에 경외를 표하는 바입니다."

다시 겐신이 허리를 굽히자 우에다는 멋쩍은 표정으로 인사를 받았다. 경기장을 둘러선 관중들은 환호성을 지르며 새롭게 황궁의 호위대장으로 임명된 우에다의 앞날을 축복했다.

5. 재회

우에다는 자신의 뜻과는 달리 황태자의 호위대장이 되고 말았다. 우에다는 황태자의 생명의 은인으로 천황의 각별한 총애를 받았다. 황태자 역시 우에다를 '사부'라고 부르며 따랐다. 황궁은 외부의 침입이 거의 없었기 때문에 우에다가 하는 일이라고는 황태자의 말상대가 되어주는 것밖에 없었다. 우에다는 이제나저제나 유하의 모습을 볼 수 있을까 기대했지만, 옥비가 거하는 곳에는 천황 부자와 궁녀들 외에는 출입이 제한되어 있어 접근조차 할 수가 없었다.

천황이 후궁과 호위병들을 이끌고 기타야먀(北山)로 사냥을 떠난 날이었다. 황태자와 우에다는 황궁의 뜰을 거닐고 있었다.

황태자가 조금 쑥스러운 듯한 표정으로 입을 열었다.

"내시 사령께서 아주 우스운 이야기를 해주셨습니다."

우에다가 황태자의 얼굴을 들여다보았다.

"제가 사부님을 꼭 빼닮았다는 겁니다. 우리 두 사람이 보통 인연이 아닌 것 같다고 말씀하셨어요."

우에다가 살포시 미소를 지었다. 황태자의 말은 계속 이어졌다.

"저는 그 말을 듣고 아주 기뻤습니다. 사부님과 제가 하늘의 뜻으로 맺어진 인연이라면 결코 헤어지는 일도 없을 테니까요."

우에다는 스승 동천 대사를 떠올렸다. 스승과 자신도 하늘의 연으로 맺어진 관계였을 터였다. 하지만 스승은 자신의 곁을 떠나고 없는 것이다.

"만나고 헤어지는 일은 모두 하늘에 달렸습니다. 혹시 황태자님과 제가 헤어지는 일이 있더라도 다시 만날 날을 기약하며 기다려야겠지요."

우에다의 말에 황태자가 슬픈 표정을 지었다. 하지만 그는 곧 표정을 밝게 바꾸며 말했다.

"그러겠습니다. 피치 못할 사정이 생겨 사부님께서 제 곁을 떠나더라도 다시 만날 날을 기다리며 용기를 잃지 않겠습니다."

황태자는 외로운 아이였다. 친모는 벌써 10년이 넘도록 잠에서 깨어날 줄 모르고 있었고, 천황은 후궁들과의 유희에 빠져 헤어날 줄을 몰랐다. 황태자에게 우에다는 소중한 존재였다. 적막강산 같은 황궁에서 그가 유일하게 의지할 수 있는 사람이었다.

"사부님께도 스승님이 있으셨나요?"

"하하하, 그럼요. 제게 무공과 학문을 가르쳐 주신 분이 있습니다."

"그럼, 사부님을 가르치신 분은 사부님보다 무공이 더 뛰어나겠네요?"

"제 스승님은 이 세상 누구보다도 훌륭한 분이셨습니다. 제자를 위해 목숨을 버린 고귀한 분이셨지요."

"그럼…… 돌아가셨나요?"

우에다는 약간 슬픔이 깃든 눈으로 하늘 언저리를 바라보며 대답했다.

"아주 오래 전 일입니다. 바다 건너 조선에서 있었던 일이지요."

"조선이라구요? 그럼 사부님은 조선인이십니까?"

"그렇습니다. 하지만 이 사실은 황태자님과 저만의 비밀로 해두는 게 좋을 것 같습니다."

"저희 어머님도 조선에서 오셨습니다."

우에다는 이미 알고 있는 사실이었지만 황태자의 장단을 맞추기 위해 놀라는 척했다.

"아, 그랬군요."

"하지만 어머님은 벌써 10년째 잠만 자고 계십니다. 아바마마께 시집오던 날 잠이 드셨는데 아직도 깨어나지 못하고 계세요."

"네에!?"

이번에는 정말 놀라지 않을 수 없었다.

"좀 자세히 말씀해 주시겠습니까?"

"저를 낳으실 때도 어머님은 잠이 든 상태였다고 합니다. 어머님은 잠만 주무셔서 그런 지 아직도 소녀 같으세요. 제가 곁에서 이야기도 들려주고 노래도 불러드리지만 대답이 없으십니다."

황태자의 눈에 눈물이 맺혔다. 우에다의 가슴 역시 쓰라렸다.

자신이 불탄의 독기에 감염돼 반송장이 되었을 때도 유하는 대답 없는 질문들을 자신에게 무수히 던졌을 터였다. 죽음과도 같은 긴 시간을 보내면서도 유하는 절대 자신을 포기하지 않았을 뿐만 아니라 그런 자신에게 시집까지 들지 않았던가!

"지금 옥비 마마를 뵐 수 있을까요?"

"네?"

"소인은 스승으로부터 무공뿐만이 아니라 의술도 전수받았습니다. 어쩌면 제가 옥비 마마의 잠을 깨울 수 있을지도 모르겠습니다."

"그래요. 사부님은 현자이시니 분명 제 어머님의 잠을 깨울 수 있을 거예요."

두 사람은 곧장 옥비가 거하고 있는 별채로 향했다. 미닫이문을 열고 들어가니 벚나무가 그려진 병풍이 쳐져 있었다. 유하는 그 병풍 뒤에 조각처럼 누워 있었다. 우에다는 유하를 보는 순간 눈물을 주르륵 흘렸다.

"사부님……."

황태자가 의아한 눈길로 우에다를 올려다보았다.

"그토록 긴 세월 이렇게 잠을 자고 있었더란 말이오? 내가 찾아 헤매는 동안 당신은 이렇게 긴 어둠 속을 배회하고 있었구려."

우에다가 조선어로 말하고 있었기 때문에 황태자는 그의 말을 알아들을 수가 없었다. 황태자는 어찌할 바를 몰라 우에다를 지켜보고 있을 뿐이었다. 우에다의 볼을 타고 흘러내린 눈물이 유하의 이마에 떨어졌다. 그때였다. 유하의 미간이 꿈틀거리는가 싶더니 그녀의 입에서 긴 한숨이 새어나왔다. 유하는 눈을 감은 채 잠꼬대를 하듯 말했다.

"서방님, 왜 이제야 오셨습니까. 소녀가 얼마나 기다린 줄 아십니까?"

이윽고 유하가 눈을 떴다. 긴 어둠 속에 잠겨 있던 눈은 뿌옇게 흐렸다. 하지만 창가에 여명이 번져오듯 그녀의 눈은 서서히 빛을 되찾았다. 그녀의 눈에 언젠가 추암의 해암정에서 깨어났을 때처럼 칠성의 모습이 뿌옇게 잡혔다.

"서방님!"

칠성으로 돌아온 우에다와 유하는 부둥켜안고 서로의 볼을 비비며 뜨거운 눈물을 흘렸다.

"이제야…… 이제야……."

칠성은 말을 잇지 못하고 울음을 토해냈다. 유하 역시 아무 말 없이 눈물을 흘릴 뿐이었다. 황태자는 자신의 모친이 깨어났다는 기쁨에 들뜰 새도 없이 눈앞에 벌어지고 있는 광경을 어떻게 이해해야 할지 몰라 놀란 눈만 치뜨고 있을 뿐이었다.

칠성의 품에 안긴 채 유하가 말했다.

"우리 아기는 어디 있나요?"

"우리 아기라니? 유하에게 아들이 있다는 사실을 알고 있었소?"

"꿈에 보았습니다. 내 곁에 와서 이야기를 들려주기도 하고 노래도 불러주었습니다. 긴 잠 속에 빠져 있었지만 저는 우리의 아이를 똑똑히 볼 수 있었습니다."

칠성이 유하를 황태자 쪽으로 이끌었다.

"지금 이 나라의 황태자라오. 유하 당신은 황태자의 친모가 된 거요."

유하는 온화한 미소를 지으며 황태자를 바라보았다. 그녀가 황태자에게 팔을 내밀며 말했다.

"이리 와요. 이리 와서 이 어미에게 안기시구려."

그제야 황태자는 유하의 품으로 달려갔다. 황태자는 유하의 품에 안긴 채 울먹였다.

"지금까지 어머니가 깨어나시기만을 기다려 왔습니다. 세 살 때부터 지금까지 한시도 어머니를 그리워하지 않은 적이 없습니다."

칠성이 황태자의 말을 통역해 주었다. 그는 모자의 상봉을 지켜보며 미소를 지었다.

"서방님, 황태자님께 가슴을 보여달라고 부탁하십시오."

칠성이 황태자에게 그 말을 전했다. 황태자가 옷고름을 풀어 가슴을 보이자 유하가 함박미소를 지었다. 황태자의 가슴을 들여다보는 칠성은 놀라서 입을 쩍 벌리고 있을 뿐이었다.

"아시겠습니까? 황태자는 바로 서방님의 아이이옵니다. 일본으로 건너온 직후 서방님의 아이를 가졌다는 사실을 알았습니다. 그래서 죽지 않고 버틴 것이었습니다."

황태자의 가슴에는 칠성과 마찬가지로 일곱 개의 점이 북두칠성의 형상대로 박혀 있었다. 다시 유하가 칠성의 옷을 풀어 그의 가슴을 열어 보였다. 황태자와 마찬가지로 칠성의 가슴에도 북두칠성이 선명하게 자리잡고 있었다. 하지만 칠성의 가슴을 보고도 황태자는 전혀 놀라는 기색을 보이지 않았다.

"전에, 사부님께서 겨루기를 하시다가 웃옷을 벗으셨을 때 이미 알고 있었습니다. 사부님과 제가 남이 아니라는 사실을……"

황태자는 말을 잇지 못했다. 칠성은 황태자에게 다가가 그를 품에 안았다.

"아버님!"

칠성은 황태자에게 그 동안 있었던 일을 상세하게 들려주었다. 황태자는 어린아이답지 않게 진지한 자세로 칠성의 이야기를 경청했다. 그간의 사정을 모두 듣고 난 황태자는 어른스럽게 고개를 끄덕이더니 말했다.

"이제 두 분은 이곳을 떠나십시오. 어머니가 깨어나셨다는 소식이 곧 천황께도 들어갈 것입니다. 두 분은 이곳에서 멀리 떠나 그간 나누지 못한 부부의 정을 나누시기 바랍니다. 제 걱정은 마십시오. 아버님께서 말씀하셨듯이 언젠가 다시 만날 그날을 기다리며 소자는 용기를 잃지 않겠습니다."

칠성이 황태자의 머리를 쓰다듬었다. 황태자의 눈에는 눈물이 그렁그렁했다.

"황태자님, 잊지 마세요. 저는 항상 황태자님의 주위를 맴돌고 있다는 사실을. 가끔 인기척이 났는데 돌아보았을 때 아무도 없거든 제가 다녀간 줄 아십시오. 태자께선 저를 볼 수 없을 테지만 난 항상 태자를 지켜보고 있을 겁니다."

그날 밤, 칠성과 유하는 황궁을 벗어나 후쿠이로 향했다. 하루 아침에 옥비가 사라지자 세인들 사이에는 하늘에서 선녀가 내려와 황태자를 낳고는 다시 하늘로 올라갔다는 이야기가 떠돌았다.

모리길성은 칠성에게 모든 재산을 남기고 눈을 감았다. 칠성과 유하는 후쿠이에서 염전을 관리하며 행복하게 살았다. 유하의 몸에는 곧 태기가 있어 아들을 낳았다. 칠성은 아들의 이름을 우에다 김(植田金)이라고 지었다.

칠성과 유하의 아들인 황태자는 고요제이 천황이 죽은 후 그를 승계하여 고미즈노오(後水尾) 일본 제108대 천황이 되었다.

칠성은 생활이 안정되자 스승 동천 대사의 유언을 받들기 위해 목걸이와 그림에 얽힌 비밀을 풀 수 있는 단서가 될 책을 집필하기 시작했다. 그는 언젠가 자신의 후대에서 왕가의 비밀 전수자와의 만남이 이루어지리라는 믿음을 잃지 않았다.

1642년 칠성은 아들 우에다 김에게 동천 대사로부터 받은 목걸이와 그림, 그리고 자신이 쓴 책을 남기고 세상을 떠났다. 칠성의 나이 72세였다.

제11장 비밀의 열쇠

1. 사라진 유물들

강림은 파일의 내용을 모두 읽고 난 후 의자 등받이에 몸을 기대며 기지개를 켰다. 주위를 서성거리던 기미코가 기지개 켜는 소리를 듣고는 강림이 있는 방으로 고개를 들이밀었다.

"너무 열중하셔서 방해할 수가 없었습니다. 나오세요. 식사 준비 다 됐습니다."

"아, 네……."

강림이 창 밖으로 눈을 돌려보니 이미 어둠이 내려 있었다.

"해가 많이 짧아졌군요."

"집중력이 대단하신 것 같아요. 4시간 동안 컴퓨터에서 눈 한 번 떼지 않으셨습니다."

"제가 그랬나요?"

시계를 보니 9시를 넘어서고 있었다. 강림은 뒷머리를 긁적이며 자리에서 일어서서 기미코를 따라 부엌으로 향했다. 테이블 위에서 강립의 눈을 가장 먼저 끈 것은 김치였다. 일본식의 기무치가 아니라 붉은 양념을 아끼지 않은 한국의 김치였다. 강립이 김치에 시선을 놓고 미소를 짓고 있으려니 기미코가 말했다.

"남편의 식성을 저도 따르게 되었습니다. 교수님께선 어릴 적부터 이렇게 붉은 김치를 먹었다고 하더군요."

강립은 의자에 앉자마자 김치에 먼저 젓가락을 내밀었다.

"음, 맛이 제대로 들었군요."

그 말에 기미코는 살풋 입가에 웃음을 머금었다. 그녀는 의자에 앉아 기도를 올렸다. 강립은 성급하게 밥그릇으로 숟가락을 가져가다가 멈칫했다. 그는 기미코의 기도가 끝나기를 기다렸다가 음식에 손을 댔다.

"괜히 저 때문에 저녁이 늦어진 모양입니다."

"아니에요. 강 선생님이 아니셨으면 그냥 건너뛰었을 거예요."

강립은 기분이 묘했다. 일반 가정집에서 여자와 겸상을 해서 밥을 먹기는 참으로 오랜만이었다. 강립은 갑자기 기분이 우울해졌다. 오래 전에 먼저 떠나보낸 아내가 떠올랐기 때문이었다. 아내와 사별한 뒤 혼자 밥 먹는 것에 익숙해져 있던 강립에게는 기미코와 함께한 저녁상이 낯설었다. 시간이 지나면서 기미코 역시 혼자서 밥을 먹는 데에 익숙해질 거라고 생각을 하니 강립은 그녀가 측은하게 생각되었다. 강립은 상념을 떨어버리려 대화의 물꼬를 텄다.

"우에다 교수님 부모님은 어떤 분이셨습니까?"

"참 말수가 적으신 분들이셨습니다. 이 쪽에서 말을 걸지 않으면 절대로 먼저 말을 꺼내는 법이 없으셨죠. 하지만 그게 불편하지는 않았어요. 뭐랄까…… 그런 것 있잖아요? 억지로 말을 해야만 긴장감이 풀어지는 관계. 그 분들은 말수가 적으셨지만 사람을 참 편하게 해주시는 분들이었어요."

"네, 그랬을 거라는 생각이 듭니다. 뭔가 엄청난 비밀을 간직하고서도 그걸 그토록 긴 세월 동안 지켜왔다는 건 아무나 할 수 없는 일이었을 겁니다. 특별한 분들이셨을 거라는 생각이 드는군요."

"파일은 어떻던가요? 거기에 비밀에 관한 이야기가 있던가요?"

강림은 숟가락질을 멈추고 잠시 생각에 잠겼다. 그러다가 미간을 약간 찌푸렸다.

"비밀에 대한 구체적인 이야기는 없었습니다. 우에다가의 시조가 되는 칠성 스님이라는 분도 비밀의 내용에 대해서는 자세히 알지 못했던 것 같습니다. 어쩌면 책의 뜯겨나간 부분이 비밀에 대한 이야기를 담고 있었는지도 모르겠군요. 아무튼 우에다 교수의 파일에는 칠성 스님이 스승으로부터 목걸이와 그림, 그림을 여러 장 찍을 수 있는 목판, 활과 화살을 물려받았고, 그 물건들이 비밀을 푸는 열쇠라는 사실만 밝혀져 있었습니다. '성암' 이라는 장소에 대한 이야기가 여러 번 언급된 걸로 보아 비밀의 장소는 그곳인 것 같은데, 구체적으로 위치를 밝히지도 않았습니다. 다만 그 성암이라는 곳의 위치가 지금의 두타산 어디쯤이라는 것 정도는 알 수 있겠더군요."

"그림과 목걸이는 알겠는데, 목판과 활은 뭐죠?"

"칠성스님이 남기신 글에 의하면 그 물건들은 최원흘 장군, 임진왜란 때 크게 활약하신 분이셨습니다, 그 분께 맡긴 걸로 되어 있지만 지금은 전하지 않는 것 같습니다. 최원흘 장군께서 왜군들과의 싸움에서 전사하셨으니 그 물건의 행방을 아는 사람은 이제 없다고 봐야겠지요."

"그럼 비밀을 풀 수 없다는 말씀이신가요?"

"글쎄요. 완전한 것인지는 모르겠습니다만, 암호라고 생각되는 시가 그림에 선명하게 남아 있으니 목판은 없어도 되지 않을까 생각이 됩니다. 문제는 활인데……!"

그 순간 강림의 머리를 번개처럼 스치고 지나가는 것이 있었다.

'활!'

강림은 월남전 당시에 답다촌 촌장 이행리 삼판이 가지고 있던 활을 떠올렸다. 자신만이 당길 수 있던 그 신궁!

강림은 생각을 다시 조각조각 맞춰나가기 시작했다.

세종대왕의 지시로 장영실이 비밀의 장소에 기관장치를 하도록 명했다. 그것은 세종대왕도 이 비밀에 관련되어 있다는 뜻이 된다. 어쩌면 그것은 조선 이씨 왕가와 관련된 비밀인지도 모른다. 이행리 삼판의 조상인 이행리는 누구인가! 이씨 왕가의 조상이지 않은가! 그렇다면 이행리 삼판이 가지고 있던 활이 이 사건과 연관성을 가지고 있는지도 모르는 일이다.

강림은 사건에 점점 더 흥미를 느꼈다.

기미코는 강림이 갑자기 말을 멈추고는 깊은 생각에 빠져들자 그의 얼굴만 빤히 들여다보고 있었다. 기미코의 시선을 느낀 강립은 겸연쩍은 웃음을 흘리며 다시 숟가락을 집어들었다. 기미코 역시 웃음을 지으며 음식으로 손을 뻗었다.

자신의 돌연한 행동 때문에 궁금증이 동했을 텐데도 더 이상 아무것도 캐묻지 않는 기미코를 보며 강립은 새삼스레 그녀의 인품에 탄복했다.

"궁금하지 않으십니까?"

강립은 단도직입적으로 물었다. 기미코는 약간 고개를 떨구고 있다가 대답했다.

"궁금합니다. 남편이 무엇 때문에 그렇게 비명에 갔는지, 그게 그만큼 가치가 있는 일인지…… . 하지만 제가 알아서는 안 되는 일이라고 생각합니다. 저로 인해서 비밀이 새어나갈 수도 있는 일이니까요."

강립은 묵묵히 기미코의 말에 고개를 끄덕였다. 그 역시 기미코가 비밀을 알게 됨으로 해서 위험에 빠질 수도 있을 거라고 생각을 했다.

"내일 아침 일찍 떠나겠습니다. 제가 여기 있으면 있을수록 부인께서 위험해질 수 있을 거란 생각이 드는군요."

기미코는 아무런 대꾸가 없었다. 그녀는 자신의 밥그릇을 비운 뒤 자신이 쓴 식기와 수저를 들고 싱크대로 향했다. 강립은 기미코의 가녀린 어깨를 보자 연민이 일었다.

"언젠가……"

기미코는 설거지를 하고 있다가 동작을 멈추고 강립의 다음 말을 기다렸다. 하지만 강립은 말을 이을 수가 없었다. 나머지 말은 그냥 삼켜야 했다.

'언젠가 모든 것이 정리되고 나면 한국에 와서 살지 않으시겠습니까?'

기미코는 설거지를 계속했다. 강립은 "아이고, 잘 먹었습니다"라고 너스레를 떨며 자리에서 일어섰다. 기미코가 강립을 돌아보며 미소를 지었다. 그 역시 그냥 미소만 지을 뿐이었다.

다음날 일찍 강립은 기미코의 집을 나섰다. 공항까지의 거리가 만만치 않아 강립은 또 한 번 기미코의 신세를 질 수밖에 없었다. 강립이 차 안에서 뒤를 돌아보니 어제부터 따라붙었던 검은 승용차가 여전히 뒤를 따르고 있는 것이 보였다.

나리타공항에 도착한 후, 강립은 한사코 그가 탑승구에 들어서는 걸 보고 가겠다는 기미코를 억지로 돌려보냈다.

"중간에 차에서 내리시면 절대로 안 됩니다. 곧장 댁으로 가서서 경찰에 도움을 요청하십시오. 어제부터 검은 승용차 한 대가 집 주위를 배회하고 있다고."

그제야 기미코는 고개를 끄덕였다. 공항을 빠져나가는 기미코의 차를 향해 손을 흔들어 보인 후 강립은 품에서 그림과 디스켓을 꺼냈다. 검은 승용차 무리들의 시선을 끌기 위해서였다. 검은 승용차에는 두 사람이 타고 있었던 듯했다. 승용차는 기미코의 차를 뒤따라서 공항을 빠져나갔고, 승용차에 타고 있던 인물로 추정

되는 한 사람은 강립의 뒤를 바짝 쫓고 있었다.

강립은 미행자와의 거리를 일정하게 유지하다가 일부러 걸음을 재게 놀려 화장실로 향했다. 그러다가 화장실 입구에 다다라서 후다닥 뛰어들었다. 미행자 역시 강립의 돌발적인 행동에 놀라 강립의 뒤를 따랐다. 강립은 화장실로 들어서는 미행자의 목덜미를 밀어붙인 후 팔을 꺾어 몸을 뒤로 돌렸다. 미행자는 '윽' 소리를 내며 벽을 보고 마주 섰다.

"누가 보냈나? 팔 부러지기 전에 빨리 불어."

미행자는 팔을 빼내기 위해 버둥거렸지만 강립의 힘을 이겨낼 수는 없었다. 강립은 팔을 더욱 꺾어 올리며 벽에 밀어붙였다. 그때 강립은 무언가가 등뒤를 찌르는 느낌이 들었다. 옷감의 부드러운 질감에 가로막혀 있기는 했지만 등골을 서늘하게 타고 내리는 그 느낌은 분명 총구였다.

"풀어줘."

분명한 한국말이었고, 상대는 세 명이었다. 강립은 서서히 미행자의 팔을 꺾은 손에 힘을 풀었다. 강립의 손아귀에서 놓여난 미행자는 몸을 홱 돌려 벽을 등지고 섰다. 강립의 면상을 한 대 후려칠 기세였다. 하지만 어느새 강립 오른편에 서 있던 젊은 남자가 수도로 미행자의 뒷덜미를 내려쳤다. 미행자의 몸이 휘청거렸다. 강립의 왼편에 서 있던 젊은 남자가 쓰러지려는 미행자의 몸을 부축해 천천히 벽에 기대놓았다. 그때까지도 총구는 강립의 등을 찌르고 있었다.

"저 자식 구두 뒤축을 보게. 자칫 잘못했다간 자네 물건이 절단

날 뻔했다고."

강립이 미행자의 구두 뒤축으로 눈을 돌리니 거기에 날카로운 물건이 박혀 있었다.

"플라스틱으로 만든 것이지만 대단히 예리하지. 좀전에 한 행동은 대단히 어리석은 짓이었어. 이 일본열도에 그 그림과 파일을 노리는 자가 얼마나 많은지 아직 모르는 모양이군."

강립은 그 목소리가 낯설지 않았다. 그는 몸을 돌려 목소리의 주인공을 바라보았다.

"오만수……."

"회포를 나눌 시간이 없군. 이 다음에 내가 자네를 찾아갈 걸세. 제발 어리석은 짓 하지 말고 곧장 집으로 돌아가게."

오만수와 두 사나이는 주위를 둘러보더니 화장실을 빠져나가기 시작했다. 강립은 자신의 오른편에 서 있던 젊은 남자의 옆얼굴을 살펴보았다. 선글라스로 가려져 있어 분명하진 않았지만 어딘지 낯이 익은 얼굴이었다.

강립은 다시 화장실을 빠져나가고 있는 오만수의 등을 향해 소리를 질렀다.

"호백수, 아니 오만수!"

호백수가 뒤를 돌아보았다.

"기미코 여사는 염려 말게. 우에다 교수 때처럼 실수는 하지 않을 테니까."

세 사람은 서둘러 군중 속으로 사라졌다. 강립은 한동안 멍하니 서서 호백수와 그의 일행이 사라진 쪽을 바라보고 있었다. 곧이어서울로 향하는 비행기가 떠날 거라는 영어 안내방송이 들려왔다. 강립은 서둘러 탑승구로 향했다.

비행기가 이륙하고 난 후에도 강립은 어리둥절한 표정을 풀지 못하고 앞만 주시했다. 도무지 이해가 되지 않았다. 하지만 상황을 보고 판단하건대 호백수는 분명 자신에게 적대적인 인물이 아니었다. 그렇다면 인천 국제공항에서의 미행자와 나리타공항에서 따라붙었던 미행자들은 호백수와 적대적인 관계에 놓여 있다는 계산이 섰다.

'그렇다면 나와 호백수는 동지 관계가 되는 것인가!'

강립은 머리를 세차게 흔들었다. 하지만 머리 속에 뒤죽박죽이 된 생각들은 더욱 더 헝클어질 뿐이었다. 그는 수첩을 꺼내 거기에 '호백수'라고 적었다. 다시 '바텔'이라고 적었다. 이 두 사람이 서로 적대관계에 놓여 있는 것만은 분명했다.

'바텔이 소개한 안내인들은 목걸이를 손에 넣기 위해 우에다 교수를 해쳤다. 호백수가 사주한 박형사 역시 목걸이가 목적이기는 했지만, 그는 우에다 교수를 보호하려 했다. 나는 나리타공항에서 호백수의 도움을 받았다. 그렇다면 인천과 일본에서 나를 미행한 자들은 바텔의 부하일 가능성이 크다. 하지만 섣불리 판단해서는 안 된다. 이 모든 것이 호백수의 트릭일 수도 있다.'

강립은 수첩의 페이지를 넘겨 거기에 '비밀'이라고 적어 넣었다. 그는 다시 비밀에 대한 조각 맞추기를 시작했다.

'언제부터인가 비밀이 내려오고 있었다. 그 비밀은 극히 소수, 또는 단 한 사람에게만 전수되었다. 그러다가 비밀의 열쇠를 두

집단이 나누어 가지게 되었다. 한 쪽은 이씨 조선왕가, 그리고 나머지 한쪽은 비학대사나 동천대사, 칠성스님처럼 신심이 깊은 승려들이다. 이들은 서로를 알아볼 수 있는 신표로 목걸이를 나누어 가졌다. 이씨 왕가의 인물에게는 나 같은 반달가슴곰털이 가슴에 자라고 있다. 그림에 씌어 있는 시는 비밀을 푸는 암호이다. 두개의 목걸이와 활, 화살 역시 비밀을 푸는 열쇠이지만 활과 화살은 전하지 않는다. 하지만 활과 화살은 베트남의 이행리 삼판이 가지고 있던 것이 대신할 수 있을지도 모른다. 어떻든 이 물건이 다 모여야 비밀을 풀 수 있다. 지금 내가 가지고 있는 것은 목걸이 두개와 그림에 씌어 있는 시뿐이다. 필요한 것은 활이다.'

강림은 화장실에서 보았던 낯익은 얼굴이 누구인지에 대해서도 생각을 이어나갔다. 주변 인물에서부터 군인 시절까지 생각을 넓혀 나갔지만 좀처럼 그 얼굴과 맞아떨어지는 인물은 찾을 수가 없었다. 그러다 강림은 4년 전 두타산에서 우연히 만났던 젊은이를 떠올렸다.

"그래, 그 사람이야! 그때 양무의 나무에 대해서 이야기를 들려주었던!"

강림은 자신도 모르게 소리를 질렀다. 옆좌석의 승객이 뜨악한 눈길로 그를 바라보았다. 강림은 옆좌석의 승객에게 목례를 건넨 후 다시 좌석에 몸을 묻었다.

강림은 수첩을 안주머니에 넣고 나서 찬찬히 다시 생각을 더듬어 보았다. 무엇보다도 가장 궁금한 것은 강림 스스로에 대한 의문이었다. 나는 누구인가! 이 사건에서 나는 어떤 역할을 맡고 있는가!

강립은 본 적도 없는 자신의 아버지를 떠올렸다. 그리고 그 아버지의 아버지를 떠올려보았다. 다시 그 누대에 걸친 아버지들을 떠올렸다. 하지만 그들은 모두 얼굴이 없이 가슴에 선명한 반달가슴곰털로만 부각되었다. 언제부터였을까? 왕가의 비밀이 끊기고 만 것은. 자신이 비밀의 전수자라는 사실도 모른 채 선대로부터 전해 내려온 목걸이만을 간직하고 살아온 사람들. 현실에 닻을 내리지 못했던 그 아버지들의 끝도 없고 원인도 없던 그리움은 아득한 선대의 비밀을 향하고 있었지만 그들은 몰랐다. 무언가가 가슴속에서부터 용솟음칠 때마다 그들은 자신의 가슴을 치며 답답해했을 것이다. 그들은 가슴속에 자라나는 아득한 그리움의 정체를 알 수가 없어 더욱 가슴아파했을 것이다.

어느새 비행기는 인천에 닿고 있었다. 그는 비행시간 동안 가졌던 상념들이 한 순간의 꿈처럼 모두 흩어지기를 바랐다. 흩어지고 흩어져서 나중에는 자취도 남지 않기를 바랐다. 하지만 그런 그의 바람과는 달리 공항 로비를 빠져나오는 그의 가슴속에는 비밀을 향한 열정이 더욱 견고해지고 있었다.

2. 북한의 비밀공작

강립이 탄 비행기가 나리타공항 상공을 날아오르는 모습을 확인한 후에야 오만수 일행은 공항을 빠져나왔다. 그와 두 명의 젊은 남자는 주차장으로 향했다. 그들의 동작은 자연스러웠지만 주위에 대한 경계를 게을리 하지 않았다.

오만수가 조수석으로 오르고 선글라스를 낀 젊은 남자가 뒷좌석에 올랐다. 나머지 한 사람이 운전대를 잡았다. 운전석의 남자가 오만수에게 물었다.

"아버님, 강림이라는 사람, 듣던 대로군요. 기가 상당히 세 보였습니다."

"그 사람도 벌써 50대 후반일 텐데 하나도 늙지 않았어. 정말 타고난 강골이야."

차에 시동이 걸렸다. 차는 서서히 공항 주차장을 빠져나갔다. 오만수는 뒷좌석에 앉은 선글라스의 사내를 백미러를 통해 보며 말을 걸었다.

"문 선생, 무슨 생각에 그리 빠져 있소?"

뒷좌석의 젊은 남자가 선글라스를 벗었다. 그는 창 밖으로 시선을 돌리며 입을 열었다.

"좀전의 그 강림이라는 남자, 어디선가 본 기억이 있습니다. 낯이 상당히 익어요."

"그래요?"

오만수로부터 '문 선생'이라고 불린 남자는 여전히 시선을 창밖에 둔 채 골똘히 생각에 잠겨 있었다. 그는 가끔 미간을 찌푸리기도 했다. 아마도 '강림'이라는 인물이 담겨 있는 기억의 회로에 거의 접근한 모양이었다.

"그래, 그 사람이야!"

"기억이 났소?"

"1998년에 두타산 탐사를 위해 두 번째로 남한에 침투했을 때였습니다. 두타산 대궐터를 정찰하다가 우연히 그 사람을 만난 적이 있습니다."

뒷좌석에 앉은 젊은 남자는 1996년 잠수함 침투사건 때 유일하게 살아남은 문일광이었다. 그는 1998년에도 두타산에 침투한 적이 있었다. 당시에도 그를 남한에 내려주고 돌아가던 잠수함은 꽁치잡이 그물에 걸려 좌초되고 말았다. 잠수함에 남아 있던 공작원들은 승조원들을 살해한 후 자폭했다. 두 번이나 불운이 겹친 것이었다.

오만수가 상체를 뒤로 약간 틀어 문일광의 얼굴을 들여다보며 말했다.

"보통 인연이 아니군. 우에다 교수가 죽은 지금 이번 일의 가장 핵심적인 인물은 강림 그 사람인 것 같아."

운전석의 남자가 말했다.

"한국의 박 형사가 강림이 우에다 교수의 것과 똑같은 목걸이를 가지고 있었다고 하지 않았습니까. 광명사에서 삼화사로 넘어간 비밀의 전수자 후손이 우에다 교수였다면, 강림은 전주 이씨 쪽 비밀의 전수자일 가능성이 큽니다. 그런데 왜 강림일까요? 그는 이씨도 아닌데 말입니다."

운전석의 남자는 오만수의 아들, 오경택이었다. 그는 오만수가 일본으로 건너간 후 일본의 기생으로부터 얻은 자식이었다. 나이는 27살로, 아버지의 영향을 받아 각종 무술에 능했다.

오만수는 자신의 아들 쪽으로 고개를 돌렸다.

"글쎄, 그게 의문이군. 문 선생의 말대로라면 또 한 명의 비밀 전수자는 의당 이씨 성을 가지고 있어야 하는 건데 말이야."

문일광은 생각에 잠겨 있었다. 그는 오만수나 오경택과는 좀 다른 종류의 생각을 하고 있는 중이었다. 그것을 눈치챈 오만수가 문일광에게 물었다.

"문 선생, 무슨 생각에 그렇게 빠져 있는 거요?"

문일광은 오만수의 얼굴을 한 번 바라보고는 고개를 떨구었다. 그는 천천히 입을 열었다.

"그 강립이라는 사람 말입니다. 어떻게 해서 비밀의 전수자가 이씨에서 강씨로 바뀌었는지 사연을 알 수는 없지만 그 사람이 비밀의 전수자일 거라는 확신이 듭니다. 따지고 보면 오 선생님도 그 사람과 연관을 맺고 있고, 저 역시 잠깐 남한에 침투했을 때 그 사람과 인연을 나누었습니다. 제가 북조선 요원들에게 쫓기고 있을 때 오 선생님을 만나게 된 것도 어떤 강한 인연의 고리에 의해 이루어진 일이 아닌가 하는 생각이 듭니다. 분명하진 않지만 이번 일과 관련을 맺고 있는 사람들은 누구나 조금씩 그 강립이라는 사람과 연관을 맺고 있지 않을까 하는 생각도 드는군요. 그러니까 제 말은 이 일에 연관된 인물들의 관련성을 선으로 그어 나가면 그 중심에 강립 그 사람이 자리하고 있지 않을까 하는 이야깁니다."

차가 신호를 받고 멈추어 섰다. 오경택이 고개를 끄덕였다.

"듣고 보니 그럴 듯하군요. 그런데 강립은 자신이 비밀의 전수자라는 사실을 알고 있을까요?"

그 말에는 오만수가 대꾸했다.

"글쎄, 정황을 미루어보면 강립은 자신이 이번 일에서 어떤 위치를 차지하고 있는지 모르고 있는 것 같아. 하지만 곧 스스로 깨닫게 되겠지."

세 사람은 입을 다물었다. 차는 동경 시내에 들어서고 있었다. 문일광은 다시 차창 밖으로 시선을 던지며 생각에 잠겼다.

1964년 개성 부근에 있는 고찰(古刹) 광명사의 복구작업이 한창 진행중일 때 법당의 벽을 보수하던 인부들의 부주의로 인해 부처를 모신 제단이 붕괴되는 사고가 발생했다. 이 뜻하지 않은 사고는 뜻밖에도 놀라운 발견을 가져왔다. 제단 뒤편에서 지하 밀실과 연결된 계단이 발견되었고 밀실 속에서 고서와 양질의 소금 자루가 담긴 긴 나무상자가 발견된 것이었다. 즉시 김일성 대학의 젊은 역사학자 라종민 교수 일행이 현장으로 급파되었다. 라종민 교수는 그 책이 세종대에 광명사 주지였던 승려에 의해 씌어진 것이라고 판명했다.

처음 북한의 역사학자들 사이에는 조선시대 당시로서는 경제적 가치가 높은 소금이 다량 발견된 것으로 보아 밀실은 주지의 부정축재를 위한 비밀장소일 것이라는 의견이 나돌았다. 하지만 책의 내용을 해석해 나가던 학자들은 놀라운 사실을 알아냈다.

책은 선대로부터 대대로 물려 내려온 어떤 막중한 임무를 맡고 있던 광명사 주지가 한양 동쪽의 삼척에 있는 삼화사 주지에게 임무를 넘겨준 후의 허탈한 심정을 토로하는 것으로 시작되었다. 하지만 그 책은 존재해서는 안될 책이었다. 광명사 주지 스스로도 남겨서는 안될 책을 쓰고 있는 자신의 행동에 대해 무척 괴로워한 모양으로 책에는 속세의 때를 온전히 벗지 못한 승려의 스스로에 대한 모멸감이 군데군데 드러나고 있었다.

광명사 주지가 맡은 임무란 조선의 왕에게 전해줄 염금(鹽金, 소금 알갱이 형태의 황금)을 비밀장소에서 가지고 오는 것이었다. 염금이 생산되는 비밀장소는 오로지 광명사 주지와 그의 계승자만이 아는 것으로 왕(책에는 '비밀의 상속자'라고 표기되어 있음)이 필요로 할 때 일정량을 가지고 와 밀실에 숨겨두었다가 전해준 것이었다. 비밀의 장소가 어디인지는 구체적으로 언급되지 않았으나 '한양 정동 방향의 검은산에 있는 양무의 나무가 비밀장소로 들어서는 관문'이라고 책에 남아 있었다.

라종민 교수를 비롯한 김일성 대학의 학자들은 책의 모든 내용을 완벽하게 해석하고도 처음에는 그 내용을 허무맹랑한 이야기로 치부했다. 하지만 책과 함께 발견된 나무상자 속에 담겨 있던 소금에서 소금알갱이 형태의 황금이 발견된 것을 계기로 연구는 급물살을 타기 시작했다. 북조선 인민공화국의 지도부가 이 일에 개입한 것은 당연한 일이었다.

학자들은 각고의 노력 끝에 책에 나와 있는 '검은산'이 대한민국의 동쪽에 있는 두타산임을 밝혀냈으며 북조선에 전해내려 온 민담에서 태조의 선조인 이양무라는 이가 삼척 현감으로부터 절대 베어내지 않을 것이라는 약조를 받아낸 후 두 그루의 나무를 고가에 사들였다는 이야기를 채집했다. 이제 필요한 것은 두타산에 있을 양무의 나무를 찾아내는 일이었다. 학자들은 염금을 발견하게 되면 경제적인 부흥으로 말미암아 북조선이 살기 좋은 나라가 될 것이라는 기대에 부풀었다.

그러나 군부가 개입하면서 일은 군사적·정치적 색채를 띠기 시작했다. 그 일례로 1968년 군부는 두타산에 공작원을 남파시키면서 남한 군측의 경계를 서울로 돌리기 위해 김신조 일당 31명의 무장공비를 파견하여 무력충돌을 일으켰으며, 같은 해 가을에는 130명에 달하는 대규모 무장공비를 울진 삼척 지역에 침투시켜 두타산을 무력점거하려고 꾀하기도 했다. 이후로도 군부는 끊임없이 두타산 탐사를 목적으로 공작원을 남파시켰으나 성과는 없이 애매한 공작원들만 희생되었을 따름이었다. 급기야 군부는 비밀유지를 이유로 김일성 대학의 학자들을 숙청하기에 이르렀다. 가장 나이가 어린 라종민 교수를 제외한 6명의 학자가 군부와 당 지도부에 의해 교수직에서 해임되고 강제 수용소로 이주해야 했다.

문일광이 라종민 교수를 만난 때는 1990년이었다. 김일성 군사학교를 졸업한 후 3년간의 혹독한 훈련을 통과하고 특수 공작원에 임명된 후 지도부가 극비리에 진행해 온 두타산 탐사 사업에 참가하게 된 것이었다. 문일광은 남한 지리에 대한 학습과 군사훈련을 병행하는 틈틈이 라종민 교수와 비밀리에 접촉하여 광명사에서 발견된 고서에 나온 내용과 그 동안의 연구에 대하여 숙지해 나갔다. 그러던 중 공작원들이 보내온 사진 자료 속에서 라종민 교수는 '양무의 나무'를 찾아내기에 이른다. 정찰의 범위가 훨씬 좁혀진 것이었다. 남은 과제는 양무의 나무 주변을 샅샅이 뒤져 비밀의 장소를 찾아내는 것이었다.

문일광과 단둘이 있게 될 때 라종민 교수는 두타산의 금맥을 찾는 일에 남북이 공동으로 참여하면 훨씬 이로울 거라는 개인적인 의견을 밝히는가 하면 북조선의 군부나 당 지도부가 금맥을 발견한다 하더라도 인민은 궁핍에서 벗어나지 못할 것이며 금맥을 차지하기 위한 북조선 군부의 무력도발로 말미암아 인민의 생활은 더욱 피폐해질 것이라는 등의 말을 서슴지 않았다. 그만큼 라종민 교수는 문일광에게 인간으로서의 신뢰를 가지고 있었다. 부모가 없이 오로지 군인의 손에 자라난 문일광 역시 라종민 교수를 아버지처럼 따랐으며 그를 통해 새로운 사상과 세상에 대해 터득해 나갔다.

문일광은 이후로 2001년까지 모두 다섯 번에 걸쳐 남한에 침투하였으며 세 번 두타산을 탐사하였다. 문일광이 하는 일이란 두타산과 양무의 나무가 서 있는 일대를 돌아다니며 사진 촬영을 하는 것이었다. 라종민 교수는 문일광이 보내 온 사진들을 바탕으로 금맥이 숨겨져 있다는 비밀의 장소를 추적해 나갔다.

2002년 초 라종민 교수는 문일광이 보내 온 사진 속에서 드디어 비밀장소에 접근하는 단서를 사진 속에서 발견하였다. 1964년 광명사 복구작업에서 우연히 고서를 발견한 이후로 38년 만에 올린 개가였다. 1964년 당시 혈기 넘치던 젊은 학자 라종민은 69살의 노인이 되어 있었다. 이제 라종민 그에게는 죽기 전에 반드시 해내야만 할 한 가지 일이 남아 있었다. 그것은 남과 북의 단결이었다.

라종민은 황금 금맥을 남한이나 북조선 어느 한 쪽이 독점해서는 안된다고 생각했다. 그는 군부와 당 지도부에 비밀의 장소를 찾아낼 단서를 발견했다고 알리고서도 정작 그 단서가 무엇인지는 밝히지 않았다. 북조선이 남한과 함께 금맥을 공동으로 개발한다면 단서를 제공하겠다고 라종민 교수는 버텼다. 협박과 고문이 이어진 것은 당연한 일이었다. 고문을 견디다 못한 라종민 교수는 자결했다. 그는 스스로 목숨을 버림으로써 비밀을 유지했던 것이다. 38년에 걸친 한 노교수의 연구는 그렇게 어이없이 사라지고 말았다.

일본에서 라종민 교수의 사망소식을 접한 문일광은 북으로 귀환하지 않았다. 문일광을 잡아들이기 위해 북조선의 공작원들이 일본으로 급파되었다. 북조선 공작원들의 추격전이 전개되었지만 문일광은 쉽사리 모습을 드러내지 않았다. 북조선 공작원 중에서도 문일광은 가장 뛰어난 요원이었다. 하지만 아무런 지원도 없는 상황에서 버티기란 그에게도 쉬운 일이 아니었다. 그는 일본에 불법체류중인 재일동포로 가장하고 막노동판과 유흥가를 전전했다. 북조선 공작원들의 추적망은 점점 문일광에게로 좁혀지고 있었다. 그때 문일광에게 구세주처럼 나타난 사람이 은퇴한 재일동포 야쿠자 호백수였다.

3. 비밀을 향하여

강립은 동해에 도착하자마자 김은동에게 연락을 취했다.

"아, 대장님. 일본에는 잘 다녀오셨습니까?"

"박 형사는 어떻게 됐지?"

"그치는 경찰병원으로 옮겼습니다. 순찰 도중에 부상을 당했다고 둘러댔죠."

"우리한테 해코지를 하진 않겠지?"

"아유, 그치 보니깐 대장님한테 기가 팍 꺾였던데요? 병원에서도 그러더라고요. 어떻게 넘어졌길래 이렇게 심하게 다쳤냐구요. 하여간에 대장님 무지막지한 건 알아줘야겠습니다."

"지금 삼봉이한테 연락해서 같이 좀 나오게. 중요한 일이 있어."

"대장님께서 그렇게 서두르시니까 은근히 긴장되는데요. 경화누나는 어떻게 하죠?"

"음…… 연락해서 같이 오게. 집에서 기다리겠네."

전화를 끊고 나서 강립은 책상 서랍에서 두타산이 상세하게 나와 있는 지도를 꺼냈다. 그 지도는 강립이 직접 만든 것이었다. 높은 봉우리나 등반의 이정표가 될 만한 지명 외에도 세세한 것까지 표시를 해 놓은 것이었다. 공식적인 이름이 없는 것들은 강립 자신이 이름을 붙여서 표기하기도 했다. 강립은 지도를 잘 접어서 품에 넣고 목걸이는 2개를 동시에 목에 걸었다. 그리고 나서 그는 기미코에게서 받은 그림을 펴서 들여다보았다. 두 개의 산봉우리 위로 떠오르는 태양. 계곡 사이로 걸어가는 세 명의 남자. 아무리 보아도 낯선 풍경이었다. 아니, 너무나 평범해서 딱히 어디라고 꼭 집어 말할 수 없는 그런 풍경이었다. 유치원생 어린아이에게 산을 그리라고 하면 으레 스케치북에 그려넣고는 하는 바로 그런 풍경이었다.

강립은 컴퓨터로 파일을 열었다. 파일 안에는 그림에 나와 있는 시를 해석해놓은 문구가 있었다.

'태양을 향하고도 눈을 피하지 않는 자에게 길은 열릴 것이다/ 노을을 그리워하는 거북이의 눈, 비로소 문을 열리고/어둠을 밝히는 자의 머릿결을 해풍이 빗어 넘기리/대지의 중심을 향해 달려가는 마른 바다/치솟는 불기둥은 그대의 영광/영광 뒤의 분노는 자연의 음성만이 잠재우리로다'

그는 수첩에 그 문구를 옮겨 적었다. 그때 초인종이 울렸다. 강립은 보안경으로 내다보았다. 대원들이었다.

"무슨 재미난 일이 있습니까?"

양삼봉이 수박 서리를 앞둔 개구쟁이 같은 표정을 지으며 먼저 들어서고 뒤를 이어 경화와 은동이 차례대로 들어섰다. 그들이 들어서고 난 뒤 강립은 문 밖을 살피고 나서 문을 잠갔다. 강립의 행동을 지켜보고 있던 대원들은 서로의 얼굴을 바라보다가 어깨를 위로 추켜올리며 입을 삐쭉거렸다.

"무슨 일이세요? 불안하게 왜 그러세요?"

"보물찾기."

대원들은 다시 한 번 서로의 얼굴을 바라보았다. 그들은 입가에 미소를 머금고 있었으나 강립의 행동이 진지해서 함부로 웃지도 못하고 있었다.

"여기 본 적 있나?"

강립은 책상 위에 놓인 그림을 가리켰다. 대원들이 그림 주위로 몰려들었다.

"이거 어디서 나셨어요?"

은동이 물었다. 강립은 그 말에는 대꾸를 않고 다시 물었다.

"여기 본 적 없어?"

대원들은 고개를 갸우뚱거릴 뿐이었다. 경화가 혼잣말을 하듯 중얼거렸다.

"2개의 산봉우리 사이로 떠오르는 태양, 산봉우리 사이를 향해 걸어가는 세 사람……."

강립이 말했다.

"두타산인 것 같기는 한데 이런 지형은 본 적이 없어."

"대장님께서 본 적이 없다면 이 곳은 두타산이 아닌 모양입니다."

"글쎄, 그렇긴 한데……."

강립은 자신의 턱을 매만지며 생각에 잠겼다.

은동이 물었다.

"여기가 두타산이어야 하는 이유가 있습니까?"

"두타산이어야 한다?"

강립은 혼잣말로 그렇게 말하고 나서 다음 말을 이었다.

"아니야. 꼭 그럴 필요는 없네. 다른 산일 수도 있고, 상상으로 만들어낸 것일 수도 있지."

경화가 강립의 말을 받았다.

"그럼 그런 실력으로 보아 전문 화가가 그린 것은 아닌 것 같아요. 그러니까 제대로 표현을 못했을 수도 있죠."

"그럴 수도 있겠지. 좋아, 우선은 그냥 넘어가자고. 그럼 이 시는 어떤가?"

강립은 오른손으로 수첩에 베껴놓은 시구를 내밀며 다른 손으로는 그림에 적힌 한자를 가리켰다.

"이게 여기 적힌 한자를 해석한 거네. 어떻게 생각하나?"

삼봉이 소리내어 읽었다.

"태양을 향하고도 눈을 피하지 않는 자에게 길은 열릴 것이다. 노을을 그리워하는 거북이의 눈, 비로소 문은 열리고. 어둠을 밝히는 자의 머릿결을 해풍이 빗어 넘기리. 대지의 중심을 향해 달려가는 마른 바다. 치솟는 불기둥은 그대의 영광. 영광 뒤의 분노는 자연의 음성만이 잠재우리로다."

은동이 우스갯소리를 했다.

"태양을 향하고도 눈을 피하지 않으려면 선글라스를 끼는 수밖에 없죠. 어둠을 밝히려면 전등을 켜거나 횃불을 밝히는 수밖에 없고. 그 외에는…… 헤헤, 모르겠다."

경화가 은동의 말에 핀잔을 주었다.

"하여튼 은동이 너 머리 단순한 거는 알아줘야 해."

하지만 강립은 은동의 우스갯소리가 예사롭게 생각되지 않았다. 단순함 속에는 현실의 왜곡을 간파하고 묘파하는 진리가 간혹 숨어 있기 마련인 것이다.

"은동이, 다시 한 번 말해보게. 방금 뭐라고 했지?"

"네!? 에이, 그냥 해본 소리예요."

은동은 뒷머리를 긁적이며 무안해했다.

"아니야. 선글라스! 왜 내가 그 생각을 못했을까!"

강립은 창가로 향하면서 자신의 목에 걸고 있던 목걸이 두 개를 풀었다. 그 중 하나의 청옥구슬을 햇빛을 향해 비췄다. 그 청옥구슬은 우에다 교수의 것으로 빛을 투과하지 못하는 것이었다.

"이건 아니군."

강립은 나머지 하나를 들어올렸다. 그것은 자신이 지니고 있던 것으로 안에 무늬가 새겨진 것이었다. 청옥구슬을 햇빛에 비춰보던 강립이 소리쳤다.

"은동이 자네는 천재야! 이것 보라고 이 구슬은 완벽하게 선글라스 역할을 하고 있어!"

대원들이 강립에게로 달려들었다.

"보라구, 봐!"

은동이 청옥구슬을 태양에 비춰보았다. 청옥구슬은 태양의 강렬한 광선을 훌륭하게 막아내고 있었다. 청옥구슬을 통해 이글거리는 태양을 마주볼 수 있었다. 그리고 그 속에서 구슬 속의 무늬는 더욱 선명해졌다.

강립은 흥분을 감추지 못하고 소리쳤다.

"태양을 향하고도 눈을 피하지 않는 자에게 길은 열릴 것이다! 태양을 향하고도 눈을 피하지 않는 자에게 길은 열릴 것이다! 길은 열릴 것이다!"

대원들은 모두 돌아가며 햇빛에 비춰 구슬을 들여다보았다. 삼봉이 말했다.

"그럼 이 안에 새겨진 무늬는 어떤 장소를 가리키고 있는 것일 가능성이 크군요."

강림이 삼봉의 어깨를 두드렸다.

"그렇지, 바로 그거야!"

장경화가 끼여들었다.

"그럼 그 다음 것은 뭐죠? 어둠을 밝히는 자에게 문은 열릴 것이로다."

강림이 나머지 목걸이를 손에 올려놓으며 말했다.

"은동이가 조금 전에 뭐라고 했지? 어둠을 밝히려면 전등을 켜면 된다고 하지 않았나?"

"제가 그랬죠……."

김은동은 얼떨결에 비밀을 푸는 단서를 제공한 것이 우쭐해져서 그런 감정을 감추려고 자꾸 자신의 뒷목을 만지작거렸다.

"바로 그거야. 우에다 교수의 이 목걸이에 달린 구슬은 야광체거든. 거기 커튼 좀 내리게."

경화와 삼봉이 창가로 다가가 커튼을 내렸다.

"자, 이제 은동이 자네가 불을 끄게. 아마도 마술이 벌어질 거야."

은동이 긴장된 얼굴로 스위치가 있는 쪽으로 다가가 불을 껐다. 그러자 강림의 손바닥 위에 놓여 있는 청옥구슬이 빛을 발하기 시작했다. 그 청옥구슬은 야광이었다. 한낮에 빛을 머금었다가 어두워지면 비로소 빛을 발하는 것이었다.

삼봉이 떨리는 음성으로 말했다.

"이로써 두 가지 암호는 푼 셈이군요. '태양을 향하고도 눈을 피하지 않는 자에게 길은 열릴 것이다'와 '어둠을 밝히는 자에게 문은 열릴 것이다'."

"하지만 이것만 가지고는 부족해. 이 암호는 아마도 비밀의 장소 가까이 갔을 때라야 제 구실을 할 거네. 이제 우리는 그 비밀의 장소를 찾아야 해. 자, 이제 그만 불을 켜게."

은동이 불을 켰다. 경화가 책상 위의 그림을 들여다보며 말했다.

"이 그림이 그 비밀의 장소를 찾는 데 도움이 될까요? 그리고 이 구멍은 또 뭐야?"

강림이 책상 위의 그림을 집어들었다.

"글쎄, 그건 아직 알 수가 없어. 저절로 생긴 구멍은 아닌 것 같은데…… 자자, 내일부터 자네들이 해줘야 할 일이 있네."

대원들이 강림에게 시선을 맞췄다.

"삼봉은 빠른 시일 내에 베트남엘 좀 갔다와야겠어."

"네!? 베트남요?"

"응, 거기 가서 무얼 해야 되는지에 대해서는 조금 있다가 자세히 이야기해주겠네."

김은동이 양삼봉의 어깨를 두드렸다.

"이야, 삼봉이 형은 좋겠다. 해외여행도 다 하고."

하지만 당사자인 삼봉은 어리둥절한 표정을 지었다.

"삼봉이 베트남으로 떠날 준비를 하려면 시간이 조금 있으니까 내일부터 경화와 삼봉이 한 조를 이루고 나와 은동이 한 조를 이뤄서 두타산 탐사에 나서세. 우선은 우에다 교수가 탐사를 벌였던 지점부터 차근차근 짚어나가는 게 좋을 거야. 우리는 지금부터 비밀의 장소를 찾는 보물찾기를 하는 걸세."

삼봉이 물었다.

"찾으면요? 그 비밀의 장소라는 것을 찾으면 어떻게 됩니까?"

"나도 몰라. 이 비밀의 장소에 무엇이 있는지는 나도 모르네. 하지만 그 장소를 찾아가면 우에다 교수가 왜 죽었는지 그 이유를 밝힐 수도 있을지 몰라. 그리고……"

강립이 갑자기 말을 끊자 대원들은 모두 그를 주목했다.

"내 아버지에 대한 비밀도……."

이어진 그의 말은 아무도 알아듣지 못할 만큼 나지막했다. 강립은 두 개의 목걸이를 바라보았다.

4. 탐사

강립은 시계를 들여다보며 문 밖을 내다보았다. 이미 은동이 도착할 시간이 지난 것이다. 그는 초조하게 시계와 문 밖을 번갈아 보다가 더 기다리지 못하고 휴대폰의 폴더를 열었다. 그때 강립의 집 마당으로 장경화의 차가 들어섰다.

차에서 내린 장경화는 강립을 향해 활짝 웃어 보였다.

"대장님, 저 왔어요!"

강립은 경화가 다가오는 모습을 보며 한쪽 눈을 찡그리고 입술을 비틀었다. 그의 표정을 살핀 경화가 약간 기죽은 듯 눈치를 살폈다.

"은동이는?"

"제가 은동이 졸라서 조를 바꿨어요."

눈을 동그랗게 뜨고 강립의 얼굴을 올려다보던 장경화가 그의 팔을 툭 쳤다.

"괜찮죠? 괜찮죠? 에이, 빨리 괜찮다고 하세요."

강립은 인상을 일그러뜨린 채 경화의 얼굴을 내려다보고 있다가 무뚝뚝함을 가장해서 내뱉었다.

"안 괜찮지만…… 어서 출발하지."

차를 향해 휙 돌아선 강립의 등에다 대고 경화가 입을 삐쭉거리며 눈을 흘겼다.

양삼봉과 김은동이 먼저 무릉계곡 주차장에 도착했다. 그로부터 20분 뒤 강립과 장경화가 탄 차가 무릉계 주차장으로 들어섰다. 강립은 차에서 내린 후 먼 산을 향해 시선을 던졌다. 조수석에서 내린 경화가 다가와 말을 걸었다.

"그 그림 속의 풍경이 여기 어디에 있을까요?"

"지난 십오 년 가까이 두타산 일대를 다 돌아다녀 보았지만 그런 풍경은 기억 속에 없어. 더군다나 그림 속에 나와 있는 봉우리는 마이산의 숫마이봉처럼 하늘을 향해 우뚝 솟아 있는 형태거든.

그런 봉우리가 흔한 건 아니지."

"그럼 여기는 왜 오셨어요?"

"삼화사에 가보려고."

삼화사에 도착한 후 삼봉과 은동은 청옥산 쪽으로 떠나고, 강립과 경화는 경내를 둘러보며 오전을 보냈다. 강립은 특히 철불에 관심이 많았다. 파일의 내용에 의하면 동천대사와 김칠성이 목숨을 걸고 싸운 불탄과 이무기는 철불이 들고 있던 연꽃 때문에 괴력을 얻게 된 것이었다. 하지만 지금의 철불(철조노사나불좌상)은 손 부분이 잘려나가고 훼손된 것을 복원해놓은 것이었다. 달라진 것은 그뿐만이 아니었다. 원래 삼화사는 지금의 장소가 아니라 다른 곳에 자리잡고 있었다. 삼화사의 옛터가 1977년 모기업의 채굴 지역으로 편입되면서 어쩔 수 없이 지금의 위치로 옮긴 것이었다. 삼화사의 옛 자리에는 시멘트 공장이 대신 들어서 있었다.

강립은 씁쓸한 기분으로 삼화사를 둘러보았다. 그 옛날 영웅의 기개를 갖춘 이들이 수련을 쌓던 절은 개발의 미명 아래 흔적도 없이 사라지고 없었다. 동천대사와 김칠성, 불탄이 수련을 쌓으며 거칠게 내뱉던 숨소리도, 그들의 충정 어린 영혼도, 비극적인 우정도 삼화사 옛터에 삽질을 가하는 순간 모두 떠나버렸을 것이다. 강립은 긴 한숨을 내쉬며 고개를 떨구었다.

'내가 딛고 선 이 땅의 어딘가를 동천과 김칠성도 밟고 지나갔으리라!'

강립은 동천대사와 김칠성이 지나간 흔적이라도 찾는 것처럼 땅에 손바닥을 짚고서 조심스럽게 쓸었다. 그리고는 흙이 묻은 손바닥을 얼굴에 대고 비볐다. 장경화는 강립의 그 이상스런 행동을 곁에서 지켜보고 있다가 걱정이 가득한 표정을 지으며 그에게 다가가 어깨를 쳤다.

"대장님, 괜찮으세요?"

강립은 몸을 움찔거리더니 영혼이 멀리 떠나 있기라도 한 것 같은 멍한 표정으로 한동안 경화의 얼굴을 바라보았다. 강립의 흐린 눈동자는 사진사가 카메라 렌즈의 초점을 맞추듯 조금씩 선명해져 갔다. 경화가 다시 물었다.

"괜찮으세요?"

강립은 그제야 정신이 완전히 돌아온 듯 몸을 추스르며 대꾸했다.

"으응, 잠시 생각 좀 하느라고."

그러면서 강립은 자신의 손에 묻은 흙먼지를 털어냈다.

삼화사의 부속암자로는 관음암이 있었다. 삼화사가 전성기를 누리던 때에는 대승암, 성도암, 은선암 등이 부속암자로 딸려 있었다고 기록에는 전하지만 지금은 모두 소실되고 없었다. 사실 그 사라진 암자들을 찾아낸다고 해도 '성암'의 위치를 찾는 데는 도움이 되지 않을 거라고 강립은 생각했다. 김칠성이 남긴 기록에 의하면 성암은 방장과 그 계승자에게만 장소가 전해질 뿐 그 외에는 일체 비밀에 붙여졌기 때문이었다. 한 가지 분명한 것은 성암이 삼화사에서 멀지 않은 곳이라는 사실이었다. 삼화사 주지였던 비학대사가 성암과 삼화사를 수월하게 오갔다는 기록이 정확한 것이라면 성암의 위치는 삼화사의 옛터에서 반경 10킬로미터 이

내로 좁힐 수 있는 것이다.

"이제 그만 내려가는 곳이 좋겠어."

강림이 경화에게 말했다. 경화는 시큰둥한 표정으로 고개를 끄덕였다. 그림 속의 풍경을 찾는다는 탐사를 빌미로 내심 강림과의 오붓한 시간을 기대했던 그녀로서는 맥이 빠질 수밖에 없었다. 강림은 말수가 적을뿐더러 자기만의 생각에 골똘히 빠져 쉽게 말을 걸기도 어려웠던 것이다.

그날 저녁, 강림과 대원들은 강림의 집에 모였다. 은동과 삼봉은 동해 청옥산을 훑으며 그림과 유사한 풍경을 찾았지만 허사였다고 보고했다.

"대장님은 어땠습니까?"

"우린 절만 구경하다 왔어. 삼화사."

양삼봉의 물음에는 장경화가 대신 대답했다. 그녀는 여전히 골이 난 표정이었다. 김은동이 장경화의 표정을 살피고 있다가 강림에게 주뼛거리며 말했다.

"대장님, 죄송합니다. 경화 누나가 하도 떼를 쓰는 바람에…"

강림은 상대방을 불러모으는 손짓을 하며 상체를 앞으로 구부렸다. 뭔가 긴요한 할말이 있을 때 곧잘 나오는 강림의 버릇이었다. 강림에게 익숙한 대원들도 그에게로 몸을 구부렸다.

"혹시 미행이 따라붙진 않았나?"

"미행이라뇨!?"

은동과 삼봉은 서로의 얼굴을 바라보았다. 경화 역시 놀란 표정을 지었다. 은동의 얼굴에서 시선을 뗀 삼봉은 생각에 잠겨 있다

가 아주 어려운 얘기를 한다는 듯 미간에 잔뜩 주름을 잡은 채 강
립에게 바짝 몸을 붙였다.

"그렇지 않아도 궁금한 것이 많습니다, 대장님."

강립이 고개를 아래위로 끄덕이며 말했다.

"말해보게."

하지만 삼봉은 꿀먹은 벙어리가 된 듯 아무런 말이 없었다. 그
것은 은동과 경화도 마찬가지였다. 물어볼 것은 많은데, 무엇부터
물어야 할지 그들은 감을 잡을 수가 없었다. 대원들이 난처한 표
정을 짓는 이유를 알고 있는 강립이 먼저 말문을 열었다.

"이야기해주겠네. 어차피 자네들의 도움이 있어야 할 일인데,
감출 필요가 없겠지."

대원들은 마치 주위에 이야기를 엿들으려는 사람이라도 있는
듯 서로 몸을 밀착시켰다.

"사실 나도 어디서부터 이야기를 시작해야 할지 모르겠네. 우에
다 교수가 두타산성에서 살해됨으로 해서 사건이 표면으로 떠오
르긴 했지만, 이 일은 아주 오랜 옛날에 그 기원을 두고 있다네."

"얼마나 오랜 옛날이죠?"

경화였다.

"정확하게 말하기는 힘들지만 최소한 500년 전으로 거슬러 올
라가네. 왜냐 하면 이 일에는 세종대왕도 관련이 되어 있으니 그
이전부터 시작된 일이라고 할 수 있거든."

"세종대왕이라고요!?"

누가 먼저랄 것도 없이 대원들은 한 목소리로 놀라움을 표했다.

"지금부터 내가 들려줄 이야기는 정확한 것이라고 말할 수 없어. 나는 어디까지나 내가 알고 있는 범위 내에서만 이야기할 수 있을 뿐이네. 기록에서 빠진 부분들은 순전히 나의 추리에 의한 것이니까 그냥 마음 편하게 옛날 이야기를 듣는다고 생각하게."

강립은 길게 한숨을 내쉰 후 이야기를 시작했다.

"아주 오랜 옛날부터 비밀 한 가지가 전해져 왔네. 비밀을 간직한 사람은 자신의 친족 중 단 한 사람에게만 그 비밀을 물려주었고, 비밀을 물려받은 사람은 다시 자신의 후계자에게 비밀을 전수했네. 그렇게 비밀은 은밀하고도 조심스럽게 대를 이어서 전해내려 갔어.

어떤 경로를 통해서인지는 모르지만 그 비밀은 조선의 왕에게 전해졌네. 이 사건의 표면에 나타나는 유일한 조선의 왕은 세종대왕 한 사람뿐이지만 아마도 그 이전부터 비밀은 조선의 이씨 왕들에게 전해졌을 것이라고 생각되네.

비밀은 또 다른 집단에 의해서도 유지되었네. 내 생각에는 비밀의 내용이 아주 위험한 것이었던 모양이야. 조선의 왕들은 혼자서 독단적으로 그 비밀의 문을 열 수가 없었지. 반드시 누군가 또 다른 비밀의 전수자가 동의를 했을 때에만 비밀과 접할 수 있는 권한을 가질 수 있었어. 그 또 다른 비밀의 전수자는 지금의 개성 근처에 있었던 광명사 주지였고, 광명사의 주지는 다음대의 주지에게 자신의 승직을 물려주면서 비밀도 함께 전수했던 것일세. 이 두 비밀의 전수자는 서로를 알아보는 신표가 있었어. 바로 목걸이지. 그리고 왕가의 비밀 전수자에게는 목걸이 외에도 다른 신체적 특징이 있었는데…… 그건 나중에 이야기함세.

어느 날 세종대왕이 광명사의 주지를 찾아갔네. 세종대왕은 당시 최고의 발명가였던 장영실과 함께였어. 세종대왕은 광명사의 주지를 설득해서 비밀의 장소에 비밀의 전수자만이 들어갈 수 있는 특별한 장치를 하고, 비밀을 전수받는 승려도 광명사에서 삼화사로 옮기도록 조치했네. 물론 기관장치는 당대 최고의 기관학자라고 할 수 있는 장영실이 설치했겠지.

세종대왕이 비밀의 장소에 기관장치를 한 이유는 여러 가지로 추측할 수 있지만, 가장 유력한 것은 그가 지목할 비밀의 전수자가 당시 목숨이 위태로운 지경에 처해 있었던 것이 아닌가 하는 것이야. 세종대왕의 예상은 틀리지 않았어. 세종의 뒤를 이은 문종은 몸이 허약하여 이른 나이에 유명을 달리했고, 어린 단종은 권력자들의 정권다툼에 휘말려 죽음을 맞지 않았는가. 아무튼 왕가의 비밀 전수자는 이후로 나타나지 않았네.

하지만 삼화사의 주지는 비밀을 간직한 채 자신의 후계자에게 계속 대물림을 했어. 왕가에서 더 이상 비밀의 전수자가 찾아오지 않자 삼화사 주지는 단종이 죽음을 맞으면서 왕가의 비밀도 실전(失傳)된 것이 아닐까 생각했을지도 모를 일이야. 하지만 그들은 자신이 지닌 비밀을 의롭게 지켜 나갔네. 그리고 그 비밀은 삼화사 주지였던 비학 대사를 거쳐 동천 대사에게 전해졌고, 동천 대사는 자신의 제자인 김칠성이라는 승려에게 비밀을 전했어. 언젠가 자신과 똑같은 비밀을 간직한 사람이 나타날 것이라는 믿음을 잃지 않은 채 그는 다시 자신의 후손에게 비밀을 전했네.

김칠성은 왜란 직후 일본으로 건너가 우에다라는 성을 가지게 되었어. 그래, 맞네. 기미코 여사의 남편인 우에다 도라노스께 교수가 바로 김칠성의 후손이지.

김칠성은 일본으로 건너간 후 다시는 한반도로 돌아오지 못했네. 그의 스승인 동천 대사는 그에게 비밀을 풀 수 있는 네 가지 물건을 전해주었지만 활과 목판은 임진왜란 중에 유실되어버리고 김칠성은 그림과 목걸이만 간직하고 있었어. 그는 일본에서 우에다로 살아가며 자신의 자식에게 비밀을 전수했네. 아마도 그의 유언은 이러했겠지.

'언젠가 네가 가진 것과 똑같은 목걸이를 가진 사람이 나타날 것이다. 그와 함께 꼭 비밀을 풀도록 해라.'

이후로 우에다 가는 비밀을 유지한 채 일본에서 살아왔어. 그들은 아주 과묵하고 충직한 사람들이어서 선대로부터 전해 내려온 비밀이 사실인지 아닌지 관심도 없었는지 모르지만 우에다 도라노스께는 달랐어. 그는 자기가 물려받은 목걸이를 이용해서 비밀을 풀고 싶었던 거야. 그래서 그는 한국에 거주하는 독일사람 바텔의 도움을 받아 두타산 탐사에 나섰네. 하지만 그는 목걸이를 노린 일당들에 의해 목숨을 잃고 말았지."

거기까지 이야기한 강림은 잠시 멈추고 숨을 돌렸다. 대원들은 그가 하는 말의 토씨 하나라도 놓치지 않겠다는 듯 눈을 부릅뜨고 귀를 기울이고 있었다.

강립은 주머니에서 우에다 교수의 목걸이를 꺼냈다.

"이게 우에다 교수의 목에 걸려 있던 목걸이네."

강립은 다시 다른 쪽 주머니에서 자신의 아버지로부터 물려받은 목걸이를 꺼냈다.

"그리고 이건 왕가의 비밀 전수자에게 전해진 목걸이야."

은동과 삼봉의 눈이 커졌다.

"그렇다면 이씨 왕가 쪽에서도 계속 비밀이 유지되었다는 말이 아닙니까?"

삼봉은 그렇게 말해놓고 나서 놀라는 기색을 보이며 다시 물었다.

"그런데…… 그 목걸이는 어디서 나신 겁니까?"

강립은 대답이 없었다. 대신 경화가 말했다.

"저 목걸이는 대장님이 '아버지 되는 사람'에게서 물려받은 거래."

은동이 놀라서 소리쳤다.

"그럼 대장님이 왕가의 비밀 전수자라는 말입니까? 하지만 대장님은 강씬데."

강립은 주저하고 있다가 입을 열었다.

"사실…… 난 모친의 성을 따랐네. 내 부친의 성은 이(李)였어."

은동과 삼봉, 경화는 아무런 말도 못하고 입을 쩍 벌린 채 강립을 바라보았다. 강립은 목걸이를 만지작거리다가 고개를 떨구었다.

제12장 전설의 시작

1. 이양무

　전주 현감의 별청에서는 주연이 한창이었다. 전주지방을 호령하는 성씨들의 호장들이 초청된 가운데 악공들의 연주와 기생들의 춤이 펼쳐지고 있었다. 하지만 전주지방 9개 성씨 중 세력이 가장 큰 이씨는 빠져 있었다. 현감은 이씨 일족의 호장을 초청하지 않음으로써 이씨에 대한 반감을 서슴없이 드러낸 셈이었다.

　주흥이 오르자 주연에 초청된 호장들은 호족으로서의 체통도 잊고 곁에 앉은 기생들을 희롱하는 데 여념이 없었다. 하지만 현감은 옆에 앉은 백이화를 못마땅한 표정으로 곁눈질하며 술잔만 기울였다. 이화 역시 눈을 내리깔고서 몸가짐의 흐트러짐이 없이 단아한 자세로 앉아 있었다. 백이화의 그 도도한 자세에서는 도저히 범접하기 어려운 강한 기운이 뻗어 나오고 있었다.

　현감은 술잔을 들이켠 후 탁 소리가 나게 상위에 내려놓고는 일어섰다. 그는 별청의 처소로 자리를 옮긴 후 집사를 불렀다.

"이화를 이리로 부르고 술상을 대령하렷다."

잠시 후 현감의 처소에 도착한 백이화는 현감과 마주 앉았다. 그녀는 여전히 몸가짐의 흐트러짐이 없이 꼿꼿이 허리를 세운 채 앉아 있었다. 현감은 술잔을 들이켜며 이화의 자태를 뜯어보았다. 귓불에서 어깨까지 내려오는 백이화의 희고 고운 살결이 현감을 설레게 했다. 그래서 그는 더욱 가슴이 아렸다.

백이화는 호족가의 여식이었으나 가문이 역적으로 지목되어 멸문지화를 당하며 관기로 팔려온 것이었다. 그녀는 여전히 호족가문 규수로서의 몸가짐을 잃지 않고 있었다. 현감은 몸가짐이 도저한 이화에게 남다른 연정을 품고 있었다. 그래서 현감은 그녀가 몸을 허락하지 않으며 애간장을 태워도 호족가 여식으로서의 정절이 몸에 밴 탓이겠거니 여기며, 아이가 엿을 아껴먹듯 느긋하게 때를 기다리고 있었던 것이다.

하지만 이화가 자신에게 몸을 허락하지 않은 이유가 다만 호족 가문 규수로서의 정절을 지키기 위한 것만이 아니라는 사실을 현감은 최근에 알게 되었다. 아닌 밤중에 홍두깨라고, 이양무라는 작자가 어느새 선수를 친 것이다.

"스스로 벗겠느냐, 아니면 내가 무력을 사용하기를 바라느냐?"

이화는 여전히 허리를 꼿꼿이 세운 채 현감의 말에 묵묵부답이었다. 현감은 제 성질을 이기지 못하고 술상을 뒤엎어버렸다.

"네 이 년! 두 년놈이 내 눈을 피해 정을 통하고도 살기를 바라느냐?! 그래, 그 양무놈의 불알에는 꿀이라도 발라져 있더냐? 어디 내 불알 맛도 보아라!"

현감은 몸을 일으켜 살기 등등한 눈빛으로 백이화에게 다가섰다. 하지만 이화는 조금도 동요하지 않은 채 현감의 눈을 똑바로 응시하며 쏘아붙였다.

"현감, 말씀을 삼가시오! 여염집의 여식으로 태어나 몸을 더럽히게 된 것을 누구를 탓하랴마는 소녀, 현감 어른께 처녀를 바치고 싶진 않았소. 양무 어른께는 내가 청해서 그리 된 것이니 그 어른을 욕되게 마시오."

현감은 두 눈이 뒤집히는 것 같은 분노를 느꼈다. 그는 백이화에게 달려들어 뺨을 후려쳤다. 이화는 방바닥에 나동그라졌다. 현감은 쓰러져 있는 이화의 앞섬을 움켜쥐고는 그녀의 상체를 끌어당겼다. 순간 옷고름이 풀어지며 이화는 다시 바닥에 내동댕이쳐지고 말았다. 바닥에 쓰러진 그녀의 옷매무새는 형편없이 흐트러져 있었다. 현감은 이화의 저고리를 풀어헤치고는 치마를 끌어내렸다. 이화의 탐스런 젖가슴이 드러났다. 현감은 이화의 젖가슴을 그악스럽게 움켜쥐었다. 이화는 통증을 참기 위해 입술을 깨물었다. 분홍빛 유두가 현감의 손가락 사이로 비어져 나왔다. 그 순간에도 백이화의 표정에는 조금도 변화가 없었다. 현감은 이화의 젖가슴을 주무르며 그녀의 귀에 대고 음흉한 목소리로 속삭였다.

"네 이 년, 아주 혹독하게 다루어주마. 양무놈은 너를 어떻게 대했는지 모르나 나는 좀 다를 것이야."

"마음대로 하시오. 나는 이미 그 분과 정을 나누었으니 더 이상 아무런 미련도 없소."

"오냐, 네 뜻대로 해주마."

현감은 백이화의 치마를 끌어내리고는 고쟁이 속으로 손을 집어넣었다.

"어디 네년의 가랑이 사이는 어떤지 구경이나 해보자, 이 더러운 년."

현감은 이화의 속곳을 끌어내리려 했다. 하지만 속곳의 끈이 단단하게 매듭지어져 있어 쉽지 않았다. 현감은 이화의 속곳을 발기발기 찢기 시작했다. 현감의 동작에 따라 이화의 몸은 이리저리 출렁였다. 이윽고 속곳은 허리끈만 남긴 채 모두 찢겨 나가고 이화의 벌거벗은 하체가 드러났다. 현감은 자신의 아랫도리를 내리고 흉측한 물건을 드러낸 채 백이화를 내려다보았다. 그녀의 표정에는 한치의 동요도 없었다. 눈을 지그시 감은 백이화의 몸은 돌덩이처럼 차갑게 식어 있었다. 현감은 이화의 다리를 벌리려 했다. 이화는 무릎을 단단히 붙였으나 현감의 힘을 이길 수가 없었다. 현감은 바짝 달아오른 자신의 몸을 이화의 음부로 밀착시켰다.

"이제 네년의 몸은 내 것이야."

하지만 나무토막처럼 굳어버린 이화의 몸은 쉽게 열리지 않았다. 끙끙 신음을 내뱉으며 용을 쓰고 있는 현감의 귀에 이화의 차가운 목소리가 스며들었다.

"이 몸과 마음은 오로지 이양무 어른의 것이오. 그 분만이 나를 가질 수 있소."

현감이 고개를 들자 이화의 싸늘한 시선이 내리꽂혔다. 순간,

현감의 몸은 급격하게 식고 말았다.

현감은 벌떡 몸을 일으키고는 바깥을 향해 소리쳤다.

"양무놈을 당장 잡아들여라. 그리고 여기 이 더러운 년도 틀에 묶어라!"

집사가 급히 달려와 현감에게 일렀다.

"대감, 이씨 일족과 이러한 일로 반목하게 되면 뒷일을 감당하지 못할까 우려되옵니다."

"시끄럽다! 당장 그 놈을 이리 끌고 오지 않고 무얼 하느냐!"

질투에 눈이 먼 현감은 앞 뒤 가리지 않고 길길이 날뛰었다. 집사는 하는 수 없이 포교 여럿을 거느리고 나섰다. 상황이 위태롭게 돌아간다고 판단한 전주 지방의 호족들은 하나 둘 슬그머니 별청을 빠져나가기 시작했다.

백이화는 부끄러운 하체를 드러낸 채 현감의 처소에 누워 있었다. 그녀의 두 눈에서는 쉴새없이 눈물이 흘러내렸다. 이화를 포박하기 위해 처소로 들어온 현청의 관리들은 민망하여 고개를 돌렸다. 이화의 몸종이 부리나케 다가와 자신의 겉치마를 벗어 그녀의 하체를 감쌌다. 이화는 옷매무새를 단정히 여밀 생각도 없이 스스로 걸어가 형틀에 앉았다.

잠시 후, 이양무가 포박된 채 현청 별청 뒷마당으로 들어섰다. 그는 비록 몸은 결박되었으나 걸음걸이가 당당하였다. 백이화는 이양무를 보자 눈물을 주르륵 흘렸다.

"나리, 이 몹쓸 년 때문에 고초를 겪으시니 소녀의 가슴이 찢어지옵니다."

이양무는 아무 말 없이 이화를 향해 고개를 끄덕이며 미소를 지었다. 그 모습을 본 현감의 두 눈이 뒤집혔다.

"저런 쳐죽일 년놈을 보았나! 죄인된 몸으로 무슨 수작들이냐! 이양무 네 이놈! 네놈은 이전부터 사사건건 이 현감의 심기를 어지럽히더니 기어이 나를 적으로 만들었다. 네놈을 엄히 다스려 죄를 물으리라!"

이양무는 별청 마루에 앉은 현감을 올려다보며 조소를 지었다.

"현감, 내 죄가 도대체 무엇이오? 그리고 여기 이 이화의 죄는 또 무엇이오?"

"네 이놈! 열린 입이라고 함부로 지껄이는구나. 곧 네놈의 그 방자한 입을 작살내주마!"

집사는 현감과 이양무의 모습을 지켜보며 눈을 질끔 감아버렸다. 아무래도 현감의 처사가 지나치다 싶은 것이다. 전주 일대의 가장 큰 토호세력인 전주 이씨 일족과 반목을 해서 이로울 것이 없다는 판단이 집사의 뇌리에 스쳤다. 하지만 살기 등등한 현감 앞에서 감히 말을 입 밖에 낼 수가 없어 전전긍긍했다.

"현감은 그만 고정하고 어서 내 죄를 대시오. 그렇게 악만 써서는 현감의 몸에 해로울 것이오."

이양무는 그 특유의 호방한 성격답게 시종일관 침착했으며 오히려 현감을 조롱하기까지 했다. 현감은 이양무의 당당한 태도에 기가 눌렸으나 이미 저지른 일이니 끝장을 보자는 각오를 다졌다.

"오냐, 네 죄를 일러주마. 이 현감의 심기를 어지럽혀 공사를 훼방한 죄, 학문의 정진을 게을리 하고 기생들과 놀아나며 풍기를 어지럽힌 죄!"

이양무는 코웃음을 쳤다.

"좀전에 이 별청을 지나다보니 주연이 한창이더이다. 보아하니 우리 일족을 제외한 이 일대의 호장들이 다 모인 모양이던데, 그들에게도 죄를 물어 모두 잡아들이시오. 그러면 나도 승복하겠소. 그리고 옆에 앉은 이화는 가슴에 담아둔 연정을 위해 현감의 수청도 물리친 열녀요. 상을 주지 못할망정 이 무슨 공정하지 못한 처사요? 당장 풀어주시오!"

현감은 얼굴이 붉으락푸르락 경기 만난 아이처럼 일그러지더니 악을 썼다.

"어서 저 년놈을 틀에 묶고 곤장을 쳐라! 우선 30대쯤 쳐서 정신을 빼놓아라!"

포교들이 다가가 이양무의 상의를 벗겼다. 이양무의 가슴에는 털이 수북하게 자라 있었다. 단지 검은 털만이 있는 것이 아니라 검은 털 가운데에 양털처럼 흰 털이 자라나 있었다. 마치 반달곰의 가슴털 같았다. 이양무는 그 반달가슴곰털로 인해 신성을 지닌 인물처럼 보였다. 현감은 물론 현청의 관리들 역시 그의 가슴털을 보고는 가슴이 찔끔했다.

이양무는 형틀에 묶이고서도 전혀 기가 죽지 않고 소리를 질렀다.

"이화는 풀어주시오! 그 매는 내가 다 맞겠소!"

"오냐, 어디 네 뜻대로 해주마. 저 놈에게 곤장 60대를 쳐라. 어디 그 매를 맞고도 입바른 소리가 나오는지 두고보자."

두 포졸이 양측에서 번갈아 매질을 하며 큰 목소리로 숫자를 세었다. 이양무는 입술을 굳게 깨물고서 매를 고스란히 받아냈다. 이화는 눈물을 철철 흘리며 '나리, 나리'를 연발했다.

이때 갑자기 밖이 소란해지더니 급히 파발마를 몰고 온 두 사람의 장교가 말에서 내렸다.

"왕명이오!"

현감은 대청 마루에서 앞마당으로 내려와 무릎을 꿇고 송도(개성)에서 내려온 왕명을 접수했다.

장교 중 한 사람이 말에서 내려 장계를 폈다. 그는 목소리에 힘을 실어 장계에 적힌 글을 읽기 시작했다.

"짐은 전왕의 파행으로 어지럽혀진 국사를 바로 세우기 위해 전왕인 현을 폐위하고 즉위하였다. 모든 지방관리들은 그간의 오만방자한 행동을 속죄하고 근신하라. 그리고 전주현감은 국사를 바로 잡는 데 공로를 세워 벽상공신으로 추대된 이의방 장군의 일족을 대함에 있어 한 점 소홀함이 없도록 하며, 그 가문과 자손을 왕명으로 보호하라. 이를 어길 시에는 군문효수로서 다스리겠다."

이의방은 이양무의 아버지인 이린의 형으로, 양무에게는 백부였다.

전주현감은 하루아침에 왕이 바뀌는 정변이 일어났다는 소식을 접하고 몸을 바들바들 떨었다. 뒷마당에 있느라 미처 장교가 내린 왕명을 접하지 못한 집사가 앞마당으로 들어서며 현감에게 물었다.

"나리, 매질을 계속할까요? 이미 30대를 쳤사옵니다."

현감은 순간, 숨이 컥 막히는 듯했다. 장교들이 이 일을 눈치챈다면 자신은 목숨이 열 개라도 모자랄 판이었다.

장교 중 다른 한 사람이 현감에게 물었다.

"죄인을 다스리는 중이었소?"

"아, 아니오. 아니오."

현감은 장교들을 사랑채로 옮기게 하고 주안상을 마련하도록 일렀다. 그리고는 급히 뒷마당으로 달려가 이양무와 백이화를 손수 풀어주고 무릎을 꿇은 채 싹싹 빌었다.

"이 몸이 나리를 몰라 뵙고 죽을죄를 지었소이다. 용서하십시오."

하지만 매질을 견디다 못해 실신한 이양무의 귀에 현감의 애원이 들어올 리 만무했다. 현감은 대신 백이화에게 사정을 했다.

"이화야, 나리를 잘 모시거라. 너는 오늘부터 관기 명부에서 삭제해주마. 나리가 깨시거든 내 사정을 잘 좀 일러다오."

그리고 나서 아랫사람들에게 큰소리로 일렀다.

"가마를 대령하고, 의원을 불러라!"

이화는 갑작스럽게 상황이 돌변하여 어리둥절했다.

"자자, 어서들 가시오. 내 조만간 나리를 찾아뵈리다."

일단은 그렇게 일을 마무리하고 현감은 장교들이 기다리는 사랑채로 향했다.

다음 날 정신이 깨어 소식을 접한 이양무는 파안대소하였다. 현감이 찾아와 만나기를 원하였으나 이양무는 운신이 힘들어 대면하기 어렵다는 핑계를 대고 돌려보냈다. 그러기를 며칠, 오금이 타들어 간 현감은 자신의 창고를 열고 귀한 패물을 가득 싣고 와 만나기를 청했다. 현감의 체면이 말이 아니었다. 그제야 이양무는 현감을 처소로 들라 이르고 대면하였다.

현감은 연신 머리를 조아리며 사죄하였다. 그 모습을 지켜보고 있던 이양무는 고개를 외로 틀고 곁눈질로 현감을 꼬아다보며 물었다.

"이제 이화는 관기가 아니지요?"

"물론입니다. 이화는 도련님의 종이니 알아서 하십시오. 그보다는 이 우둔한 자가 나리를 몰라 뵙고……."

"되었소. 왕명을 받기 전의 일이니 내 그 일을 탓하진 않겠소."

"고맙습니다. 진정 고맙습니다."

현감은 굽신거리느라 구부정해진 허리를 곧게 펴지도 못하고 머리를 조아렸다.

"앞으로 현감의 도움을 기대하겠어요."

"아이고, 여부가 있겠습니까. 도움이 필요하거든 언제든지 불러 주십시오."

이양무는 입가에 미소를 흘렸다. 세간에 파다한 소문이 현실로 다가오는 느낌이 강하게 들었기 때문이었다. 그는 송도에서 내려온 장교 두 사람을 불렀다.

"두 분 장교께선 이 곳에 남아 이씨 가문을 돌보아 주시오."

"왕명이 있었으니 이씨 일족의 안위에는 별 문제가 없을 듯하오.”

“아니, 그게 아니라······.”

이양무는 장교 두 사람의 눈을 번갈아가며 응시하고 나서 다시 입을 열었다.

“두 분께선 이 곳에 남아 우리 전주 이씨 젊은이들의 군사 훈련을 맡아주시오.”

장교 중 나이가 많아 보이는 이가 정색을 했다.

“우리는 단지 왕명을 전하러 왔을 뿐이오. 즉시 돌아가 임무를 수행했음을 보고해야 하오.”

“곧 아버님께서 나를 개경으로 부르실 게요. 그 문제라면 내가 올라가서 처리하리다.”

하지만 장교들은 수월하게 나오지 않았다.

“그런 일이라면 장군의 하명이 있어야 하오. 왕실의 녹을 먹는 자가 사병을 훈련한다면 역모로 몰려 목이 날아갈 뿐만이 아니라 이의방 장군께도 누가 될 수 있습니다.”

“어허, 답답한 사람들. 지금의 왕을 누가 앉히었소? 백부의 뜻도 나와 진배없을 것이오. 괜한 시간 낭비 말고 내 뜻을 따르시오. 그대들은 이 시간부터 파직을 당한 것이니 그리 아시오.”

장교들은 표정이 험하게 굳어졌다. 하지만 고집을 부려봤자 어쩔 수 없는 노릇이라는 사실도 인정하지 않을 수 없었다.

이양무는 두 사람을 타이르듯 부드러운 목소리로 덧붙였다.

“내 그대들의 노고에 대한 대가는 충분히 하겠소. 그리고 그대들의 식솔들도 이 곳으로 오도록 조치할 터이니 염려 놓으시구려."

　며칠 뒤, 그는 대업을 이루리라 굳게 다짐하며 아버지 이린의 부름을 받고 수도 송도로 향했다.

　고려의 세자 왕현(王睍)은 그의 나이 20세인 1146년 2월 왕위에 올라 고려 제18대 왕 의종이 된다. 젊은 청년왕 의종은 왕권강화를 위해 친위 세력을 형성하는 데 주력한다.

　의종은 왕세자 시절부터 주색을 탐하였다. 왕이 된 후에도 의종은 정사는 뒷전이고 사치와 향락을 추구였으며 환관정치에 빠져들었다. 그러자 예부시랑 정습명이 사사건건 왕의 행동에 제동을 걸며 충언을 하였다. 예부시랑 정습명은 의종의 사부이며 태자 시절 의종이 폐위의 위기에 몰렸을 때 이를 반대하여 의종을 구명한 장본인이기도 했다. 그러나 의종은 정습명의 충언이 귀찮아서 김돈중, 정서 등을 시켜서 그를 정계에서 축출한 뒤 죽여버리는 패륜을 저질렀다.

　의종의 친위 세력인 내시사령 영의, 형부낭중 김돈중, 정함, 정정 등은 모두 내시 출신이었다. 이들 내시 세력가들은 문신과 대간들에 밀려 축출되기도 하고, 다시 왕의 힘을 빌려 권력의 정점에 서기도 하였다.

　의종의 향락 추구는 국가재정에 막대한 부담을 주어 백성들의 원성을 샀다. 대궐 동쪽에 별궁을 짓고, 친위세력인 신하들의 저택을 왕이 언제라도 머무를 수 있는 별궁으로 개축하여 밤새도록 돌아가며 연회를 열도록 하였다. 시중 왕충의 저택을 안창궁, 참지정사 김정순의 저택은 정화궁, 평장사 유필의 저택은 연창궁, 추밀원부사 김거공의 저택은 세풍궁이라 하였으며, 민가 50여 채를 헐어서 태평정을 짓고 주위에는 많은 화초와 진기한 과수들을 심었다. 남쪽에 연못을 파 그 가운데에 관련정을 짓고, 북쪽에는 양이정을 신축하여 청기와를 올리고 기암괴석을 쌓아 인공폭포를 만들기도 했다.

1170년 8월 29일, 그 날도 태평정에서는 왕의 주연이 벌어지고 있었다. 주연이 한창인 태평정의 주변에는 정중부를 비롯한 무장들과 병사들이 경비를 서고 있었다. 문인들과 내시들은 무장들과 군인들을 종처럼 부려먹으며, 늘상 무식한 놈들이라고 무시를 했다. 밤새도록 찬이슬과 비바람을 맞아가며 왕의 호위를 하는 무장들과 병사들은 밥도 제대로 얻어먹지 못하고 굶주림에 떨곤 하여 그들 사이에는 불만이 팽배해 있었다.

태평정에서의 주연은 밤이 이슥해지도록 그치지 않았다. 성격이 과격한 장교 이의방과 이고가 정중부를 끌어들여 거사를 기도했다.

"문관들과 환관들은 호의호식하다 못해 주지육림에 빠져 있는데 우리 무관들은 갖은 수모와 고생을 감내해야 하니, 이렇게 불공정한 처사가 어디 있습니까?"

이고가 반역의 불을 지폈다. 이어서 이의방이 이고의 말에 기름을 부었다.

"맞습니다. 놈들이 하는 꼬락서니를 보십시오. 먹고 마시고 취

하고 토하고 뇌물이나 받아먹고…… 백성들에게서 세금이나 착취
하는 도적놈들입니다. 지금 백성들의 원성이 하늘에 닿아 있습니
다. 저런 금수만도 못한 녀석들은 싹 쓸어버려야 합니다.”

정중부는 한 동안 생각에 잠겨 있다가 이에 동의하였다. 하지만
한 가지 조건을 내걸었다.

“좋소. 경들의 뜻에 동참하겠소. 그러나 이러한 거사는 하늘의
뜻이 어느 쪽에 있는지 알아보고 해야 하오. 오늘 밤 왕이 환궁하
면 다음 기회로 미루고, 환궁하지 않고 보현원에 머물면 실행에
옮깁시다.”

의종의 운명은 하늘에 달려 있었다.

이윽고 주연은 파하고 문신들과 환관들이 몸을 일으켰다. 내시
사령 영의가 의종에게 다가가 속삭였다.

“전하, 오늘같이 재미있는 날도 없었사옵니다. 오늘밤은 환궁하
지 마시고 보현원에 머무르시지요. 무비마마의 꽃 같은 자태를 보
면 선녀가 하강한 듯 하올 겁니다.”

의종은 취기가 오른 낯을 돌려 애첩 무비를 바라보았다. 무비는
의종의 시선을 받자 몸을 외로 꼬며 수줍은 기색을 보였다. 의종
은 무비의 애교 어린 몸짓을 대하자 몸이 달아올랐다.

“짐의 일정은 내시사령께서 알아서 하시오.”

의종이 보현원으로 가기 위해 오문(五門)에 이르렀을 때 그는
호위병들에게 수박희를 하라고 명령했다. 의종은 태자 시절부터
수박희 놀이를 즐겼다. 왕의 주위에서 그림자처럼 따라다니는 장
수 이소응과 젊은 장교 4명이 5병수박희(다섯 병사가 하는 거법)

를 시작했다. 수박희 무대가 벌어지자 왕과 궁녀, 문관, 환관들은 자리를 잡고 이를 구경하기 시작했다. 이들 뒤에는 호위병사들이 진을 치고 있었다.

수박희는 민간무술로 경중경중 뛰면서 공중차기, 공중제비돌기 등의 공격과 방어 품새를 주고받는 것이 보는 이로 하여금 무척 재미를 느끼게 했다. 수박희를 행하는 무관들의 모습은 어찌 보면 술 취한 사람 같고, 어찌 보면 굿판을 벌이는 무당 같고, 또 어찌 보면 도술을 행하는 도인처럼 보였다.

의종과 궁녀, 문관, 환관들은 이소응과 젊은 장교들이 펼치는 수박희를 구경하며 박수를 쳐댔다. 한창 수박희를 펼치고 있던 이소응은 갑자기 자신이 초라하다는 생각이 들었다. 명색이 상장군이라는 작자가 환관과 내시들 앞에서 구경거리가 되고 있으니 한심하기 짝이 없는 노릇이었다. 그래서 그는 중도에 포기하고 수박희의 대열에서 이탈해 버렸다. 이를 본 한뢰가 앞으로 나서며 호통을 쳤다.

"야 이놈아, 전하께서 보고 계시는데 중도에 포기하다니, 너를 어찌 장수라 하겠느냐! 이런 형편없는 놈!"

한뢰는 이소응의 뺨을 후려쳤다. 이소응이 이를 피하려다가 섬돌 아래로 떨어져 개울에 처박혔다. 얼굴과 옷이 흙투성이가 된 이소응의 꼴을 보고 왕을 비롯한 그의 무리들이 박장대소했다. 이를 보다 못한 정중부가 앞으로 나섰다.

"한뢰 이 놈! 이소응 장군은 벼슬이 3품인데 어떻게 네 놈 따위가 이렇게 모욕을 줄 수 있느냐!"

성질이 불같은 이의방과 이고는 칼자루를 꾹 움켜쥐고서 손을 부들부들 떨었다. 이고뿐만이 아니라 이소응이 수모 당하는 것을 목격한 무관들은 입술을 깨문 채 눈에 불을 켜고 있었다.

개울가 섬돌 위에 우스꽝스러운 모습으로 서 있던 이소응은 단전호흡을 하는 자세로 좌정하더니 진기를 끌어모으기 시작했다. 그러더니 개울가에서 단숨에 뛰어올라 왔다.

"네 이놈, 한뢰야!"

이소응은 좀전의 그 연약하던 모습은 온데간데없고 어느새 무장으로서의 위엄을 갖추고서 눈을 번뜩였다. 지레 겁을 먹은 한뢰가 달아나기 시작했다. 그러자 이소응은 품에 가지고 있던 죽선을 한뢰를 향해 집어 던졌다. 한뢰는 이소응의 죽선에 뒤통수를 맞고 이고 앞에 쓰러졌다. 이고는 이때를 놓치지 않고 신음소리를 내며 몸을 일으키는 한뢰의 목을 칼로 내리쳤다. 이어서 이의방이 칼을 빼들고 임종식, 이복기를 칼로 쳐죽였다.

문관들과 환관들이 왕을 에워싸고 무관들을 향해 악을 썼다.

"전하, 무인놈들의 반란이옵니다. 저 놈들을 벌하소서."

취기로 배포가 생긴 김돈중이 앞으로 나서며 정중부를 손가락질했다.

"정중부, 네 이놈! 역모를 일으키면 삼대가 멸하는 법을 모른단 말이냐?!"

그때까지 사태를 지켜보고 있던 정중부가 칼을 빼들고 김돈중에게로 다가갔다.

"너 김돈중, 말 잘했다. 내가 너의 삼대를 멸해주마."

정중부는 7척 장신을 움직였다. 김돈중의 목은 정중부의 칼날에 떨어져 나가고 말았다. 의종과 문관, 환관들은 무언가 일이 잘못 되어가고 있다고 느끼고는 슬그머니 자리를 피하기 시작했다. 이때 정중부의 호령이 떨어졌다.

"문관들과 환관 내시들을 모조리 쓸어버려라!"

한뢰의 우발적인 행동이 기폭제가 되어 무신들의 반란이 순식간에 일어난 것이었다.

이소응은 다시 의종을 호위하고 있었다. 그는 왕을 호위해야 한다는 본분만은 잊지 않은 채 이성을 잃고 날뛰는 무관들의 틈새에서 의종을 보호했다. 한뢰에게 당한 모욕으로 보복을 하긴 했지만 그는 의종의 근위병 그 이상도 그 이하도 원하지 않았다.

전주의 토호 세력인 전주 이씨 일족은 중앙에 이렇다 할 벼슬 하나 입사하지 못하여 오던 차 이의방, 이고가 정중부와 함께 정변에 성공하여 벽상공신이 되고 중방에서 나오는 권력의 핵심 세력이 되었다.

무신들은 의종을 폐위시키고 명종을 왕으로 추대했다. 명종은 왕이라고는 하지만 무신들의 허수아비에 불과했다. 그로부터 1년 후 이의방은 동료 이고를 죽이고, 정중부마저 따돌려 권력을 독점하게 된다.

2. 십팔자왕(十八子王)

송도로 올라간 이양무는 아버지 이린을 만나자마자 대뜸 물었
다.

"아버님, 이제 때가 온 거 아닙니까?"

"무슨 때가 왔다는 말이냐?"

"백부께서 대장군에 지병부사로 승진하셨으니……."

"그게 어쨌다는 말이냐?"

"태자와 동급이오니 십팔자왕(十八子王)의 예언이 실행되어야
할 때라고 봅니다."

이린은 정색을 하고 엄한 목소리로 양무를 타일렀다.

"양무야, 너는 백부의 덕으로 장군이 되었다만 입조심하는 법부
터 배워야겠다. 잘못해서 역모로 몰리는 날에는 전주 이씨 가문
전체가 멸족하게 된다는 사실을 모르느냐? 9대 덕종 때부터 문종
대에 이르기까지 네 명이나 왕비를 배출하고 그들 이씨 소생들이
순조, 선종이 되면서 권문세도가 하늘을 찌르던 경원 이씨들이 이
자겸의 '십팔자왕'이라는 미망의 덫에 걸려 멸문지화를 입은 걸
모르느냐?"

"입조심하도록 하겠습니다."

이양무는 부친의 면전에서 물러나오며 '십팔자왕은 분명 우리
전주 이씨다, 우리 전주 이씨야'라고 나직하게 되뇌었다.

당시 도참설(圖讖說)에서 유래한 파자점(破字占)을 치던 사람
들 사이에는 십팔자(十八子) 성씨를 가진 이가 왕이 된다는 예언

이 파다하게 퍼져 있었다. 이(李)자를 분해하면 십팔자(十八子)가 되기 때문에 이씨 성을 가진 이들은 저마다 조금씩의 야심을 가슴에 품고 있었다.

이러한 '십팔자왕설'을 가장 굳게 믿은 이가 이자겸이었다. 그는 제11대 문종으로부터 제17대 인종에 이르기까지 7대 80여 년간 왕가의 외척으로서 세력을 누린 경원 이씨의 인물이었다. 이자겸은 "장차 십팔자가 왕이 되리라"는 예언을 믿고 왕위를 찬탈하기 위해 인종을 자기 집으로 끌어들여 독살하려 했다. 이후 왕의 밀명을 받은 척준경에 의해 붙잡힌 이자겸은 영광에 유배되었다가 죽었다. 그와 함께 이자겸의 소생이었던 왕비도 폐위되었다.

하지만 그 이후로도 십팔자왕설에 대한 예언은 끊이지 않았으며, 젊은 피를 가진 이씨 성의 남자들은 그 예언의 주인공이 자신의 가문에서 실현되리라는 막연한 기대를 버리지 않았다. 이양무역시 그들 중의 한 사람이었다.

정권을 잡은 이의방은 윤리적으로 납득할 수 없는 과오를 저지르고 있었다. 의종의 애첩 무비를 자기의 처로 삼고, 의종의 사저인 관북택, 곽정동택, 천동택의 재산을 탈취하였다. 하지만 이를 견제할 세력이 없었다. 정중부마저 이의방이 무서워서 두문불출했다. 보다 못한 귀법사 승려 이천여 명이 반기를 들었다. 이에 이의방은 군대를 동원하여 승려들을 무차별 살육하고 도성 안에 있는 중광사, 홍호사, 귀법사, 용흥사, 묘지사, 북흥사 등의 사찰을 불태우고 재물을 약탈했다. 이의방의 불교 탄압은 거기에서 그치지 않고 승려들을 도성 밖으로 몰아내고 도성 출입을 금지하기도 했다. 이의방의 폭정이 심해지자 서경천도를 주장하며 난을 일으 켰던 묘청을 지지하던 서경의 토착세력들이 이의방 정권에 반기 를 들었다. 그뿐만이 아니라 여기저기서 일어난 군소세력들이 이 의방 정권을 비방하는 목소리를 키워 가고 있었다.

이양무는 백부 이의방이 덕이 없는 데다가 적을 너무 많이 만들 고 있어 내심 불안했다. 이렇게 뿌리가 없고서야 부친의 말처럼 십팔자왕은 미망에 그치고 말 것 같았다. 그는 아직은 때가 아님 을 직감했다. 하지만 참고 견디며 착실히 준비한다면 언젠가 때가 도래하리라는 믿음에는 변함이 없었다.

이양무는 자기 일족의 군사력을 점검하기 위해 전주로 내려갔 다. 장군이 된 그를 환영하기 위해 현감을 비롯한 전주 지방의 관 리들이 동문 밖에 나와 있었다. 최고권자에 오른 이의방의 조카인 이양무는 현감보다 높은 상장군이 되어 있었던 것이다.

"장군님의 금의환향을 환영하옵니다. 저희 전주지방의 큰 영광 이옵니다."

"현감께선 송도에 오시거든 중방에 한 번 들르시오. 저의 부친 이신 이린 상원수께서 현감의 노고를 치하해주실 것이오."

"송구스럽습니다. 저같이 과오가 많은 이를 그렇게 칭찬하시다 니요. 몸둘 바를 모르겠습니다."

현감은 연신 머리를 조아리며 이양무에게 굽신거렸다.

이양무가 개성에 올라가 있는 동안 전주 이씨 가문의 사병 육백 여명은 관군도 대항하기 힘들 정도로 정예화되어 있었다. 이양무 장군은 흡족한 표정으로 자신의 사병을 사열했다. 그는 훈련을 맡은 두 사람의 장교를 치하하고 상을 내렸다.

이양무는 미래의 새로운 왕조가 꼭 전주 이씨에서 탄생하리라는 희망에 부푼 채 전주를 떠나 다시 송도로 향했다.

어느 날, 이린이 아들 양무를 찾았다. 이린은 허름한 옷차림으로 그를 기다리고 있었다.

"아버님, 부르셨습니까?"

"오늘 너와 함께 광명사에 다녀와야겠구나."

"오늘이 지국공사의 제삿날이라는 건 알고 있었습니다."

"154주년 기일이다."

"아버님, 그런데 요 근래에는 그냥 지나치지 않으셨던가요?"

"너의 백부님 때문에 스님들이 좋아하지 않아서 찾아뵙지 못했던 거다. 하지만 마냥 때를 기다릴 수도 없으니 오늘은 찾아뵈어야겠다."

"준비할 게 있습니까?"

"지국공사께선 현종의 왕사이시고 돌아가신 후 국사로 모셔졌으니 그 분의 기일이 광명사로서는 연례행사이니라. 그러니 따로 준비할 것은 없고 시주나 챙기도록 해라."

"네, 아버님. 그렇게 하겠습니다."

"그리고 너는 머리에 건을 쓰고 보릿자루에 돈을 넣어 당나귀에 싣고 하인은 1명만 대동하도록 해라. 나는 혼자서 먼저 가마."

"무슨 이유라도 있으신지요?"

"중방 사람들이 봐도 안 되고 동네 사람들의 이목을 끌어서도 안 되니 평민 복장으로 가는 것이 좋겠다. 그러니 너도 그렇게 하고 각자 가는 것이다."

이양무는 부친의 명을 따라 평민복장을 하고는 일부러 지체했다가 길을 나섰다. 송악산 산자락에 있는 광명사에 이르자 절 앞마당의 연꽃좌대에 비석이 서 있었다. '원공국사지종지비(圓空國師智宗之碑)'라고 씌어진 비석에는 그의 생전 약력이 기록되어 있었다.

이린은 비석 앞에서 아들 양무를 기다렸다. 이양무가 도착하자 이린이 비석을 바라보며 입을 열었다.

"지종께서는 말년에 '바이갈-달라이'로 가시고자 하셨다. 하지만 결국 그 뜻을 이루지 못하시고 입적하셨지."

"'바이갈-달라이'가 무엇이옵니까?"

"바이갈-달라이는 '풍부한 호수'라는 뜻이다. 나도 가보지는 못했다만 중국을 거쳐 북방으로 올라가면 바다만큼이나 큰 담수호가 있다고 한다. 그쪽 사람들은 그 호수를 '라무' 또는 '텐기스'라고도 부른다고 한다. 바다만큼 큰 호수가 있다는 사실이 선뜻 믿어지지 않는다만, 지종께서는 그곳으로 가시고 싶어하셨지."

양무 역시 바다만큼이나 큰 호수가 있다는 말이 믿어지지 않았다. 양무로서는 괴담 이설을 담고 있는 『산해경』에나 등장할 법한 호수에 관한 이야기보다는 불도가 깊은 고승인 지종이 그런 괴력난신(怪力亂神)을 좇아 북방으로 향하고자 했다는 사실에 더욱 흥미가 당겼다.

"왜 지종께서 전설에나 나올 법한 그런 곳으로 가고자 하셨을까요, 아버님?"

"나도 전해들은 이야기니 확실히 알 수 없다만, 지종께선 그곳에 우리의 뿌리가 있다는 말씀을 하셨다고 하는구나. 언젠가 네게 기회가 닿는다면 지종께서 가시고자 하셨던 곳을 찾아 그 해답을 찾는 것도 좋을 것 같구나."

이린은 양무를 이끌고 주지를 찾았다. 젊은 승려 한 명이 다가와 합장을 하고는 그들을 안내하였다. 이린과 이양무는 주지의 거처로 들어서서 합장을 하였다.

"대사님, 이린 문안드립니다."

"대감께서 이렇게 와주셔서 정말 감사합니다."

주지는 이양무에게도 인사를 건넸다.

"장군께서도 안녕하셨는지요?"

"예, 대사님. 대사님께서 건강하신 걸 뵈니 마음이 놓입니다."

세 사람은 차를 마시며 환담을 나누었다. 주지가 양무에게 물었다.

"장군께선 이 곳 광명사가 어떤 곳인 줄 알고 계십니까?"

"전주 이씨 가문에서 배출한 원공국사 지종의 위패를 모셔둔 절이라고 알고 있습니다."

"맞습니다. 그래서 이 곳 광명사는 화를 면할 수 있었던 게지요."

이의방에 의해 자행된 불교 탄압을 두고 하는 말이었다. 주지의 뼈 있는 한 마디에 이린과 이양무는 얼굴을 붉혔다.

지종(智宗)은 중국 오(吳), 월(越)에서 6년간 유학하고 귀국(광종 13년, 962년)하여 현종 4년(1013년)에 왕사가 된 후 1018년에 입적하였으며, 이후로 국사로 추대된 대학자이자 승려였다.

"대사님, 우리 전주 이씨 가문에 아직 때가 이르지 않았습니까?"

"양무야, 그게 무슨 말이냐? 입을 다물거라."

이양무의 돌발적인 질문에 이린은 당황하였다. 하지만 주지는 지그시 미소를 지으며 이양무를 바라보다가 입을 열었다.

"때가 되지 않았을 뿐 아니라 곧 위기가 닥쳐옵니다. 이 위기를 넘기는 게 중요합니다."

이양무는 부친의 눈치를 살피다가 아무런 꾸짖음이 없자 다시 말문을 열었다.

"위기라는 게 무엇입니까?"

"이씨 가문의 멸족을 막아야 합니다."

멸족이라니! 이린과 이양무는 아연실색했다. 두 사람은 서로의 얼굴을 마주보며 아무런 말이 없었다. 가까스로 감정을 다스린 이린이 물었다.

"그런 위기가 닥칠 것을 안다면 그 원인을 제거하면 되지 않습니까?"

"스스로가 그 원인인 것을 어찌 막을 수가 있겠습니까? 권력을 위해서라면 서슴없이 칼을 빼드는 세상이오. 신하가 왕을, 친구가 친구를, 형이 아우를, 아우가 형을 죽이는 세태지요. 나무관세음보살."

마음이 다급해진 이양무가 상체를 앞으로 기울이며 주지에게 말했다.

"대사님, 지금 이 때를 놓친다면 앞으로 이런 기회는 200년이
지나도 다시 오지 않을 겁니다."

"잘 보셨습니다. 그래서 이양무 장군께서 그 뿌리가 되어야지
요. 아직 십팔자에는 천기가 없어요. 그것도 앞으로 공을 들여야
5~6대손 후쯤에나 예언이 이루어질 겁니다. 다른 성씨는 천 년
아니, 만 년이 가도 바라볼 수 없는 게 왕권입니다. 자손 대대로
선행을 쌓고 위기가 닥쳤을 때 고향에 얽매이지 말고 살아나십시
오. 위기가 닥치기 전에 이양무 장군께선 몸이 아프다는 평계를
대고 고향에 내려가시오. 그리고 아직 태양이 떨어지기 전에 많은
사람들에게 인심을 얻어놓도록 하세요."

지금까지 말을 조심하고 있던 이린이 드디어 속을 내보였다.

"대사님. 그러면 대사님께선 십팔자왕의 예언을 믿으시는 겁니
까?"

"확신합니다. 왕씨는 앞으로 손이 끊기고 도처에서 도전을 받을
것입니다. 그러다 종국에는 멸문하는데 왕이 날 것이라는 예언을
믿고 꾸준히 준비하는 가문에게 영광이 돌아갈 것입니다."

양무는 두 손에 불끈 힘이 들어가는 것을 느꼈다. 그는 어느 누
구보다도 십팔자왕설을 신봉해온 터였다.

이린이 다시 주지에게 물었다.

"좀전에 말씀하신 '태양' 이란 무슨 뜻이옵니까?"

"이의방 장군입니다. 불행하게도 곧 이의방 장군의 정권은 축출
당할 것이오. 태양이 떨어지면 갑자기 사위가 어두워지고 내쫓기
는 신세가 되니 미리 집에 가셔서 등불을 밝히고 있으셔야 할 겁

니다."

이번에는 이양무가 물었다.

"'등불'이라니요?"

"주위의 많은 이름 없는 중생들에게 선행을 베풀어 그들의 신의를 얻으라는 말입니다. 위기가 닥쳤을 때 그들은 큰 울타리가 되어줄 것이오."

"고향에 얽매이지 말라는 말씀은……?"

"위기가 닥치면 밤봇짐을 싸서라도 달아나라는 말입니다. 명심하십시오. 목숨을 보전하는 것이 가장 큰 일이오. 아무 데나 발붙이는 곳이 고향이라고 생각하고 미련을 두면 아니 됩니다. 고향을 버려야 살 길이 열릴 것이오."

이린이 한숨을 내쉬며 말했다.

"그런 일을 몇 번이나 당해야 할까요?"

"여러 번 찾아올 겁니다. 그때마다 지혜를 다해 방법을 강구하십시오. 하지만 명심할 것은 한 번 살았던 땅은 어머니의 젖줄처럼 끈끈하게 이어져야 한다는 것입니다. 그러니 몸은 떠나더라도 마음만은 그 땅을 잊어서는 안 됩니다."

양무가 두 주먹을 불끈 쥐며 대답했다.

"대사님의 말씀 늘 명심하겠습니다."

주지는 피곤한 듯 지그시 눈을 감으며 한숨을 내쉬었다. 그러고는 마지막 말을 덧붙였다.

"언젠가 때가 되면 극락조를 만날 것이오. 그러면 극락조를 놓치지 말아야 합니다. 나무아미타불."

송악산을 내려오며 이린은 아들 양무가 걱정되어 마음이 편치 않았다. 앞으로 닥칠 환란을 자신의 아들이 굳세게 헤쳐나갈 수 있기를 그는 부처님에게 빌었다. 어느새 노을이 져 산길을 내려오는 두 사람의 그림자를 길게 늘어뜨리고 있었다.

그로부터 몇 주일 뒤 이양무는 식솔들을 거느리고 전주로 낙향하였다. 아버지 이린은 형인 이의방을 보필해야 하기 때문에 송도에 남았다. 이린은 마치 다시는 만나지 못할 사람처럼 가슴 아파하며 아들을 떠나보냈다. 그런 아버지의 마음을 아는지 모르는지 이양무는 미래에 자신의 자손이 왕이 되리라는 꿈에 부풀어 송도를 떠났다.

1174년 정중부의 아들 정균은 이의방, 이린 형제를 살해하고 이양무를 찾았다. 이양무는 전주의 이씨 일족에 묻혀 쥐죽은듯이 숨어 지냈다. 이후로 정중부의 정방 무신독재가 5년간 계속되었다.

정중부는 전주의 이씨 일족이 마음에 걸렸으나 전주 이씨 토호세력이 주현군을 압도하고 있어서 손을 댈 수가 없었다. 그렇다고 중앙의 군대를 동원할 수도 없었다. 그만큼 주변에 도전세력이 많았던 것이다.

5년 후 경대승에 의해 정중부 부자가 제거되고 도방정치가 시작되었다. 이양무는 은둔생활을 끝내고, 전주 이씨 일족의 호장으로서 세력을 회복할 수 있었다. 4년 후, 경대승이 죽고, 이의민 13년, 최충헌을 비롯한 최씨 일족 정권 60여 년 등 19대 명종대부터 23대 고종대까지 무신정권이 일백 년이나 이어진다.

3. 이안사

우미인의 본래 이름은 우지선이었다. 1211년 12월, 그녀의 아버지인 참정 우승경이 21대왕 희종의 묵인하에 최충헌을 유인하여 죽이려다 실패하여 오히려 죽음을 당하고 일족이 관노가 되었다. 그녀는 관노로 떠돌다가 1218년에 관기가 되어 전주현에 베 120필에 팔려온 것이었다. 기생으로 팔려오면서 신분을 감추기 위해 이름도 '미인'으로 바꾸었다. 우미인의 그때 나이 열다섯이었다.

새로 부임한 현감을 경하하는 자리에 다른 관기들과 함께 나타났을 때부터 우미인은 현감의 눈에 띄었다. 현감은 우미인이 수청들기를 바랐으나 그녀는 현감을 따돌리며 수청들기를 거부했다. 현감은 우미인의 마음을 사로잡기 위해 하루 날을 잡아 그녀를 데리고 마이산으로 여우 사냥을 나섰다. 하지만 현감의 의도와는 달리 우미인의 마음은 더욱 착잡해지고 말았다. 오랜만에 싱그러운 자연을 대하니 자유를 누릴 수 없는 자신의 처지가 더욱 한스러워졌던 것이다. 현감 일행이 사냥을 나선 뒤 우미인은 천막에 시종들과 남아 한숨만 짓고 있었다.

늦은 봄날 두 친구와 함께 마이산 골짜기로 여우 사냥을 나선 이안사는 별 소득이 없어 풀이 죽어 있었다. 어떻게 된 일인지 여우는커녕 다람쥐 한 마리 눈에 띄지 않았다.

안사가 김이 빠진 채 숲을 거닐고 있을 때 앞쪽에서 황금여우 한 마리가 눈에 띄었다. 그는 말을 달려 여우를 좇았다. 안사는 여

우를 향해 활을 날렸다. 날아간 화살은 여우의 엉덩이를 살짝 빗
나갔다. 여우는 계속 달아났다. 공교롭게도 여우는 우미인이 있는
천막 쪽으로 달아나다가 천막 속으로 몸을 숨겼다. 여우는 천막
안으로 뛰어들자마자 우미인의 품에 안겼다. 갑자기 여우가 뛰어
드는 바람에 깜짝 놀랐지만 우미인은 여우의 보드라운 털을 쓰다
듬어주었다. 그때 안사의 말이 천막 쪽으로 다가오며 울음소리를
냈다. 우미인은 사냥 나갔던 현감 일행이 도착한 모양이라고 생각
하고는 꼼짝 않고 앉아 있었다.

천막 주변을 호위하고 있던 현청 관리들의 목소리가 들려왔다.
"뉘시오? 이 곳은 현감께서 사냥 중이시니 돌아가시오."
"오호라, 어째 사냥감이 하나도 눈에 띄지 않는다 했더니, 어설
픈 사냥꾼이 온 산을 들쑤셔놓은 게였군."
"무엄하다! 썩 돌아가라!"
우미인은 처음 듣는 남자의 목소리에 호기심을 느끼고 천막 밖
을 살짝 내다보았다. 거기에는 막 기울기 시작한 햇살을 등진 안사
가 말 위에 늠름하게 앉아 있었다. 나이는 자기 또래로 보였지만
그의 행동은 거침이 없었다. 그는 현감 따위는 안중에도 없다는 듯
말에서 내려 천막으로 다가왔다. 현청 관리들이 길을 막았다.
"여기가 어디라고 접근하는 게요! 어서 돌아가시오! 현감의 불
호령이 떨어지기 전에."
"내가 좇던 사냥감이 이리로 들어갔다. 그 여우를 잡아야겠으니
길을 비켜라!"
안사의 당당한 목소리에 현청 관리들은 기세가 꺾였다.

"현감께서 곧 도착하실 것이오. 봉변 당하기 전에 어서 물러나시오."

안사는 들은 척도 않고 천막 쪽으로 성큼성큼 다가갔다. 현청 관리들은 어쩔 줄을 몰라했다. 그때 천막 안에서 옥구슬이 굴러가는 듯한 음성이 들려왔다.

"여우는 이 안에 있어요. 하지만 여우를 죽일 작정이라면 내드릴 수가 없습니다."

안사는 멈칫했다. 걸음을 멈춘 그는 천막을 향해 예를 갖추었다.

"부녀자가 천막 안에 있는지 몰랐습니다. 결례를 용서하십시오."

안사는 돌아서서 말에 오르려 했다. 그때 다시 천막 안에서 목소리가 들려왔다.

"여우가 사람을 물진 않나요?"

안사는 천막 쪽을 향해 말했다.

"상처를 입으면 작은 토끼라도 사나워지는 법이지요. 위험한 지경이라면 이 몸이 들어가서 여우를 끌고 나와도 괜찮겠소?"

"그렇게 하시지요."

안사는 다시 몸을 돌려 천막 쪽으로 향했다. 그가 막 천막의 장막을 걷으려는 순간, 안에서 우미인이 여우를 안은 채 밖으로 나왔다. 우미인과 안사는 닿을 듯이 가까이 서게 되었다. 우미인에게서 풍겨나오는 향기가 안사의 코끝을 간질였다. 우미인 역시 용모가 수려한 안사를 대하자 마음이 흔들렸다. 안사는 우미인과 눈이 마주치자 급히 시선을 우미인의 가슴에 안겨 있는 여우에게로 돌렸다. 그러자 이번에는 우미인의 봉긋하게 솟아오른 가슴이 그의 눈에 들어왔다. 안사는 시선을 어디에 둘지 몰라 하며 얼굴을 붉혔다. 그런 안사의 모습을 본 우미인은 살풋 웃음을 지었다.

안사는 몇 걸음 뒤로 물러나며 허리를 굽혔다.

"결례를 용서하십시오."

"아닙니다. 결례라니요. 이 여우를 찾으러 오셨지요. 받으세요."

안사는 고개를 가로 저었다.

"이 여우는 낭자의 천막 안에서 잡혔으니 낭자가 갖도록 하십시오."

그리고는 다시 말이 있는 곳으로 향했다. 안사는 말에 오르려다 말고 몸을 돌려 우미인에게 물었다.

"낭자를 다시 만나려면 어떻게 해야 하지요."

우미인은 고개를 숙이며 슬픈 표정을 지었다. 그녀는 자신의 처지가 너무나 처량했다. 고개를 떨군 그녀의 눈에는 금방 눈물이 맺혔다. 그 모습을 본 안사는 우미인에게로 다가섰다.

"낭자, 무슨 일이라도……?"

"낭자라니요? 소녀는 관기로 팔려온 천한 몸입니다."

"보아하니 무슨 사연이 있는 모양이군요?"

"저의 부친은 우자 승자 경자를 쓰셨으며 참정을 지내신 어른입니다."

"저런…… 역모로 몰리셨군요. 그때 최충헌이를 죽였어야 하는 건데……."

"역모가 아니라 전하의 명에 따른 것이었습니다."

"그 사건으로 희종께서도 폐위되셨으니……."

"……."

"저는 이안사라고 합니다. 제가 태어나기 전 저희 집안과 비슷하구려."

우미인은 고개를 떨군 채 계속 눈물을 흘렸다.

"낭자의 성함을 여쭈어도 되겠는지요?"

"지금은 우미인이라는 이름을 쓰옵고, 이전에는 지선이라 불렸사옵니다."

이안사는 천성이 모질지 못해 가엾은 처지에 빠진 우미인을 그냥 지나치지 못하였다. 지금 그는 부친인 이양무의 전철을 밟고 있는 중이었다. 이양무가 백이화와의 정 때문에 고초를 겪었던 것처럼 그 역시 우미인을 향한 정 때문에 고난의 길로 발을 들여놓은 것이었다.

현감 일행이 다가오는 말발굽 소리가 들려왔다. 곁에 섰던 현청 관리들이 안사를 채근했다.

"어서 돌아가시오. 현감 나리께서 이 모습을 보시면 어떤 불호령이 내릴지 두렵소."

안사는 말에 올라 말을 돌리며 우미인에게 말했다.

"제가 낭자를 다시 우지선이 되도록 해주겠소."

그는 말을 일부러 현감 일행이 다가오는 쪽으로 몰았다. 갑자기 달려드는 이안사의 말 때문에 현감 일행의 말들이 몸을 비틀었다. 그 때문에 현감은 말에서 떨어질 뻔했다. 안사는 바람처럼 현감 일행을 지나쳐서는 저 멀리 달려갔다.

"저런 고얀 놈을 봤나. 저 놈은 이양무의 자식놈이 아니더냐?"

"그렇사옵니다."

곁에 선 집사가 대답했다. 집사는 전임 현감과 이양무가 벌인 대결이 다시금 되풀이될지도 모른다는 불안에 휩싸였다.

안사는 우미인을 관기에서 해방시킬 궁리를 하느라 여러 날을 고민하였다. 하지만 뾰족한 수가 떠오르지 않아 그는 끙끙 앓기까지 했다. 아무리 생각을 해보아도 전혀 해답을 찾을 수가 없었다.

그러던 어느 날, 안사는 자신의 백마를 타고 들을 거닐다가 때마침 이웃 현에 갔다오던 현감 일행과 마주쳤다. 안사는 현감 일행을 지나치면서도 자신의 생각에만 골똘해 있었다.

현감은 전주 이씨 일족이 늘 눈엣가시였다. 전주 이씨 일족은 사사건건 지방 관리들과 부딪쳤다. 지방 관리들이 그릇된 행정을 펼친다 싶으면 기어이 그 시비를 가리고자 따지고 들었던 것이다. 그리고 이씨 일족이 주민들로부터 두터운 신망을 얻고 있다는 사실도 지방 관리들에게는 못마땅한 노릇이었다.

현감은 일부러 안사가 듣도록 목소리를 높여 빈정거렸다.

"명마가 주인을 잘못 만나 빛을 잃었구먼."

안사의 백마는 딱 보기에도 혈통이 좋아 보이는 명마였다. 미끈하게 뻗은 몸매며 윤기 나는 털이 그 일대 호족들의 욕심을 자아낼 만했다. 안사는 현감의 빈정거림을 듣고는 묘책을 생각해냈다.

자신의 말과 우미인을 바꾼다는 계획이었다.

갑자기 안사가 말을 돌려 자기에게로 다가오자 현감은 제풀에 놀라 소리를 쳤다.

"저 놈을 막아라! 저 놈을……."

하지만 안사가 아무런 살기를 보이지 않자 그는 경계를 늦추었다.

안사가 전에 없이 현감에게 예를 갖추며 인사를 건넸다.

"현감 어른, 안녕하신지요?"

현감은 안사가 어떤 꿍꿍이로 자신에게 친근하게 구는가 싶어 한참 동안 그를 아래위로 살피다가 대꾸했다.

"아, 그러고보니 이씨 댁의 안사 도령이시구먼."

"이 말이 탐나시는 모양이신데…… 그럼 제가 이 말을 현감 어른께 드리지요."

현감은 귀가 솔깃했지만 상대방을 탐색하는 기색으로 눈꼬리를 가늘게 늘였다.

"하지만 그냥 드릴 수는 없고, 현감께서도 제게 하나를 주서야겠습니다. 그러니까 물물교환을 하자는 말입니다."

현감은 자신의 턱수염을 매만지며 거만하게 말했다.

"내 수중의 무엇이 안사 도령의 욕심을 자아냈는고?"

"우미인이라는 관기입니다. 어떻습니까? 거래가 성립되겠습니까?"

현감은 안사의 의중을 파악하지 못해 아무런 대꾸도 없이 자신의 수염만 매만졌다.

"그럼 먼저 실례하겠습니다. 관기를 보내면 말을 내드리지요."

안사는 말을 몰아 현감에게서 멀어졌다.

다음 날 새벽같이 가마 한 대가 이양무의 집 앞에 섰다. 이양무의 집은 현감의 관청보다 더 넓게 터를 잡고 있었다.

"게 누구 없느냐!"

집사가 하인을 불렀다.

"안사 도련님께 뵙자고 하여라."

행랑채 뒤뜰의 우물가에서 등목을 하고 있던 안사가 웃옷을 벗은 채 대문으로 다가왔다. 안사의 가슴에는 아버지 이양무와 마찬가지로 반달가슴곰털이 자리잡고 있었다. 집사는 그 모습을 보자 괜스레 주눅이 들어서는 고개를 꺾었다.

"아니, 집사께서 아침부터 웬일이오?"

"현감께서 우미인을 데려다 보이면 말을 내어주실 거라고 하셨습니다."

집사의 목소리는 한없이 졸아들었다. 그는 이씨 집안의 남자들을 대할 때마다 비범한 인물을 대할 때의 마음가짐이 되고는 하는 것이었다. 집사는 만약 이번에도 현감과 전주 이씨 일족이 반목을 하게 된다면 당하는 쪽은 분명 현감일 거라고 확신했다.

집사는 가마를 열고 우미인을 나오게 했다. 우미인은 홍조를 띤 수줍은 모습으로 안사 앞에 섰다. 안사는 자신이 웃옷을 벗은 것을 뒤늦게 깨닫고 수건으로 얼른 배꼽을 가렸다. 안사가 어쩔 줄 몰라하며 허둥대는 모습이 우미인의 웃음을 자아냈다.

"도련님, 절 받으세요."

"아닙니다, 낭자. 안으로 드세요. 맨땅에서 절을 받을 수야 없지요."

그리고 나서 안사는 하인들에게 지시했다.

"너희들은 낭자를 안으로 모시고, 말을 준비하여라!"

우미인은 하인들에게 이끌려 대문 안으로 들다 말고 돌아섰다.

"도련님, 저같이 천한 것 때문에 귀한 말을 잃게 되어 몸둘 바를 모르겠습니다."

"아니오. 제아무리 명마라 해도 어찌 사람과 견줄 수 있겠습니까? 개의치 마시고 안으로 드십시오."

우미인은 안사를 향해 허리를 굽히고는 대문 안으로 사라졌다.

곧 하인들이 말을 끌고 왔다. 안사의 백마는 콧김을 내뿜으며 길게 쭉 뻗은 다리를 앞뒤로 놀렸다.

"몽고 장수가 타던 놈이라 하더군요. 그래서 좀 거칠 거요. 현감께서 이 말을 잘 다루시기 바라더라고 전해주시오."

안사는 말 고삐를 집사에게 넘겼다. 집사는 안사에게 넙죽 절을 하고는 말을 끌고 총총히 멀어져 갔다.

안사는 아버지 이양무를 찾아 우미인에 대한 이야기를 상세히 전했다. 이양무는 자신의 아들이 하는 짓이 어찌 그리도 자기와 똑같은가 싶어 고개를 절레절레 흔들었다.

"안사야, 그래도 우미인은 관기니라. 사가에 두었다가는 나중에 꼬투리를 잡히게 될 것이다. 그러니 따로 살림을 내주고 그 곳에 기거하도록 하거라."

안사는 아버지의 뜻을 따라 변두리에 집을 구해주고 하인들로 하여금 살림을 보살피도록 하였다.

4. 산성방호별감

　1219년 9월 최충헌이 죽고 그의 아들 최이(우)가 전권을 장악했다.

　1225년 정월에는 몽고 사신 착고여가 고려에 왔다가 돌아가는 길에 도적들에게 피살당하는 사고가 발생했다. 몽고는 이 문제로 고려조정에 책임을 추궁함으로써 양국 간에 긴장이 고조되고 있었다.

　1231년 8월, 몽고 장수 살레탑이 압록강을 건너 고려를 침략해 왔다. 12월에는 개경이 포위되고, 몽고군은 서북면 지역 40개 성에 다루가치(원의 총독부)를 설치하였다. 이에 고려는 도읍을 강화도로 옮기고 전면전을 감행했다.

　1232년 살레탑의 2차 침입이 있었다. 같은 해 12월 살레탑이 수원의 처인성에서 승군(僧軍) 김윤후에게 피살당하자 몽고군은 철군했다.

　최이는 몽고에 대항하기 위하여 의주(덕원), 화주(영흥), 철관(철령)에 산성을 쌓게 하고 각 지방에 산성방호별감을 파견하여 전면전에 대비했다. 산성방호별감들에게는 지방의 불만세력들을 색출하여 토벌하라는 명령도 함께 주어졌다.

　전주현에도 정방에서 산성방호별감이 파견되었다. 전주에 도착한 산성방호별감 도무식은 현감으로부터 전주 이씨 일족이 토호세력으로 다스리기 힘들다는 말을 들었다. 도무식은 조정에 비협조적인 토호세력부터 제압을 해야 할 필요성을 느끼고 언제든지 그들이 덫에 걸려들기만을 기다리고 있었다.

별감 도무식은 현감의 관청을 구경하고 나서 현감과 마주앉았다.

"마사에 있던 백마가 참 멋있어 보이더군요. 이 몸도 승마를 즐기는 편입니다. 한 번 타봐도 되겠는지요."

"타시는 거야 상관이 없습니다만, 말이 사나워서 낙마하실까 우려가 됩니다. 이제 그 놈도 늙어 기운이 빠질 때도 되었건만……."

"그래요? 사나운 말일수록 길을 잘 들이면 천군의 군사가 부럽지 않은 법이지요. 그런데 저렇게 혈통 좋은 말을 어디서 구하셨습니까?"

"이야기하자면 좀 복잡합니다."

현감은 그렇게 사설을 늘어놓고 나서 백마를 얻게 된 경위를 별감에게 설명했다. 이야기를 듣고 있던 별감은 전주 이씨 가문에 시비를 따질 좋은 기회라 생각하고 음흉한 미소를 지었다.

다음 날 산성방호별감의 수하 낭장이 안사의 집을 찾았다.

"산성방호별감께서 우미인이라는 관기를 데려오라고 저를 보냈습니다."

안사는 눈가를 찌푸리고 물었다.

"산성방호별감이 왜 관기를 데려오라 마라 하는 것이오?"

"관기는 사가에 있는 것이 아니고 연곽에 있어야 한다고 여쭈랍니다."

"별감한테 가서 관기는 현감이 관리하는 것이니 현감한테 가서 여쭈라고 이르시오. 그리고 나라가 위태로운 지경에 그렇게 사사로운 일에 마음을 써서야 되겠느냐고도 함께 이르시오.”

낭장이 돌아가 별감 도무식에게 그대로 일렀다. 현청에 있던 그는 눈살을 찌푸리며 마룻바닥을 주먹으로 내리쳤다.

“저런 고얀 놈을 봤나! 현감이 그 녀석 버릇을 아주 잘못 들여 놨구먼. 허, 참…….”

현감에게서 관기 우미인에 대한 재량권을 넘겨받은 별감 도무식은 현의 집사와 수십 명의 현청 관리들을 데리고 이안사의 집을 에워쌌다.

“이안사는 듣거라! 당장 관기 우미인을 내보내고, 이안사는 현청으로 가서 심판을 받아라! 이것은 현감의 명이다!”

안사가 밖을 내다보니 분위기가 심상치 않았다. 자신이 10여 년 전 현감에게 내준 백마 위에 산성방호별감이 앉아 있고, 대동한 현청의 관리들도 무장을 한 채 말을 타고 있었다. 그들은 당장이라도 집안에 들이닥쳐 행패를 부릴 태세였다.

소식을 접한 이양무가 급히 안사에게로 왔다. 하지만 그는 자신의 아들이 이 일을 어떻게 풀어나가는지 지켜보겠다는 듯 아무런 말이 없이 관망하고 있었다.

“제가 나가서 담판을 짓겠습니다.”

안사는 대문을 열고 밖으로 나가 별감과 마주 섰다.

“별감 나리, 이게 무슨 소란이오?”

도무식은 말에 앉은 채 이안사를 내려다보며 거만한 표정을 지었다.

“너는 관기를 사가에 데려다 놓아 풍기를 어지럽혔다. 관기는 엄연히 관청의 재산이다. 너는 관청의 재산을 착취하고 국법을 어긴 죄인이야."

"우 낭자는 내가 현감에게 백마를 대가로 지불하고 데리고 온 것이오. 관기가 관청의 재산이라면, 관청의 재산으로 사사로이 거래를 한 현감에게도 그 책임을 물어야 할 것이오."

안사는 조금도 기세가 꺾이지 않았다. 그는 양다리로 땅을 굳건히 디디고 서서 당당하게 가슴을 내밀고 있었다. 마치 태산이 자리잡은 듯 위엄을 갖추고 있었다.

산성방호별감은 다른 곳에서 꼬투리를 걸고 들어왔다.

"지금 내가 타고 있는 이 말이 네가 현감에게 준 말이냐?"

"그렇소."

"이 말은 몽고 장수가 타던 말이라고 들었다."

"그렇소."

"그렇다면 너는 적장과 거래를 한 셈이다. 곧 이적행위를 했다는 말이다."

"적장의 말을 빼앗은 것이 이적행위란 말이오?"

"너는 전장에 참여한 적이 없거늘 어떻게 적장의 말을 빼앗을 수 있다는 말이냐?"

"적장에게서 빼앗은 말을 내가 사들였다면 말이 되겠소?"

"시끄럽다! 너는 이 말에 대한 소유권이 없다. 적장의 말이었다니 이 또한 전리품으로서 엄연히 국가의 재산이어야 한다. 너는 너의 소유가 아닌 것으로 부당하게 거래를 한 셈이다."

변명을 하면 할수록 안사의 죄목만 더 추가될 뿐이었다. 안사는 지그시 백마와 눈을 맞추었다. 10여 년의 시간이 지났건만 백마는 전 주인을 잊지 않고 알아보는 듯 '푸르르르' 입김을 내뱉었다.

"여봐라. 저 놈을 당장 포박하라!"

그때, 안사가 낮은 소리로 휘파람을 불었다. 그러자 말이 사냥할 때 호랑이와 맞서는 자세를 취하며 앞발을 세웠다. 별감은 낙마하고 말았다. 현청의 관리들이 별감에게 다가가 그를 부축했다. 별감은 신음을 내뱉고 허리를 주무르며 일어섰다.

"저 놈을 당장⋯⋯!"

어느 새 전주 이씨 일족의 젊은이 수십 명이 안사의 뒤에 진을 형성하고 있었다. 별감이 보기에도 그들은 훈련이 잘된 군사임이 틀림없었다. 전세가 불리하다고 느낀 별감은 자신의 명을 거두고 안사를 노려보았다.

"네 녀석을 역모죄로 잡아들일 것이다. 기다리고 있거라."

별감은 현청 관리들의 부축을 받으며 다른 말에 올랐다. 별감은 구부정한 자세로 말고삐를 쥐고는 말을 돌렸다.

그날 밤 이양무와 안사는 주위를 물리고 단둘이 마주 앉았다.

"소자가 물의를 일으켜 곤경에 처했으니 이 일을 어떡해야 할지 모르겠습니다."

"저들이 역모를 걸고 나온다면 우리는 피할 재간이 없다. 일이 생각보다 커지기는 했다만, 저들은 어떤 식으로든 올가미를 씌울 작정이었으니 올 것이 온 것뿐이다."

"앞으로 어떻게 해야 할까요."

"이 곳을 떠난다."

"네?!"

"그래야 우리 일족의 멸문을 면할 수 있다. 시간을 벌어야 한다. 일은 은밀하게 진행하여 현감과 별감의 귀에 들어가지 않도록 각별히 주의하거라."

"도대체 어디로 떠난다는 말씀이십니까?"

"내 이 날을 대비하여 물색해 둔 곳이 있다. 태양이 떠오르는 곳, 산성이 우리를 굳게 지켜주는 곳, 바로 삼척의 두타산성이니라. 행로는 비밀에 붙인다."

"알겠습니다. 저는 즉시 우리 일족의 우두머리들을 만나 일을 의논토록 하겠습니다."

안사가 물러간 뒤 이양무는 긴 한숨을 내쉬며 예전에 광명사 주지가 자신에게 해준 충고를 떠올렸다.

'자손 대대로 선행을 쌓고 위기가 닥쳤을 때 고향에 얽매이지 말고 살아나십시오.'

아버지 이린의 모습이 눈앞에 떠올랐다. 송도에서 이별할 때 성문까지 따라나온 아버지는 멀어져 가는 아들을 슬픔이 가득한 눈빛으로 배웅했던 것이다. 그리고 그게 마지막이었다. 이양무는 아버지 이린과 같은 심정과 눈빛으로 방문을 나서는 안사의 등을 훑었다. 순간, 그는 지금껏 굳게 지켜온 마음의 심지를 잘라내 버리고 싶다는 충동을 강하게 느꼈다. 왕을 탄생시키리라는 자신의 무리한 욕심이 아들을 험로에 내세우게 된 것이 아닌가 하는 생각이 그를 뒤흔들었다.

5. 등불들의 울타리

이안사는 이씨 일족의 집단을 10개의 소집단으로 나누고 각 집단의 우두머리로 십부장을 임명하여 그들을 불러모았다. 안사의 말을 듣고 있는 십부장들의 얼굴은 어두웠다. 그들은 정든 고향을 등지기가 못내 아쉬웠던 것이다.

"험한 길을 나서자니 두렵습니다만, 저희들은 무조건 이양무 어른과 이안사 님의 의견을 따르겠습니다."

"고맙소. 우리 일족의 멸문을 막는 길은 이 방법밖에 없소. 많은 무리가 이동을 하자면 준비가 있어야 할 것이오. 현감과 별감 무리들이 언제 쳐들어올지 모르니 일을 진행할 만한 시간을 버는 것이 현재로선 가장 중요한 일입니다."

십부장들은 고개를 끄덕였다. 안사는 일이 밖으로 새나가지 않도록 단단히 입조심을 당부하고는 물러났다.

별감은 이씨 일족이 사병을 육성하여 조정을 전복하려 한다는 역모의 누명을 씌울 모략을 강구했다. 최이 정권 역시 전주 이씨 일족에 대해 감정이 좋지 않았기 때문에 역모의 누명을 씌우는 일은 어려울 것이 없었다. 현감과 별감은 거짓 장계를 꾸며 송도로 사람을 급파하는 한편, 이웃 현에 이씨 일족을 제압할 수 있는 병사를 요청했다.

관청의 움직임은 전주현의 주민들에게도 포착되었다. 곧 전주 이씨 일족이 역모로 몰리게 될 것이라는 소문이 파다하게 퍼졌다. 전주이씨 가문은 그 동안 주민들을 대표하여 관리들의 횡포에 맞서 싸워왔다. 양민들 사이에는 이씨 일족을 도와야 한다는 여론이 팽배해졌다. 그들 중에는 이씨 세력을 기반으로 반란을 일으키자는 과격주의자도 더러 있었다. 일은 점점 더 급박하게 진행되어 갔고, 이씨 일족과 관청의 대결은 가시화되고 있었다. 그러던 중 백정 무리의 우두머리격인 소역이라는 인물이 안사를 찾았다.

"어르신네가 역모로 끌려가면 저희들은 다시 관청의 폭정에 시달릴 수밖에 없습니다. 그러느니 차라리 반란이라도 일으키겠습니다."

안사는 소역을 외떨어진 곳으로 불러 나긋나긋한 말투로 타일렀다.

"그건 우리에게나 이 곳 주민들에게나 좋은 방법이 아니네. 우리는 곧 이 곳을 떠날 걸세. 준비를 할 시간이 너무 부족해. 자네들이 우리를 돕는 방법은 약간의 시간을 벌어주는 것일세."

소역은 한참 동안 생각에 잠겨 있다가 좋은 묘책이 떠오른 듯 고개를 힘차게 끄덕였다.

"쇤네한테 맡겨 주십시오."

다음 날 읍내의 여러 곳에서 큰불이 났다. 현청의 관리들과 병사들은 화재를 진압하고 사태를 수습하느라 여념이 없었다. 사태가 진정될 만하면 다시 불이 났다. 누군가 의도적으로 방화를 일삼는 것이라고 판단한 현감은 범인 색출에 관청의 전력을 투입했다. 하지만 방화는 계속 이어졌다. 사실 이 불은 소역과 그의 일당들이 일으킨 것이었다. 소역 일당은 이양무와 안사에게 시간을 벌어주기 위해 자신들의 집에 불을 지르는 희생을 감내했다.

한시라도 빨리 이씨 일족을 때려잡아야겠다는 생각에 사로잡혀 있는 별감으로서는 자꾸만 일이 꼬이자 초조해졌다. 그는 현감에게 방화범 색출은 뒤로 미루고 이씨 일족을 일망타진하는 데 주력하자고 제안했다. 현감 역시 치안보다는 조정의 안위에 더욱 무게를 싣고 있던 터라 별감의 말에 동의했다.

일촉즉발의 순간이 다가오고 있었다. 이양무와 안사는 초조한 마음에 밤잠을 설쳤다. 곧 관청의 군사가 이양무의 집으로 들이닥칠 것이라는 소문이 그들의 귀에도 들려오고 있었다.

"준비는 어떻게 되어가고 있느냐?"

"곧 만반의 준비가 갖추어질 것입니다."

"읍내에 있던 병력들이 모두 관청으로 집결했다는 소식이 들리더구나. 곧 그들이 이리로 들이닥칠 것이다."

안사는 길게 한숨을 내쉬고는 하늘을 올려다보았다. 청명하게 맑은 하늘에 무심한 구름 몇 점이 흘러가고 있었다.

하인 하나가 뜰로 다급하게 들어섰다. 안사의 얼굴이 잿빛으로 변했다.

"그들이 왔느냐?!"

"아닙니다. 그게 아니옵고…… 우 낭자께서 도련님을 찾으시옵니다."

"우 낭자가?"

안사는 하인을 따라가 우미인과 마주 섰다. 우미인은 땅바닥에 이마를 맞대고 안사를 향해 큰절을 올렸다.

"일어서시오, 낭자."

"이 천한 것 때문에 도련님께서 고초를 겪으시니 소녀의 가슴이 찢어지는 듯하옵니다."

"아니오. 이 일은 관청과 우리 가문의 오랜 연원 때문에 벌어진 일이에요. 낭자는 마음쓰지 마십시오."

우미인의 볼을 타고 두 줄기 눈물이 흘러내렸다.

"소녀는 도련님의 은혜로 그 동안 자유로운 공기를 호흡하였습니다. 이 은혜는 죽어도 잊지 않겠습니다."

"어허, 낭자 이러지 마세요. 낭자께서 이러하시니 이 몸이 어찌할 바를 모르겠구려."

이때 이씨 일족의 십부장들이 안사를 찾았다. 그 중 하나가 귓속말로 안사에게 일렀다.

"떠날 채비를 모두 갖추었습니다. 당장이라도 길을 떠날 수 있습니다."

"지금 떠난다 하더라도 관군이 뒤쫓아오면 아무런 소용이 없을 텐데……"

안사는 우미인을 향해 말했다.

"나를 찾는 이들이 이렇게도 많구려. 낭자는 이 곳에 있으시오. 내 사람을 보내어 기별을 하겠소."

그렇게 말해놓고 안사는 돌아섰다. 눈물이 번진 우미인의 눈에 황망히 돌아서는 안사의 넓은 등이 흐려졌다. 집안이 역적으로 몰려 관노와 관기로 떠돌다가 이안사를 만나 그녀는 지난 10여 년간 자유의 몸으로 지낼 수 있었던 것이다. 그녀는 혼잣말로 중얼거렸다.

"은혜하옵니다. 부디 보전하소서."

그리고 나서 우미인은 안사가 사라진 길목을 향해 다시 한 번 큰절을 올렸다.

별감은 모든 준비를 끝마쳤다. 이제 노을이 물들기를 기다려 출동 명령만 내리면 그만이었다. 별감 도무식은 마치 재미난 놀이를 앞두고 있는 어린애 마냥 들떠 있었다.

'내 스스로 그들을 문초하리라. 그들이 목숨을 애걸하는 장면을 이 두 눈으로 똑똑히 목격하리라.'

입가에 음흉한 웃음을 머금고서 사악한 상상에 사로잡혀 있는 별감에게 집사가 다가왔다.

"나리, 관기 우미인이 나리를 뵙기를 청하옵니다."

"우미인이? 들라 이르라."

관청의 뜰에 들어선 우미인은 관군이 사열하고 있는 한가운데를 다소곳이 걸어왔다. 관군들 사이에서 더러 침 넘어가는 소리가 들렸다. 별감이 보기에도 우미인은 천하 절색이었다. 곱게 빗어 넘긴 머릿결에서는 윤기가 자르르 흘렀으며 백옥같이 흰 얼굴은 눈이 부실 지경이었다. 걸음걸이나 몸가짐 또한 여느 기생에게서 찾을 수 없는 품위를 갖추고 있었다. 때마침 서산에 기울기 시작한 노을의 처연한 빛깔은 우미인의 미모를 더욱 돋보이게 했다. 우미인을 가운데 둔 관군들은 당장이라도 달려들어 그녀를 품에 안고 싶은 충동을 억누르느라 안간힘을 썼다.

별감 도무식은 배꼽 아래에서부터 치솟아 오르는 뜨거운 기운을 가까스로 억제하며 짐짓 목소리에 위엄을 실어 물었다.

"네가 여기 웬일이냐? 관군의 정세를 염탐하라고 안사 그 놈이 보냈느냐?"

우미인은 눈을 양 옆으로 늘이며 도무식을 쳐다보았다. 곱고 단아한 얼굴에서 뿜어져 나오는 요기는 더할 수 없는 매력을 발산하고 있었다.

"이제 안사 따위는 제 안중에도 없나이다. 대세가 별감께로 기울었는데 어찌 사사로운 정에 연연하오리까."

"이 요망한 것!."

그렇게 소리는 쳤으나 별감의 목소리에는 노기가 실려 있지 않았다.

"나 역시 양무와 안사 부자 따위는 안중에도 없다. 제아무리 세력을 갖추었다고는 하나 그들은 지방의 잡무리에 지나지 않아. 그런데 네 무슨 일로 나를 찾았는고?"

"별감께 긴히 드릴 말씀이 있어 찾아왔사옵니다."

"그래?"

별감은 잠시 생각에 잠겼다가 마치 공사를 주관하는 양 집사에게 큰소리로 일렀다.

"집사는 관기 우미인을 별청의 처소로 들라 이르라."

그리고는 점잖을 빼며 별청으로 발길을 옮겼다. 안사의 여자가 제발로 찾아온 것이다. 별감의 얼굴에는 승리감에 도취된 자의 기쁨이 여지없이 드러나 있었다.

별감이 처소에 자리를 잡자 우미인이 큰절을 올리고는 마주 앉왔다.

"그래, 네 무슨 일로 나를 찾았는고?"

도무식이 능청을 떨며 우미인에게 물었다. 우미인은 입가에 살포시 요사스런 웃음을 흘렸다. 그 모습이 별감의 몸을 더욱 달아오르게 했다.

"일 없사옵니다. 소녀, 영웅을 뵙고자 용기를 내었으니 물리치지 마시옵소서."

"허허, 이 요망한 것……."

역시 별감의 목소리에는 노기가 조금치도 스며 있지 않았다.

"영웅은 호색한 법. 내 너의 청을 거절한다면 영웅으로서의 도리가 아닐 터이나, 대사를 앞두고 있어 오늘은 너를 품을 수가 없구나. 내일 다시 너를 찾도록 하겠다."

별감의 말이 떨어지기가 무섭게 우미인은 옷고름을 풀기 시작했다. 별감은 냉정을 잃지 말아야 한다고 다짐하면서도 침이 절로 넘어가는 것을 어쩔 수가 없었다. 나비가 허물을 벗듯 우미인의 동작은 안타까울 정도로 더디었다. 그 모습이 별감의 애간장을 더욱 타들어 가게 만들었다. 우미인은 옷을 벗으며 별감을 밉지 않게 흘겨보았다. 그 모습이 어여뻐서 별감은 참을 수가 없었다. 이윽고 우미인의 속살이 비치기 시작하자 별감은 더 참지 못하고 우미인을 자신의 품으로 끌어당겼다. 별감은 우미인의 저고리 속으로 손을 집어넣었다. 우미인의 탱탱하게 물이 오른 젖가슴이 손에 잡히자 그는 정신이 아찔했다. 별감은 거칠게 우미인의 앞섬을 풀어헤치고는 얼굴을 묻었다. 봉긋하게 솟아오른 유두를 혀끝으로 놀리자 우미인의 입에서 가느다란 교성이 흘러나왔다. 그는 격정을 이기지 못하고 포악스럽게 유두를 빨아댔다. 별감의 타액이 우미인의 젖가슴을 온통 적시고 있었다. 우미인은 별감의 귀에다 뜨거운 입김과 함께 교성을 흘려 넣음으로써 그의 몸을 더욱 달구었다. 별감은 흥분을 참지 못하고 우미인의 젖꼭지를 깨물었다. 우미인의 입에서 비명이 흘러나왔다. 그 소리에 별감의 성욕은 더욱 크게 일었다.

별감은 얼굴을 우미인의 젖가슴에 묻은 채로 부지런히 손을 놀려 우미인의 치마를 하나 하나 벗겨 나갔다. 겉치마와 속치마를 벗겨내고 속곳은 우미인의 무릎쯤에 걸쳐놓았다. 그는 우미인의 둔부를 움켜쥐었다.

"내 너를 아주 천천히 맛볼 것이야."

별감의 혀는 우미인의 볼을 타고 내려가 입술에 닿았다. 그의 혀는 우미인의 입술을 헤집고 들어왔다. 하지만 우미인은 이를 악물고 있었기 때문에 별감의 혀는 우미인의 이만 세고 있었다.

"입을 벌리고 혀를 내밀어."

우미인은 별감이 자신에게서 흥미를 잃어버릴세라 시키는 대로 했다. 별감은 그녀의 혀뿌리를 뽑아버리겠다는 기세로 빨아당겼다. 숨이 컥컥 막혀올 즈음 그녀의 혀는 겨우 별감의 입에서 놓여났다.

별감의 손아귀에 힘이 들어간다 싶더니 별안간 우미인의 몸이 휙 뒤집혔다. 그녀는 별감의 무릎 위에 엎드린 자세가 되었다. 둔부를 쓰다듬던 별감의 손이 점점 안쪽으로 파고들었다. 우미인은 눈물이 비어져 나오는 것을 가까스로 참으며 모욕을 견뎌냈다. 별 감의 손이 음부 근처에 닿았을 때 그녀는 자신도 모르게 무릎을 오므리고 말았다. 별감의 손이 우미인의 둔부를 내리쳤다.

"안사 그 놈이 교육을 잘못 시켰구먼."

별감은 엎어져 있는 우미인의 몸 뒤쪽으로 다가가 자신의 무릎 으로 서서히 그녀의 다리를 벌렸다. 그리고는 혀로 등을 핥기 시 작했다. 그의 혀는 척추를 타고 내려가다가 꼬리뼈 부근에서 살을 후벼팔 듯이 요동쳤다. 그러다가는 다시 등뼈를 타고 올라가 귓불 을 간지럽혔다. 별감이 몸을 구부릴 때마다 그의 남근이 우미인의 항문 근처를 어슬렁거렸다.

우미인은 더할 수 없는 수치심을 느꼈다. 언젠가 그녀는 저자거 리를 지나다가 개들이 홀레붙는 것을 본 적이 있었다. 그녀는 자 신이 꼭 짐승이 된 것만 같았다. 우미인은 자기도 모르게 비명을 지르고 말았다. 씨근덕대는 별감의 숨결이 어지럽게 우미인의 귓 속을 파고들었다. 우미인은 이를 악물었다가는 비명을 지르고 다 시 이를 악물기를 반복했다. 현청의 뜰에서 대기하고 있던 관군들 은 우미인의 비명을 듣고 저마다 긴 한숨을 토해내며 뻣뻣해진 하 체를 좌우로 흔들어대면서 마른기침을 뱉었다.

일을 끝낸 별감은 옆으로 나자빠졌다. 그는 자신의 아랫도리를 살피다가 깜짝 놀라 몸을 일으켰다.

"아니, 네 년이 처녀였더란 말이냐?"

우미인은 통증을 가까스로 이겨내며 별감의 흥을 돋웠다.

"안사는 저를 품지도 못했사옵니다."

"허허허, 그 놈 물건에 문제가 있는 게로군. 허허허허."

이때 바깥에서 눈치를 살피고 있던 집사가 기척을 했다.

"나리, 군사들이 대기하고 있사옵니다."

하지만 별감은 진이 빠져 거동이 자유롭지 못했다. 게다가 우미인이 그의 가슴을 쓸어내리며 애교를 부렸다.

"저랑 초혼을 치르시고 그냥 가시겠사옵니까? 소녀 섭섭하옵니다."

별감은 '요망한 것'을 연발하면서 우미인의 얼굴을 들여다보았다.

"이제 저는 주인을 잃었으니 현감께로 가야 합니다. 이대로 저를 보내시렵니까?"

별감은 잠시 망설이더니 바깥을 향해 소리쳤다.

"이양무 일가는 내일 접수하도록 하겠다. 오늘은 다들 쉬라고 이르라!"

별감은 다시 우미인의 가슴에 얼굴을 묻었다.

6. 삼척으로의 이주

별감이 한창 우미인과의 놀음에 빠져 있던 시각, 이양무의 본청 앞뜰에는 이씨 일족의 십부장들이 모여 있었다. 이양무는 마루에 올라서서 그들에게 말했다.

"오늘 밤 우리는 수치스러운 도주를 감행해야 합니다. 하지만 오늘 우리가 겪는 이 수치는 앞으로의 더 큰일을 위한 포석이 될 것입니다. 저는 십팔자왕의 예언이 반드시 실현될 것임을 믿으며 그 주역이 우리 전주 이씨임을 믿어 의심치 않습니다. 우리들 가운데 태어난 핏줄이 이 나라의 기강을 바로 세우고 국호를 만세에 떨칠 인물로 자라날 것입니다. 우리는 눈물을 머금고 정든 고향을 등져야 합니다. 하지만 먼 훗날 세인들은 오늘 우리의 이 수치와 슬픔을 새로운 역사의 태동으로 기억할 것입니다.”

이양무의 목소리는 떨렸다. 그의 눈가에는 이슬이 맺혀 있었다. 십부장 가운데에 눈물을 흘리는 이도 있었다.

“우리 일족의 앞날에 하늘의 축복이 함께 하시기를.”

이양무는 하늘을 향해 두 팔을 벌리고 축원하고 나서 말에 올라타 집결지로 향했다. 이때부터 안사와 십부장들은 재빠르게 움직였다.

먼저 이씨 일족의 장자 200여 명을 소집하여 부락 단위로 5호씩 묶어 5호 담당 대표 40명을 선발했다. 그리고 연락 담당 40명, 호송대 40명, 선발대 40명, 후발대 40명을 편성했다. 안사는 이들에게 각각의 임무를 부여하고 한 사람도 방관자가 없도록 했다.

안사는 사람을 시켜 우 낭자를 찾도록 했다. 떠나야 할 때가 시시각각으로 다가왔지만 그녀를 보았다는 이는 아무도 없었다. 안사는 낮에 우 낭자가 찾아왔을 때를 떠올리며 불안한 마음을 금할 수가 없었다. 하지만 자기 때문에 일족의 출발을 늦출 수도 없는 처지였다. 하는 수 없이 안사는 후발대에게 우 낭자를 찾아 데리고 오도록 당부하고 행장을 꾸린 말에 올라탔다.

이씨 일족은 5호 대표들의 인솔하에 마이산 미인계곡 돌다리 부근의 개활지에 모였다. 모든 행동은 5호씩 함께 하도록 하여 낙오자가 발생하는 것을 미연에 방지했다. 이양무와 선발대가 먼저 출발하고 이씨의 일족 1700여 명이 그 뒤를 따랐다. 그들은 관군의 추격을 따돌리기 위해 노령산맥을 넘고 소백산맥 줄기를 타는 험한 길을 택했다. 후발대는 남아서 동향을 살피다가 삼 일 후에 일행의 뒤를 좇기로 했다.

우미인의 육체를 탐닉하다가 새벽녘에야 잠이 든 별감은 늦은 아침을 챙겨먹은 뒤 관군을 이끌고 이양무의 집으로 향했다. 아무리 기척을 해도 반응이 없자 관군은 대문을 부수고 들어갔다. 하지만 그 곳에는 아무도 없었다. 별감은 전주현의 각 고을을 뒤져 이씨의 일족들을 모조리 잡아 들이라 명을 내렸으나 관군들은 빈손으로 돌아올 뿐이었다. 이씨 일족이 집단으로 도주한 것이라 판단을 내린 별감은 관군을 여러 편으로 나누어 추격하도록 했으나 이씨들의 흔적을 찾을 수는 없었다.

별감은 이를 바득바득 갈았다.

"이런 쳐죽일 놈들, 안사 이놈을 땅끝까지 쫓아가서라도 꼭 내 손으로 처단하리라!"

그날 밤 처소로 돌아온 별감을 맞이한 것은 들보에 목을 맨 우미인의 싸늘한 주검이었다.

이씨 일족이 전주를 떠난 지 십여 일이 지났을 즈음 후발대들이 일족과 합류했다. 그들은 별감이 자기들을 찾기 위해 혈안이 되었다는 것과 고을마다 방이 나붙었다는 사실을 알렸다. 안사는 그러한 일보다 우 낭자가 걱정되어 후발대를 다그쳤다.

"어째 우 낭자가 보이지 않는가? 찾지 못했는가?"

그들은 말이 없었다. 서로의 얼굴만 빤히 바라보다가 고개를 떨구었다. 안사는 조급증이 나서 재차 다그쳤다.

"내 말이 안 들리는가? 어째 말이 없는가?"

후발대 중 가장 나이 많은 이가 어두운 표정으로 입을 열었다.

"우 낭자께선 돌아가셨습니다."

안사는 믿어지지 않는다는 표정으로 상대방을 빤히 바라보았다. 한동안 말이 없던 안사는 먼 산을 바라보며 입을 열었다.

"어떻게 돌아가셨는가?"

"자결하셨습니다."

우 낭자가 자결하게 된 경위를 들으며 안사는 지그시 눈을 감았다. 마지막 헤어지던 날 땅바닥에 엎드려 큰절을 올리던 우 낭자의 모습이 떠올랐다가 이내 사라졌다. 기억은 시간을 거슬러 마이산 사냥터에서 우 낭자를 처음 만났던 때로 향했다. 코끝을 간질이던 그녀의 체취가 바로 곁에 있는 듯 강하게 다가왔다.

어느새 안사의 눈은 뿌옇게 흐려졌다. 흐릿해진 시계 속에서 소백산맥의 준령들이 기이하게 일그러졌다. 일그러진 풍경은 어지럽게 뒤섞이다가 우 낭자의 얼굴로 탈바꿈했다.

"우 낭자……."

안사는 일행과 외따로 떨어져 고개를 무릎 사이로 처박았다. 그는 울음소리를 내지 않으려 이를 악물었다. 어깨를 들썩이며 울음을 삼키고 있는 그의 뒷모습을 이양무가 측은한 눈길로 쓰다듬고 있었다.

그로부터 이십여 일 뒤 전주 이씨 일족은 태백산에서 두타산 남쪽으로 흐르는 강 유역에 자리를 잡았다. 그들은 마을 이름을 그들만의 땅, 아무도 찾아올 수 없는 땅이라 하여 '미로'라고 지었다. 길게 뻗은 골짜기는 물이 풍부하고 땅이 비옥하여 주변에서 농사를 짓기에는 안성맞춤이었다. 우거진 소나무숲과 참나무숲은 재목과 땔감을 풍부하게 공급하였다. 그리고 미로는 외침이 있을 시 적을 막아낼 수 있는 천연요새로서의 입지를 갖추고 있었다. 근처에 있는 천은사와 삼화사에는 귀법사 승려의 난 때 이양무가 목숨을 걸고 보호해 주었던 중들이 몇 명 있어 그들을 반가이 맞아주었다.

이안사는 천은사에서 이승휴와 대면하여 교분을 가졌다. 고려의 대학자 이승휴(동안거사, 動安居士)는 천은사에서 은둔하며 제왕운기(帝王韻紀)를 집필하는 중이었다. 안사는 천은사와 삼화사의 고승들로부터 새로운 지식을 쌓을 수 있었다.

한편 안사는 두타산성에서 몽고의 차라다이[車羅大]군에 항전하며 삼척지방의 몽고군 침입을 저지하였다. 1240년 4월 강릉, 삼척 해안에 왜구가 침입하여 양민을 괴롭히자 황장목과 굴참나무로 전선 15척을 건조하여 왜구를 소탕했다. 그리고 해상 경비대를 배치하여 왜구가 발을 붙이지 못하도록 막았다.

이양무는 어느덧 나이가 90을 넘어서고 있었다. 이제 원기도 빠지고 정신도 흐려졌다. 그는 아들 안사가 믿음직스럽게 일을 처리하기 때문에 언제든지 편안히 눈을 감을 마음의 준비를 하고 있었다. 다만 한 가지, 70여 년 전 광명사 주지가 자신에게 했던 말이 귓가에 맴돌며 마음을 어지럽혔다.

'언젠가 때가 되면 극락조를 만날 것이오. 그러면 극락조를 놓치지 말아야 합니다. 나무아미타불.'

이양무는 극락조를 만날 그 날을 고대하며 아직 눈을 감지 못하고 있었던 것이다.

7. 황금분화구

이양무는 요양차 추암마을에 갔다. 추암은 기암괴석 사이로 떠오르는 일출이 아름다운 고장으로 예로부터 선비들이 찾아 풍류를 즐기던 곳이었다.

이양무는 뜨는 해를 바라보며 십팔자왕의 전설이 저 붉은 해처럼 힘차게 떠오르기를 간절히 빌었다. 하지만 서산 너머로 지는 해의 노을빛을 받아 바다가 낙조로 어우러질 때면 자신의 지난 생이 덧없이 느껴져 가슴 한 곳이 서늘해지기도 했다.

이제 얼마 남지 않았을 생을 정리하는 노인의 모습은 평화로웠고, 인생의 역경을 거쳐 비로소 안식의 시간에 도달한 사람만이 가질 수 있는 품 넓은 미소를 노인은 지니고 있었다. 하지만 그의 가슴에 남아 있는 마지막 소원이 꿈틀거릴 때면 노인은 자신도 모르게 긴 한숨을 내쉬기도 했다.

추암마을에서 미로로 돌아온 날, 이양무는 이른 저녁 잠이 들었다가 새벽에 깨었다. 다시 잠을 청했지만 좀처럼 잠을 이룰 수가 없었다. 창호지에 은은하게 머물고 있는 달빛이 방안을 환하게 밝혀주고 있었다. 달은 밝은데 빗방울 듣는 소리가 귓가를 간질였다. 더없이 평온한 밤이었다.

노인은 우장을 걸치고 마당으로 나섰다. 달빛을 받은 고운 빗방울이 반딧불처럼 반짝이며 날리고 있었다. 이양무는 사립을 밀고 길로 나섰다. 밝은 달이 그에게 길을 환하게 열어놓고 있었다. 비에 젖은 흙길은 조금 질척거리기는 했지만 발을 내딛는 느낌이 푹신하고 좋았다. 어디선가 개 짖는 소리가 들려왔다. 하지만 그 소리가 전혀 귀에 거슬리지 않았다. 컹컹컹, 개 짖는 소리는 한밤의 적요를 깨뜨리기보다는 사람이 주변에 있다는 안도감을 심어주는 것이었다.

이양무는 달빛이 인도하는 길을 따라 걸음을 내딛고 있었다. 순간, 무언가가 자신을 스치고 지나간 듯한 느낌이 들었다. 아니, 스치고 지나갔다기보다는 자신을 관통하고 지나갔다고 말을 하는 것이 더 정확할 듯했다. 무언가 서늘한 기운이 자신의 몸 전체를 훑고 통과한 느낌이 들면서 등골에 소름이 쫙 돋았다. 그리고 귀에 들릴 듯 말 듯 발걸음을 내딛는 소리도 들려오는 듯했다.

'저벅 저벅 저벅'

발걸음소리는 여러 사람의 것이었다. 노인은 주위를 둘러보았다. 하지만 아무도 없었다. 들릴 듯 말 듯하던 발걸음소리도 점점 멀어지더니 이내 들리지 않았다. 이양무는 자신도 모르게 발걸음소리가 멀어진 곳을 향해 걸음을 내딛었다. 뜻대로 움직여 주지 않는 노구였지만 몸 안에서 신명과도 같은 불끈한 기운이 솟아난 듯 90 노인의 발걸음이라 믿어지지 않을 만큼 이양무는 재게 발을 놀렸다. 발걸음소리는 아스라이 멀어진 듯싶다가도 어느새 귓가를 자극했고, 방향을 감지하기 위해 주위를 둘러보면 그 소리는 다시 서서히 멀어져 갔다.

그렇게 놓칠 듯 말 듯 가까스로 소리를 추적한 이양무는 어느새 두타산의 계곡에 이르러 있었다. 계곡을 타고 흘러내리는 물소리에 발걸음소리는 묻혀 버리고 이양무는 방향을 잃고 말았다. 아무리 귀기울여도 자신을 여기까지 이끈 발걸음소리는 더 이상 들려오지 않았다. 이양무는 하릴없이 계곡을 오르기 시작했다. 몸 안에 가득 차 있던 신명도 사그라지고 바위와 돌을 징검다리 타는 노인의 발걸음은 무척 더디고 힘겨워 보였다. 그는 더 걷지 못하고 바위에 걸터앉아 길게 한숨을 내쉬었다.

"어허, 내 어쩌자고 혼자서 이 먼 길을 왔누."

비는 그쳐 있었지만 바람이 불기 시작했다. 계곡을 타고 흘러내리는 고운 물결 위로 은은한 달빛이 부서지고 주변에 둘러선 나무들은 계곡에 발을 담그고 싶어 안달이 난 아이들처럼 가지를 흔들어댔다.

'스스스스'

숲을 지나며 잘게 부서진 바람이 이양무의 목덜미 언저리에 머물다가 옷깃을 타고 빠져나갔다. 그때 이양무는 바람소리 속에서 낮은 웃음소리를 들은 듯했다.

'킥킥킥'

이양무는 반사적으로 소리가 난 쪽으로 몸을 돌렸다. 순간, 계곡을 둘러선 나무 사이로 신비로운 광경이 그의 눈앞에 펼쳐지고 있었다. 다른 나무들보다 수령이 많아 보이고 유독 키가 큰 두 그루의 나무 사이에 짙은 어둠이 드리워져 있었는데, 그것은 마치 기벽을 가진 화가가 자신이 그린 산수화에 전혀 엉뚱한 것을 그려 넣고는 아무도 볼 수 없도록 까맣게 덧칠을 해놓은 것처럼 보였다. 유독 그 곳만이 달빛이 닿지 않는 듯 두 그루의 소나무에서부터 시작되는 짙은 어둠은 마치 범인이 범접하기 어려운 비밀을 담고 있는 듯 신비롭기도 했다. 웃음소리는 그곳에서 흘러나온 것이었다. 노인은 강한 호기심에 이끌려 그 쪽으로 다가갔다.

소나무를 경계로 하여 이 쪽과 저 쪽이 확연하게 구분되어 있었다. 노인이 선 쪽은 달빛이 훤히 비추어 환했지만, 소나무 너머에는 마치 먹물이라도 뿌려둔 듯 시커먼 어둠이 자리하고 있었다. 노인은 그늘을 만드는 것이라도 있는가 싶어 주위를 둘러보았지만 그런 것은 눈에 띄지 않았다.

'킥킥킥.'

다시 어둠 저 편에서 낮은 웃음소리가 들려왔다. 이양무는 눈을 찡그리고 어둠 속을 응시했다. 무언가가 보일 듯 말 듯하다가는 이내 어둠 속으로 사라졌다. 가벼운 두려움이 숨골을 타고 올랐지만 그는 용기를 내어 소리쳤다.

"게 누구 있소!"

대답은 들려오지 않고 어둠의 장막에 통겨져 나온 메아리만이 노인의 주위를 맴돌다가 사라졌다. 그는 되돌아갈까 생각을 하며 자신이 지나온 길을 더듬었다. 여전히 밝은 달빛이 길을 밝혀주고 있었다. 하지만 이양무는 호기심을 억누를 수가 없었다. 길의 어둠 저편에 무언가가 자신을 기다리고 있다는 느낌도 강하게 들었다. 그는 용기를 내어 한 발을 어둠 속으로 들이밀었다. 자신의 발이 금세 어둠 속에 사라지는 모양을 본 노인은 놀라서 발을 뺐다. 다시 호흡을 가다듬은 뒤 그는 발을 어둠 속으로 내디뎠다. 그리고 다시 나머지 한 발마저 어둠 속으로 옮겼다.

그는 뒤를 돌아보았다. 달빛이 환히 비추는 계곡은 여전히 남아 있었다. 이양무는 한 걸음 한 걸음 조심스럽게 어둠 속으로 옮겼다. 몇 걸음 내딛다가 뒤돌아보니 밝았던 길도 어둠의 두께에 가려 서서히 지워지고 있었다.

"그냥 가면 다시는 돌아가지 못할 거요."

이양무는 휙 돌아섰다. 하지만 목소리의 주인공은 보이지 않았다.

"누, 누구요?"

이양무는 어둠 속을 팔을 뻗어 내저으며 마치 갈대숲을 헤쳐나가듯 조심스럽게 앞으로 나아갔다.

"이걸 받으시오."

누군가가 그의 손을 잡았다. 이양무는 소스라치듯 놀라며 손을 빼냈다. 그리고는 달빛이 비추고 있는 밝은 길로 나가려 했다. 하지만 사위가 어둠에 잠겨 있어 어디가 어디인지 분간을 할 수가 없었다.

"극락조를 놓치고 싶소?"

그 말에 이양무는 우뚝 멈추었다.

"지금…… 뭐라고 하셨습니까?"

"극락조가 멀어지고 있소. 어서 이걸 받으시오."

이양무는 손바닥을 내밀었다. 누군가 그의 손목을 잡았다가 손바닥 위에 무언가를 내려놓았다. 구슬 두 개였다. 하나는 어둠 속에서 영롱하게 빛을 발하고 있었다.

"어서 그것들을 입에 넣으시오."

이양무는 어둠 속의 목소리가 시키는 대로 했다. 그러자 갑자기 사위를 꽉 메우고 있던 어둠이 일순 걷히고 주위가 밝아지기 시작했다. 곁에서 목소리만으로 존재하던 이도 선명하게 눈에 들어왔다. 그는 길게 자란 머리칼이 얼굴을 가리고 있어 나이를 짐작하기가 어려웠다. 언뜻언뜻 보이는 두 눈은 움푹 패여 들어가 무척 피로해 보였다.

"지체하지 말고 극락조를 따라가시오."

사내의 손가락이 계곡의 끝을 향하고 있었다. 그 끝에 부지런히 걸음을 옮기고 있는 세 사람이 보였다. 이양무는 그에게 무언가를 물으려 했으나 입안에 구슬을 물고 있어 말을 할 수가 없었다.

이양무는 무언가에 홀린 듯 사내가 가리킨 곳을 향해 걷기 시작했다. 그는 기분이 이상했다. 다리에 근력이 붙어 있는 것이 자신의 다리 같지가 않았다. 그는 조금 무리를 해서 걸음을 더욱 빨리 옮겼다. 그러다가 달리기 시작했다.

'달려본 지가 얼마 만인가!'

기력이 쇠하면서 가장 먼저 기운이 빠져나간 것이 다리였다. 이후로 그는 달려본 적이 없었다. 그런데 지금 그는 마치 축지법이나 경공을 쓰는 무예가처럼 성큼성큼 걸음을 내딛고 있는 것이다. 그는 달리면서 자신의 손등을 보았다. 고목 껍질처럼 쭈글쭈글하던 손등의 피부가 팽팽하게 당겨져 있었다. 그것뿐만이 아니었다. 팔뚝도 젊었을 때처럼 굵어져 있고, 양어깨에도 단단한 근육이 잡혔다. 양무는 날아갈 듯한 기분으로 내달렸다.

앞쪽에는 두 명의 남자와 한 명의 여자 걸어가고 있었다. 그들은 저희들끼리 뭐라 이야기를 나누었다. 하지만 그들의 말을 이양무는 알아들을 수가 없었다. 그가 바짝 뒤쫓았는데도 그들은 양무의 존재를 전혀 알아차리지 못하고 있었다.

계곡이 가팔라지기 시작했다. 앞서가던 세 사람은 갑자기 양팔을 옆으로 벌리더니 점점 새의 형상이 되었다. 세 사람은 곧 완연한 새가 되어 계곡을 날아오르기 시작했다. 양무는 그들을 놓치지 않기 위해 더욱 빨리 달렸다. 이윽고 새들은 바위가 무더기로 쌓여 있는 곳에 이르러 다시 사람의 형상으로 돌아왔다.

그들은 커다란 바위에서 조금 떨어진 곳에 놓인 바위를 돌렸다. 그러자 그 앞에 돌무더기 사이에 놓여 있던 커다란 바위가 스르르 굴러서는 길을 열어주었다. 바위 너머에는 어둠이 짙게 깔린 방이 있었다. 이양무는 세 사람을 따라서 바위로 이루어진 방 안으로 들어갔다. 이양무가 그들을 바짝 뒤쫓고 있는데도 세 사람은 전혀 양무를 알아보지 못했다. 그들이 들어서자 바위는 다시 닫혔다.

석실의 출입구로 쓰이는 바위 맞은편 벽면에는 불상이 세 개 놓여 있고 그 앞에는 제단이 놓여 있었다. 세 사람 중 한 사람이 품에서 구슬을 꺼냈다. 구슬은 빛을 발했다. 그 빛은 점점 밝아지더니 석실 안을 환하게 비추었다. 그러자 세 개의 불상 중에 가운데 놓여 있는 것의 이마에 박혀 있는 금강석이 그 빛을 받아 함께 반짝였다. 그뿐만이 아니었다. 석실의 벽면에서도 무수히 많은 빛의 입자들이 반짝이고 있었다. 마치 수많은 별이 명멸하는 밤하늘을 벽면에다 그대로 옮겨다 놓은 것만 같았다. 이양무가 석실 안에서 펼쳐지고 있는 장관에 넋을 놓고 있는 사이 세 사람 중의 한 명이 구슬을 불상의 이마에서 빛을 내고 있는 금강석에 갖다대자 불상이 뒤로 물러나면서 길이 열렸다. 나머지 두 사람은 벽면에서 빛을 발하고 있는 알갱이들을 긁어내어 자루에 담고 있었다. 이양무는 그 작은 발광체를 집어 혀 끝에 놓아보았다. 그것은 소금이었다.

불상이 뒤로 물러나면서 만들어진 길은 아래로 뻗은 어두컴컴한 동굴로 연결되어 있었다. 벽면에서 긁어낸 소금을 자루에 가득 담은 세 사람은 그 길을 따라 조심스럽게 내려가기 시작했다. 양무도 그들을 따라 내려갔다. 길은 화산이 분출하면서 만들어진 천연 동굴이었다. 바닥에 습기가 가득 차 있어서 조금이라도 발을 삐끗하면 그대로 굴러내려갈 수밖에 없을 것 같았다. 햇빛이 전혀 들지 않아 캄캄했지만 어둠을 밝히는 구슬이 동굴 속을 환히 비춰주고 있었다.

한참을 내려가다보니 통로를 따라 서늘한 기운이 올라왔다. 무슨 소리도 들리는 듯했다. 더 깊이 내려갈수록 소리는 점점 더 선명해졌다. 물결치는 소리였다.

그렇게 얼마나 내려갔을까. 앞선 세 사람은 멈추어 서더니 어깨에 메고 있던 자루를 풀었다. 양무는 그들의 어깨 너머로 앞을 내다보았다. 통로가 끝나고 넓은 동공(洞空)이 있는 듯했지만 구슬의 불빛이 거기까지 닿지 않았다. 제일 앞에 선 사람이 자루 속에서 빛을 발하는 알갱이들을 꺼내 통로 위에 뿌렸다. 하얀 입자들이 매끄러운 통로를 따라 흘러내려 갔다. 알갱이들은 통로를 지나 동공 속으로 사라졌다. 곧 무언가가 부글부글 끓어오르는 듯한 소리가 나면서 동공이 벌겋게 밝아오기 시작했다. 세 사람은 소리를 지르며 박수를 쳤다. 이윽고 동공 속의 구덩이에서 불기둥과 함께 무언가가 솟구쳐 올랐다. 마치 화산이 용암을 내뱉듯 사방으로 시뻘겋게 달구어진 무언가를 뱉어내고 있었다. 이양무는 자신의 눈을 의심하지 않을 수가 없었다. 구덩이에서 솟아나온 그것은, 그것은…… 황금이었다.

구덩이에서 용암처럼 분출된 황금은 사방으로 튀며 찬란한 빛을 퍼뜨리고 있었다. 양무는 눈이 휘둥그레져서 그 광경을 지켜보았다. 황금의 용암은 서서히 가라앉더니 이내 구덩이의 불기둥도 사라지고 동공은 다시 어둠 속에 잠겼다. 이번에는 세 사람 중의 여자가 자루를 풀어 속에 든 것을 통로를 따라 흘려보냈다. 또 다시 용암이 끓어오르며 황금을 분출했다. 세 번째도 마찬가지였다. 세 사람은 일을 끝내고 난 뒤 동공으로 내려갔다. 통로가 끝나는 곳과 동공의 바닥은 어른 키의 한 배 반 정도 높이의 차이가 났다 하지만 세 사람은 마치 나뭇잎이 땅에 떨어지듯 사뿐히 내려앉았다. 이양무는 통로 끝에 쪼그리고 앉았다.

동공은 말 그대로 황금동굴이었다. 구덩이에서 솟아나온 황금이 사방으로 분출되면서 동공 전체를 황금으로 칠해놓은 것이었다. 구슬의 불빛을 받아 반짝이는 황금은 마치 수천 개의 호롱불을 켜놓은 듯 영롱하게 반짝였고, 구슬의 불빛을 퉁겨낸 황금의 빛은 동공의 벽면을 가득 메운 황금에 의해 다시 사방으로 퍼져나갔다. 동공의 한쪽에는 잔물결을 일으키며 바닷물이 쓸려왔다가는 쓸려갔다. 그곳에는 소금처럼 잘게 부서진 염금들이 황금의 백사장을 이루고 있었다. 바닷물이 밀려 올라와 황금을 식혔고 바닷물이 지나간 자리에는 알이 모래알처럼 고운 염금이 수북이 쌓여 있었던 것이다.

양무가 그 광경에 넋을 놓고 있을 때 세 사람은 자루에 염금을 담기 시작했다. 일정량의 염금을 자루에 담은 그들은 통로 쪽으로 다가왔다. 이양무는 일어서서 통로 뒤편으로 물러났다. 동공에서 통로로 껑충 뛰어오른 세 사람은 이양무에게로 바짝 다가왔다. 양무는 달아날 곳이 없었다. 그는 눈을 감아버렸다. 그런데 놀랍게도 세 사람은 양무의 몸을 그대로 관통하여 지나가버리는 것이었다. 마치 양무 자신은 혼령만 그 자리에 있는 듯했다. 세 사람은 양무가 알아들을 수 없는 말로 이야기를 나누며 통로를 거슬러 올라갔다.

양무는 얼른 세 사람을 따라서 통로를 따라 올라갔다. 불상의 뒷부분에도 금강석이 박혀 있었다. 구슬을 꺼내자 그것 역시 빛을 발했고, 거기에 구슬을 갖다대자 불상이 스르르 뒤로 물러나며 석실이 나왔다. 양무는 불상이 닫히기 전에 얼른 빠져나왔다.

세 사람 중의 여자가 출입구로 쓰이는 바위에 박혀 있는 금강석에 구슬을 갖다대자 바위가 옆으로 굴러 바깥으로 길을 열었다. 석실을 빠져나온 그들은 다시 극락조로 변해서 각기 다른 방향으로 날아갔다.

이양무는 계곡을 내려와 두 그루의 소나무가 있는 곳으로 돌아왔다. 소나무 곁에는 양무에게 구슬을 건네준 사람이 우두커니 서서 양무를 기다리고 있었다. 양무가 그에게 말을 걸기 위해 구슬을 입에서 빼자 다시 사위는 암흑에 휩싸이고 구슬을 건네준 사람도 보이지 않았다. 그와 함께 이양무의 몸에서는 순식간에 힘이 빠져나가고 그는 어느새 노인으로 돌아가 있었다.

"조금 전에 제가 보고 온 것이 무엇입니까?"

어둠 속에서 흘러나오는 목소리가 대답했다.

"나는 그대가 보고 온 것이 무엇인지 모르오."

"당신은 누구십니까?"

"글쎄, 나는 이 곳에서 누군가를 기다리고 있었소. 하지만 내가 기다리는 사람이 누군지, 왜 기다려야 하는지, 얼마나 긴 세월 동안 기다렸는지조차 나는 잊어버렸소. 기다리는 동안 나의 눈은 광활한 바다 같은 호수를 향했었소. 그리고 그 광막한 땅을 터전으로 살아가는 사람들의 함성이 호수에 파문을 일으키는 것을 보았소. 그들의 함성은 폭설과 폭설을 뿌리는 두꺼운 먹구름을 뚫고 하늘에 가 닿았소. 함성은 하늘을 향한 기도였고, 자신의 후손들을 위한 기원이었소. 그들의 외침이 하늘에 가 닿는 순간, 짙은 먹구름 사이로 햇살이 뻗어 나왔소. 햇살이 열어주는 길을 향해 사람들은 남쪽으로 힘차게 걸음을 내딛었소. 걸음을 내딛는 그들의 얼굴 표정에는 희망이 가득 차 있었소. 그들은 앞으로 펼쳐질 험난한 고난을 내다보고 있었지만, 결코 용기를 잃지 않았소. 그들의 맥박을 느끼는 순간, 나는 커다란 격정에 휩싸였소. 그들이 결코 나와 무관한 사람들이 아니라는 사실을 그 순간 느꼈던 거요. 그 이후로 이어진 그들의 험난한 여정이 고스란히 나의 피 속에 녹아 있음도 깨달을 수 있었소. 그리고 나는 기다렸던 거요. 누군가 나타나 그들로부터 이어진 이 험로를 종결지을 것을. 나는 모르오. 그대가 내가 기다리는 사람인지, 왜 기다려야 하는지, 얼마나 오랫동안 기다려왔는지도. 아, 언제쯤이면 나의 이 고통을 향한 행보가 끝을 맺을지……."

"제가 꿈을 꾸고 있는 겁니까?"

"그대가 생각하기에 달렸겠지. 믿지 않으면 그것은 곧 꿈으로 끝나버리는 것이니까."

목소리는 점점 멀어지고 있었다.

"당신은 누구십니까? 존함이라도 알려주십시오!"

멀리서 음성이 들려왔다.

"내 이름을 써본 지가 하도 오래 되어서 낯설구려. 나는 환이라고 하오."

이양무는 '환'이라는 이름을 되뇌었다.

목소리는 더 이상 들려오지 않았다. 양무는 자신의 손에 들고 있는 구슬을 어둠을 향해 내밀었다.

"이 구슬은……."

그를 감싸고 있던 어둠이 걷히고 머리 위로 달빛이 내려앉고 있었다. 이양무는 주위를 둘러보며 어리둥절한 표정을 지었다.

'내가 꿈을 꾸었단 말인가!'

하지만 그의 손에 들려있는 청옥 구슬 두 알은 조금 전에 겪은 일들이 결코 꿈이 아니라는 사실을 말해주고 있었다.

이양무는 며칠 뒤 그 장소로 다시 가보았다. 그리고 지난 새벽에 겪었던 일들이 분명한 현실이었음을 확인했다. 그는 후손에게 남기기 위해 소나무가 시작되는 지점을 그림으로 남겨놓았다. 그리고 두 개의 청옥구슬을 이용해서 길을 찾을 수 있도록 했다.

이양무는 자신이 겪은 일을 아들 안사에게 알리지 않았다. 자칫 황금에 눈이 멀어 십팔자왕의 대의를 잊게 될지도 모르기 때문이었다.

8. 악연과 도전

고종 40년(1253년) 원나라의 제5차 침입이 있었다. 야굴은 철원, 춘천, 양평, 양양을 함락하고 충주성을 공략하고 있었다. 집정(執政) 최항은 모든 관군을 산성과 해도(海島)로 옮겨 항전하도록 했다. 삼척의 두타산성은 몽고군의 남진저지와 왜구의 해안 침입을 대비하는 이중으로 중요한 요충지였다. 고려 조정은 전주현에 부임하고 있던 산성방호별감 도무식을 두타산성으로 파견했다.

두타산성에 새로 부임한 산성방호별감 도무식이 지방의 토호를 파악하는 데 전주 이씨 일족과 이안사가 있었다. 안사는 두타산성에서 이씨 일족의 사병들을 이끌고 몽고군과의 일전을 대비하고 있었다. 그는 그곳에서 영웅으로 추앙받고 있었다. 주민들을 삼척부 관리들의 횡포로부터 보호해 주었고, 가난한 사람들에겐 곡식을 꾸어주었으며, 농사철에는 사병들을 동원하여 일손을 더해주기도 했다. 그래서 삼척 현감을 비롯한 지방관리들은 안사의 일족을 무시할 수가 없었다.

산성방호별감 도무식은 옛 기억이 떠올라 씁쓸했다. 전주에서 안사의 일족을 쫓아내기는 했지만 아무래도 그 싸움은 자신이 진 싸움이라는 피해의식이 강하게 남아 있었던 것이다.

안사 역시 전주현에서 악연을 맺은 산성방호별감 도무식이 부임하여 왔다는 말을 듣고 예감이 좋지 않았다. 20여 년 전의 악연이 오늘까지 이어질지도 모른다는 불안이 온몸을 휘감았던 것이다. 이제야 삼척지방에 뿌리를 내릴 만하게 되었는데 그가 다시 해코지를 해온다면 어떻게 처신해야 할지 자신이 없었다.

안사의 예감은 곧 현실로 드러났다. 산성방호별감의 수하가 안사를 찾아온 것이다.

"대감께 산성방호별감의 전갈을 가지고 왔습니다."

삼척지방에서, 관직이 없는 안사는 '대감'으로 통했다.

"말해보시오."

"별감께서 동헌으로 들어오시라고 전하셨습니다."

"동헌으로요?"

"네, 그 동안 산성을 지키시느라 수고 많으셨다고 특별히 초청을 하신다고 하셨습니다."

"특별한 초청이라…… 다른 말씀은 없으셨나요?"

낭장은 주위를 살피더니 갑자기 목소리를 낮추었다.

"지금부터 제가 하는 말은 못 들은 걸로 하십시오."

안사는 고개를 끄덕였다.

"이 산성은 별감께서 접수하시겠다고 하십니다."

"그거야 정부의 관리가 맡는 게 당연하지요. 내 언제 적부터 별감이 오기를 바랐는데, 듣던 중 반가운 소리군요."

낭장은 의외라는 듯한 표정을 지었다.

"대감을 산성에서 내려보내고, 대감의 병사들은 산성방호별감이 전부 징발하여 산성에 그대로 배치하여 써먹겠다는 생각인 것 같습니다."

"전시에 그런 것쯤이야 당연히 협조를 해야지요. 어차피 그렇게 해야 할 일인 걸요."

"대감께서 그렇게 말씀해주시니 저희들도 마음이 편합니다."

"나는 이 곳을 산성방호별감이 접수할 수 있도록 정리를 한 다음 내려갈 터이니 그렇게 전하시오."

낭장은 동헌으로 돌아가 별감 도무식에게 안사와 나눈 이야기를 그대로 전했다. 별감은 고개를 끄덕이며 득의에 찬 미소를 지었다.

그 날 밤, 안사는 아버지 이양무를 찾았다. 이양무는 몸이 노쇠하여 죽을 날만 기다리고 있었다. 하지만 그의 눈빛은 아직도 여느 젊은이 못지 않게 살아 있었다.

안사는 이양무에게 낮에 있었던 일을 상세히 설명했다. 그리고는 한참 동안 말하기를 주저하다가 어렵게 입을 열어 말을 이었다.

"아버님, 도무식과의 사소한 일로 웅지를 접을 수 없어 단안을
내리기로 하였습니다."

이양무는 지긋한 눈길로 아들 안사를 바라보았다. 안사는 그 눈
길을 피해 바닥으로 고개를 떨구었다.

"아버님, 이곳을 떠나려고 합니다."

"말해보거라. 산성방호별감이 무서워서 그러느냐?"

"아닙니다. 이곳은 십팔자왕이 태어날 곳으로는 바닥이 너무 좁
다고 생각해왔습니다. 그래서 진작부터 계획하고 있던 일이었습
니다. 다만 아버님께서 너무 연로하셔서……"

"이제 우리 가문의 장자는 너다. 나는 네가 계획한 대로 따를 것
이다. 그래, 어디로 갈 것인지 말해줄 수 있느냐?"

"네, 아버님. 동북면으로 갈까 합니다."

"동북면이라면 여진족, 홍건적, 왜구, 몽고족이 바람잘 날 없이
설치는 곳인데 그곳으로 가도 괜찮겠느냐?"

"몽고군은 기마병이 주력부대이기 때문에 평야지대에서는 강하
지만 산악지대에서는 위력을 발휘하지 못할 것이옵니다. 그리고
제가 거느리는 사병이 팔백여 명에 지나지 않습니다만, 산악지대
라면 몽고군 몇 만 정도와는 충분히 대적할 수 있을 것이라 생각
됩니다. 우리 가문의 군사들을 이대로 썩힐 것이 아니라 몽고군과
정면대결을 벌여 정식으로 중앙정부에 발을 들여놓을 수 있게 해
야 할 것입니다."

이양무는 아들의 말에 고개를 끄덕였다.

"오냐, 네 말이 백 번 옳다. 이제 너의 웅지를 펼칠 때가 온 것

인지도 모르겠구나. 그런데 이 곳에 온 지도 벌써 18년, 문중이 모두 뿌리를 내리고 살 만하게 된 터에 군소리 없이 너를 따라 나서겠느냐?"

"차근차근 그들을 설득해 나가겠습니다. 생사를 같이해온 사람들이라 저를 믿고 따를 것입니다."

"동북면까지 그 많은 식솔을 거느리고 간다는 게 쉬운 일이 아닐 텐데 걱정이구나."

"이번에는 해로를 택할 작정입니다."

"해상이라……."

"수년 전 왜구가 울진 앞 바다에 나타났을 때 해상전투를 해본 경험도 있고 우리 일족 자체의 해상경비대도 있고 하니 산악지대를 걸어서 가는 것보다 수월할 것이옵니다."

"음, 배가 부족할 텐데……."

"부족한 만큼은 지금부터 만들도록 하겠습니다."

"배를 만들려면 아무리 빨라도 서너 달은 걸려야 하는데 현감이나 산성방호별감이 가만히 있겠느냐?"

"현감이야 별 탈이 없겠고…… 별감은 한동안 잡아두도록 하겠습니다."

"중앙에 이 일이 알려지면 역적으로 몰릴 것이다. 유념해서 처리하도록 해라."

"네, 아버님."

이양무는 생각에 잠긴 듯 한동안 말이 없었다. 안사는 이제 그만 물러가라는 뜻으로 알고 자리에서 일어서려 했다. 이양무는 갑자기 눈을 뜨고 아들을 올려다보았다. 그의 눈에는 전에 없이 형형한 빛이 감돌고 있었다.

"안사야."

"네, 아버님."

이양무는 벽장을 손으로 가리켰다.

"벽장을 열면 안에 궤짝이 있을 것이다. 그것을 이리 내오너라."

안사는 부친이 시키는 대로 벽장을 열었다. 거기에는 어린아이 하나가 들어가 숨을 만한 크기의 궤짝이 놓여 있었다. 안사가 가볍게 여기고 들어올리려 했으나 꿈쩍도 하지 않았다. 그는 있는 힘껏 궤짝을 들어올려 방바닥에 내려놓았다.

"열어보거라."

안사는 궤짝을 열었다. 갑자기 방안이 환해지며 눈이 부셨다. 궤짝 안에는 거북 모양의 누런 황금이 가득 들어 있었다.

"아니, 아버님."

안사는 눈이 휘둥그레져서는 궤짝 안을 들여다보았다. 틀림없는 황금이었다.

"이게 어떻게 된 일이옵니까?"

"하늘이 내려준 것이다. 앞으로도 군자금이 필요하거든 내게 사람을 보내거라."

부친의 말에 안사는 황급히 다가앉으며 말했다.

"아버님께서도 같이 가셔야지요."

"나는 이제 노구라 따라가면 짐만 될 것이다. 나는 여기서 군자금을 모아 내가 죽더라도 대대손손 우리 자손들이 덕을 볼 수 있도록 길을 터놓겠다. 혹시 내가 죽거든 송도 송악산에 있는 광명사 주지를 찾아가거라. 광명사에는 너에게 5대조 되시는 원공국사 지종의 위패를 모시고 있는 사당이 있느니라."

"안 됩니다. 아버님이 안 계시면 제가 누구와 중대사를 의논하겠습니까?"

"네가 힘을 갖추면 현자가 나타날 것이니라. 서운하게 생각 말고 내가 하자는 대로 하거라."

안사는 아무 말 없이 고개를 떨군 채 흐느꼈다. 이양무는 머리맡에 놓인 상자에서 목판과 천을 꺼내 안사에게 주었다.

"그리고 이것을 잘 간직하거라."

안사가 보니 천에는 그림이 그려져 있었다. 그림은 어디서나 볼 수 있는 풍경화로, 등짐을 진 세 사람이 해가 떠오르고 있는 산을 향해 난 길을 따라 걸어가고 있는 풍경이었다. 그리고 목판은 그 그림을 계속해서 찍어낼 수 있도록 만든 것이었다. 그리고 무슨 시가 씌어져 있었으나, 슬픔에 빠진 안사의 눈에는 그 시구가 들어오지 않았다.

"이 그림은 우리 가족이 사후에 만나 행복하게 살기를 바라는 마음에서 이 아비가 그린 것이다. 그림을 찍어내거든 해는 그 크기만큼 꼭 도려내도록 해라. 이 그림은 네 상속자의 무덤에 대대로 같이 매장되도록 유언을 남겨야 한다."

안사는 눈물을 비치며 이양무의 방에서 물러나왔다. 이양무 역시 아들과 생이별을 하게 된 것이 가슴 아팠다. 수십 년 전 송도에서 부친 이린과 헤어지던 때가 새삼 떠올라 슬픔이 가슴을 가득 메웠다.

'우리 이씨 남자들은 부자가 함께하지 못할 운명을 타고난 모양 이야.'

그래도 자신은 안사와 함께 70년 가까이 고락을 함께했으니 복 을 타고난 것이라고 생각했다.

9. 웅지의 땅

다음날 이안사는 동헌으로 출두했다. 삼척 현감은 정6품으로 장 군 아래 벼슬이었다. 그래서 현감은 장군 출신인 이씨 일족을 소홀 히 대하지 않았다. 하지만 별감은 달랐다. 안사가 동헌에 도착했다 는 기별을 듣고부터 무언가 단단히 결심한 사람처럼 표정이 굳어 지고 몸에 힘이 들어갔던 것이다. 두 사람의 오랜 연원을 알고 있 는 현감은 그들 사이에 다시 반목이 생길까 적이 두려웠다.

안사는 별감에게 넙죽 절을 하고는 인사를 건넸다.

"산성방호별감 나리, 이 곳에 오신 것을 환영합니다. 산성방호 별감이 부임하시기를 고대하며 저희 일족이 지금까지 산성을 지 키고 있었습니다만, 이제 별감께서 오셨으니 제 할 일을 다한 것 같습니다."

예를 갖춘 인사에도 불구하고 별감은 처음부터 구원(舊怨)을 드러냈다.

"오호, 그래요? 그건 잘 하셨소만, 전에 영감이 저지른 역모행위에 대해서는 일언반구도 없구려?"

"역모행위를 한 적이 없습니다. 그것은 한때의 오해에 불과합니다."

"오해라……."

별감은 안사의 얼굴을 내려다보며 입가에 야비한 미소를 흘리다가 말을 이었다.

"관기를 빼돌리고, 사병을 육성하여 그 힘을 믿고 산성방호별감에게 대적한 것이 역모가 아니란 말인가?"

별감의 말투는 어느새 하게체로 내려와 있었다. 하지만 안사의 몸가짐이나 표정은 조금도 흐트러짐이 없었다.

"별감과 나는 악연이오. 이제 그만 악연의 사슬을 끊으십시다. 지금까지 변방을 지켜온 우리 일족의 공로도 인정을 해주셔야지요. 그렇게 우리 일족을 몰아붙이기만 해서는 별감에게도 이로울 것이 없을 것이오."

"어허, 지금 누구에게 큰소린가?! 좋을 게 없지 않으면 어쩔 셈인가? 자네는 아직도 조정의 권위를 능멸하는 버릇을 버리지 못했다. 여봐라! 이 자를 당장 하옥하라!"

안사는 대기하고 있던 별감의 수하들에 의해 투옥되고 말았다.

안사에게 호의적인 동헌의 관리들이 그 소식을 이씨 일족에게 알려왔다. 이씨 일족의 팔백여 병사들 사이에 커다란 소요가 일었다. 그들은 당장이라도 동헌으로 쳐들어 갈 기세였다.

병사들의 백부장인 8명의 장수들은 병사들을 진정시키고 회의를 가졌다.

"당장 현으로 쳐들어가 별감의 목을 쳐버립시다."

"안되오. 그러면 대감 역시 무사하지 못할 것이오."

"별감은 죽이고 대감은 모셔와야지요."

"그렇게 되면 지금껏 우리에게 호의적이었던 현감이 적으로 돌아서게 될 것이오. 현감까지 적으로 만들 수는 없어요."

"까짓것 현감도 쳐버리면 되지 않습니까."

"아니오. 대감의 뜻을 파악해야 합니다. 그 분께서 하옥될 걸 알면서도 홀로 동헌으로 향하셨다면 거기에는 분명 다른 뜻이 있을 것이오."

좌장격인 이용은 지략이 뛰어난 사람이었다. 그는 백부장들과 머리를 맞대고 전세를 뒤집을 전략을 구상했다.

며칠 뒤 산성방호별감의 군사들이 두타산성을 향해 진군했다. 별감 도무식은 산성을 점거하고 있는 이씨 일족의 사병들이 거세게 저항할 것이라고 예상하고 일전에 대비했다. 하지만 성문은 열려 있었고, 이씨 일족의 사병들은 관군을 환영하고 있었다.

장수로 보이는 8명의 무사가 비무장인 채로 별감에게 다가와 넙죽 절을 했다.

"별감님의 부임을 환영합니다. 저희들은 이씨 일족의 백부장들입니다."

뜻하지 않은 환대를 받은 별감 도무식은 어리둥절했다. 그것은 관군들도 마찬가지였다. 이씨 일족 병사들의 용맹성은 몽고군들도 두려움에 떨 정도로 대단했다. 그들과 일전을 벌인다는 것은 목숨을 담보로 하는 위험한 일이었다. 그런데 이씨 일족들이 부드럽게 나오자 관군들은 새생명을 얻은 것만큼이나 기뻤던 것이다.

"저희 대감님께서 별감께서 오시면 잘 모시라는 분부를 하셨습니다."

산성방호별감 도무식은 비로소 안사에게서 항복을 받아냈다는 승리감에 도취된 채 개선장군처럼 산성에 입성했다. 이씨 일족의 병사들은 함성을 내지르며 별감을 환영했다. 별감의 뒤를 따르는 관군들은 이씨 일족의 병사들에게 화답하기 위해 손을 흔들어 주었다.

산성은 잘 정비되어 있었다. 무엇보다도 도무식을 기쁘게 한 것은 관군보다 더 훈련이 잘 돼 있는 병사들이었다. 그들의 몸가짐은 절도가 있었고, 지휘체계에 대한 인식이 확고했다. 비록 몽고군에 비해 고려군이 열세에 있다고는 하나 이 정도의 병사라면 두타산성을 사수하는 데는 별 어려움이 없을 것이라는 생각이 들었다.

산성방호별감은 자신의 수하들로 하여금 산성 요소요소를 접수하게 하고 만약의 사태에 대비하여 8명의 부장을 관군들로 하여금 호위하게 하였다. 말이 호위지 사실은 인질로 붙잡아 두려는 것이었다. 의심이 많은 별감은 여전히 경계를 늦추지 않았던 것이다.

그날 저녁 별감과 그의 수하들은 안사의 집무실에서 이씨 일족으로부터 노루고기와 감자떡, 강냉이 술을 대접받았다. 보초를 서고 있는 군졸들도 오랜만에 좋은 음식을 대하자 정신을 차리지 못하고 탐식에 빠져들었다. 술판은 밤늦도록 계속되었다. 새벽 여명이 비칠 때까지 대접을 받은 별감은 이씨 일족의 백부장들이 잠든 것을 확인하고 나서야 비로소 잠이 들었다.

아침에 누군가 깨우는 기척에 별감이 잠에서 깨어보니 잠자리가 달라져 있었다. 움막이었다. 자신의 수하들도 모두 결박이 된 채 갇혀 있었다. 움막의 창살을 통해 밖을 내다보니 관군들도 이씨 일족의 병사들에게 둘러싸인 채 바닥에 무릎을 꿇고 있었다.

잠시 후, 안사가 움막 문을 열고 들어섰다.

"내가 부장들에게 잘 모시라고 했는데, 뭔가 일이 잘못된 모양이구려."

안사는 이죽거리며 별감의 화를 돋구었다.

"네가 이러고도 무사할 줄 아느냐? 네가 탈옥한 것을 알면 현감이 곧 군사를 일으킬 것이다!"

"탈옥이라니? 누가 탈옥을 했단 말이오. 나는 당당히 별감의 장계를 받고 풀려난 몸이오."

별감은 몸을 부들부들 떨었다. 그는 움막의 나무 창살을 꼭 쥐고서 악을 썼다.

"이런 쳐죽일 놈! 너는 공문까지 위조한 파렴치한이다. 네가 이러면 이럴수록 죄가 더 가중된다는 것을 모르느냐?! 어서 나를 풀어라."

"풀어드립지요."

안사가 고갯짓을 하자 주위에 섰던 장수들이 별감의 포박을 풀었다.

"별감을 집무실로 모시고 잘 보살펴 드려라."

그러고 나서 안사는 다시 별감에게로 고개를 돌렸다.

"가시지요. 제가 쓰던 막사는 이제 별감의 것이오. 단, 이곳에서

만 계셔야 합니다. 별감의 수하 중 누구라도 산성을 벗어난다면 목숨을 보장할 수 없을 것이오."

안사는 말에 올랐다. 곁에 섰던 여덟 명의 부장들도 그를 따랐다. 별감은 멀어지는 안사의 뒷모습을 보며 이를 갈 뿐이었다. 별감과 그의 수하들 주위를 족히 100명은 넘는 군사가 에워싸고 있었다.

안사와 백부장들은 활기(活基)리 궁터 궁사에 모여 회의를 가졌다.

"저희들이 일을 너무 크게 벌인 것은 아닌지 모르겠습니다."

이용이 먼저 말문을 열었다.

"그럼 나를 동헌의 옥에 그대로 둘 셈이었소?"

안사의 말에 이용을 비롯한 백부장들은 모두 너털웃음을 터뜨렸다. 웃음이 그치자 백부장 중의 하나가 안사에게 물었다.

"이제 어떻게 해야 할까요? 저들을 모조리 죽여야 우리가 사는 것 아니겠습니까?"

안사는 고개를 가로 저었다.

"이번에 가장 잘한 일은 피를 보지 않았다는 것이오. 상대방의 피를 흘리게 하면 우리도 그만큼 희생을 각오해야 하는 법입니다."

"다른 지방에서는 민란이 발생했다고 합니다."

백부장들은 허리에 찬 칼집으로 손을 갖다대며 결사의 의지를 표방했다. 하지만 안사와 마찬가지로 이용은 거기에 대해서 회의적이었다.

"민란이 발생해서 중앙군을 이긴 일은 없습니다. 당장의 승리를 누릴 수는 있을지 모르나 그건 손바닥으로 하늘을 가리는 격입니

다. 중앙군과 대적한다면 결국 우리 일족은 그 씨가 마르고 말 것
입니다."

안사가 고개를 끄덕였다.

"그 말이 맞소. 산성방호별감 정도야 우리의 적수가 될 순 없겠
지만, 중앙의 군대가 나선다면 이야기는 달라집니다."

"그럼 어떻게 해야 합니까?"

안사는 지긋한 눈길로 백부장들 한 사람 한 사람과 시선을 맞췄
다. 부장들은 하명만 기다린다는 자세로 눈을 반짝였다.

"이 곳을 떠나야 하오."

안사의 말에 이용을 비롯한 부장들은 서로의 얼굴만 돌아보며
어리둥절한 표정을 지었다.

"아니, 떠나다니요? 별감 정도가 무서워서 우리가 도망을 친단
말입니까?"

"별감 때문이라면, 그 문제는 나 한 사람이 굴복하는 것으로 끝
낼 수 있소. 우리가 떠나야 하는 이유는 그것이 아니오."

"그럼 무엇 때문입니까? 이제 뿌리를 내릴 만하게 됐는데, 다시
떠나다니요? 도대체 어디로 간단 말입니까?"

이용이 백부장들의 말문을 막고 그 특유의 나긋나긋한 말투로
안사에게 물었다.

"십팔자왕 때문이오니까?"

안사는 고개를 떨군 채 말이 없었다.

"십팔자왕이 나기에는 이 삼척 땅이 좁다고 생각하셨군요."

안사는 떨군 고개를 보일 듯 말 듯 움직여 이용의 말에 수긍했

다. 백부장들은 긴 한숨을 내쉬었다. 이제야 식구들과 터를 잡고 살 만하게 되었는데, 다시 긴긴 유랑의 길에 올라야 한다고 생각을 하니 그들은 마음이 무거웠다. 안사 역시 그들의 마음을 잘 알고 있었기에 더 이상 말을 꺼내지 못하고 고개를 떨구고만 있었다.

"저는 따르겠습니다."

이 용이 침묵을 깼다. 하지만 나머지 백부장들은 아무도 그의 말에 반응을 보이지 않았다. 다만 그들 중 하나가 나직하게 물어 올 뿐이었다.

"가면 어디로 가시렵니까?"

"동북면."

백부장들의 표정은 더욱 어두워졌다. 떠나려는 장소가 하필 야인들이 우글대는 땅이라니, 그들의 가슴은 더욱 무거웠다.

"여러분에게 강요는 않겠습니다. 여기 남을 이들은 남고 나를 따를 이는 따르면 됩니다. 여러분들은 돌아가서 식솔들의 의견을 물어 보십시오. 그리고 일 주일 뒤 이 곳 궁터에서 다시 만나도록 합시다."

안사가 먼저 일어섰다. 백부장들은 침묵 속에서 안사를 배웅했다.

안사는 다음 날부터 이주를 위한 준비를 시작했다. 아버지 이양무가 전해준 황금으로 소 팔백 마리를 사들이고, 배를 만들도록 지시하는 한편 인근 고을을 돌아다니며 쓸 만한 배를 사들였다. 소와 배가 필요 없게 되더라도 일족에게 나누어주면 그만이었다. 별감과 그 무리들은 이씨 일족의 삼엄한 감시 속에 산성에 고립되어 있어서 안사의 움직임을 눈치채지 못했다.

안사는 백부장들과 마주쳐도 그들과 반갑게 인사를 나눌 수가 없었다. 동북면으로 이주하는 문제에 대해 백부장들이 부담을 느낄지도 모른다고 생각했기 때문이었다.

그렇게 일 주일이 지난 후 안사는 활기리 궁터로 말을 몰고 나갔다. 아직 백부장들의 모습은 보이지 않았다. 안사는 나무에 말을 매어놓고 바위 위에 앉아 눈을 감았다. 가끔씩 숲을 지나며 갈래갈래 찢겨진 바람 조각만이 안사의 이마를 간질이고 지나갈 뿐 주위는 적막했다. 중천에 뜬 해가 따가운 햇살을 내리쬐고 있었지만 그는 더운 줄을 몰랐다.

안사의 감은 눈꺼풀로 지난 세월이 빠르게 지나갔다. 그 중에서도 가장 선명하게 다가오는 것은 우미인이었다. 우미인을 떠올리자 안사의 눈꺼풀은 가늘게 떨렸다.

백부장들이 별감의 목을 치자고 했을 때, 안사는 내심 그들의 제안이 반가웠다. 삼척에 자리를 잡고서도 한 동안 그의 마음은 우미인에게서 벗어나지 못했었다. 그녀를 생각할 때마다 별감에 대한 분노도 함께 치밀어 올라왔다. 많은 세월이 지났지만 별감에 대한 분노와 한은 안사의 가슴에 고스란히 살아 있었다. 자다가 벌떡 일어나 별감의 환영을 향해 칼을 휘두른 적도 한두 번이 아니었다. 일족의 호장이 된 자로서 개인의 감정을 분출할 수 없는 자신의 처지가 안타까울 뿐이었다. 때로는 별감을 향한 분노가 일족의 안위와 십팔자왕의 웅지보다 더욱 커지기도 했다. 하지만 그는 단칼에 별감의 목을 내치고 싶은 살의를 느낄 때마다 가까스로 자신을 이겨냈던 것이다.

안사가 눈을 떴을 땐 머언 산들의 행렬 뒤로 붉은 노을이 타오르고 있었다. 하지만 백부장들은 나타나지 않았다. 안사는 긴 한숨을 토해낸 뒤 자리에서 일어섰다.

'그들은 떠나지 않을 모양이야.'

안사는 힘겨운 걸음을 옮겨 말에 올랐다. 기왕 일이 이렇게 된 바에야 별감의 목을 쳐 묵은 한을 풀고 싶다는 생각도 간절했다. 그의 마음을 아는 듯 말도 방향을 못 잡고 지그재그로 발을 놀렸다.

그는 노을을 바라봤다. 세상은 온통 핏빛으로 붉게 물들어 있었다. 안사는 문득 자신 안에서 쉼없이 맴돌고 있는 피의 생명력을 느꼈다. 영겁의 세월 동안 수많은 의지와 기개와 웅지가 뭉쳐 지금 자신이 존재하고 있는 것이라는 깨달음이 가슴에 파고들자 안사는 불끈 두 주먹에 힘이 들어가는 것이었다.

'그래, 여기서 멈추어서는 안 된다. 나 혼자라도 가자.'

안사는 웃옷을 벗어붙이고 검을 뽑아 들었다. 핏빛 놀을 받은 검이 안사의 머리 위에서 빛을 발했다. 그는 검을 휘두르며 놀을 향해 달렸다. 안사의 가슴에 난 반달가슴곰털이 맞바람을 받고 일렁였다.

"여기서 멈출 수는 없다! 나 혼자라도 가리라!"

말을 달리는 안사 뒤로 검은 그림자들이 하나 둘 나타나기 시작했다. 핏빛 놀을 향해 말을 내달리며 검을 휘두르는 안사는 자신의 뒤를 따르고 있는 무리들을 알아채지 못했다. 처음 한둘이던 그림자의 숫자가 늘어나기 시작했다. 그림자는 점점 불어나더니 수십 수백이 되었다.

"대감, 우리는 땅끝까지라도 따르겠소!"

백부장들이 맨 앞을 달리고 있었다. 하지만 안사는 그들의 말소리를 듣지 못했다. 이안사는 자신도 모르는 채 수백의 말탄 병사들을 이끌며 노을을 향해 돌진해 갔다.

안사는 부친 이양무가 준 자금으로 사들인 소 팔백 마리를 백부장들에게 나누어주어 배에 싣도록 했다. 배는 새로 건조한 것이 14척, 사들인 것이 22척으로 모두 36척이었다. 170여호 1700여 명에 가까운 사람과 소 팔백 마리가 36척의 배에 나누어 타고 항해를 한다는 것은 큰 위험이 따르는 일이었다. 게다가 일이 거기에서 그치지 않았다. 안사와 이씨 일족이 삼척을 떠난다는 소문을 접한 무리들이 안사를 찾아와 자신들도 데려가 주기를 청해온 것이었다. 30여호 250에 가까운 숫자였다. 그들을 내칠수 없었던 안사는 삼척 일대와 부산포를 돌며 어선 6척을 추가로 급히 구했다.

전주 이씨 일족과 안사를 따르는 무리들은 삼척을 출발하여 덕원부로 향하였다. 42척의 배가 바다에 떠 있었지만 그 선단의 모습은 결코 장엄해 보이지는 않았다. 크고 작은 배들 위에 고향의 산야를 한 번이라도 더 보기 위해 머리를 내민 이들은 흡사 피난민을 연상케 했다. 먼바다에는 짙은 구름층이 도사리고 있었지만 파도는 잔잔했고 바람은 약했다. 마지막까지 산성방호별감과 관군들을 산성에 억류하고 있던 후발대는 인질들을 모조리 나무에 묶어놓은 뒤 말을 달려 마지막 배에 올랐다. 이양무와 그를 보필하기 위해 남은 일행은 산에 올라 멀리 멀어지고 있는 일족의 안녕을 빌었다. 이후로 이양무는 산 속에 은신하다가 조용히 죽음을 맞았다.